Wolfgang Hohlbein

Der flüsternde Turm

WOLFGANG HOHLBEIN

FANTASY

Der flüsternde Turm

Weltbild

Umschlag: Studio Höpfner-Thoma Graphic Design, München
unter Verwendung einer Illustration von Uwe Luserke, Stuttgart
Innenillustrationen: Christian Heiss
Ungekürzte und genehmigte Lizenzausgabe für Tosa Verlag, Wien

Lizenzausgabe für Weltbild
Gesamtherstellung: Der Graph, Wien
Printed in Austria

Elay lag in Trümmern. Aus der stolzen Wächterin des Drachenlandes war eine Ruine geworden, äußerlich fast unversehrt, und trotzdem nurmehr ein Schatten ihrer selbst. Es war lange her, daß Skar hiergewesen war, selbst nach seiner eigenen Zeitrechnung gemessen, die mit der der wirklichen Welt nicht immer übereinstimmte, und trotzdem fiel ihm der Unterschied sofort auf: Einst hatten Elays schwarze Mauern Macht und Weisheit ausgestrahlt, eine Trutzburg, riesig, finster, unbesiegbar und drohend, aber nur für den, der in feindlicher Absicht hierherkam. Jetzt war es, als umgebe der Hauch des Todes die Stadt wie ein unsichtbarer, dräuender Schatten.

Skar versuchte, den Gedanken dorthin zu verbannen, wo er hingehörte: in den Bereich seines Bewußtseins, der für Furcht und Unlogik zuständig war, aber es gelang ihm nicht; vielleicht, weil mehr Wahrheit an ihm war, als er zugeben wollte. Elay *hatte* sich verändert, auch äußerlich. Vorhin, als sie zwischen den Felsen hervorgetreten waren, hätte er für einen Moment geschworen, daß die Stadt *kleiner* geworden war, so wie ein Mensch im Alter kleiner und unansehnlicher wurde, auch ohne an zu messender Körpergröße zu verlieren. Die Stadt hatte... etwas verloren. Etwas, das unsichtbar und sehr präsent gewesen war, aber auf eine unaufdringliche, stumme Art, die dem Betrachter seine Existenz erst dann wirklich bewußt werden ließ, wenn es nicht mehr da war. Dazu kam der Regen, der in trägen Schleiern vom Himmel stürzte und alles grau und trist erscheinen ließ.

»Bei den schwarzen Göttern von Moron«, flüsterte Kiina neben ihm. »Was ist hier geschehen?«

Natürlich wußte Skar die Antwort nicht – wie um alles in der Welt sollte *er* sie wissen, wenn *sie* sie nicht wußte? –, aber er versuchte trotzdem für einen Moment, eine Erklärung zu finden; Worte, die dem Anblick der leeren, geschleiften Stadt etwas von ihrem entsetzlichen Schrecken nehmen würden.

Es gelang ihm nicht. Die Verheerung war total. Die zyklopische Mauer, in deren Schatten Kiina und er noch immer standen, war unversehrt geblieben, aber das, was sich vor ihnen erstreckte, war ein Schlachtfeld, die Reste einer Stadt, die ihren Bewohnern zum Grab geworden war. Die von Gewalten zermalmt worden war, die sich Skar weder vorstellen konnte noch wollte. Was von den Häusern und Palästen Elays noch stand, das waren ausgebrannte Ruinen, den geschwärzten Skeletten großer gepanzerter Tiere gleich, zwischen denen es hier und da noch immer brannte, unbeschadet des unablässig strömenden Regens. Die Straßen waren voller Schutt und verkohlter Trümmer, und über allem lag Staub, den der Regen zu einer schwarzen schmierigen Schicht gemacht hatte. Und überall lagen Tote – verkrümmte Gestalten in den schmucklosen grauen Mänteln der *Errish*, Dienstboten, Krieger, Männer, Frauen, Kinder... der Tod hatte keinen Unterschied gemacht, wo und bei wem er zuschlug.

»Der *Wächter?*« flüsterte Kiina.

Skars Antwort bestand abermals nur aus einem Achselzucken, obwohl er diesmal wußte, daß Kiina sich täuschte. Sie alle hatten die entsetzliche Verwüstung gesehen, die die *Sternenkreatur* hinterließ, aber was Elay zerstört hatte, war eine Gewalt gänzlich anderer Natur gewesen. Er hatte zwei der Leichname flüchtig untersucht, auf die sie gleich beim Betreten der Stadt gestoßen waren. Sie wiesen keine Verletzungen auf, aber der Tod hatte einen Ausdruck unermeßlicher Qual auf ihren Gesichtern hinterlassen. Sie hatten sich gefragt, wieso sie weder auf *Errish* noch auf Drachen gestoßen waren, auf dem Weg hierher. Jetzt wußten sie es.

»Wir sollten zurückgehen«, sagte Skar leise; fast im Flüsterton. Es war beinahe, als hätte er Angst, die Geister dieser Stadt zu wekken, wenn er zu laut sprach.

»Zurück?« Kiina schüttelte den Kopf, sah ihn aber nicht an. Ihr Blick irrte verzweifelt über das, was einmal ihre Heimat gewesen war, und Skar spürte überdeutlich, mit welchem fassungslosen Entsetzen sie der Anblick erfüllte. Trotzdem war es ihr unmöglich, sich von ihm loszureißen. »Nein. Ich... ich muß wissen, was hier passiert ist.«

Skar widersprach nicht. Natürlich waren Kiinas Worte unsinnig, und etwas sagte ihm darüber hinaus, daß es nicht gut war, tiefer in die zerstörte Stadt vorzudringen, als sie es bereits getan hatten. Obwohl sich nirgends zwischen den geschwärzten Ruinen auch nur eine Spur von Leben regte, spürte er die Gefahr, die noch immer hier lauerte. Was immer Elay vernichtet hatte, war noch da. Aber er verstand Kiina. Diese Stadt war einmal ihre Heimat gewesen. Jeder, den sie gekannt und geliebt hatte, hatte hier gelebt.

Trotzdem zögerte er, als Kiina einen Schritt machte und ihn auffordernd ansah. Das Empfinden von Gefahr war übermächtig, und da war zu viel, was er nicht verstand, aber ganz instinktiv als gefährlich einstufte. Der Krieger in ihm, der zu überleben gelernt hatte, indem er das Unbekannte mied oder zumindest erst einmal als gefährlich einstufte, um sich dann – vielleicht – eines Besseren belehren zu lassen, schrie ihm zu, auf der Stelle umzudrehen und die Stadt zu verlassen. Aber da war noch eine andere Stimme; eine, die ihm zuflüsterte, daß es wichtig war, herauszufinden, was Elay und seinen Bewohnern widerfahren war. Vielleicht lebenswichtig.

»Warte einen Moment«, sagte er. Ohne Kiinas Antwort abzuwarten, wandte er sich um und ging zum Tor zurück, wobei er einen übertrieben großen Bogen um die beiden toten *Errish* schlug, die davor lagen. Gebückt trat er durch das schmale Schlupftor, durch das sie Elay betreten hatten. Die beiden Pferde, die sie an einem eisernen Ring neben dem Tor angebunden hatten, begannen unruhig zu wiehern und mit den Hufen zu scharren. Die Tiere litten unter dem Dauerregen so sehr wie ihre Herren, aber das war nicht der Grund für ihre Unruhe. Sie hatten Angst. Irgend etwas war hier, was sie nervös machte. Skar spürte es auch. Was immer Elay zerstört hatte, war noch da.

Er trat zu seinem Pferd, fuhr ihm mit der linken Hand beruhigend über die Nüstern und öffnete mit der anderen die Schnallen seiner Satteltasche. Er fühlte sich nicht wohl bei dem, was er tat. Er hatte die... *Magie?* Gut, er würde sie weiter so nennen, bis er eine passendere Erklärung dafür gefunden hätte – er hatte die Zauberkunst der *Errish* stets mit Mißtrauen betrachtet, denn sie vermochte Leben ebenso rasch zu zerstören, wie sie es rettete. Aber hinter ihm, auf der anderen Seite der zwanzig Fuß dicken Mauer, befand sich eine Stadt voller Toter, und wenn das, was diese Menschen umgebracht hatte, noch hier war, dann brauchte er vielleicht jedes bißchen Hilfe, das er bekommen konnte, Zauberei hin oder her.

Skar förderte ein kleines, in Tuch eingeschlagenes Päckchen zutage, wickelte es sorgfältig aus und betrachtete das silbern funkelnde Ding in seiner Hand mit einer Mischung aus Furcht und Abscheu. Der logische Teil seines Denkens sagte ihm, daß ihm auch Kiinas Scanner nicht sehr viel nutzen würde: es war eine Waffe der *Errish,* wie es sie in Elay wahrscheinlich zu Tausenden gab, und sie hatten nicht ein Leben retten können.

Trotzdem – wenn schon nicht ihn, dann würde der Anblick des Scanner vielleicht wenigstens Kiina beruhigen. Er hätte allein gehen sollen. Skar war sich darüber im klaren, daß es ein Fehler gewesen war, Kiina mit in die Stadt zu nehmen. Er hatte geahnt, was er finden würde.

Skar drehte das Gesicht aus dem Wind und hob die Hand über die Augen, um sie vor den nadelspitzen Regentropfen zu schützen, die der Wind vom Meer herantrug. Zwei Meilen entfernt, am Fuße des Felsabbruches, der die Steilküste an dieser Stelle unterbrach wie ein Axthieb, erkannte er eine schemenhafte Gestalt. Skar blieb stehen, hob die Arme über den Kopf und winkte; zweimal, dreimal, viermal, bis sich das goldene Funkeln am Fuße der Felstrümmer bewegte und er sicher war, daß Titch sein Winken bemerkt hatte und wußte, daß – wenigstens im Moment – alles in Ordnung war.

Alles in Ordnung... Skar wiederholte die Worte ein paarmal in Gedanken, ohne ihnen etwas von ihrem spöttischen Beiklang nehmen zu können. *Nichts* war in Ordnung; weder mit ihm oder Kiina oder Elay oder ganz Enwor. Er dachte an sein letztes Gespräch mit Del zurück. *Alles zerbricht,* hatte Del gesagt, in einem anderen Zusammenhang und ohne zu ahnen, worauf sie auf ihrem Weg zurück in den Norden stoßen würden. Er hatte nur zu recht gehabt.

Widerstrebend wandte Skar sich um, ging zum Tor zurück und blieb dann noch einmal stehen, um sich herumzudrehen. Er fürchtete sich fast davor, Titch nicht mehr zu sehen. Während der letzten beiden Monate hatte er sich so sehr an die Gegenwart des Quorrl gewöhnt, daß er ihm fast zum Freund geworden war, und jetzt, als sie sich getrennt hatten, spürte Skar plötzlich, wieviel Schutz und Sicherheit die Nähe dieses schweigsamen Giganten ausstrahlte.

Er verscheuchte den Gedanken und versuchte noch einmal, die grauen Schleier mit Blicken zu durchdringen. Der Regen machte es schwer, Einzelheiten zu erkennen, aber das Blitzen von Titchs Rüstung war nicht mehr zu erkennen; wie sie es vereinbart hatten, war er zu seinen Leuten zurückgegangen, die im Schutze der Felsen lagerten, eine Meile südlich von Elay und weit genug vom Bannkreis der Stadt entfernt, niemanden zu einer Unbesonnenheit zu verleiten – wenn auch für die Quorrl sicherlich noch immer viel zu nahe. Die Quorrl fürchteten die *Errish* fast ebensosehr, wie diese die Quorrl haßten. Kein Quorrl hatte jemals Elay betreten, und kein Quorrl würde je –

Skar dachte den Gedanken nicht zu Ende, als er begriff, wie lächerlich er war. Es gab in den Mauern dieser Stadt nichts mehr, was die Quorrl fürchten mußten. Er dachte immer noch in Begriffen einer Welt, die vor einem Menschenalter untergegangen war.

Schneller als nötig trat er abermals durch das kleine Tor und ging wieder zu Kiina. Er fand sie an der gleichen Stelle, an der er sie zurückgelassen hatte, in der gleichen Haltung, wie eine Puppe, in einem Augenblick grenzenlosen Entsetzens erstarrt. Der Regen peitschte ihr Gesicht und ihr Haar, aber sie schien es nicht einmal zu spüren. Skar war nicht sicher, ob er wirklich nachempfinden konnte, was sie fühlte.

»Bist du sicher, daß du es wirklich willst?« fragte er.

Im ersten Moment reagierte sie nicht, und Skar glaubte schon, daß sie seine Worte gar nicht gehört hatte. Aber dann wandte sie mit einem Ruck den Kopf, starrte ihn eine Sekunde lang aus großen, vor Schmerz verdunkelten Augen an und nickte.

»Dann komm«, sagte Skar. »Ich möchte nicht länger hierbleiben als unbedingt nötig.« Er machte eine auffordernde Handbewegung, aber Kiina rührte sich nicht.

»Sie sind alle tot, Skar«, flüsterte sie. »Sie... sie haben sie alle umgebracht.«

»Das werden wir herausfinden«, antwortete Skar. Er legte den Kopf in den Nacken und blinzelte zur Mauerkrone hinauf. »Es sieht nicht so aus, als wäre die Stadt angegriffen worden.«

»Aber jemand hat sie alle getötet!« protestierte Kiina, mit einer Stimme, deren Klang Skar warnte: das Mädchen stand kurz davor, hysterisch zu werden. Aber wenn er ganz ehrlich war, dann ging es auch ihm nicht sehr viel anders.

Kiinas Augen wurden groß, als sie den Scanner in Skars Hand sah. »Du... du glaubst, sie sind noch hier?«

Seltsam – es war ihm fast peinlich, daß Kiina ihn auf die Waffe ansprach. »Nein«, antwortete er grob. »Aber irgend etwas ist hier geschehen, und –« Er sprach nicht weiter, sondern sah sich einen Moment lang schweigend um, zuckte dann mit den Schultern und hielt Kiina den Scanner hin. »Nimm du ihn. Du kannst sowieso besser damit umgehen«, fügte er hinzu, als Kiina zögerte, nach der Waffe zu greifen. Anstelle des Scanners zog er das Schwert aus dem Gürtel, als sie weitergingen.

Erneut fiel Skar der Staub auf, der wie ein graues Leichentuch über der Stadt lag. Wo er vom Regen getroffen worden war, war er zu einer schwarzen, schmierigen Masse geworden, aber hier und da entdeckte er kleine, trocken gebliebene Reste in toten Winkeln, unter Fenstern und Türen oder im Windschatten der Toten. Nachdenklich blieb er stehen, ließ sich in die Hocke sinken und berührte eines der kleinen Staubhäufchen mit der Schwertspitze. Es fiel auseinander und wurde zu schwarzem Morast, als es die Feuchtigkeit aufsaugte, die sich auf der Klinge gesammelt hatte.

»Was hast du?« fragte Kiina, die ebenfalls stehengeblieben war. »Glaubst du, daß dieser Staub irgend etwas damit zu tun hat?« Sie ließ sich neben ihm in die Knie sinken und wollte die Hand ausstrecken, aber Skar fiel ihr mit einer raschen Bewegung in den Arm.

»Nicht«, sagte er. »Faß es nicht an. Rühr überhaupt nichts an, bevor wir nicht genau wissen, was hier geschehen ist.«

Kiina blickte ihn fragend an, schwieg aber. Skar richtete sich wieder auf, wischte die Klinge seines *Tschekal* sorgsam an der Kleidung eines Toten ab und schob die Waffe wieder in den Gürtel zurück. Aufmerksam sah er sich um. Jetzt, als er einmal darauf aufmerksam geworden war, fiel ihm auf, wie viel dieses grauen Staubes es in der Stadt gab. Zusammengebacken zu schwarzem Morast bedeckte er buchstäblich jeden Quadratfuß des Bodens, besudelte die Wände, tropfte mit dem Regen vermischt wie schwarzes Blut von den Dächern und bedeckte selbst die Trümmerhaufen, die die Straßen blockierten. Bevor es zu regnen begonnen hatte, überlegte Skar, mußte er die gesamte Stadt bedeckt haben.

»Ob er... giftig ist?« Kiina schien seine Gedanken gelesen zu haben.

Skar überlegte einen Moment, dann schüttelte er den Kopf. »Kaum«, sagte er. »Dann wären wir schon tot.« Er deutete auf seine Stiefel, die bis zu den Knöcheln hinauf mit schwarzen Spritzern übersät waren.

»Vielleicht wirkt er nicht sofort tödlich.«

Skar zuckte abermals mit den Schultern und ging weiter. Vielleicht hatte Kiina recht, vielleicht auch nicht – sie würden es früh genug am eigenen Leibe spüren. Aber Skar glaubte nicht, daß die Erklärung so einfach war. Was immer die Bewohner Elays umgebracht hatte, hatte in Sekundenschnelle zugeschlagen. Die Stellung der Toten auf dem großen Platz war die von Menschen, die verzweifelt versucht hatten, die Stadt zu verlassen. Nicht einem von ihnen war es gelungen.

»Wohin?« fragte Kiina.

Skar deutete nach Osten, zur Stadtmitte hin. »Zum Palast deiner... der *Margoi*«, verbesserte er sich hastig. »Wenn es Überlebende gibt, dann dort.«

Die Spuren der Kämpfe wurden deutlicher, je tiefer sie in die Stadt eindrangen. Viele Häuser waren ausgebrannt und zum Teil zusammengebrochen, und manche Straßen waren so mit Schutt und Trümmern übersät, daß sie große Umwege in Kauf nehmen mußten, denn die Trümmerberge zu überklettern, wagte Skar nicht. Ein rostiger Nagel, den sie sich eintraten oder ein verzerrter

Fuß konnten das Todesurteil bedeuten, falls sie gezwungen waren, schnell zu flüchten.

Aber seine Befürchtungen erwiesen sich als grundlos. Es war so, wie er im allerersten Moment geglaubt hatte. Elay war eine Stadt der Toten. Zwischen den schlammbedeckten Trümmern lebte nichts mehr. Und gerade das war es, was Skar mehr als alles andere beunruhigte. Er hatte das Leben eines Kriegers geführt und mehr als eine geschleifte Stadt gesehen – aber er war niemals an einem Ort gewesen, der so völlig ohne Leben gewesen wäre wie Elay. Sie fanden sehr viel weniger Tote, als er beim Anblick des mit reglosen Körpern übersäten Torplatzes befürchtet hatte, aber das hieß nicht, daß es *keine* Leichen gegeben hätte.

Nach einer Weile blieb er wieder stehen und winkte Kiina, zu ihm zurückzukommen.

»Was hast du?«

Skar deutete auf den reglosen Körper einer *Errish*, der halb unter dem Kadaver eines Pferdes eingeklemmt war. Tier und Reiter waren im gleichen Augenblick gestorben, wie ihre Stellung verriet. »Schau sie dir an«, verlangte er.

Kiina gehorchte. Skar beobachtete sie genau, während sie die Tote betrachtete. Ihr Gesicht verriet leise Spuren von Ekel, und ihre Hände zitterten noch immer ein wenig. Aber er sah keine Spuren von Panik. Kiina hatte den Schock schneller überwunden, als er gehofft hatte.

»Fällt dir nichts auf?« fragte er.

Das Mädchen schüttelte den Kopf.

»Sie ist unversehrt«, fuhr Skar fort.

»Unversehrt?« Kiina ächzte. »Sie ist –«

»Sie liegt seit mindestens zehn Tagen hier und beginnt zu verwesen«, unterbrach sie Skar, »aber das meine ich nicht. Sie sind alle unversehrt, Kiina.« Er machte eine weit ausholende Geste. »Ich war schon in Städten, deren Bewohner bis auf den letzten Mann niedergemacht wurden.«

»Und?« Kiina begriff immer noch nicht.

»Ein Festschmaus für die Ratten und Fliegen«, sagte Skar. »Siehst du welche?«

Kiina antwortete nicht, aber ihr Blick verriet Skar, daß sie endlich begriffen hatte. Nicht nur die *menschlichen* Bewohner Elays waren getötet worden. Etwas – jemand? – hatte jede Spur von Leben aus dieser Stadt getilgt, und mehr noch: Ein Tisch, der so reichlich gedeckt war wie dieser, hätte jeden Aasfresser im Umkreis von hundert Meilen anziehen müssen. Daß er es nicht getan hat, dafür gab es eigentlich nur zwei Erklärungen: irgend etwas hielt alles Leben von Elay fern, das nicht auf zwei Beinen ging und dumm genug war, die Warnungen seines Gefühles zu mißachten – oder die unsichtbare tötende Macht, die Elay ausgelöscht hatte, war noch da.

Keine dieser beiden Erklärungen gefiel Skar besonders.

Er machte eine abgehackte Handbewegung. »Komm weiter. Je eher wir hier wieder heraus sind, desto besser.«

Je weiter sie sich dem Palast näherten, desto unübersehbarer wurden die Spuren schwerer Kämpfe, die in Elay getobt haben mußten, ehe der Tod zu seinem letzten Schlag ausholte. Manche Gebäude waren nur noch Trümmerhaufen, bis auf die Grundmauern niedergebrannt, andere wie von gewaltigen Axthieben halbiert, ihrer Fassaden beraubt oder zur Hälfte pulverisiert, während die andere absurd unversehrt stehengeblieben war, und einmal wurde ihr Weg zu einer lebensgefährlichen Rutschpartie, als der Straßenbelag unter ihren Füßen sich jäh in schwarze, zu Glas zusammengeschmolzene Schlacke verwandelte.

Kiina sagte kein Wort, obwohl sie zehnmal besser als Skar wissen mußte, was hier geschehen war. Es gab auf ganz Enwor nur eine einzige Waffe, die imstande war, *solche* Verheerungen anzurichten. Die Scanner der Ehrwürdigen Frauen.

Was war hier geschehen?

Schließlich fanden sie auch Menschen, die eindeutig eines gewaltsamen Todes gestorben waren. Skar ersparte sich die grausige Aufgabe, die Leichname genauer zu untersuchen, aber ein flüchtiger Blick reichte bereits. Seltsam – er hätte nie geglaubt, daß er eines Tages *froh* sein könnte, die entsetzlichen Spuren zu sehen, die Schwerter und Messer hinterlassen konnten, aber er war es. Selbst die furchtbarsten Wunden wirkten nicht so erschreckend wie der

Anblick eines Todes, der völlig spurlos zuschlug, und im Bruchteil einer Sekunde.

Als sie sich dem Palast der *Margoi* bis auf hundert Schritte genähert hatten, fanden sie einen toten Drachen.

Es war kein sehr großes Tier; nicht sehr viel größer als eines der Schlachtpferde, auf denen Titch und seine Quorrl ritten, wenn auch ungefähr fünfmal so massig, aber sein Anblick überraschte Skar trotzdem. Soviel er wußte, nahmen die *Errish* ihre Tiere niemals mit in die Stadt. Sie beherrschten die Drachen wie kein anderer auf Enwor, aber es blieben trotzdem *Tiere*, gigantische, letztendlich immer noch unberechenbare Bestien, die die weiten Steppen Enwors gewohnt waren. In der Enge einer Stadt – selbst einer so großen Stadt wie Elay – wurden sie rasend.

Auch dieses Tier war keinen friedlichen Tod gestorben: sein massiver Kadaver lag halb unter den Trümmern eines Hauses begraben, dessen Fassade es im Todeskampf niedergerissen hatte. Ein halbes Dutzend abgebrochener Pfeile ragte aus seinem Hals, und darunter zeigten die handtellergroßen Panzerplatten Spuren von Scannern: das Horn war geborsten, und das empfindliche Fleisch darunter verbrannt.

Skar sah sich aufmerksamer um. Auch hier regte sich kein Leben, und der seit zwei Tagen unablässig fallende Regen hatte alle Spuren verwischt, falls es überhaupt welche gegeben hatte. Aber dem Auge eines Kriegers erzählten auch die Toten manchmal noch eine Geschichte, und diese hier taten es. Aber er behielt seine Vermutung vorläufig noch für sich, obgleich er zumindest ahnte, daß auch Kiina begriffen hatte, was hier wirklich geschehen war.

Vorsichtig näherten sie sich dem Palast. Auch an der riesigen Nadel aus schwarzer Lava waren die Kämpfe nicht spurlos vorübergegangen: auf den Stufen lagen die verkrümmten Gestalten von sieben oder acht *Errish*, und als sie näher kamen, sah Skar, daß das Tor gewaltsam aufgesprengt worden war. In die glänzenden Flanken des Turms waren gezackte schwarze Blitze eingebrannt.

Sie blieben stehen, als sie die oberste Stufe erreicht hatten. Skar gab Kiina mit Handzeichen zu verstehen, ein paar Schritte zurückzubleiben – was sie natürlich nicht tat –, zog abermals sein Schwert

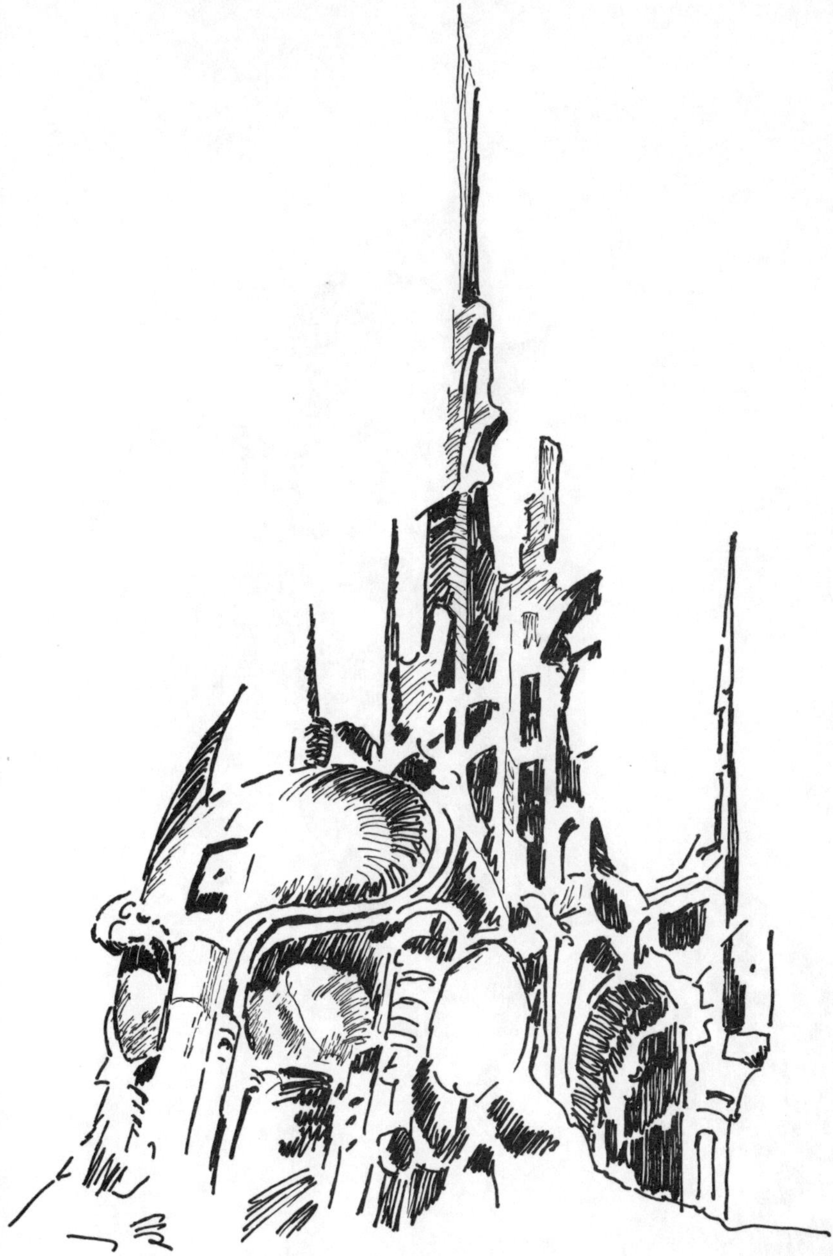

und sog prüfend die Luft ein. Süßlicher, Übelkeit erregender Leichengeruch schlug ihm entgegen. Der Regen, der wenigstens die Luft draußen über der Stadt saubergewaschen hatte, hatte den Palast nicht erreicht.

»Bist du sicher, daß du dort hineingehen willst?« fragte Kiina.

Skar sah sie durchdringend an. »*Du* wolltest doch wissen, was hier passiert ist, oder?« Sein grober Ton tat ihm sofort wieder leid. »Entschuldige. Du kannst hierbleiben, wenn du willst. Ich brauche jemanden, der mir den Rücken deckt.«

Selbst Kiina begriff, daß zumindest der letzte Satz einzig dem Zweck diente, ihr einen Vorwand zu liefern, um zurückzubleiben. Sie schürzte trotzig die Lippen, trat mit einem entschlossenen Schritt neben ihn und ging so schnell los, daß Skar fast Mühe hatte, mit ihr mitzuhalten.

Sie fanden auch im Palast Tote, allerdings nicht halb so viele, wie Skar erwartet hatte. Die große, ehemals prunkvolle Eingangshalle des Palastes war ausgebrannt, und auch einige der dahinterliegenden Räume zeigten die Spuren schwerer Kämpfe: Stein, der zerschmolzen und zu bizarren blasigen Formen wiedererstarrt war, ausgebrannte Räume, zerborstene Türen. Aber der allergrößte Teil des Palastes war unversehrt.

Und leer.

Fast eine Stunde lang durchsuchten sie das gewaltige Bauwerk, wobei Skar Kiina wortlos die Führung überließ. Er gehörte zwar zu den wenigen Menschen, die diesen Palast schon zweimal betreten hatten, aber das war Jahre her, während Kiina hier aufgewachsen war, noch dazu als Tochter der *Ehrwürdigen Mutter*, für die es keine verschlossenen Türen und keine Geheimnisse gab. Und sie kannte sich wirklich gut aus: ohne ihre Hilfe hätte Skar sich wahrscheinlich hoffnungslos in dem Labyrinth aus Gängen und Hallen und ineinandergeschachtelten Ebenen verirrt, durch das Kiina ihn leitete; ganz davon abgesehen, daß er die meisten Räume nicht einmal *gefunden* hätte. Was sie nicht fanden, das waren *Errish*. Weder lebende noch tote. Der Palast war leer. Der Leichengestank, der sie empfangen hatte, stammte von Toten unten in der Halle. Aber überall lag Staub; der gleiche, pulverige graue Staub, der die Stadt bedeckte und durch Fenster und Balkon und jede noch so winzige Ritze hereingeweht worden war.

Schließlich hatten sie den gesamten Palast durchsucht, und es blieb nur noch der Thronsaal selbst, eine gewaltige, halbrunde Halle unmittelbar unter der Spitze des Turmes. Skars Herz begann ein wenig schneller zu schlagen, als er die zweiflügelige Tür aufstieß und vor Kiina in den Saal trat. Ganz instinktiv legte er die Hand auf das Schwert in seinem Gürtel.

Seine Vorsicht war auch diesmal überflüssig. Der Thronsaal der *Margoi* war so leer und tot wie die gesamte Festung; wie die gesamte Stadt. Skar hob die Hand vor die Augen und blinzelte in das grelle Licht, das durch die großen gebogenen Fenster hereinfiel, und der plötzliche Luftsog ließ graue Staubwolken aufwirbeln. Er hustete, wich unwillkürlich einen Schritt zurück und wartete, bis sich die grauen Schwaden wenigstens einigermaßen gelegt hatten. Dann betrat er zum zweiten Mal den Thronsaal, mit vorsichtigen, sehr langsamen Schritten, um den Staub nicht ein zweites Mal aufzuwirbeln. Sein Blick glitt rasch und mißtrauisch durch die gewaltige Halle, und abermals kam ihm zu Bewußtsein, wie bedrückend und unheimlich dieses riesige, leere Gebäude war. Es gab auch hier oben kein Leben; nicht einmal mehr die Spuren davon. Grauer Staub lag in einer fast knöcheltiefen Schicht auf dem Boden, aber sie war unversehrt und vom Wind zu einem regelmäßigen Wellenmuster geformt worden, wie eine winzige Wüste, zweihundert Manneslängen über der Stadt.

»Nichts?«

Kiina wartete sein Kopfschütteln ab, ehe sie hinter ihm in die Thronhalle trat. Auch sie bewegte sich sehr langsam, aber Skar war sicher, daß sie es nicht tat, nur um den Staub nicht aufzuwirbeln. Ihr Gesicht war bleich und die Lippen eng zusammengepreßt und fast blutleer. Draußen, in der Dämmerung der Korridore und Treppen, war ihm das nicht aufgefallen, aber er sah jetzt, daß die Ruhe ihrer Bewegungen von der Art eines Menschen war, der sich mit aller Macht zusammenriß, um nicht schlichtweg die Beherrschung zu verlieren. Ihre Augen waren fast schwarz vor Entsetzen, und Skar gestand sich ein, daß er Kiina überschätzt hatte. Er machte sich schwere Vorwürfe deswegen. Sie war noch ein halbes Kind – er hätte wissen müssen, wie der Anblick der zerstörten Stadt und ihrer toten Brüder und Schwestern auf sie wirken mußte.

»Wo sind sie alle hin?« flüsterte Kiina. Auch ihr Blick irrte durch den Raum, aber anders als der von Skar tat er es unstet und immer schneller, als suche sie verzweifelt nach irgendeinem Halt, an dem sie sich festklammern konnte, um nicht den Boden unter den Füßen zu verlieren. »Aber sie... sie müssen doch irgendwo sein!«

Skar antwortete auch darauf nicht. Was hatte sie erwartet? Die *Margoi* und sämtliche überlebenden Bewohner Elays zusammengepfercht hier im Thronsaal zu finden, in dem sie sich vor einem nicht existierenden Gegner verbarrikadiert hatten? Aber er konnte schwerlich Logik von Kiina erwarten. Nicht in *diesem* Augenblick.

»Vielleicht... vielleicht konnten sie fliehen«, stammelte Kiina. Skar wich ihrem Blick aus, aber sie fuhr, jetzt lauter und fast hysterisch fort: »Sie müssen geflohen sein, Skar. Das... das ist die einzige Erklärung.«

Skar schüttelte den Kopf. Er streckte die Hand aus, aber Kiina wich vor ihm zurück. »Sie sind tot, Kind«, sagte er. »Wie alle anderen.«

»Das ist nicht wahr!« schrie Kiina. »Dann hätten wir ihre Leichen gefunden! Sie sind geflohen.«

»Und die Wachen, unten in der Halle?« widersprach Skar.

Kiina verstand nicht. »Sie sind gefallen, als sie den Palast verteidigten«, sagte sie. »Und?«

»Und welchen Sinn sollte es haben, einen leeren Palast zu verteidigen?«

Kiinas Lippen begannen zu zittern. Sie machte einen Schritt an ihm vorbei, blieb wieder stehen und hob hilflos die Arme. Skar sah, daß sie noch immer den Scanner in der rechten Hand trug. Im Griff des bizarren kleinen Instruments blinkte ein winziges grünes Licht. Die Waffe war schußbereit. Mit einem traurigen Lächeln trat Skar zu ihr, nahm ihr den Scanner aus der Hand und sah sie fragend an. Kiina berührte eine Taste auf der silbern schimmernden Oberfläche des Geräts, und das Licht erlosch. Skar schob den Scanner unter seinen Gürtel.

»Laß uns gehen«, sagte er.

Kiina reagierte nicht. Ihr Blick ging an Skar vorbei ins Leere, und erst jetzt, erst in diesem Moment, begriff er wirklich, was der Anblick der leeren Thronkammer für sie bedeuten mußte. Natürlich hatte auch Kiina gewußt, daß sie hier oben so wenig finden würden wie in irgendeinem anderen Teil des Palastes, aber der Thronsaal war ihre letzte Hoffnung gewesen, die letzte, verzweifelte Lüge, die noch zwischen ihr und dem Moment stand, in dem sie sich eingestehen mußte, daß Elay vernichtet war. Und mit ihr die *Errish.* Kiina begann leise zu weinen und schmiegte sich an seine Brust, und während Skar einfach dastand und darauf wartete, daß der ärgste Schmerz vorüber war und sie sich wieder weit genug in der Gewalt hatte, um mit ihm diesen schrecklichen Ort zu verlassen, begriff er ganz allmählich, daß sie nicht nur eine zerstörte Stadt gefunden hatten. Diese Thronkammer war nicht *irgendeine* Thronkammer, so wenig wie dieser Palast *irgendein* Palast war oder Elay *irgendeine* Stadt. Es war das Herz der *Errish,* die Heimat der *Ehrwürdigen Frauen,* die unantastbar waren, seit Enwor bestand. Nicht einmal die Quorrl, die alles Menschliche haßten und Enwor und seine Bewohner mit zahllosen Kriegen überzogen hatten, hatten es jemals gewagt, die Hand gegen eine *Errish* zu erheben. Ihre Heimatstadt zu zerstören, bedeutete an den Grundfesten der Welt zu rütteln.

Aber waren sie nicht längst zerbrochen? flüsterte eine Stimme in seinen Gedanken. Die Geister, die Vela heraufbeschworen hatte, hatten doch längst angefangen, Enwor zu verändern, schleichend und fast unbemerkt von den meisten seiner Bewohner, aber auf eine Art, die nie wieder gutzumachen war. Selbst, wenn es ihnen gelang, Drasks Brüder und ihre Verbündeten *(oder Herren?)* zu besiegen – wovon Skar ganz und gar nicht überzeugt war –, würde Enwor nie wieder die Welt sein, als die er sie kannte. Sie war es jetzt schon nicht mehr.

»Gehen wir«, sagte er noch einmal. »Ich habe zu Titch gesagt, daß wir in einer Stunde zurück sind. Sie ist längst vorbei.«

Kiina löste sich aus seiner Umarmung und zog geräuschvoll die Nase hoch. Ihre Augen waren rot und das Gesicht verquollen. »Entschuldige«, murmelte sie. »Der... der Staub. Er brennt in den Augen.« Skar spürte, wie peinlich es ihr war, daß er sie wie ein Kind weinen sah. Dabei beneidete er sie fast darum, noch weinen zu können. Er schwieg.

»Du hast recht«, fuhr Kiina nach einer Sekunde fort. »Gehen wir. So schnell wie möglich. Ich –« Sie brach mitten im Wort ab und sog hörbar die Luft ein. Ihre Augen wurden groß.

»Was hast du?«

»Vielleicht... vielleicht gibt es doch noch ein paar Überlebende«, flüsterte Kiina. »Die Katakomben, Skar! Die Drachenhöhlen unter der Stadt! Sie halten jedem Angriff stand! Nicht einmal eine Armee von *Errish* könnte sie erobern!«

Skar starrte sie an. *War er denn blind gewesen?* Er kannte die Höhlen so gut wie Kiina. Was lag näher, als sich im Falle eines Angriffes an einen Ort zurückzuziehen, der erstens leicht zu verteidigen und dessen Existenz nur einigen wenigen Eingeweihten bekannt war? Er verstand nicht, warum er nicht von selbst auf diesen Gedanken gekommen war!

Kiina fuhr herum, aber Skar hielt sie am Arm zurück. »Wo willst du hin?«

»In die Höhlen!« antwortete Kiina. Sie versuchte sich loszureißen, aber Skar hielt sie fest. »Es gibt einen Eingang unten in den Kellern des Palastes! Ich zeige ihn dir!«

»Ich kenne einen kürzeren Weg«, antwortete Skar.

Kiina sah ihn verwirrt an. »Du –?«

Skar ließ ihre Hand los, wandte sich um und ging auf den Thronsessel der *Margoi* zu. Das wuchtige, aus einem einzigen übermannshohen Basaltblock herausgemeißelte Möbelstück mit den beiden drohend hochgereckten Drachenschädeln als Armlehne war mit einer grauen Staubschicht bedeckt, wie alles hier drinnen, aber Skar sah auch, daß sie nicht halb so dick war wie auf dem Boden. Und keineswegs unversehrt. Jemand hatte versucht, die Schleifspuren beiderseits des Thrones zu entfernen, sich aber dabei nicht besonders geschickt angestellt. Skar wunderte sich ein wenig, daß ihm das nicht sofort aufgefallen war. Offensichtlich hatte ihn der Marsch durch die tote Stadt doch nicht ganz so unberührt gelassen, wie er sich selbst eingeredet hatte.

Kiina beobachtete ihn mit wachsender Verblüffung, während er sich vor dem Thron auf die Knie sinken ließ und mit spitzen Fingern über den rechten der beiden Drachenköpfe tastete. Gowenna hatte ihm den verborgenen Mechanismus gezeigt, aber es war lange her, und es war fast im Spiel gewesen; er hatte nicht sehr gut aufgepaßt, denn sie wie er hatten gewußt, daß er nicht zurückkommen würde.

Aber woran sich seine Gedanken nicht mehr erinnerten, hatten seine Hände nicht vergessen. Seine Finger drückten auf einen der schwarzen Drachenzähne und fanden wie von selbst in den richtigen Rhythmus: Aus dem Inneren des Thrones erklang ein helles, aber durchdringendes Schnappen, und plötzlich bewegte sich der tonnenschwere Block um ein winziges Stück. Skar drückte mit der Schulter gegen den Sockel des Thrones, und er bewegte sich abermals; aber nicht sehr weit und nicht so leicht, wie er es sollte. Zwischen dem Fuß des Thronsessels und den steinernen Bodenfliesen entstand ein haarfeiner, dunkler Riß. Staub rieselte hindurch und verschwand lautlos in der Tiefe.

Kiina sog überrascht die Luft ein und wollte eine Frage stellen, aber Skar schnitt ihr mit einer Geste das Wort ab.

»Hilf mir«, sagte er. »Der Mechanismus scheint verklemmt zu sein.«

Kiina gehorchte. Selbst zu zweit überstieg es fast ihre Kräfte, den Riß im Boden so weit zu verbreitern, daß Skar hindurchsehen konnte. Im ersten Moment erkannte er nichts, aber nachdem sich seine Augen ein wenig an die Dunkelheit gewöhnt hatten, glaubte er einen schwachen, rötlichen Lichtschimmer weit unter sich auszumachen. Der Schein einer Fackel, gedämpft oder sehr weit entfernt.

»Was ist das?« fragte Kiina fassungslos.

Skar stemmte sich abermals gegen den Thron und schob mit aller Kraft. »Ein geheimer Gang, der direkt in die Katakomben führt«, erklärte er mit zusammengebissenen Zähnen. »Die Erbauer dieses Palastes waren offensichtlich nicht ganz so sehr von der Unantastbarkeit seiner Bewohner überzeugt wie sie selbst. Von hier aus führt eine Treppe direkt in die Drachenhöhlen.«

»Davon wußte nicht einmal ich«, sagte Kiina staunend.

»Deine Mutter hat sie mir gezeigt, als ich hier war.« Skar hörte für einen Moment auf zu schieben und zu drücken, atmete tief ein und warf sich dann noch einmal mit aller Kraft gegen den Thron. Ein helles, in Ohren und Zähnen schmerzendes Kreischen erklang – und plötzlich glitt der Thron so leicht und schnell nach hinten, daß Kiina Skar am Gürtel festhalten mußte, damit er nicht kopfüber in die Tiefe fiel.

Skar richtete sich ungeschickt auf, nickte Kiina dankbar zu und hustete. Ihre Bewegungen hatten den Staub wieder aufgewirbelt, und Skar registrierte beunruhigt, wie bitter und scharf er schmeckte; völlig anders als alles, das er je kennengelernt hatte. Er wedelte mit der Hand vor dem Gesicht in der Luft, um nicht mehr von dem Zeug einatmen zu müssen als unbedingt nötig und forderte Kiina mit Gesten auf, loszugehen. Sie zögerte nur einen kurzen Moment, dann setzte sie den Fuß auf die oberste Stufe und verschwand rasch in der Tiefe.

Skar fluchte lautlos in sich hinein, als er ihr folgte. Der zweite Fehler: er hatte vergessen, wie eng die gewendelte Treppe war. Die Stufen führten beinahe senkrecht in die Tiefe, und sie waren so schmal, daß Skar nicht einmal gerade gehen konnte und es ihm schlichtweg unmöglich war, sich an Kiina vorbeizudrängen. Der Gedanke, sie vorausgehen zu lassen, gefiel ihm nicht besonders. Er hatte keine Ahnung, welche Gefahren dort unten auf sie lauern mochten. Aber es war zu spät, den Fehler zu korrigieren.

Kiinas Schatten verschluckte den ohnehin schwachen Lichtschimmer unter ihnen, so daß Skar sich durch fast vollkommene Dunkelheit bewegte; was aber kein Problem war – der Treppenschacht war so schmal, daß er ohnehin mit beiden Schultern an der Wand entlangstreifte und kaum die Gefahr bestand, zu stolpern. Er versuchte die Stufen zu zählen, um nicht vollends die Orientierung zu verlieren, gab es aber bald wieder auf; zum einen geriet er unentwegt aus dem Takt, denn die Stufen waren unterschiedlich hoch und breit, so daß ein rhythmisches Gehen unmöglich wurde, und zum anderen kannte er diesen geheimen Fluchtweg sowieso und wußte, daß es keinerlei Abzweigungen oder Türen gab, bis hinab ins Kellergeschoß des Palastes, wo er in die Verliese mündete; und wahrscheinlich auch in den Gang, den ihm Kiina hatte zeigen wollen.

Der Weg schien endlos zu sein. Das Licht unter ihnen wurde nur ganz allmählich stärker, und während Kiinas Gestalt sich allmählich als schwarzer Umriß vor ihm aus rötlicher Glut herauszuschälen begann, begriff Skar, daß er sich getäuscht hatte: Es war nicht der Schein einer Fackel; dazu war das Licht zu gleichmäßig und zu düster, ein dunkles Rot wie von nur noch halb glühender Lava. Er erwog diesen Gedanken sekundenlang und verwarf ihn wieder. Die Luft, die ihnen aus der Tiefe entgegenströmte, war *kalt.*

Schließlich weitete sich der Treppenschacht zu einer halbrunden, gut fünfzig Fuß messenden Halle, die in eben jenem Rot glühte, das sie von oben gesehen hatten. Skar trat rasch an Kiina vorbei und atmete innerlich auf, froh, aus der erstickenden Enge des Treppenschachtes heraus zu sein. Kiina taumelte vor Erschöpfung, und auch Skars Knie zitterten spürbar. Das Gehen auf den ungleichmäßigen Stufen war sehr kräftezehrend gewesen.

»Was ist das hier?« fragte Kiina. Ihre Stimme war zu einem Flüstern herabgesunken.

Skar zuckte wortlos mit den Schultern. Ein einziges Mal war er hier gewesen, vor Jahren, aber damals hatte es dieses rote Glühen nicht gegeben. Gowenna und er hatten die Halle im Schein einer ganz normalen Fackel durchquert, und noch dazu sehr schnell, denn es gab hier nichts, was betrachtenswert gewesen wäre.

»Ich weiß es nicht«, antwortete er. »Dieses Licht...« Es war ein sonderbares Licht, ein düsterer roter Schein, der Assoziationen an Flammen und Hitze weckte, aber kalt war und ihn mit instinktivem Unbehagen erfüllte. Vielleicht, weil er seine Quelle nicht ausmachen konnte. Die Luft selbst schien in dieser roten Glut zu erstrahlen. Wenn man nur lange genug hinsah, dann glaubte man ein schwaches Pulsieren in der Helligkeit wahrzunehmen.

»Das meine ich nicht«, antwortete Kiina. »Das Licht ist normal. Ich meine den Raum.«

»Das nennst du normal?« ächzte Skar.

Kiina machte eine wegwerfende Handbewegung. »Wir benutzen es nie, aber du kannst jeden Raum im Palast auf diese Weise beleuchten«, sagte sie. »Und in fast jeder beliebigen Farbe. Ein Zauber der *Alten.*« Sie gab sich Mühe, ihre Stimme möglichst beiläufig klingen zu lassen, aber Skar spürte, mit welchem Stolz es sie erfüllte, ihm dieses Geheimnis zu verraten. Ihm selbst bereitete es eher Furcht.

»Ein Teil des Fluchtweges«, antwortete er. »Irgendwo hinter –« Er sah sich suchend um und deutete schließlich auf eine Stelle, die der Treppe genau gegenüberlag. »– *dieser* Wand liegen die alten Verliese. Von dort aus kennst du den Weg wahrscheinlich besser als ich.«

Kiina schwieg einen Moment. Ihr Blick wirkte irritiert. Sie verstand den groben Ton nicht, in dem Skar plötzlich sprach. Ohne ein weiteres Wort ging sie zu der Stelle, die Skar ihr gezeigt hatte, und drückte mit der Schulter dagegen. Nichts geschah. Kiina runzelte verärgert die Stirn, und Skar trat mit einem raschen Schritt neben sie und legte die gespreizten Finger auf den glattpolierten Fels. Ein helles Klicken erscholl, vergleichbar dem Geräusch, das oben aus dem Inneren des Thrones gekommen war, aber leiser, sauberer, und plötzlich spaltete sich die scheinbar massive Wand vor ihnen in zwei Hälften, zwischen denen sie zwar gebückt, aber doch bequem hindurchgehen konnten.

Kiina nickte anerkennend. »Du überraschst mich immer wieder, Skar«, sagte sie. »Du weißt Dinge, die nicht einmal mir bekannt waren.«

Skar verzichtete auf eine Antwort. Ungeduldig wartete er, bis Kiina ihm gefolgt war, dann schloß er die Tür wieder auf die Art, die Gowenna ihm gezeigt hatte, und sah sie auffordernd an. »Jetzt darfst du die Führung übernehmen.«

»Euer Vertrauen ehrt mich zutiefst«, antwortete Kiina spöttisch. Sie drehte sich herum, ging ein paar Schritte, blieb stehen, runzelte verwirrt die Stirn, machte einen Schritt in die entgegengesetzte Richtung und blieb wieder stehen.

»So furchtbar gerechtfertigt scheint es aber nicht gewesen zu sein«, sagte Skar.

Kiina warf ihm einen vernichtenden Blick zu und ging rasch weiter; ein wenig *zu* schnell, um Skar davon zu überzeugen, daß sie *wirklich* wußte, wohin sie ging. Aber er folgte ihr widerspruchslos.

Es war ein wahres Labyrinth, durch das sie sich bewegten. Die alten, seit einem Jahrtausend nicht mehr benutzten Verliese blieben hinter ihnen zurück, sie durchquerten Gänge und Hallen voller aufgestapelter Kisten und Fässer und abgedeckter Ballen, dann wieder leere, unermeßlich große Hallen, in denen der Staub von Jahrhunderten zu einer steinharten Schicht auf dem Boden zusammengebacken war. Skar war in dieser Zeit mehr als einmal sicher, daß Kiina längst die Orientierung verloren hatte und den Weg nur noch erriet. Obwohl er schon einmal hiergewesen war, konnte er sich nicht mehr genau an den Weg zu den Drachenhöhlen erinnern, aber was er wußte war, daß er *kürzer* gewesen war. *Wesentlich* kürzer. Ein schneller Fluchtweg machte sehr wenig Sinn, wenn man sich die Füße wundlief, um ihn zu bewältigen.

Aber schließlich führte Kiina ihn wieder durch einen Gang, den er kannte, obgleich das rote Licht alles fremd und kleiner und gedrungener erscheinen ließ, als er es in Erinnerung hatte. Wortlos trat er an Kiina vorbei und bedeutete ihr mit Gesten, daß er von nun an wieder die Führung übernahm. Sie widersprach nicht, sondern wirkte ganz im Gegenteil erleichtert.

Sie traten durch eine weitere, getarnte Tür und fanden sich unvermittelt im Dunkeln wieder. Kiina hielt ihn am Arm zurück und machte einen halben Schritt in die Schwärze hinein. Skar hörte sie vor sich hinhantieren, dann glomm ein winziger Funke auf und wurde in Sekundenschnelle zum prasselnden Feuer einer ganz normalen Fackel. In dem flackernden Licht sah Skar, daß eine ganze Reihe davon in eisernen Haltern neben der Wand warteten.

Er ersparte sich die Frage, wie Kiina die Fackel so schnell entzündet hatte – schon um nicht einen weiteren Vortrag über die *geheimen Künste* der *Errish* hören zu müssen –, und streckte fordernd die Hand aus. Kiina reichte ihm die Fackel, entzündete eine zweite für sich selbst und schob sich zwei weitere Reservefackeln unter den Gürtel. Skar runzelte mißbilligend die Stirn. *Was hatte sie vor? Unter der Erde bis nach Ikne zurückzulaufen?*

Schaudernd sah er sich um. Er war nicht das erste Mal hier, aber der Anblick erschreckte ihn ebensosehr wie damals: die geheime Tür hatte sie auf einen schmalen, glasglatten Felssims hinausgeführt, der dicht unter der Decke einer wahrhaft titanischen Höhle entlangführte. Der Schein ihrer Fackeln verlor sich schon nach wenigen Fuß in absoluter Dunkelheit, aber Skar wußte, daß der Boden mehr als eine Meile unter ihnen lag. Die Höhle war so groß, daß ganz Elay bequem hineingepaßt hätte. Und es war nicht die einzige.

»Worauf wartest du?« fragte Kiina, als er sich nicht von der Stelle rührte.

Skar machte eine Kopfbewegung auf den finsteren Abgrund vor sich. »Dort unten ist nichts«, sagte er. »Kein Licht. Keine Geräusche.«

»Vielleicht sind sie in einer der anderen Höhlen«, sagte Kiina unwillig. »Komm schon.« Und wie es ihre Art war, ging sie einfach los, ohne auf seine Antwort zu warten. Skar folgte ihr, aber er tat es mit gemischten Gefühlen. Auf der einen Seite war er es Kiina – und auch sich selbst – schuldig, sich wenigstens davon zu überzeugen, daß auch die Drachenhöhlen leer waren. Aber sie hatten die mit Titch vereinbarte Zeit längst überschritten, und der Rückweg würde doppelt anstrengend und somit auch ein gutes Stück länger sein. Und wenn er ganz ehrlich war, dann hatte er fast Angst vor dem, was sie vielleicht finden konnten. Er ertrug den Gedanken nicht, noch mehr Tote zu sehen.

Das einzige, was er für die nächste halbe Stunde sah, waren Kiinas Rücken, die glatte Felswand neben sich und die Stufen aus schwarzer Lava, die in magenumstülpendem Winkel vor ihnen in die Tiefe führten. Seine Waden begannen zu schmerzen, dann sein Rücken, und als er endlich den Boden der Höhle erreicht hatte,

hatte er das Gefühl, keinen Schritt weiter gehen zu können. Erschöpft lehnte er sich gegen die Wand und atmete mehrmals hintereinander tief ein und aus, um sein Blut wieder mit frischem Sauerstoff zu füllen.

»Was hast du, Satai?« fragte Kiina spöttisch. »Schon müde?«

Skar funkelte sie ärgerlich an. »Nicht halb so erschöpft wie du, kleines Mädchen«, sagte er. »Ich bin nur nicht so dumm, so zu tun, als würde es mir nichts ausmachen.«

Kiina setzte zu einer wütenden Antwort an, fuhr dann aber wortlos herum und stürmte einfach in die Dunkelheit hinein. Skar folgte ihr mit einem gemurmelten Fluch. Sie *war* Gowennas Tochter, daran gab es gar keinen Zweifel. Schade, daß sie nicht auch die Besonnenheit ihrer Mutter geerbt hatte.

Er holte sie ein, riß sie mit einer etwas zu groben Bewegung an der Schulter zurück und machte eine wedelnde Geste mit der freien Hand. »Und wohin jetzt? Diese verdammten Höhlen sind so groß, daß du Elay fünfmal darin unterbringen kannst. Willst du blindlings herumsuchen?«

Kiina riß sich los. Aber plötzlich geschah etwas Seltsames: Der Trotz auf ihren Zügen erlosch und machte Verlegenheit Platz. Vielleicht hatte sie gemerkt, daß Skars Zorn nicht gespielt war. Vielleicht ging es ihr auch so wie Skar, und diese Höhlen machten ihr angst.

»Es gibt einen Saal, nicht weit von hier«, sagte sie. »Er ist für den Drachen der *Margoi* reserviert, und ihre engsten Vertrauten. Wenn es Überlebende gibt, dann dort.«

Skar resignierte. Er wußte, daß er Kiina nicht eher hier herausbekommen würde, bis sie sich mit eigenen Augen von dem überzeugt hatte, was sie im Grunde beide schon lange wußten: daß diese Höhlen so leer und tot waren wie die Stadt, die über ihnen erbaut war.

Was Kiina mit *nicht sehr weit von hier* bezeichnet hatte, erwies sich als eine Strecke von zwei Meilen, für die sie auf dem unebenen Boden eine gute Stunde brauchten. Sie durchwateten einen unterirdischen, eiskalten Fluß, der nur knietief war, aber reißend, und einmal stürzte Kiina und verletzte sich an der Schläfe, als sie eine steil aufragende Halde aus Schutt und spitzen Lavabrocken überkletterten. Skars Mitleid hielt sich in Grenzen – er hatte Kiina jede nur denkbare Möglichkeit gegeben, umzukehren, aber sie war noch in einem Alter, aus dem man eben nur aus Schaden klug wurde, nicht aus Worten. Doch er registrierte mit einer Mischung aus Sorge und grimmiger Befriedigung, daß sich ihre Kräfte wirklich dem Ende entgegenneigten. Als sie endlich den Durchgang zu der Höhle erreichten, von der Kiina gesprochen hatte, wankte sie vor Erschöpfung. Skar fragte sich, ob sie den Rückweg schaffen würde. Zur Not würde er sie tragen müssen, obwohl er –

Und dann sah er etwas, was ihn alle Gedanken an den Rückweg und Kiinas Zustand schlagartig vergessen ließ.

Es war sehr dunkel hier unten. Die Schwärze schien das Licht ihrer halb heruntergebrannten Fackeln aufzusaugen wie ein körperloser Schwamm, aber der zuckende rote Schein reichte trotzdem aus, Skar erkennen zu lassen, daß der Eingang zur Drachenhöhle nicht leer war.

Er war groß – halb so hoch wie die Stadttore Elays und zu perfekt gerundet, um trotz der hervorspringenden Kanten und Grate natürlichen Ursprungs zu sein. Und etwas versperrte ihn. Ein Netz. Ein schwarzes Gewebe aus fingerdicken Strängen, zu einer Spirale gedreht wie das Netz einer gigantischen Spinne und mit einem riesigen, klumpigen Zentrum, aus dessen Mitte ein Dutzend kleiner, böser Augen auf Kiina und ihn herabstarrten...

Kiina schrie auf und taumelte zurück, und auch Skars Herz machte einen erschrockenen Sprung und hämmerte schneller und mit schmerzhafter Kraft weiter. Seine Hand zuckte instinktiv zum Gürtel und riß das *Tschekal* hervor, gleichzeitig trat er einen halben Schritt zurück und spreizte die Beine, um festen Stand für den Fall eines Angriffes zu haben, alles in einer einzigen, fließenden, unglaublich schnellen Bewegung, die fast gegen seinen Willen ablief und noch ehe ihm klar wurde, wie lächerlich das Satai-Schwert gegen die *Sternenbestie* im Zentrum des Netzes wirkte.

Vor allem, da sie tot war.

Verblüfft ließ er das Schwert sinken und hob statt dessen die Fackel höher. Der zuckende Lichtschein floß wie blutiges Wasser an den ineinandergeknoteten Strängen des Netzes hinauf, erreichte den aufgedunsenen Balg des Monsters und brach sich in seinen erloschenen Augen wie in funkelnden Diamanten. Gräßliche Fänge, halb geöffnet, als wolle das Ungeheuer selbst im Tode noch zubeißen, grinsten ihn an. Auf der schwarzen Haut, die wie steinhartes zerbrochenes Leder war, hatten sich Tropfen einer wasserklaren Flüssigkeit gesammelt, die in regelmäßigen Abständen zu Boden fielen und sich dicht vor Skars Füßen zu einer schimmernden Pfütze gesammelt hatten. Einer der zahllosen, mit entsetzlichen Klauen bewehrten Schlangenarme des Monsters pendelte leicht hin und her, von einem Luftzug bewegt, und die Fackel in Skars Hand ließ seinen Schatten übergroß an der Wand entlanghuschen und sich nach den ihren greifen. Aber das Ungeheuer war tot. Und zwar schon seit langer Zeit.

Skar machte einen vorsichtigen Schritt auf das Netz zu und senkte hastig die Fackel, als die Flammen einen der Fäden streiften und zischende Funken aufstoben.

»Skar!« sagte Kiina erschrocken. »Sei vorsichtig!«

Skar machte eine beruhigende Handbewegung, aber er hatte sich nicht gut genug in der Gewalt, um seinen Blick von der toten Scheußlichkeit zwanzig Fuß über sich zu lösen. Selbst tot und bereits halb in Verwesung übergegangen wirkte das *Ding* noch drohend.

»Keine Angst«, sagte er. »Es kann dir nichts mehr tun. Es ist tot.« Um seine Worte zu bekräftigen, hob er das Schwert und durchtrennte einen der fingerdicken Stränge vor sich. Er zersprang mit einem peitschenden Knall, und die Erschütterung pflanzte sich durch das gesamte Netz fort und ließ die Bestie in seinem Zentrum erbeben. Kiina verzog angeekelt das Gesicht, als sich ein Hautlappen von seinem Körper löste und mit einem widerwärtigen feuchten Geräusch zu Boden fiel.

»Es ist… dasselbe Ding wie in der Burg, nicht wahr?« Kiinas Stimme klang gepreßt. Sie kämpfte gegen die Übelkeit an, die der Anblick in ihr auslöste.

Skar nickte, obwohl er nicht einmal sicher war, daß sie die Bewegung sah. Dieselbe Kreatur, dasselbe Netz, nur kleiner und bereits halb zerfallen. Was in Draks Trutzburg begonnen hatte, hatte hier in Elay seine Vollendung gefunden. Er fragte sich, ob die Bergfestung mit all ihren Bewohnern am Schluß auch so ausgesehen hätte wie die Stadt über ihnen, wäre es ihm nicht gelungen, die *Sternenbestie* zu vernichten.

»Aber sie ist... tot«, stammelte Kiina. Ihre Stimme wurde schrill. »Sie haben sie getötet, so wie du das Ungeheuer in der Burg!« Sie fuhr herum und starrte ihn an. Ihre Augen waren weit und dunkel. »Sie haben sie besiegt, Skar! Sie müssen noch leben!«

Skar antwortete nicht darauf. Kiinas Schlußfolgerung war von einer verlockenden Logik, aber er wußte einfach, daß sie falsch war. Es war die Höhle der Drachenkönigin, vor der die Bestie hockte, das Zentrum von Elays Macht, ein Ort, der sicherlich nicht durch Zufall gewählt war; er war voller schrecklicher Symbolik. Er sprach nichts von diesem Gedanken aus, aber Kiina schien sie in seinen Augen zu lesen. Sie begann zu zittern.

Und dann tat sie etwas, was Skar vollkommen überraschte: Völlig warnungslos griff sie zu, zerrte den Scanner aus seinem Gürtel und riß die Waffe mit beiden Händen in die Höhe, so schnell, daß selbst Skars Reaktion zu spät kam. Der Scanner spie einen grellweißen, kreischenden Lichtblitz aus, und plötzlich verwandelte sich der Kadaver der *Sternenbestie* über ihren Köpfen in einen lodernden Feuerball.

Skar sprang mit einem Fluch zurück, zerrte Kiina mit sich und entriß ihr die Waffe. Kiina starrte ihn trotzig an und versuchte, ihm den Scanner wieder zu entringen, und plötzlich hatte Skar Lust, sie zu ohrfeigen.

Er tat es nicht, aber Kiina schien abermals zu spüren, was in ihm vorging, denn sie hörte auf, an seinem Arm zu zerren und beschränkte sich darauf, ihn trotzig anzufunkeln, während sie ein paar Schritte weiter vor dem brennenden Kadaver zurückwichen. Skars Zorn verrauchte so schnell, wie er gekommen war. Im Grunde konnte er Kiina sehr gut verstehen. An ihrer Stelle hätte er vielleicht nicht anders gehandelt.

Sie sahen schweigend zu, wie der Kadaver der *Sternenbestie* verbrannte. Es ging sehr schnell. Der aufgedunsene Balg brannte wie trockener Zunder. Sie konnten zusehen, wie er in den Flammen zusammenschrumpfte und zu einem kleinen, glühenden Etwas wurde, das träge zu Boden stürzte, als die Flammen auf das Netz übergriffen und es ebenfalls verzehrten. Vorhin, als er mit dem Schwert einen der Stränge zerschnitten hatte, hatte er gespürt, wie hart und trocken die Fäden geworden waren. Kiina täuschte sich.

Mit klopfendem Herzen gingen sie weiter, als keine Gefahr mehr bestand, von einem herunterstürzenden Teil des Gewebes getroffen zu werden. Die Flammen des brennenden Netzes erfüllte die Höhle mit zuckendem Feuerschein und Schatten, in die Skars überreizte Nerven Bewegung hineinzauberte. Nicht, daß das nötig gewesen wäre. Was sie sahen, das war ein Bild aus einem Alptraum; schlimmer noch – es war Wirklichkeit, die die Phantasie überholt hatte.

In der Höhle befanden sich die Kadaver von mehr als einem Dutzend Drachen. Die meisten waren zu Boden gestürzt, aber einige standen auch aufrecht da, in absurden Stellungen eingewoben in die Fäden des schwarzen Netzes, das die Höhle in ein Labyrinth sich überschneidender Fäden und dunkler Klumpen verwandelte. Der Felsensaal war nicht sehr groß, verglichen mit der zyklopischen Höhle, durch die sie gekommen waren, aber sie war noch immer *riesig*. Trotzdem erfüllte das abgestorbene schwarze Gewebe ihr hinteres Drittel so dicht, daß ein Durchkommen dort fast unmöglich sein mußte. Darin eingewoben, wie Beute in schwarzen Kokons – vielleicht waren sie es –, dunkle Umrisse, die im flackernden Feuerschein nicht zu identifizieren waren. Selbt aus Ritzen und Spalten des Bodens kräuselten sich abgestorbene schwärzliche Fäden, wo das Netz den Felsen aufgebrochen und durchdrungen hatte.

Lange, endlos lange standen sie einfach da und starrten auf das Bild des Entsetzens herab, das sich ihnen bot, schweigend, jeder in seiner eigenen Angst gefangen. Es fiel Skar nicht sehr schwer, in Gedanken nachzuvollziehen, was hier geschehen war: Hier, genau hier, mußte es begonnen haben. Es war dieser Ort, das Zentrum von Elays Macht, an dem die Bestie, die die Bewohner der Stadt später den *Wächter* nannten, zuerst zugeschlagen hatte, mit aller

Macht und lange, ehe sie begann, ihr finsteres Gespinst nach oben zu schicken. Die Stadt war schon gefallen, ehe seine Bewohner auch nur ahnten, daß sie überhaupt angegriffen wurden.

Kiina hob die Hand und deutete auf eine titanische Echse, die halb zusammengebrochen, halb auf den Hinterläufen stehend, in einem Gewirr schwarzer, schenkelartiger Netzfäden hing. »Das ist Elah«, flüsterte sie.

Skar sah sie fragend an, und Kiina fügte hinzu: »Der Drache der *Margoi.*«

Skar besah sich das Tier ein zweites Mal. Es war der mit Abstand größte Drache, der hier sein Grab gefunden hatte, und er unterschied sich auch sonst von den übrigen Tieren. Seine Haut war grau und glänzte wie poliertes Eisen, und in das Horn des riesigen Stachelkranzes über seinem Schädel war ein schmaler Sattel eingeschnitten worden. Seine Augen waren so groß wie Skars geballte Fäuste und strahlten selbst im Tode noch Wildheit aus. Dann erinnerte er sich, wo er ein solches Tier schon einmal gesehen hatte: es war ein Staubdrache, die wildeste und größte Bestie, die auf Enwor bekannt war. Selbst den *Errish* gelang es nur sehr selten, ein solches Tier zu zähmen.

Fast gegen seinen Willen drehte er sich herum und sah zu den verglühenden Resten der *Sternenbestie* hinüber. Der Gedanke, daß selbst ein Ungeheuer wie der Staubdrache dem Monster erlegen war, erschien ihm absurd und ungerecht. Die Drachen waren – auch wenn sie fast immer den Tod brachten – ein Teil *ihrer* Welt, erschaffen von der gleichen Macht, die ganz Enwor erschaffen hatte, aber die Kreaturen von den Sternen waren... anders. Fremd. Fremd u... vielleicht nicht einmal böse, aber so völlig verschieden von ihnen, daß eine Verständigung einfach nicht denkbar war.

Dann erkannte er den Fehler in dieser Überlegung und zwang sich, den Gedanken abzubrechen.

Ein dumpfes Poltern und Bersten ließ ihn aufsehen. Der Brand hatte auch auf einen Teil dieses Netzes übergegriffen und breitete sich aus, nicht so schnell, daß sie in irgendeiner Gefahr gewesen wären, aber doch rasch genug, um auch die Stabilität dieses zweiten, größeren Netzes zu erschüttern. Einer der Drachenkadaver war zur Seite gestürzt; brennende Fäden regneten auf ihn herab.

»Laß uns gehen«, sagte Skar schaudernd. »Bevor hier alles zusammenbricht.«

»Da hinten ... ist etwas«, sagte Kiina.

Skar sah kurz in die Richtung, in die sie starrte, und schüttelte den Kopf. »Da ist nichts, Kind«, sagte er sanft. »Nur Schatten.«

»Da *ist* jemand!« beharrte Kiina. »Etwas hat sich bewegt.«

Sie machte einen Schritt. Skar hielt sie zurück, aber Kiina riß sich mit erstaunlicher Kraft wieder los. Skar wollte wieder nach ihr greifen, um sie zum zweiten Mal zurückzureißen – und dann erkannte er, daß sie recht hatte. Nur wenige Dutzend Schritte vor ihnen, halb im Schatten des toten Staubdrachen verborgen, bewegte sich wirklich etwas. Er konnte nicht erkennen, ob es Mensch oder Tier oder etwas *anderes* war.

»Glaubst du mir jetzt?« fragte Kiina.

Skar gebot ihr mit einer warnenden Geste zu schweigen, machte eine zweite, befehlende Handbewegung, daß sie zurückbleiben sollte, und ging vorsichtig auf den toten Drachen zu. Kiina tat genau das, was er erwartet hatte – sie ignorierte seinen Befehl und folgte ihm in weniger als zwei Schritten Abstand. Skar näherte sich dem Tier in einem weiten Bogen, obwohl er dabei in unangenehme Nähe der Flammen geriet. Aber er hatte kein Vertrauen in die Festigkeit des abgestorbenen Gewebes, das den tonnenschweren Kadaver stützte. Er war nicht besonders erpicht darauf, unter dem zusammenbrechenden Drachen begraben zu werden.

Die Bewegung wiederholte sich, und wie um die Szene besser zu beleuchten, loderten die Flammen hinter ihnen plötzlich heller auf und durchbrachen den Schatten mit roter Glut, so daß Skar jetzt erkennen konnte, was sie verursacht hatte.

Es war ein Mensch. Eine schmale, in ein schmuckloses schwarzes Kapuzengewand gehüllte Gestalt, die verkrümmt und mit angezogenen Armen und Beinen wie ein Embryo auf der Seite lag und sich schwach bewegte. Eine *Errish*.

Kiina schrie auf, stürmte an ihm vorbei und fiel neben der *Ehrwürdigen Frau* auf die Knie herab. Ein leises Stöhnen drang unter der Kapuze hervor, als Kiina versuchte, sie auf den Rücken zu drehen. Die grausame Karikatur einer Hand kroch aus den Falten des schwarzen Gewandes und tastete zitternd nach Kiinas Gesicht, und fast im gleichen Moment schrie Kiina so gellend und voller Entsetzen auf, daß Skar die letzten Schritte bis zu ihr mit einem Satz überwand und sie instinktiv zurückriß. Gleichzeitig hob er das Schwert.

Kiina schlug seinen Arm beiseite, wobei sie sich einen langen, blutigen Kratzer an der Klinge des *Tschekal* zuzog, ohne es auch nur zu bemerken. »Steck die Waffe weg!« herrschte sie ihn an. »Bist du wahnsinnig, Satai? Das ist die *Margoi!*«

Skar schob Kiina kurzerhand zur Seite, legte das Schwert aber wenigstens neben sich auf den Boden, als er sich vor der Gestalt im schwarzen Mantel in die Hocke sinken ließ.

»Rühr sie nicht an!« drohte Kiina. »Ich warne dich – *rühr sie nicht an!*«

Ein schwaches Stöhnen drang aus den Schatten unter der Kapuze, dann eine Stimme, die Stimme einer jungen Frau, die trotzdem auf schreckliche Weise so müde und brüchig klang wie die einer Greisin.

»Laß ihn, Mädchen. Er wird... mir nichts antun.«

Skar versuchte, die Schatten unter dem Mantel mit Blicken zu durchdringen, aber es gelang ihm nicht richtig. Er erkannte die schemenhaften Umrisse eines Gesichtes, aber etwas daran war falsch. Beunruhigend. Die verkrüppelte Hand bewegte sich vor ihm über den Boden und verschwand raschelnd wieder in den Falten des Gewandes; wie eine Spinne, die nur kurz ihr Nest verlassen hatte, um nach Beute Ausschau zu halten, dachte Skar schaudernd.

Plötzlich wurde ihm bewußt, daß die Worte der *Margoi* als Frage gemeint waren. Fast hastig schüttelte er den Kopf. »Nein«, sagte er. »Das werde ich nicht. Hat sie recht? Du bist die *Margoi?*«

Die *Errish* hustete qualvoll, dann nickte sie. »Ich war es. Oder ja, ich bin es.« Sie lachte ganz leise und bitter und voller Schmerz. »Aber ich bin tot, Satai. Die tote Königin eines toten Volkes. Du bist doch ein Satai? Das ist... Satai-Kleidung, die du trägst.« Das Schattengesicht unter der Kapuze bewegte sich, und Skar glaubte zu erkennen, wie sich die Augen angestrengt verengten. »Das ist der Mantel eines... Hohen Satai?«

»Ich bin Skar«, antwortete Skar.

»Skar.« Die *Margoi* wiederholte das Wort, als versuche sie etwas Vertrautes in seinem Klang zu erkennen. Dann, nach einer Weile, nickte sie. »Oh, ja, ich erinnere mich. Das Mädchen... ging, um... um dich zu holen. Wie war doch gleich sein Name?«

»Kiina«, antwortete Kiina. Sie ließ sich neben Skar auf die Knie sinken und warf ihm einen irritierten Blick zu. Skar schüttelte fast unmerklich den Kopf. Der Geist der Sterbenden begann sich zu verwirren, schon der Klang ihrer Stimme machte das klar. Sie hatten eine Überlebende gefunden, aber sie waren zu spät gekommen, um sie zu retten.

»Kiina. Ja, ich erinnere mich. Du bist... Gowennas Tochter.« Sie versuchte, sich aufzurichten, aber ihre Kraft reichte nicht. Mit einem schmerzhaften Keuchen sank sie zurück und stöhnte leise. Ihre Hand glitt kraftlos unter dem Mantel hervor und berührte Skars Bein. Er mußte mit aller Macht den Impuls unterdrücken, sie beiseite zu schlagen. Die Berührung war unangenehm: kalt und naß und viel mehr wie die toten als lebenden Fleisches, und auch Kiinas Augen weiteten sich erschrocken, als sie sie zum zweiten Mal und jetzt wohl deutlicher sah. Sie war nicht wirklich verkrüppelt, aber so ausgezehrt und verkrümmt, daß sie so wirkte. Die Haut war bleich und trocken und gerissen und über und über mit Geschwüren und nässenden Wunden übersät. Sie hatte keinen einzigen Fingernagel mehr.

»Was ist... geschehen, Herrin?« flüsterte Kiina entsetzt. »Ihr seid verwundet. Wer hat euch das angetan?«

»Ich selbst«, antwortete die *Margoi.* »Der Staub. Ich war...« Sie brach ab, rang mühsam nach Atem und machte eine bittende Handbewegung. »Helft mir, mich... aufzusetzen«, flüsterte sie. »Erschreckt nicht. Ich biete keinen... schönen Anblick.«

Kiina wollte sich vorbeugen, aber Skar schob ihre Hand mit sanfter Gewalt beiseite, griff unter die Arme der *Margoi* und richtete sie auf. Als er sie behutsam gegen die Flanke des toten Drachen lehnte, spürte er, wie dünn und zerbrechlich der Körper unter dem schwarzen Stoff war. Er zögerte einen winzigen Moment, ehe er die Hand hob und die Kapuze des Mantels zurückschlug.

Er wünschte sich fast, es nicht getan zu haben. Kiina gelang es nicht mehr ganz, einen entsetzten Aufschrei zu unterdrücken, und auch Skar preßte erschrocken die Lippen aufeinander und kämpfte sekundenlang gegen den Impuls, die Augen zu verschließen. Was mit der Hand der *Margoi* geschehen war, hatte auch vor ihrem Gesicht nicht haltgemacht. Was unter der Kapuze verborgen gewesen war, das war ein Totenschädel, kahl, bedeckt mit rissiger Pergamenthaut und von eiternden Wunden entstellt. Eines der Augen der *Margoi* war blind, überzogen von einem milchigen Netz, und der Mund hinter den entzündeten Lippen hatte keine Zähne mehr.

»Großer Gott!« wimmerte Kiina. »Was ist mit Euch geschehen?«

Der Totenschädel der Margoi verzerrte sich zu einer Grimasse, die wohl der Versuch eines Lächelns sein sollte. »Nur die gerechte Strafe der Götter, Kind«, flüsterte sie. »Wir haben bekommen, was wir... verdient haben.«

»Unsinn«, widersprach Skar. »Ihr –«

»Du«, unterbrach ihn die *Margoi* plötzlich mit kraftvoller, fast energischer Stimme, »solltest besser als dieses dumme Kind wissen, wovon ich spreche. Es war eine von uns, die die Götter aus ihrem Schlaf riß, damals in Combat. Wäre es ein Satai gewesen, würdest du mir nicht widersprechen.«

Aber es war ein Satai, dachte Skar bitter. *Ich war es, der den Stein der Macht aus der Stadt brachte und damit das Siegel erbrach, das sie so lange gebannt hat.* Aber das sprach er nicht aus. Die *Margoi* wußte es so gut wie er. Ebenso, wie sie wußte, daß keiner von ihnen *wirklich* geahnt hatte, was er tat. Sie waren alle nur Werkzeuge gewesen. Werkzeuge einer Macht, die sie vielleicht auch heute noch nicht verstanden. Vela war auf ihre Weise so unschuldig oder schuldig wie er selbst.

»Was ist passiert?« fragte er. »Wer hat Elay angegriffen? Hat der *Wächter* das getan?«

»Der *Wächter?*« Die *Margoi* schüttelte den Kopf. »Nein. Er... starb.«

»Er *starb?*« wiederholte Skar fragend. »Einfach so?«

»Vor elf Tagen«, bestätigte die *Margoi.* »Vielleicht auch vor zwölf. Ich weiß nicht. Ich bin... schon so lange hier unten. Er zerfiel, und wir waren... frei.«

»Aber sie sind alle tot!« sagte Kiina. »Elay liegt in Trümmern, Herrin! Jemand hat sie alle getötet!« Skar warf ihr einen warnenden Blick zu, aber Kiinas Selbstbeherrschung war aufgebraucht. Der Anblick der sterbenden *Margoi* war mehr, als sie noch ertragen konnte. »Wer hat das getan?!«

»Niemand«, antwortete die *Margoi* leise. Ihr einzelnes, sehendes Auge richtete sich auf Kiina, und für einen Moment glaubte Skar trotz des unendlichen Schmerzes und des beginnenden Wahnsinns darin Mitleid in ihrem Blick zu erkennen. »Wir selbst waren es, Kiina.«

»Ihr... *selbst?*«

Skar war nicht einmal überrascht. Und Kiina hätte es auch nicht sein dürfen. Sie wußten beide längst, was geschehen war. Die toten *Errish* oben in der Stadt, die Häuser, von Scannerschüssen niedergebrannt, der Drache, der den Palast angegriffen haben mußte – das alles hatte eine eindeutige Sprache gesprochen; deutlich genug, daß selbst Kiina die Wahrheit erkannt haben mußte. Aber keiner von ihnen hatte es gewagt, sie auszusprechen; vielleicht, weil er Angst hatte, sich mitschuldig zu machen, einen Teil der Verantwortung für diesen Wahnsinn zu übernehmen, dadurch, daß er es aussprach.

»Es begann am nächsten Tag«, berichtete die *Margoi* mit schwacher, aber sehr klarer Stimme. »Vielleicht auch unmittelbar danach. Niemand... bemerkte es zuerst. Wir alle waren wie... wie betäubt. Es war wie ein böser Traum, aus dem wir nur allmählich erwachen konnten. Und manche wachten nicht auf. Viele starben, als der *Wächter* verging, und andere wurden wahnsinnig. Einige... flohen. Aber nicht sehr viele.« Ihre Stimme wurde leiser und erstarb völlig. Sie verlor nicht das Bewußtsein, aber sie brauchte sichtlich eine kurze Pause, um neue Kraft zum Weiterreden zu sammeln.

Skar sah sich besorgt in der Höhle um. Die Flammen hatten weiter um sich gegriffen, breiteten sich aber durch einen glücklichen Umstand fast in der entgegengesetzten Richtung aus. Trotzdem blieb ihnen nicht mehr viel Zeit. Noch Minuten, und die Höhle würde sich in eine Hölle verwandeln, in der sie die Wahl zwischen Ersticken und Verbrennen hatten.

»Sie begannen... zu kämpfen«, fuhr die *Margoi* fort.

»Kämpfen?« Kiina hob in einer hilflosen Geste die Hände. »Wer? Warum?«

»Es gab kein Warum. Es waren... die Träume. Manche starben einfach, andere... viele... sprangen plötzlich auf und griffen ihre Brüder und Schwestern an. Es dauerte eine Nacht und einen Tag und eine weitere Nacht, und danach... waren die meisten tot. Nicht alle, aber die meisten. Manche von uns, die Stärksten, konnten widerstehen. Auch ich. Oh, es war schwer, unendlich schwer. Da war... so viel Zorn in meinen Gedanken, so viel Haß...« Sie brach ab, hustete qualvoll, hob die Hand nach Skars Gesicht und ließ sie auf halbem Wege wieder sinken; Skar wußte nicht, ob aus Schwäche, oder weil sie ahnte, wie unangenehm ihm ihre Berührung sein mußte. »So viel Haß...«

Kiinas Blick war hilflos und unverstehend, aber Skar begriff nur zu gut, was die *Margoi* meinte. Er selbst hatte es mehr als einmal gespürt, dieses böse dunkle Flüstern aus den Abgründen seiner Seele, das ihn dazu bringen wollte, zu vernichten, zu töten und zerstören, gleich wen und was. Vielleicht war es die letzte, ultimative Waffe der *Sternengeborenen,* der böse Teil der menschlichen Seele, die Bestie, die in jedem Menschen lauerte, die sie entfesselten.

»Und dann kam der Staub«, flüsterte die *Margoi,* nachdem sie wieder einigermaßen zu Atem gekommen war. »Er wehte vom Meer heran, und er tötete... alle. Wie der... der Atem meines Drachen, nur hundertmal... tödlicher. Ist er... noch da?«

»Der Staub?« Skar nickte. »Ja. Überall. Der Regen wäscht ihn fort, aber er ist noch da.«

Auf dem zerfallenen Gesicht machte sich Schrecken breit. »Habt ihr ihn berührt? Ihn eingeatmet?«

Skar nickte widerstrebend. »Ich fürchte. Aber nicht sehr viel.«

»Er ist nicht mehr gefährlich«, fügte Kiina hinzu. »Sieh uns an. Wir leben. Und wir bringen Euch hier heraus.«

»Du irrst dich, Kind«, widersprach die *Margoi.* »Sieh mich an. Es war der Staub, der mir dies angetan hat. Ich... konnte fliehen. Ich stand oben im Turmzimmer, als der Sturm begann, und etwas... warnte mich. Ich war feige und floh hierher, zu Elah und den anderen, um zu sterben.« Sie schwieg wieder, länger als eine Minute, und diesmal nicht aus Schwäche, sondern einfach, weil die Erinnerungen sie zu überwältigen drohten.

»Ich war feige«, wiederholte sie schließlich. »Ich ließ mein Volk im Stich, statt mit ihm zu sterben, wie es meine Pflicht gewesen wäre. Zwei Tage und Nächte blieb ich hier unten, und als ich zurückkam, da... da gab es kein Elay mehr. Aber ich berührte den Staub.«

»Wir werden Euch helfen!« sagte Kiina verzweifelt. »Wir bringen Euch hier heraus und... und werden Euch helfen. Ich verstehe eine Menge von der Heilkunst, mehr als Ihr glaubt. Meine Mutter –«

»Sei endlich still«, sagte Skar. Kiina brach mitten im Wort ab und starrte ihn aus tränenerfüllten Augen an, und Skar wandte sich wieder an die *Margoi.* »Es tut mir so leid«, sagte er.

»Leid?« Die *Errish* lachte leise. »Das muß es nicht, Satai. Es ist die gerechte Strafe für meine Feigheit. Ich hatte Angst zu sterben. Ich wollte leben, und für einen Moment war es mir gleich, ob mein Volk lebt oder nicht.«

»Du hättest es nicht verhindern können.«

»Aber ich hätte mit ihnen sterben können«, sagte die *Margoi.* »Ich sah, wie sie stürzten, im Bruchteil einer Sekunde, und ich hatte nur Angst.« Wieder lachte sie. »Ich hatte Angst vor einem schnellen Tod und tauschte ihn gegen *das* hier ein. Die Götter sind gerecht, Skar. Sie haben mich für das bestraft, was ich tat. Und sie haben Elay für das bestraft, was Vela getan hat.«

»Das ist nicht wahr«, widersprach Skar, sanft, aber sehr bestimmt. »Was immer es war, das Elay zerstört hat – es sind Wesen wie wir, die es entfesselten.«

»Wesen wie wir?« Die *Margoi* sah ihn auf sonderbare Weise an, und für einen Moment war Skar fast sicher, daß sie sein Geheimnis kannte. Aber wenn es so war, dann zog sie es vor, darüber zu schweigen.

»Vielleicht keine Wesen wie wir«, sprach er weiter. »Aber sie sind sterblich. Sie leben, und was lebt, kann getötet werden. Unsere Vorfahren haben sie schon einmal besiegt.«

»Die *Alten* hatten die Macht von Göttern«, widersprach die *Margoi.* »Wir *Errish* haben uns immer eingebildet, die Erben ihrer Macht zu sein, aber du hast gesehen, wie leicht sie uns überwältigen konnten.«

»Und doch war es eine *Errish,* die uns die Rettung brachte«, sagte Skar. Er verschwieg absichtlich, daß das Wasser des Lebens versagt hatte. Was hätte es genutzt, einer Sterbenden unnötig weh zu tun?

»Miri hat euch erreicht?«

»Eine dunkelhaarige *Errish* auf einer riesigen Daktyle«, sagte Skar. »Sie trug die Haut eines Ultha als Rüstung.« Kiina sah ihn fragend an, aber er spürte, daß ihnen nur noch sehr wenig Zeit blieb, und fuhr mit leiser, eindringlicher Stimme und sehr schnell fort: »Sie starb, ehe sie die Burg erreichte, aber ich fand ihren Leichnam. Und das, was sie brachte.«

»Dann war nicht alles umsonst«, flüsterte die *Margoi.* »Ich wußte von ihrem Plan und versuchte ihn zu vereiteln, als ich unter dem Einfluß des... Wächters stand, aber es gelang mir nicht. Ich bin sehr froh.«

Ein Teil des Netzes stürzte brennend im hinteren Drittel der Höhle zusammen, und Skar spürte das Beben, das durch den Körper des toten Staubdrachens ging, an dem die *Margoi* lehnte. Der Flammenschein wurde heller und die Luft merklich wärmer.

»Ihr müßt... gehen«, flüsterte die *Margoi.* »Rasch, ehe es zu spät ist. Kümmert euch nicht um mich.«

Skar war der Verzweiflung nahe. Es gab so viele Fragen, die er ihr hatte stellen wollen, auf die er eine Antwort haben *mußte,* wenn nicht alles umsonst gewesen sein sollte. Gleichzeitig wußte er, daß sie recht hatte. Ihnen blieben allerhöchstens noch Sekunden.

»Herrin...«, wimmerte Kiina.

»Kümmert euch nicht um mich«, wiederholte die *Margoi.* »Ich bin hierhergekommen, um zu sterben. Bei Ehla, bei... den anderen. Geht. Geht nach... Norden. Geht ins Land der Quorrl. Vielleicht... findest du dort die Antworten, die du suchst.« Sie lachte, hustete wieder und lachte noch einmal. »Oder die Fragen, die zu den Antworten passen, die du schon kennst.«

»Und Ihr?« fragte Skar.

Die *Margoi* blickte ihn an, und er begriff. Mühsam stand er auf, zwang auch Kiina mit sanfter Gewalt auf die Füße und blickte das brennende Netz über ihren Köpfen an. Die Flammen wogten wie ein Himmel aus Feuer unter der Höhlendecke. Es wurde heißer.

»Geht nicht durch die Stadt zurück«, sagte die *Margoi.* »Der Staub ist noch immer gefährlich, und ihr müßt... leben. Kiina muß leben. Sie ist... die Tochter der *Margoi.* Vielleicht die letzte *Errish,* die es noch gibt.« Sie sah zu Skar auf. »Du wirst sie beschützen?«

»Das werde ich«, versprach Skar.

»Dann geht«, sagte die *Margoi.* Mit einer Kraft, die Skar ihr nicht mehr zugetraut hätte, richtete sie sich weiter auf und streckte ihm die Hand entgegen. Erst jetzt fiel ihm der kleine, silberne Ring auf, den sie am Mittelfinger trug. »Nimm ihn«, flüsterte sie. »Es ist der... Ring der *Ehrwürdigen Mutter.* Vielleicht gibt es niemanden mehr, der ihn erkennt, aber wenn, dann... wird er dir nutzen.«

»Euer Ring?« Skar zögerte. Er wußte, was der schlichte Ring bedeutete.

»Ich schenke ihn dir nicht«, antwortete die *Margoi.* »Gib ihn Kiina, wenn sie alt genug ist.«

Skar zögerte. Hitze und Flammen kamen näher und machten sich bereits mehr als unangenehm bemerkbar, aber alles in ihm sträubte sich dagegen, die Hand der Sterbenden zu berühren und das Symbol ihrer Macht an sich zu nehmen. Schließlich tat er es doch, aber er hatte das Gefühl, glühendes Eisen zu berühren.

»Und du, Kiina – komm her.«

Kiina gehorchte. Während Skar zwei, drei Schritte zurückwich, kniete sie zitternd neben der sterbenden *Errish* nieder. Skar sah, wie sich die Lippen der *Margoi* bewegten, aber die Worte waren so leise, daß er sie nicht verstand. Und er wollte es auch nicht. Ohne zu wissen, worüber die beiden so ungleichen Frauen sprachen, begriff er, daß es etwas war, das ihn nichts anging. Sie sprachen nicht lange miteinander, nur wenige Sätze, aber in die Qual auf Kiinas Zügen mischte sich Schrecken, während sie den Worten der *Margoi* lauschte. Für einen kurzen Moment starrte sie ihn an, und der Blick, mit dem sie ihn musterte, spiegelte pures Entsetzen. Skar ahnte, was in ihr vorging. Er wußte, was die *Margoi* von Kiina erwartete; eine letzte Pflicht, die er ihr gerne abgenommen hätte. Aber er durfte es nicht. Er wußte, daß Kiina ihn hassen würde, wenn er es tat.

Schließlich wandte sie sich wieder der sterbenden *Errish* zu, nickte kaum merklich und beugte sich vor, um ihre Stirn zu küssen.

Skar wandte sich um, als er sah, wie Kiina den Dolch aus dem Gürtel zog.

Skar konnte hinterher nicht sagen, wie lange sie brauchten, um zur Erdoberfläche zurückzukehren. Aber die Sonne ging bereits unter, als sie aus einem schmalen Spalt im Fels traten und Elay vor ihnen lag; nur ein Steinwurf entfernt, aber leider auf der falschen Seite. Sie mußten die Stadt völlig umrunden, um zu den Pferden zurückzukommen, und als sie es geschafft hatten, war es völlig dunkel geworden. Und als hätten sie noch nicht genug Schwierigkeiten, dachte er ärgerlich, war die Nacht fast sternenlos. Es regnete noch immer, und die dichtgeschlossene Wolkendecke verschluckte auch noch das bißchen Licht, das der Mond spendete. Die Felsen, hinter denen Titchs Quorrl lagerte, waren nicht mehr zu erkennen. Selbst Elays Mauern waren zu formloser Schwärze geworden, deren Nähe man eher spürte als sah.

Er half Kiina, in den Sattel zu steigen, und sie war erschöpft genug, seine ausgestreckte Hand zu ergreifen. Skar konnte ihr Gesicht in der herrschenden Dunkelheit nicht erkennen, aber er ersparte sich die Frage, wie sie sich fühlte; ihr schneller, flacher Atem und die müde, weit über den Hals des Pferdes nach vorne gebeugte

Haltung, in der ihr Schatten im Sattel saß, erzählte ihm genug über Kiinas Zustand. Der Rückweg war anstrengend gewesen, selbst für ihn, und es war genau das geschehen, was er nicht nur erwartet, sondern Kiina sogar *prophezeit* hatte: Sie hatte ihre Kräfte überschätzt und nicht einmal versucht, sie einzuteilen. Die letzten zwei-, dreihundert Meter auf dem Wege nach oben war sie mehr gekrochen als gegangen.

Er band die beiden Pferde los, schwang sich auf den Rücken seines eigenen Reittieres und wischte sich mit einer beiläufigen Bewegung den Regen aus dem Gesicht, während sein Blick die Nacht im Westen absuchte. Die Wolkendecke war so dicht, daß er selbst das Meer nur hörte und roch, nicht sah. Sie würden aufpassen müssen, der Steilküste nicht zu nahe zu kommen. Elay lag zwar nur fünfzig Schritte vom Meer entfernt, dafür aber fünf*hundert* Fuß *über* ihm.

Seufzend griff er nach Kiinas Zügel, knotete sie auf und hielt die Lederriemen lose in der linken Hand, während er mit der anderen sein eigenes Tier lenkte. Kiina ließ es widerspruchslos geschehen, als wäre sie niemals das trotzige Kind gewesen, als das er sie in den letzten drei Wochen kennen und gleichermaßen lieben wie hassen gelernt hatte. Vielleicht würde sie es nie mehr sein, nach dem, was sie in der Höhle der Drachen erlebt hatte.

Er verscheuchte den Gedanken und konzentrierte all seine Sinne darauf, den Weg vor ihnen zu beobachten. Er konnte wenige Schritte weit sehen, nicht besonders gut, und wirklich nicht weit, aber weit genug, um nicht Gefahr zu laufen, sich unversehens auf der falschen Seite der Steilküste wiederzufinden und herauszufinden, wie lange ein Pferd samt Reiter brauchte, um fünfhundert Fuß weit in die Tiefe zu stürzen. Trotzdem fühlte er sich nicht sicher. Der Gedanke, in fast völliger Finsternis zu den wartenden Quorrl zurückreiten zu müssen, behagte ihm nicht, aber es dauerte eine Weile, bis ihm klar wurde, daß seine Furcht andere Gründe hatte. Er hatte die Worte der *Margoi* nicht vergessen: der Sturm, der den tödlichen Staub nach Elay getragen hatte, war vom *Meer* her gekommen.

Für eine geraume Weile ritten sie schweigend nebeneinander her. Die einzigen Geräusche waren das rhythmische Klatschen der

Wellen eine Turmhöhe unter ihnen und das gleichmäßige Prasseln des Regens, der den Boden unter den Hufen ihrer Pferde in Morast verwandelte. Im nachhinein kam es Skar fast absurd vor, daß dieser Regen, unter dem sie alle seit Tagen ritten und auf den jeder von ihnen schon aus Leibeskräften geflucht hatte, ihnen aller Wahrscheinlichkeit nach das Leben gerettet hatte. Hätte er nicht den allergrößten Teil des tödlichen Staubes aus der Stadt gespült... Das entstellte Gesicht der sterbenden *Margoi* tauchte vor ihm auf, und er schauderte. Allein dafür würde er sie vernichten, das schwor er sich. Nicht dafür, daß sie sie getötet hatten, sondern für die Art und Weise, *wie* es geschehen war. Der Tod war ein Teil der Natur, den Skar schon immer akzeptiert hatte, selbst als er noch kein Krieger und später Satai war. Und auch der gewaltsame Tod war ihm nicht fremd; er hatte ihn oft genug selbst gebracht. Aber dieser Staub, der Tausende von Menschenleben in einer Sekunde auslöschte und die, die ihm entkamen, bei lebendigem Leibe verfaulen ließ, das war –

Nur konsequent, Bruder, flüsterte eine lautlose Stimme in ihm. *Sie kämpfen mit den Waffen, die sie beherrschen, so wie du mit deinen. Was ist falsch daran?*

Aber es *war* etwas Falsches an diesem Gedanken, etwas entsetzlich Falsches und Böses. Skar wußte noch nicht genau, was – oder vielleicht doch, er wußte es, aber es war ihm – noch – nicht möglich, es in Worte zu fassen – aber er dachte auch nicht daran, jetzt auch noch mit dieser lautlosen Stimme in seinem Inneren zu *diskutieren,* die ihn seit seiner Geburt quälte und ihn manchmal zwang, Dinge zu tun, die er nicht tun wollte. Seinen *Dunklen Bruder* hatte er sie genannt, vor Jahren, in einem anderen Leben und einem Anflug von Spott und bitterer Selbstironie und lange, bevor er auch nur ahnte, was das böse Flüstern in seinen Gedanken *wirklich* zu bedeuten hatte. Damals hatte er nicht gewußt, *wie* entsetzlich richtig dieser Name war.

Seit zwei Wochen wußte er es.

Und manchmal fragte er sich, wie er mit diesem Wissen überhaupt noch leben konnte.

»Skar?« Kiinas Stimme drang nur undeutlich durch das Prasseln des Regens, obwohl sie so dicht neben ihm ritt, daß sein Bein manchmal ihren Sattel berührte. Skar sah sie an, behielt aber dabei trotzdem den Weg im Auge, obwohl er wußte, daß seine Angst unbegründet war: die Pferde würden sehr viel besser als er darauf achten, der Steilküste nicht zu nahe zu kommen.

»Ja?«

»Die Quorrl!« sagte Kiina zögernd. »Wohin gehen sie?«

Skar runzelte die Stirn. *Was sollte diese Frage? Kiina wußte die Antwort so gut wie er.* Trotzdem sagte er laut: »Nach Norden.«

»Und du gehst mit ihnen? Du wirst tun, was... die *Margoi* dir gesagt hat?«

»Ich hätte es sowieso getan«, antwortete Skar. »Aber jetzt erst recht.« Er ahnte, warum Kiina Fragen stellte, deren Antworten sie seit zwei Wochen kannte. Besorgt fragte er sich, was er sagen sollte, wenn sie die Frage stellte, die er *befürchtete.*

Was sie in genau diesem Moment tat. »Nimmst du mich mit?«

Er seufzte. »Jetzt nicht, Kiina – bitte. Laß uns später darüber reden. Ich... will nicht denken.« Das entsprach sogar der Wahrheit. Sie hatten auf dem Weg durch das unterirdische Labyrinth kein Wort miteinander gewechselt, und nicht nur aus Schwäche. Er *wollte* nicht wissen, was die Vernichtung Elays und der Errish für ihre weiteren Pläne bedeutete, nicht jetzt. Er war einfach erschöpft; auf eine Art, die Kiina nicht verstehen würde. Er wollte für ein paar Augenblicke so tun, als hätte sich nichts geändert.

»Aber ich muß es wissen«, beharrte Kiina. »*Bevor* wir die Quorrl erreichen.«

»Du weißt, daß es nicht geht«, antwortete Skar ausweichend. »Titch würde es nicht zulassen. Ganz davon abgesehen, daß es zu gefährlich ist –«

»Für ein kleines Mädchen wie mich?« unterbrach ihn Kiina aufgebracht.

Skar dachte nicht daran, auf ihren aggressiven Ton einzugehen oder sich mit ihr zu streiten.

»Auch für einen alten Satai wie mich«, antwortete er ungerührt. »Meine Chancen, zurückzukommen, sind nicht sehr gut. Kein Mensch hat jemals das Land der Quorrl betreten. Jedenfalls keiner, der zurückgekommen wäre, um davon zu berichten.« Was nicht ganz der Wahrheit entsprach. Aber er war viel zu müde, um sich auf langatmige Erklärungen einzulassen.

»Es gibt keinen sicheren Ort mehr auf Enwor«, antwortete Kiina. »Das hast du selbst gesagt.«

Skar resignierte. Er hätte hundert passende Ausreden gehabt, aber er wußte auch, daß Kiina keine von ihnen gelten lassen würde. Sie erwachte langsam aus ihrem Schock, aber sie war noch lange nicht in dem Zustand, vernünftig mit ihm zu diskutieren. So wählte er die einfachste Lösung und sagte noch einmal: »Titch läßt es nicht zu.«

»Titch läßt es nicht zu!« äffte Kiina ihn nach. »Und was wird er zulassen, dein famoser fischgesichtiger Freund? Daß ich hier zurückbleibe und wie die anderen sterbe?«

»Unsinn. Der Weg in den Norden ist weit. Wir werden einen Ort finden, an dem du bleiben kannst. Ich bin sicher –«

»Ich begleite dich«, beharrte Kiina.

»Ja«, sagte Skar gelassen. »Bis zur nächsten Stadt. Oder zur nächsten *Errish,* auf die wir stoßen. Ende der Diskussion«, fügte er mürrisch hinzu.

Kiina widersprach tatsächlich nicht, aber nur, um nach einer Weile mit veränderter Stimme und einer anderen Taktik fortzufahren: »Du hast es der *Margoi* versprochen.«

»Habe ich das?«

Kiina nickte heftig. »Du hast ihr dein Wort gegeben, auf mich aufzupassen«, erklärte sie mit jener falschen, aber schwer zu widerlegenden Logik, mit der sich Kinder schon immer gegen Erwachsene zu behaupten gewußt haben. »Wie kannst du das, wenn du nicht in meiner Nähe bist?«

Skar antwortete gar nicht darauf. Sie führten diesen Streit in der einen oder anderen Form seit zwei Wochen, seit sie Del und das Heer verlassen hatten. Alle Argumente waren längst gesagt und hundertmal wiederholt worden, ohne dadurch besser oder schlechter zu werden.

»Und der Ring?« fuhr Kiina fort. »Du hast versprochen, ihn mir zu geben, wenn es soweit ist!«

Skar zog den winzigen Silberring vom kleinen Finger – dem einzigen Glied, auf das er paßte – und hielt ihn ihr hin. »Willst du ihn haben?«

Kiinas Reaktion überraschte ihn. Er hatte nicht damit gerechnet, daß sie nach dem Ring greifen würde, und das tat sie auch nicht – aber er hatte auch nicht damit gerechnet, daß sie erschrokken zurückfuhr und nur noch mit Mühe einen Schrei unterdrückte.

»Nein!« sagte sie hastig. »Ich will ihn nicht. Noch nicht. Vielleicht nie.«

Skar war verwirrt. Zögernd steckte er den Ring wieder ein, nahm ihn fast in der gleichen Bewegung noch einmal hervor und ließ ihn ein paarmal auf der Handfläche hin und her rollen. Es war eine wunderbare Arbeit, ein Schmuckstück, das trotz seiner Schlichtheit der Führerin der *Errish* würdig war – jede einzelne Schuppe des Schlangendrachens, als der er gestaltet war, war mit großer Kunstfertigkeit ausgearbeitet, und die beiden winzigen Rubine, die die Augen bildeten, funkelten in einem geheimnisvollen inneren Licht, als würden sie wirklich leben. Plötzlich erfüllte ihn die Vorstellung, ihn wieder anzulegen, mit Unbehagen. Skar schloß die Faust um den Ring und schob ihn nach kurzem Zögern in eine Tasche seines Gürtels.

»Was bedeutet dieser Ring?« fragte er. »Ich meine – hat er Zauberkräfte, oder birgt er ein Geheimnis? Kann man einen Dämonen damit beschwören?« Er lachte bei diesen Worten, aber selbst Kiina mußte merken, daß sich hinter ihrem scherzhaften Klang mehr Furcht verbarg, als Skar recht war.

Sie schüttelte den Kopf. »Nichts von alledem. Er ist nur ein Stück Silber. Aber er ist das Symbol ihrer Macht. Wer ihn trägt, der kann den Thron Elays besteigen. Wer ihn *rechtmäßig* trägt«, fügte sie mit bewußt boshafter Betonung hinzu.

»Wenn du glaubst, ein größeres Anrecht auf ihn zu haben...« Skar bewegte die Hand zum Gürtel, und wieder registrierte er, daß Kiinas Kopfschütteln eindeutig *erschrocken* war.

»Nein!« sagte sie. »Ich will ihn nicht. Er –«

Ein grellweißer Lichtblitz zerriß die Nacht, gefolgt von einem hellen, peitschenden Kreischen, in das sich nach Sekunden ein dumpfes Brüllen mischte, weit entfernt, aber so machtvoll wie der Laut zusammenstürzender Berge. Kiina schrie auf und stürzte vor Schrecken um ein Haar aus dem Sattel, und auch Skar fuhr herum und blickte entsetzt in die Richtung, aus der das Tosen erklungen war. Fast in der gleichen Sekunde flammten ein zweiter und ein dritter Blitz auf und sengten feurige Spuren in die Nacht, diesmal aber in völliger Stille.

Kiina begriff einen Sekundenbruchteil vor ihm, was das lautlose Lichtgewitter zu bedeuten hatte. »Scanner!« keuchte sie. »Das... das sind *Errish*, Skar! Sie schießen!«

Ja, dachte Skar. *Und ich glaube, ich weiß sogar, worauf.*

»Du bleibst hier!« sagte er. Er warf Kiina die Zügel zu, rammte seinem Pferd die Absätze in die Flanken und sprengte los, so schnell, daß sie gar keine Chance hatte, ihm zu folgen, selbst wenn sie es versuchte. Sein Pferd versuchte auszubrechen und schlug im vollen Galopp mit den Hinterläufen aus, halb wahnsinnig vor Angst, aber Skar trieb es unbarmherzig weiter. Wieder zerriß ein Blitz die Nacht, und wieder, und wieder. Rücksichtslos trieb er sein Pferd zu noch größerer Schnelligkeit an, beugte sich tief über seinen Hals und versuchte zu erkennen, wohin der rasende Galopp führte. Der Regen stach wie mit Nadeln in seine Haut und seine Augen, jetzt, als er ihm direkt entgegensprengte, und alles, was weiter als drei oder vier Schritte vor ihm lag, war hinter einer silbernen Wand aus fast waagerecht fallenden Schleiern verborgen, in die er direkt hineingaloppierte. Dazu kamen die grellen Blitze der Scanner, die farbige Nachbilder auf seiner Netzhaut hinterließen und ihn so fast völlig blind machten.

Dann hörte er die erste Schreie: das dumpfe, wütende Brüllen der Quorrl, die spitzen Kampfschreie von Menschen *(Menschen? Er hoffte, daß es Menschen waren, aber er war ganz und gar nicht sicher)*, und ein machtvolles, wütendes Knurren, das ihm einen eisigen Schauer über den Rücken jagte. Und schließlich geschah das, was bei einem Wahnsinnsritt wie diesem fast unausweichlich war: sein Pferd stolperte. Skar konnte hören, wie sein Bein brach, als es im Morast ausglitt und stürzte. Instinktiv rollte er sich ab, federte, den Schwung seines eigenen Sturzes ausnutzend, wieder in die Höhe und fiel vornüber mit dem Gesicht in den Schlamm, als auch er auf dem morastigen Untergrund das Gleichgewicht verlor.

Der Sturz rettete ihm das Leben.

Eine weiße Linie aus Feuer schnitt zwei Handbreit über ihm durch die Luft, und fünfzig Fuß hinter ihm schoß ein brüllender Geysir aus Glut und verdampftem Schlamm in die Höhe. Skar wälzte sich zwei-, dreimal zur Seite, sprang auf die Füße und schrie vor Schmerz auf, als kochender Morast und glühendheißer Dampf auf seinen Rücken herabregneten. Ein zweiter Lichtblitz stach nach ihm. Skar sprang blitzschnell zur Seite, stürzte erneut und robbte mit verzweifelter Kraft in den Schutz eines Felsens.

Das Scannerfeuer hörte auf. Fünf, zehn Atemzüge lang lag Skar einfach da und wartete auf den letzten, vernichtenden Lichtblitz, der den lächerlichen Felsen einfach pulverisieren mußte, dann hob er behutsam den Kopf und spähte über den Rand seiner Deckung hervor.

Er sah nichts als den strömenden Regen und den Widerschein des Strahlengewitters auf der anderen Seite der Felsgruppe, hinter der Titchs Quorrl lagerten. Ein Stück vor sich glaubte er einen Schatten wahrzunehmen, war sich aber nicht sicher genug, sein Leben auf diese Vermutung zu setzen. Angestrengt starrte er in die silbrigen Schleier hinaus und versuchte den Schatten wiederzufinden. Es gelang ihm, aber er war auch diesmal nicht sicher, ob es sich wirklich um einen Angreifer handelte, oder etwa nur den Umriß eines Felsens, dem der strömende Regen nur die Illusion von Bewegung verlieh. Aber immerhin wurde nicht mehr auf ihn geschossen.

Skar war auch klar, warum. Der Angreifer hatte ihn ebenso aus den Augen verloren wie er umgekehrt ihn. Einen Scanner zu benutzen, bedeutete nicht zwangsläufig, vor der Blendwirkung seiner sengenden Lichtblitze gefeit zu sein.

Skar ließ weitere fünf, zehn schwere Herzschläge verstreichen, ehe er sich vorsichtig bewegte. Der Morast war so tief, daß er bis über die Ellbogen einsank und kaum von der Stelle kam, aber er schützte ihn auch gleichzeitig: selbst wenn der Angreifer genau in seine Richtung sah, würde er ihn höchstens durch Zufall entdekken, denn auch Skars Kleidung war mittlerweile über und über mit dem schwarzbraunen Schlamm bedeckt.

Dann sah er die Bewegung zum dritten Mal, und diesmal erkannte er, womit er es zu tun hatte. Es war eine *Errish*, die nur wenige Schritte entfernt auf einem Felsbuckel hockte und angestrengt in den Regen hinaussah. Für einen Moment richtete sich ihr Blick – und der Scanner in ihrer Hand, der der Bewegung ihrer Augen getreulich folgte! – direkt auf ihn, aber Skars Vermutung bestätigte sich: der Regen machte sie so blind wie ihn. Die tödliche Strahlenwaffe schwenkte weiter und richtete sich dorthin, wo sein Pferd in der Dunkelheit lag.

Skar erwog blitzschnell seine Chancen, sich unbemerkt an die Gestalt heranschleichen zu können. Besonders gut waren sie nicht. Die Sicht war schlecht genug, sich bis auf vier, fünf Schritte an einen normalen Gegner heranpirschen zu können, aber er wußte, wie scharf die Sinne einer *Errish* waren; und zudem war sie nervös und würde garantiert auf alles schießen, was ihr verdächtig vorkam.

Es war die *Errish* selbst, die die Entscheidung herbeiführte, denn sie erhob sich plötzlich von ihrem Felsen und watete mit kleinen, vorsichtigen Schritten durch den Morast auf ihn zu.

Skar preßte sich tiefer in den Schlamm, der mittlerweile fast so dünnflüssig wie Wasser war. Mit angehaltenem Atem wartete er, daß sie näher kam. Als sie es tat, konnte er unter der weit nach vorn gezogenen Kapuze ihres Mantels für einen Moment ihr Gesicht erkennen und erschrak. Sie war noch ein halbes Kind, kaum älter als Kiina. Skar verwarf den ohnehin nicht sehr ernsthaft erwogenen Gedanken, seinen Dolch zu ziehen und sie durch einen gezielten Wurf auszuschalten. Statt dessen preßte er sich noch tiefer in den Schlamm, konzentrierte sich, um all seine Kräfte zu sammeln – und stieß sich ab.

Seine Hände und Knie fanden auf dem rutschigen Untergrund keinen richtigen Halt. Sein Sprung war viel zu kurz. Ungeschickt flog er auf die *Errish* zu, sah, wie sie herumfuhr und ihn aus erschrocken geweiteten Augen anstarrte, gleichzeitig aber auch den

Scanner hob, unbeschadet der Tatsache, daß die Wirkung der Strahlenwaffe auch sie verletzen, wenn nicht töten mußte, wenn sie aus einer so geringen Entfernung auf ihn schoß. Skar warf sich verzweifelt zur Seite, streckte die Arme aus – und bekam ihr Fußgelenk zu fassen.

Er mußte sie nicht einmal niederringen. Die pure Wucht seines Sturzes riß die *Errish* von den Füßen. Sie schrie auf, kippte in einer fast grotesken Bewegung nach hinten und feuerte noch im Sturz ihre Waffe ab. Der Scanner sengte einen blauweißen Halbkreis aus Licht in den Himmel und erlosch, als die Waffe ihren Fingern entglitt und im Morast versank. In der nächsten Sekunde war Skar über der *Errish* und preßte ihre Schultern gegen den Boden.

Jedenfalls wollte er es.

Aber die Frau mit dem Gesicht eines Kindes reagierte ganz anders, als er erwartet hatte. Statt sich zu wehren oder gegen seine Hände zu stemmen, warf sie sich im Gegenteil zurück, zog plötzlich die Knie an und streckte dann blitzartig die Beine aus. Skar fühlte sich mit einem Male gewichtslos. Im hohen Bogen flog er über den Kopf der *Errish* hinweg, schlug einen halben Salto in der Luft und klatschte in den Schlamm. Der Aufprall war weich, fast federnd, aber er blieb trotzdem eine Sekunde lang benommen liegen. Die Technik, mit der ihn die *Errish* abgeschüttelt hatte, war ihm bekannt, und nicht einmal besonders schwer zu erlernen. Aber er hatte einfach nicht damit gerechnet. Die *Errish* waren Frauen, die Wissen und die Heilung von Krankheiten und Wunden brachten; niemand, der auf Satai-Art zu kämpfen gelernt hatte.

Diese hier hatte es, wie Skar in der nächsten Sekunde auf äußerst schmerzhafte Art erfahren mußte. Er stand auf, aber wieder war die *Errish* schneller. Sie war bereits auf den Füßen, und sie beging nicht etwa den Fehler, entscheidende Sekunden damit zu verschwenden, nach ihrer Waffe zu suchen, sondern griff ihn sofort an. Ihre Hände krallten sich in sein Haar, rissen seinen Kopf zurück und fast unmittelbar wieder nach vorne, so daß er erneut das Gleichgewicht verlor, und eine halbe Sekunde später traf ihr hochgerissenes Knie seine Kiefer.

Skar keuchte vor Schmerz, stürzte rücklings und mit hilflos pendelnden Armen in den Schlamm und versuchte die Benommenheit abzuschütteln. Ein Fußtritt traf seinen Hals und verfehlte die Kehle nur um Millimeter. Skar riß instinktiv die Arme hoch, spürte, daß er etwas traf und hörte einen spitzen, schmerzerfüllten Schrei, dem der sonderbar weiche Aufprall eines Körpers im Schlamm folgte.

Stöhnend wälzte er sich herum, stemmte sich auf Hände und Knie hoch und versuchte Morast und Regen fortzublinzeln, die ihm in die Augen liefen. Sein Schädel dröhnte, und er hatte Mühe, zu atmen. Aus den Augenwinkeln sah er, wie sich die *Errish* neben ihm taumelnd erhob. Er trat nach ihr, verfehlte sie, zwang sie aber zumindest, einen Schritt zurückzuweichen, so daß auch ihm Zeit blieb, vollends aufzustehen.

Die *Errish* schlug nun eine andere Taktik ein. Sie mußte begriffen haben, daß er entschieden zu kräftig war, als daß sie sich auf ein Handgemenge mit ihm einlassen konnte, und begann ihn zu umkreisen, auf eine Art, die Skar nur zu gut kannte, langsam, mit gespreizten, in den Knien leicht eingeknickten Beinen und vorgebeugtem Oberkörper, die linke Hand zur Faust geballt vor dem Magen, die andere lose pendelnd an der Hüfte. Skar wußte jetzt, daß es ein Satai gewesen sein mußte, der ihr diese Art zu kämpfen beigebracht hatte.

»Hör auf!« sagte er schweratmend. »Ich will dich nicht um –«

Die *Errish* sprang mit einem spitzen Schrei auf ihn zu, täuschte einen Fausthieb vor und vollführte dann eine blitzartige Drehung, aus der heraus sie mit aller Kraft zutrat. Skar fing den Tritt mit dem Handballen ab und fegte sie seinerseits mit einem Tritt gegen ihr Standbein von den Füßen. Und diesmal war er gewarnt. Blitzschnell war er über ihr, preßte sie gegen den Boden und drückte ihr Gesicht für zwei, drei Sekunden in den Schlamm, ehe er sie losließ. Die *Errish* riß den Kopf in die Höhe und rang keuchend nach Atem. Gleichzeitig versuchte sie mit den Händen sein Gesicht zu erreichen, um ihm die Augen auszukratzen. Ihre Kapuze verrutschte, und Skar grub die Hand in ihr langes, schwarzes Haar und drückte ihr Gesicht ein zweites Mal in den Morast.

Und er ließ sie erst los, als ihre verzweifelte Gegenwehr schwächer wurde.

»Bist du jetzt vernünftig?« fragte er.

Die *Errish* hustete qualvoll und machte eine Bewegung, von der er wenigstens annahm, daß sie ein Nicken sein sollte. Skar ließ sie vollends los und richtete sich auf. Er sah ihre Bewegung einen Sekundenbruchteil zu spät. Ihre Faust schoß vor, traf seinen linken Rippenbogen und brach ihn.

Skar brüllte vor Schmerz, brach abermals in die Knie und riß die *Errish* noch im Fallen mit und begrub sie halb unter sich. Sie wehrte sich mit aller Kraft und schrie vor Zorn und Angst, aber Skar ließ ihr keine Chance mehr. Seine Hand glitt an ihrem Nakken empor, suchte eine bestimmte Stelle und drückte kurz und hart zu. Ein krampfhaftes Zucken lief durch den Körper der *Errish*, dann erschlaffte sie.

Sekundenlang blieb Skar mit geschlossenen Augen einfach über ihr liegen. Seine – zum zweiten Mal innerhalb kurzer Zeit! – gebrochene Rippe schmerzte höllisch, und jedes Luftholen tat so weh, als versuche er gemahlenes Glas einzuatmen. Mit aller Macht kämpfte er den Schmerz nieder, stemmte sich in eine halb sitzende Position hoch und preßte die Hand auf die pochende Rippe. Die Verletzung war nicht lebensgefährlich; nicht einmal besonders schlimm, aber sie tat doppelt weh, als Skar die Augen öffnete und auf den schmalen Mädchenkörper vor sich herabstarrte. Verdammt, wer war er, daß er sich von einem Kind halb tot schlagen ließ?

Mühsam arbeitete er sich in die Höhe, schob die Hände unter die Achselhöhlen der Bewußtlosen und schleifte sie stöhnend zu dem Felsen zurück, auf dem sie gesessen hatte, als er sie entdeckte. Sie würde für mindestens eine Stunde bewußtlos sein, vielleicht länger, und er wollte nicht, daß sie im Morast ertrank. Sorgfältig überzeugte er sich davon, daß sie nicht von dem Felsen herunterrutschen konnte, falls sie sich im Schlaf bewegen sollte, dann richtete er sich auf und blickte wieder nach Süden.

Das Lichtgewitter und Schreien auf der anderen Seite der Felsen hielt an. Das wütende Brüllen von Quorrl drang durch den Regen zu ihm, das Klirren aufeinanderprallender Schwerter, aber auch immer wieder die peitschenden Entladungen der Scanner und das Knurren von mindestens einem Drachen.

Skar rannte los.

Als er zusammen mit Kiina nach Elay aufgebrochen war, war ihm der Weg nicht sehr weit vorgekommen. Jetzt erschien er ihm endlos. Skar rannte, so schnell es in der fast undurchdringlichen Dunkelheit überhaupt möglich war. Der Felsgrat, hinter dem Titchs Lagerplatz war, tauchte in fast regelmäßigen Abständen als scharf abgegrenzter schwarzer Schattenriß aus der Nacht auf, aus der Dunkelheit herausgestanzt vom grellen Widerschein der Scannerschüsse, deren Peitschen jetzt immer lauter und schneller erklang, und einmal glaubte er einen Schatten neben sich durch den Regen taumeln zu sehen, war aber zu schnell vorbei, um sicher zu sein.

Er erreichte die Felsen und begann wie besessen zu klettern. Zehn, fünfzehn Fuß, höher war die Wand nicht; aber sie stieg fast senkrecht auf, und der Regen hatte den Stein glitschig werden lassen, so daß er immer wieder den Halt zu verlieren drohte und nur mit äußerster Vorsicht klettern konnte. Als er den Grat der schmalen Felsbarriere erreichte, war er völlig erschöpft. Seine Finger bluteten, und seine gebrochene Rippe schickte weißglühende Pfeile aus Schmerz in seinen Brustkorb und machte es ihm fast unmöglich, zu atmen.

Skar preßte sich gegen den Felsen, so eng er konnte, und blickte in die Senke vor sich herab. Am Morgen, als sie sie erreicht hatten, war sie nicht nur ihm, sondern auch Titch und seinen Kriegern wie ein perfektes Versteck vorgekommen, groß genug, selbst fünfzig Quorrl samt der gleichen Anzahl Packpferde aufzunehmen und ihnen gleichermaßen Schutz vor dem Regen wie vor einer zufälligen Entdeckung zu gewähren; und eine natürliche Festung dazu, denn sie war bis auf einen schmalen Durchschlupf an drei Seiten von Felsen umschlossen; die vierte, offene Seite bildete die Steilküste, die kein Angreifer überwinden konnte, der nicht über Flügel verfügte.

Jetzt war sie zur Falle geworden, denn die Angreifer *hatten* Flügel. Unweit des wie mit einem Messer gezogenen Felsabbruches der Steilküste schwebten vier oder fünf gigantische Daktylen in der Luft, häßlichen übergroßen Fledermäusen mit absurden Hammerköpfen gleich, und unter ihnen tobte eine entsetzliche Schlacht.

Skar konnte trotz seiner erhöhten Position nicht viel erkennen. Von den Rücken der Drachenvögel aus zuckten immer wieder grelle Strahlenblitze in die Felsschüssel hinab und verwandelte die Nacht in ein stroboskopisches Flackern tiefster Schwärze und blendendweißen Lichts, aber der rasende Wechsel von Hell und Dunkel blendete ihn fast mehr, als es die Nacht und der Regen getan hatten. Aber immerhin konnte er genug sehen, um zu erkennen, daß sich Titchs Quorrl nicht mehr sehr lange würden halten können. Die, die noch am Leben waren, hieß das.

Die Daktylen und ihre Reiter waren nicht die einzigen Angreifer. Kaum zwei Armeslängen von Skar entfernt erhob sich die massige, grüngeschuppte Gestalt eines gewaltigen Drachen, in dessen Nacken ein schlanker schwarzer Schatten saß, und auch unter ihm bewegten sich *Errish;* dazu andere, im flackernden Licht nur unscharf zu identifizierende Wesen, die zu wuchtig aussahen, um Menschen zu sein, aber zu klein für Drachen. Gut die Hälfte des kleinen Quorrl-Heeres lag tot oder verwundet am Boden, niedergestreckt von den unablässig aufzuckenden Lichtpfeilen der Scanner oder den schrecklichen Krallen der Daktylen, die immer wieder auf das kleine Tal herabstießen und mit Klauen und Schnäbeln nach ihren Feinden hackten, und was von Titchs Heer noch am Leben war, das hatte sich zwischen das Gewirr von Felstrümmern und -brocken zurückgezogen, das das hintere Drittel des Tales ausfüllte. Wahrscheinlich war diese natürliche Deckung der einzige Grund, aus dem der Kampf nicht längst zu Ende war, denn nicht einmal der riesige Drache der *Errish* wagte es, sich ihr zu nähern: aus den Spalten und Winkeln, in denen die Quorrl Schutz gesucht hatten, schlug ihm ein unablässiger Strom von Pfeilen und Bolzen entgegen, und selbst, wenn er ihn überwunden hätte, hätte er sich an den messerscharfen Kanten und Graten des Lavagesteins höchstwahrscheinlich den Bauch aufgeschlitzt. Skar sah, daß es

den kleineren Drachenwesen nicht besser erging. Die Quorrl hatten eine große Zahl von ihnen mit Pfeilschüssen niedergestreckt und hielten die anderen mit ihren Speeren auf Distanz.

Trotzdem gab es keinen Zweifel am Ausgang des Kampfes. Von den Rücken der kreisenden Daktylen aus stießen immer wieder grelle Lichtblitze nach den Quorrl, und die *Errish* im Nacken des großen Drachen feuerte mit einer anderen, sehr viel wirkungsvolleren Waffe auf die verschanzten Schuppenkrieger: Skar konnte nicht erkennen, was sie in den Händen hielt, aber es war groß und silberfarben und wuchtig, und es schleuderte armdicke Blitze auf die Felsen herab, der von dem peitschenden, schmerzhaft lauten Geräusch begleitet wurde, das er gehört hatte. Selbst diese entsetzliche Waffe reichte nicht aus, die Deckung der Quorrl zu durchbrechen, aber wo ihre Blitze die Felsen trafen, glühten diese in dunklem Rot auf, und die Hitze trieb Titchs Männer schreiend aus ihrer Deckung. Direkt in das Scannerfeuer der anderen *Errish* oder die zupackenden Klauen der Drachen hinein.

Skar hatte genug gesehen. Seine Rippen pochten noch immer, aber er hatte sich jetzt weit genug in der Gewalt, den Schmerz an den Rand seines Bewußtseins zu drängen, wo er ihn nicht beeinträchtigen würde. Vorsichtig richtete er sich auf, kroch bis zu einer Stelle, die ihm günstig erschien – und sprang.

Diesmal hatte er sich nicht verschätzt. Er landete so dicht neben der Flanke des riesigen grauen Drachen, daß er sich an seinen rauhen Schuppen die Haut aufriß, nutzte den Schwung seines Aufpralles aus, um sich sofort wieder abzustoßen, und grub Finger und Zehen in den glitzernden Schuppenpanzer des Drachen. Die Bestie brüllte zornig auf, als sie die Berührung spürte. Ihr Schwanz peitschte und ließ den Felsen hinter ihr bersten, aber ihre Reiterin begriff die Bedeutung dieser Bewegung zu spät. Sekundenlang kämpfte sie in dem schmalen Sattel hinter ihrem Schädel verzweifelt um ihr Gleichgewicht, ehe sie endlich auf den Gedanken kam, sich herumzudrehen. Eine Sekunde lang starrte sie Skar fassungslos an, dann versuchte sie sich herumzudrehen und ihre Waffe zu heben.

Sie schaffte es nicht mehr. Skar hatte den Rücken des Drachen erreicht und warf sich mit weit ausgebreiteten Armen nach vorne. Für einen unendlich kurzen, aber entsetzlichen Moment glaubte er, sich verrechnet zu haben und ins Leere zu greifen, aber dann bekam er den linken Arm und den Gürtel der Drachenreiterin zu fassen, packte mit aller Kraft zu und riß sie mit sich. Aneinandergeklammert fielen sie in die Tiefe. Skar versuchte sich noch im Fallen herumzudrehen, um den Sturz mit seinem eigenen Körper aufzufangen, aber es gelang ihm nicht mehr ganz. Sein Rücken schrammte am Vorderlauf des Drachen entlang, dann prallte er auf und spürte, wie in dem schmalen Frauenkörper in seinen Armen irgend etwas zerbrach. Skar wußte, daß sie tot war, noch ehe sie in seiner Umklammerung erschlaffte.

Fluchend sprang er auf, brachte sich mit einem Satz aus der unmittelbaren Reichweite des Drachen und machte sofort einen zweiten, entsetzten Hüpfer, als etwas Großes, Muskelbepacktes auf ihn zuschoß, das nur aus Panzerplatten und Klauen und einem weit aufgerissenen Maul voller scharfer Zähne zu bestehen schien.

Er fiel, trat noch im Sturz nach dem Bein des Angreifers und keuchte vor Schmerz, ohne den Vormarsch des Ungeheuers dadurch auch nur zu *verlangsamen*. Das *Ding* – eines der sonderbaren Echsenwesen, das er vom Felsen aus beobachtet hatte, raste auf ihn zu, verfehlte ihn und prallte ungeschickt gegen die Flanke des großen Drachen, vom Schwung seiner eigenen Bewegung nach vorne gerissen, und der Drache wiederum reagierte so, wie Drachen es im allgemeinen zu tun pflegten, wenn sie sich angegriffen fühlten: sein Schwanz zuckte, traf den winzigen Gegner in einer fast beiläufigen Bewegung und zerschmetterte ihn.

Skar sprang auf die Füße, sah sich wild um. Es kam ihm selbst fast unglaublich vor – aber bisher schien niemand auch nur Notiz von ihm genommen zu haben! Die *Errish* und ihre reptilienhaften Verbündeten konzentrierten sich so auf die Quorrl, daß sie seinen Angriff nicht einmal bemerkt hatten! Vielleicht hatte er doch noch eine Chance.

Er entdeckte, wonach er suchte: die Waffe der *Errish*. Sie lag nur wenige Schritte von ihm entfernt, halb im Schlamm versunken, aber deutlich zu erkennen. An ihrer Seite leuchtete in regelmäßigen Abständen ein winziges rotes Licht auf, wie ein kleines funkelndes Auge. Hastig lief er hin, bückte sich danach und hörte ein dumpfes Knurren über sich. Der Drache versuchte nach ihm zu beißen, aber es fiel Skar nicht schwer, seinem Angriff auszuweichen. Jetzt, wo er der telepathischen Führung seiner Reiterin beraubt war, war er wieder nichts als ein Tier, ein riesiges, gefährliches Tier, das aber gottlob ebenso dumm wie stark war. Er machte ein paar Schritte zur Seite, hob die Waffe hoch und versuchte, ihre Handhabung zu ergründen.

Eine der *Errish* sah direkt in seine Richtung. Skar erstarrte – und die *Errish* drehte sich wieder herum und zielte mit ihrem Scanner auf die Quorrl! Und dann begriff Skar: niemand hatte seinen Angriff beobachtet, und in seinem schwarzen Mantel und über und über mit Schlamm bedeckt, wie er war, hielten sie ihn in der Dunkelheit für eine der Ihren!

Skar wich einen weiteren Schritt zurück, versuchte in den Schatten der Felsen zu kommen und sah abermals die Waffe an. Sie ähnelte in nichts den Scannern, wie er sie von Kiina und den anderen *Errish* kannte, sondern bestand eigentlich nur aus einem dicken, mit zahllosen Wülsten und Ausbuchtungen übersäten Rohr und einem Schulterstück, aber ihre Handhabung war ihm sofort klar. Es gab einen kleinen Abzug, wie den einer Armbrust, und als er das offene Ende des Rohres berührte, fuhr er schmerzhaft zusammen. Es war glühend heiß.

Skar schob sich vorsichtig an der Felswand entlang. Der Drache knurrte wieder, versuchte aber nicht noch einmal, ihn anzugreifen, sondern verfolgte nur jede seiner Bewegungen aus kleinen, mißtrauischen Augen. Der Verlust seiner Reiterin hatte das Tier verwirrt, aber gottlob nicht rasend gemacht, wie es manchmal bei Drachen vorkam, die lange Zeit mit einer *Errish* zusammengewesen waren.

Trotzdem umging Skar ihn in respektvollem Abstand, ehe er wieder aus den Schatten der Felsen heraustrat und sich einer Gruppe von drei *Errish* näherte. Sie mußten seine Schritte hören, aber auch sie schienen ihn für eine der Ihren zu halten, denn keine von ihnen drehte sich auch nur herum – und als sie ihren Irrtum bemerkten, war es zu spät. Skar schlug der ersten die geballte Faust zwischen die Schulterblätter, brachte die zweite mit einem Kolbenhieb der Strahlenwaffe zu Fall und riß die dritte *Errish* so grob herum, daß sie vor lauter Schrecken ihre Waffe fallenließ und nicht einmal auf den Gedanken kam, sich zu wehren. Skar packte sie, legte den Arm von hinten um ihren Hals und drückte zu; nicht so fest, daß sie keine Luft mehr bekam, aber hart genug, ihr zu verdeutlichen, wie wenig Sinn irgendein Widerstand haben mußte. Dann hob er die Waffe, richtete sie schräg in den Himmel über dem Meer und drückte ab.

Ein brüllender Strom aus gleißendem, unerträglich hellem Licht brach aus dem silbernen Rohr und verwandelte die kreisenden Daktylen in schwarze flatternde Scherenschnitte. Skar sah, daß er keine von ihnen getroffen hatte; trotzdem spritzte ihre Formation in heller Panik auseinander, so daß eine oder zwei *Errish* nur noch mit Mühe ihr Gleichgewicht auf den Rücken der Drachenvögel halten konnten. Ein Chor überraschter Schreie gellte auf, und die Gesichter der meisten *Errish* wandten sich in seine Richtung. Unangenehmerweise auch die meisten ihrer Waffen.

»Aufhören!« brüllte Skar. »Hört sofort mit diesem Wahnsinn auf!«

Sein Schrei wäre nicht einmal nötig gewesen. Das Scannerfeuer hatte aufgehört, und auch die Reptilienwesen stellten ihre Angriffe auf die verschanzten Quorrl ein, was Skars Vermutung bestätigte, daß sie von den *Errish* telepathisch gelenkt wurden; der Kampf erlahmte binnen einer Sekunde, und Skar konnte beinahe körperlich fühlen, wie sich aller Aufmerksamkeit auf ihn konzentrierte. Eine der schwarzgekleideten Gestalten vor ihm hob ihre Waffe, schoß aber nicht, und über der Steilküste erschien wieder der flatternde Schatten einer Daktyle.

»Hört auf!« rief Skar noch einmal. »Ihr wißt nicht, was ihr tut!«

»Du weißt nicht, was du tust!« Eine der *Errish* kam näher. Skar konnte ihr Gesicht nicht erkennen, aber allein der Klang ihrer Stimme verriet ihm, daß er es mit einer Frau zu tun hatte, die es gewohnt war, Befehle zu erteilen. »Laß Rani los, oder du bist tot!« Sie hob ihren Scanner, um ihre Worte zu unterstreichen. Skar ver-

stärkte den Druck auf die schmale Gestalt in seinem Arm noch ein wenig, und die *Errish* stöhnte vor Schmerz.

»Keinen Schritt weiter!« drohte er. »Oder deine Schwester stirbt! Ich bin nicht euer Feind! Ich will nur mit euch reden!«

Die *Errish* kam zögernd näher. Die Waffe in ihrer Hand blieb unverändert auf Skars Gesicht gerichtet, aber er spürte, daß sie nicht abdrücken würde. Die Gefahr, auch die *Errish* zu töten, die er wie einen lebenden Schutzschild vor sich hielt, war zu groß.

»Nur reden? Wer bist du? Wo ist Mira? Sie –« Die *Errish* brach ab, als sie die reglose Gestalt neben dem Drachen erblickte. »Du hast sie umgebracht!« Sie hob ihre Waffe. »Dafür stirbst du!«

Skar wich zurück und machte gleichzeitig zwei, drei rasche Schritte zur Seite. Hinter seinem Rücken erklang abermals das drohende Knurren des Drachen, und er konnte den scharfen Reptiliengestank spüren, den das Ungeheuer ausstieß. »Dann solltest du aber verdammt gut zielen«, sagte er. »Wenn du den Drachen triffst und er anfängt zu toben, dann überlebt in diesem Tal niemand.«

»Was willst du?« fragte die *Errish* aufgebracht. »Gehörst du zu diesen verdammten Zauberpriestern? Du täuschst dich, wenn du glaubst, daß wir tatenlos zusehen, wie deine verdammte Quorrl-Bande und du –«

»Verdammt, ich stehe auf eurer Seite!« brüllte Skar. »Und die Quorrl auch!«

Für ein paar Sekunden wurde es still. Vollkommen still. Selbst das Prasseln der Flammen, die sich hier und da noch gegen den Regen wehrten, schien gedämpft. Auf den Zügen der *Errish* machte sich ein fassungsloser, fast entsetzter Ausdruck breit, aber nur für einen Moment. Dann schüttelte sie heftig und mehrmals hintereinander den Kopf und verzog abfällig das Gesicht.

»Du lügst!« sagte sie.

»Ich bin ein Satai«, antwortete Skar. »Schau mich an. Hast du jemals gehört, daß ein Satai lügt? Ich kam hierher, weil ich mir Hilfe von den *Errish* versprach!«

»Und die Quorrl?«

»Sie begleiten mich«, antwortete Skar. »Ich ließ sie zurück, damit niemand in Elay bei ihrem Anblick die Nerven verliert und einen Fehler macht – nicht, damit deine Leute sie abschlachten!« Und dann tat er etwas, was die *Errish* vollkommen verblüffte – mit einer wütenden Bewegung stieß er seine Gefangene von sich, trat auf die Gestalt im schwarzen Mantel zu und senkte seine Waffe. »Und jetzt erschieß mich, wenn es dir Spaß macht, du Närrin!«

Die *Errish* starrte ihn an. Ihre Waffe blieb weiter auf Skar gerichtet, aber auf ihren Zügen kämpften widerstrebende Empfindungen miteinander; sie war verunsichert und auf eine Weise entsetzt, die er nur zu gut nachempfinden konnte. Aber er spürte, daß er gewonnen hatte, wenn er nicht im letzten Moment noch einen Fehler beging.

»Du... du gehörst nicht zu den Zauberpriestern?« fragte die *Errish* stockend.

Skar verneinte. »Und Titchs Krieger ebensowenig. Sie gehören zu dem Heer, das uns die Quorrl sandten, um Ikne und die südlichen Länder zu befreien.«

Die Lippen der *Errish* begannen zu zittern. »Wer... wer bist du?« fragte sie.

»Mein Name ist Skar«, antwortete Skar. »Ich bin ein Satai. Ein *Hoher Satai*, wenn du es genau wissen willst, du dummes Weib! Del, der Kriegsherr der Satai, sandte mich nach Elay, um mit der *Margoi* Kontakt aufzunehmen.« Plötzlich wurde er zornig. Sein Entsetzen über dieses neuerliche, sinnlose Töten machte sich in Wut Luft, die er nicht mehr zu beherrschen imstande war. »Er wußte nicht, daß ich auch einen Haufen blindwütiger Amazonen treffen würde, die erst schießen und dann denken! Wer führt euch an?«

»Ich... ich glaube dir nicht!« antwortete die *Errish*. Ihre Stimme war schrill. Sie schrie mehr, als sie sprach. »Du lügst! Die *Margoi* ist tot, wie alle anderen, und... und...« Sie verlor den Faden, begann zu stammeln und schien plötzlich alle Mühe zu haben, die Tränen zurückzuhalten.

Skar sah sie genauer an. Er war ihr jetzt nahe genug, um ihr Gesicht erkennen zu können, und er sah, daß sie ebenso jung war wie das Mädchen, das ihn draußen zwischen den Felsen angegriffen hatte; nur ein paar Jahre älter als Kiina, wenn überhaupt. Und auch die Gesichter der anderen, die nach und nach näher gekommen waren, erschienen ihm nicht wesentlich älter. *Großer Gott – hatten sich Titchs Quorrl eine Schlacht mit Kindern geliefert?*

Aber selbst dieser Gedanke vermochte seine Wut nicht völlig zu besänftigen. Zornig hob er die Waffe, schleuderte sie der *Errish* vor die Füße und starrte sie an. »Dann erschießt mich meinetwegen!« fauchte er. »Oder ruf deine Schwestern zurück und geh aus dem Weg!«

Ohne die Antwort der *Errish* abzuwarten, fuhr er herum, ging an ihr vorbei und näherte sich den Felsen, zwischen denen sich Titchs Quorrl verschanzt hatten. Die *Errish*, denen er begegnete, traten zögernd beiseite. Skar versuchte, in den Schatten vor sich Einzelheiten zu erkennen. Hier und da glühte der Felsen noch, wo er von den Schüssen der fürchtlichen Lichtwaffe getroffen worden war; dumpfes Stöhnen und Schmerzlaute drangen zwischen den Felsen hervor, und überall lagen die massigen Gestalten verletzter oder toter Quorrl.

Skar blieb stehen, als er sich den Felsen bis auf zehn Schritte genähert hatte, und hob die Arme. »Ich bin es, Skar!« rief er, so laut er konnte. »Nicht schießen!«

Er bekam keine Antwort, blieb ein paar Sekunden reglos stehen und ging dann vorsichtig weiter. Die Schatten zwischen den Lavafelsen bewegten sich; Metall klirrte. Skar blieb abermals stehen, ließ die Arme wieder sinken und drehte den Kopf von rechts nach links. »Ist Titch noch am Leben?« rief er.

Nicht weit von ihm bewegte sich etwas. Ein dumpfes Kollern erscholl, und ein verirrter Lichtstrahl brach sich auf Metall und ließ es golden auffunkeln.

»Den Göttern sei Dank, du lebst!« sagte Skar. »Es ist alles in –«

»Ich habe gehört, was ihr geredet habt«, unterbrach ihn der Quorrl, während er sich vollends hinter seiner Deckung aufrichtete. Etwas in seiner Stimme warnte Skar. »Was wolltest du sagen, *Mensch?*« Er sprach das Wort wie eine Beschimpfung aus. »Daß alles in Ordnung ist? Die Hälfte meiner Männer sind tot, aber es war alles nur ein Irrtum, wie? Ein bedauerliches Mißverständnis?«

Er kam näher, und zum ersten Mal seit Wochen wieder kam Skar wirklich zu Bewußtsein, wie groß und unglaublich *stark* Titch war, selbst für einen Quorrl. Zum ersten Mal seit Wochen hatte er wieder Angst vor ihm.

»Dann können wir ja jetzt unsere Wunden lecken und weiterziehen, wie?« fuhr Titch fort: kalt, gefühllos, als versuche ein Stein zu reden. »Es war ja alles nicht so gemeint. Und es tut mir auch wirklich leid, Satai, wenn wir eine oder zwei deiner *Errish* verletzt haben sollten, bei dem Versuch, unser Leben zu retten.«

»Bitte, Titch«, sagte Skar. »Ich verstehe ja, daß du –«

Titchs Hand zuckte vor, packte Skar und riß ihn mit brutaler Kraft in die Höhe. Skar verlor den Boden unter den Füßen, keuchte vor Schrecken und unterdrückte im letzten Moment den Impuls, sich losreißen zu wollen. Titchs Augen funkelten ihn durch den dünnern Sehschlitz des schweren goldenen Helmes an wie glitzernde Diamanten, und er sah Haß darin, einen brennenden, unbezwingbaren Haß, der ihn schaudern ließ. Er wollte etwas sagen, aber er bekam keine Luft; Titchs Faust schnürte ihm den Hals zu.

»Du«, knurrte der Quorrl, »verstehst *gar nichts*, Satai. Du bist auch nur –« Er brach ab, starrte Skar eine weitere, quälende Sekunde lang aus brennenden Augen an und öffnete warnungslos die Faust. Skar taumelte zurück, konnte einen Sturz nicht mehr ganz verhindern und fiel auf ein Knie herab.

Als er sich wieder aufrichtete, hatte der Quorrl sich herumgedreht und die gesunde Hand zur Faust geballt. Er stand vollkommen reglos da, breitbeinig, die gewaltigen Schultern gebeugt wie unter einer unsichtbaren Zentnerlast, und trotzdem überragte er Skar noch immer um mehr als Haupteslänge.

»Titch, ich –«

»Schweig«, sagte der Quorrl. »Bitte.«

»Kein Kampf mehr?« fragte Skar leise.

Sekundenlang antwortete Titch nicht. Dann schüttelte er kaum merklich den Kopf. »Nein. Geh, Satai. Geh zu deinen *Freunden.*«

Skar wollte weiterreden, aber dann spürte er, daß Worte jetzt sinnlos waren. Was immer er sagen konnte, es würde alles nur noch schlimmer machen. Niedergeschlagen drehte er sich um und ging zu den *Errish* zurück.

Er sah jetzt, daß es nicht sehr viele waren; zusammengenommen mit den dreien, die er niedergeschlagen hatte, nicht viel mehr als ein Dutzend, die zwischen den knorrigen Gestalten der Reptilienwesen sonderbar klein und verwundbar wirkten. Und sie waren wirklich alle so jung, wie er geglaubt hatte. Die Gesichter, die ihn schreckensbleich unter den schwarzen Kapuzen hervor anstarrten, waren die von Kindern, die nicht einmal begreifen konnten, was sie getan hatten.

Er trat wieder auf die *Errish* zu, mit der er gesprochen hatte. »Sie legen die Waffen nieder«, sagte er bitter. »Der Kampf ist vorbei.«

»Du meinst, sie ergeben sich?« fragte die *Errish*.

Skar ohrfeigte sie.

Er wollte es nicht, aber seine Hand bewegte sich einfach ohne sein Zutun und versetzte ihr eine schallende Ohrfeige, die sie meterweit zurücktaumeln ließ. Eines der Mädchen neben ihr sog scharf die Luft ein und hob seine Waffe. Skar starrte sie an, und der Scanner senkte sich wieder. Wütend eilte er der *Errish* nach, packte sie bei den Schultern und riß sie herum. »Nein!« sagte er. »Sie *ergeben* sich nicht! Sie beenden den Kampf, falls du den Unterschied begreifst! *Sie* wissen nämlich, wer ihre Feinde sind!«

Die junge *Errish* hob erschrocken die Hand vor das Gesicht, als hätte sie Angst, noch einmal geschlagen zu werden, und plötzlich sah Skar Tränen in ihren Augen. »Es... es tut mir leid, Satai!« stammelte sie.

»Leid?« Skar lachte böse. »So? Dort drüben liegen zwanzig tote Männer, Kleines! Warum gehst du nicht zu Titch hinüber und entschuldigst dich bei ihm?« Er versetzte ihr einen Stoß, der sie abermals zurück- und in die Arme einer ihrer Schwestern taumeln ließ. Zorn packte ihn, ein furchtbarer, hilfloser Zorn, der vielleicht um so schlimmer war, als er gleichzeitig begriff, daß diese Kinder nicht einmal *verstanden,* was er überhaupt meinte. Wütend drehte er sich herum, machte ein paar Schritte zurück in Richtung auf die Felsen, zwischen denen sich die Quorrl allmählich aufrichteten, und blieb wieder stehen.

Warum? dachte er. *Warum mußte alles, was er begann, so enden? War es wirklich so, wie er einmal zu Küna gesagt hatte: daß ein Fluch auf ihm lastete, der alle verdarb, die in seine Nähe kamen?*

Er hob den Kopf und starrte zu den Felsen empor, darauf gefaßt – fast in Erwartung –, den *Daij-Djan* zu sehen, seinen finsteren Schatten, der gekommen war, um sein Werk zu betrachten und ihn höhnisch anzugrinsen. Aber er war nicht da. Vielleicht hatte er ihn besiegt, in Drasks Burg, vielleicht hatte er sich auch nur zurückgezogen und beobachtete ihn, wartete auf einen Moment, in dem er ihn noch härter treffen konnte.

Schritte drangen in seine Gedanken. Er sah auf, blickte in das Gesicht der jungen *Errish*, dessen linke Seite sich bereits rötete, und wollte sich umdrehen, ehe er begriff, daß er sich damit nicht weniger närrisch benehmen würde als sie.

»Skar, es... es tut mir leid«, murmelte die *Errish*. »Du... du mußt mir glauben, daß ich wirklich dachte, ihr... ihr wärt...« Sie sprach nicht weiter, sondern blickte ihn flehend an, und Skar glaubte zu spüren, was in ihr vorging. In ihr und allen anderen. Aber er tat ihr nicht den Gefallen, irgendeine dumme Bemerkung zu machen, die sowieso nichts ändern würde. Dieses dumme Kind hatte genug Schmerz ausgeteilt, um ein wenig davon zurückzubekommen.

»Du dachtest?« fragte er hart. »*Was* dachtest du?«

»Wir haben nur die Quorrl gesehen«, antwortete die *Errish* mit zitternder Stimme. Ihr Blick irrte über Skars Gesicht, suchte nach einem Zeichen von Verständns oder Vergebung und fand keines von beiden. »Nicht dich! Sie... sie näherten sich Elay, und... und wir dachten, sie wären gekommen, um... um die Stadt zu besetzen, oder –«

»Die Stadt besetzen?« unterbrach sie Skar. »Fünfzig Quorrl? Eine Stadt wie Elay?«

»Sie haben sie vernichtet!« sagte das Mädchen. Plötzlich konnte sie die Tränen nicht mehr zurückhalten. »Sie haben... ganz Elay zerstört. Sie sind alle tot, Satai. *Alle!*« Das letzte Wort schrie sie.

»Ich weiß«, antwortete Skar. »Ich war dort.«

»Wir dachten, ihr... ihr gehört zu *ihnen*«, fuhr die *Errish* fort, die gar keine *Errish* war, sondern nur ein dummes Kind, das sich einen Mantel übergestreift hatte, der ihm zu groß war. Und entschieden zu schwer. »Sie haben die Stadt zerstört, aber... aber niemand kam, um nachzusehen. Niemand kam, um... um etwas zu tun oder... oder...« Sie atmete tief ein und raffte all ihre Kraft zusammen, um mit gefaßterer Stimme und jetzt wieder fast trotzig weiterzusprechen: »Wir dachten, sie kämen im Auftrag der Zauberpriester, um sich davon zu überzeugen, daß Elay auch wirklich vernichtet ist.«

Skar glaubte ihr. Was sie erzählte, war das, was er erwartet hatte. Und was hätten sie auch tun sollen? Sie waren keine Kriegerinnen, und schon gar keine *Errish*, sondern Kinder. Ein schwarzer Mantel und ein paar telepathische Kunststücke und eine Handvoll einer Million Jahre alter Zauberwaffen machten keine Erwachsenen aus ihnen. Skar konnte sie sogar verstehen. Es waren Mädchen wie Kiina; Kinder, die zu unwichtig gewesen waren, als daß die Sternenbestie sich für sie interessierte, die vielleicht nur durch Zufall dem Tod entronnen waren. Sie hatten hilflos mit ansehen müssen, wie ihre Heimat und all ihre Freunde und Familienmitglieder getötet worden waren, umgebracht von einem Feind, den sie nicht einmal kannten. Sie hatten gar nicht anders gekonnt, als die Quorrl anzugreifen. In seinen Zorn mischte sich Mitleid. Aber er vermochte keines von beiden auszudrücken; nicht in diesem Moment. »Wie ist dein Name, Kind?« fragte er.

»Anschi«, antwortete die *Errish*.

»Anschi, so.« Skar dachte an Titch, und er fragte sich, was der Quorrl nun tun würde. Sie waren keine Freunde, das würden sie niemals werden, so sehr es sich Skar insgeheim wünschte, aber sie waren zumindest *Verbündete* gewesen, als sie den langen Weg in den Norden antraten. Jetzt... er wußte es einfach nicht. Aber die Vorstellung, daß das, was hier geschehen war, daß dieses lächerliche *Mißverständnis* vielleicht das Schicksal ganz Enwors verändern konnte, trieb ihn fast in den Wahnsinn.

»Habt ihr von euren Müttern auch die Heilkunst geerbt, oder nur ihre Waffen?« fragte er.

»Ein wenig«, antwortete Anschi zögernd.

»Dann nimm deine Schwestern und geh zu Titch«, sagte Skar leise. »Seine Männer werden eure Hilfe brauchen. *Falls* sie sie annehmen, heißt das.«

Die Quorrl *nahmen* die Hilfe der *Errish* an, wenn auch erst nach langem Zögern und nachdem Titch es ihnen befohlen hatte. Kaum einer war ohne mehr oder weniger schwere Verletzungen davongekommen, aber es gab auch sehr viel weniger Tote, als Skar beim ersten Anblick des Talkessels befürchtet hatte. Ihre Rüstungen, vor allem die dicken hornigen Schuppenpanzer, hatten selbst dem tödlichen Scannerfeuer seine schlimmste Wirkung genommen. Nur neun der insgesamt fünfzig Krieger, die mit ihnen aufgebrochen waren, überlebten die Nacht nicht.

Und die *Errish* taten ihr Bestes, den übrigen zu helfen.

Aber ihr Bestes war nicht sehr viel. Sie waren begnadete Helferinnen – die Geschicklichkeit, mit der sie Wunden der Quorrl versorgten, hätten jeden Arzt vor Neid erblassen lassen. Aber sie *verbanden* nur. Sie *heilten* nicht. Skar sah nichts von der fast magischen Begabung, Wunden zu heilen und Schmerzen zu lindern, die den Ruf der *Ehrwürdigen Frauen* überall auf Enwor begründet hatten. Anschi und ihre Mädchen brachten Blutungen zum Stehen, legten Salben auf Verbrennungen und schienten gebrochene Glieder; aber all das hätte auch Skar oder ein beliebiger anderer gekonnt, mit der entsprechenden Ausbildung. Von der magischen Heilkraft einer echten *Errish* sah Skar nichts in den zwei Stunden, in denen er den Mädchen half, die am schlimmsten verletzten Quorrl zu versorgen.

Er verlor kein Wort darüber, aber er begriff, daß seine Befürchtung richtig gewesen war. Von diesen Kindern würde er keine Hilfe zu erwarten haben.

Nach einer halben Stunde stieß Kiina zu ihnen; begleitet von einer bleichen, humpelnden *Errish*, deren Augen vor Schrecken groß und rund wurden, als sie ihn erkannte. Skar würdigte sie keines Blickes, winkte aber Kiina zu sich und erklärte ihr mit wenigen, knappen Worten, was vorgefallen war. Zu seiner Überraschung hörte Kiina zu, ohne ihn ein einziges Mal zu unterbrechen, und gesellte sich dann wortlos zu Anschis Mädchen, um ihnen zu helfen.

Es wurde Mitternacht, bis sie das Schlimmste geschafft hatten und endlich auch Skar an der Reihe kam, seine Wunden versorgen zu lassen. Es war Anschi selbst, die sich seiner gebrochenen Rippe und den zahllosen kleinen und großen Kratzern und Schrammen auf seiner Haut annahm, und obwohl sie sich alle Mühe gab und sich auch wirklich geschickt anstellte, fügte sie ihm erheblich mehr Schmerzen zu, als er es bei einer *Errish* erwartet hatte. Trotzdem: nachdem sie fertig war, fühlte sich Skar wesentlich besser. Sein Brustkorb war bandagiert worden, so daß ihm das Atmen schwer fiel, aber wenigstens nicht mehr weh tat, und auf seine Hautabschürfungen hatte Anschi eine übelriechende, aber angenehm kühlende Salbe aufgetragen. Eine fast wohltuende Schwäche hatte sich in seinen Gliedern breitgemacht. Er wünschte sich, schlafen zu können. Aber natürlich war daran in dieser Nacht nicht mehr zu denken.

Er bedankte sich bei Anschi, stand auf und ging mit langsamen Schritten zu den Quorrl hinüber. Obwohl jetzt klar war, daß die Quorrl von den jungen *Errish* nichts mehr zu befürchten hatten, lagerten sie immer noch in einer Art Verteidigungsstellung: einem dicht geschlossenen Kreis, in dessen Mitte sich die Verwundeten befanden und den keine *Errish* betreten durfte; die Quorrl, deren Wunden versorgt werden mußten, wurden von ihren Kameraden zu den *Errish* hin- und anschließend wieder zurückgetragen. Nicht einer von Titchs Quorrl hatte seine Waffen aus der Hand gelegt, und ihr improvisierter Lagerplatz befand sich ganz bestimmt nicht durch Zufall in unmittelbarer Nähe des Felsengewirrs, in dem sie während des Kampfes Deckung gefunden hatten. Skar registrierte all dies mit großer Besorgnis. Er konnte die Spannung, die in der Luft lag, beinahe fassen. Normale Menschen und Quorrl, das war schwierig genug. *Errish* und Quorrl, das war wie Feuer und Wasser. Er hatte das Gefühl, auf einem gewaltigen Pulverfaß zu sitzen, dessen Zündschnur er brennen hören, aber nicht sehen konnte.

Er entdeckte Titch inmitten seiner Männer und wollte zu ihm gehen, aber einer der Quorrl vertrat ihm den Weg. Skar war sicher, daß der Krieger ihn erkannte; schließlich waren sie zwei Wochen zusammen geritten, und auch wenn Skar nicht die Namen und Gesichter aller Quorrl kannte, so bestand doch kein Zweifel, daß diese *ihn* kennen mußten. Trotzdem gab der Quorrl den Weg erst frei, als Titch eine entsprechende Bewegung machte.

Titch empfing ihn unfreundlich, fast aggressiv. »Was willst du?«

»Mit dir reden«, antwortete Skar.

»Reden? Worüber?« Der Quorrl machte eine zornige Bewegung mit der gesunden Hand.

»Über das, was geschehen ist«, antwortete Skar. Es fiel ihm schwer, ruhig zu bleiben. Titch hatte allen Grund, zornig zu sein, und auf eine schwer zu begründende Art fühlte sich Skar mitschuldig an dem, was geschehen war. Trotzdem ärgerte ihn Titchs herausfordernde Art. »Ob es Konsequenzen hat, und wenn ja, welche.«

»Konsequenzen?« Titch legte den Kopf schräg und starrte Skar aus seinen kalten Schlangenaugen nachdenklich an. »Ja, die hat es. Wir werden jetzt ein wenig schneller in den Norden kommen. Die Pferde müssen neun Reiter weniger tragen. Vielleicht auch zehn oder elf.«

Skar schluckte die scharfe Antwort, die ihm auf der Zunge lag, herunter. »Ich war in Elay, Titch«, sagte er überflüssigerweise. »Die Stadt ist zerstört.«

»Wie praktisch«, fauchte Titch. »Das erspart mir die Mühe, es selbst zu tun.«

»All ihre Bewohner sind tot.«

»Alle nicht«, grollte Titch. »Aber ich wollte, es wäre so.«

»Titch, bitte«, sagte Skar. »Dein Selbstmitleid bringt uns nicht weiter.«

»Selbstmitleid?« Der Quorrl lachte böse. »Was für ein praktisches Wort. Wir Quorrl kennen es nicht, aber ich weiß, was es bedeutet. Es ermöglicht euch, alles abzutun, was euch unbequem erscheint, nicht wahr?«

Skar überging auch diese Herausforderung. Er spürte ganz genau, daß Titch ihn reizen wollte, und es gelang ihm auch – Skar kochte innerlich bereits vor Zorn. Aber er hatte sich gut genug in der Gewalt, sich nicht provozieren zu lassen.

»Der Angriff auf euch war ein Irrtum«, sagte er. »Ein Fehler.«

»So, ein Fehler?« unterbrach ihn Titch höhnisch. »Na, dann bin ich ja beruhigt, wenn es nur ein *Fehler* war.«

»Ja, es *war* ein Fehler«, antwortete Skar, nicht mehr ganz so ruhig, wie er wollte. »Ein unverzeihlicher Fehler, wenn dir diese Formulierung lieber ist. Aber er ist nun einmal geschehen, und du kannst ihn mir genauso anlasten wie diesen *Errish*. Oder dir selbst.«

»So?« fragte Titch. »Was habe ich falsch gemacht? Ist es nur der Umstand, daß ich überhaupt geboren worden bin, oder hätte ich –«

»Das reicht«, sagte eine scharfe Stimme hinter Skar. Titch sah auf und preßte wütend die Lippen aufeinander, und Skar fuhr überrascht und zugleich erschrocken zusammen, als er sich umdrehte und Anschi erkannte, die in Kiinas Begleitung herangekommen war. Ihr Blick flammte vor Zorn, als sie abwechselnd Skar und den Quorrl ansah.

»Du bist der Anführer der Quorrl?«

Titch schwieg. Anschi starrte Skar an, begriff, daß sie auch von ihm keine Antwort bekommen würde und kam noch einen Schritt näher. Hinter ihr und Kiina schloß sich der Ring aus gepanzerten schuppigen Leibern wieder, der sich geöffnet hatte, um die beiden jungen Frauen hindurchzulassen, und Skar fragte sich erst jetzt und mit einiger Verspätung, wieso die Quorrl *sie* anstandslos hatten passieren lassen, nachdem man selbst *ihm* den Zutritt verwehrt hatte. Plötzlich hatte er Angst. Er wußte nicht mehr, ob der Ausdruck auf den schwer zu deutenden Reptiliengesichtern der Quorrl nur Mißtrauen oder mehr war.

»Ich bin gekommen, um mich bei dir zu entschuldigen«, fuhr

Anschi fort, als Titch auch nach einer Weile keine Anstalten machte, zu reden, sondern sie nur weiter anstarrte. »Ich wollte dich um Verzeihung bitten, Quorrl. Aber du bist ja viel zu sehr damit beschäftigt, dich zu streiten und dir selbst leid zu tun.«

Titch starrte sie für die Dauer von drei, vier Atemzügen weiter ausdruckslos an, machte einen schwerfälligen Schritt auf sie zu und streckte die Hand aus. Seine Pranke war größer als Anschis Kopf, und Skar sah, wie die junge *Errish* innerlich zusammenfuhr, als Titchs goldgepanzerte Faust sich ihrem Gesicht näherte. Aber sie hatte sich erstaunlich gut in der Gewalt und rührte keinen Muskel, und nach einer Weile senkte Titch die Faust wieder und sah zu seinen Kriegern hinüber. Wahrscheinlich bemerkten es weder Anschi noch Kiina, aber Skar kannte den Quorrl mittlerweile zu gut, als daß ihm der lautlose Befehl entgangen wäre, den er seinen Männern gab. Der Wall aus Leibern, der sich hinter Kiina und der jungen *Errish* gebildet hatte, zog sich ein kleines Stück weit zurück. Skar atmete innerlich auf.

»Wie ist dein Name?« fragte Titch. »Du bist eine *Errish?* Führst du sie?«

»Welche Frage soll ich zuerst beantworten?« gab Anschi zurück. Skar warf ihr einen raschen, warnenden Blick zu, und Anschi fuhr hastig fort: »Ich bin die *Tochter* einer *Errish.* Mein Name ist Anschi, und ich führe diese Patrouille, ja.«

»Du bist... noch sehr jung«, sagte Titch nachdenklich. »Selbst für einen Menschen.«

Skars Blick wurde fast beschwörend, und Anschi verstand die Warnung, die darin lag. »Wir fragen nicht, wie alt jemand ist«, antwortete sie vorsichtig. »Sondern was er *kann.*«

»Ihr hättet uns alle getötet, wäre Skar nicht gekommen«, fuhr Titch fast nachdenklich fort. Anschi schwieg.

Skar blickte beunruhigt zu dem gigantischen Quorrl hoch. Was hatte Titch vor? Er hatte den Quorrl nicht als einen Mann kennengelernt, der Konversation machte – wahrscheinlich wußte Titch nicht einmal, was dieses Wort bedeutete. Wenn er redete, dann nur, wenn es nötig war.

»Hättet ihr es getan?« beharrte Titch, als Anschi nicht antwortete.

»Ja«, sagte die *Errish* schließlich. »Das hätten wir. Wir hätten es zumindest versucht.«

»Und es wäre euch gelungen«, sagte Titch. Plötzlich lachte er, ein tiefer, grollender Laut, der Anschi abermals erschrocken zusammenfahren ließ. Es gab nur wenige Menschen, die einen Quorrl jemals hatten lachen hören.

»Du imponierst mir, Menschenjunges«, sagte er. »Du bist nicht sehr klug. Was du für Tapferkeit hältst, ist mehr Unbesonnenheit, aber du imponierst mir, denn du bist ehrlich.«

»Dann haben wir... Frieden?« fragte Anschi zögernd.

»Wir werden nicht mehr gegeneinander kämpfen«, antwortete Titch, und nicht nur Skar begriff, daß das nicht genau die Antwort war, die die *Errish* hatte hören wollen. Aber vielleicht war es mehr, als sie alle hatten erwarten können. Skar spürte die Feindseligkeit, die wie ein übler Hauch in der Luft war, überdeutlich.

Anschi atmete hörbar auf, dann runzelte sie plötzlich die Stirn und deutete auf den blutgetränkten Verband um Titchs Hand. »Deine Hand«, sagte sie. »Sie ist verletzt. Laß mich danach sehen.«

Titch schüttelte den Kopf, und Skar sagte rasch: »Das ist keine Wunde, die du heilen könntest, Kind.«

»Aber ich –«

»Es ist auch keine Wunde, die eine echte *Errish* heilen könnte«, fuhr Skar ruhig fort. »Kümmere dich um die anderen Quorrl. Sie brauchen deine Hilfe nötiger.«

Anschi blickte verwirrt zwischen ihm und Titch hin und her, maß den blutigen Fetzen um Titchs Hand noch einmal mit einem langen, irritierten Blick und machte dann eine Bewegung, die eine Mischung zwischen Kopfschütteln, Nicken und Achselzucken zu sein schien. »Deshalb bin ich hier«, sagte sie, wieder an Titch gewandt. »Viele deiner Krieger sind schwer verwundet. Zu schwer, als daß wir ihnen hier helfen könnten. Sie werden sterben.«

»Dazu sind Krieger da«, sagte Titch gelassen.

Anschi starrte ihn an, zog es aber vor, so zu tun, als hätte sie die Bemerkung überhört. Sie wandte sich an Skar. »Unser Lager ist nicht weit von hier. Drei Stunden, vielleicht vier, wenn der Regen anhält. Dort können wir den Quorrl helfen.«

Skar blickte fragend zu Titch auf. Der Quorrl schüttelte wortlos den Kopf.

»Aber sie werden sterben!« protestierte Anschi.

»Wenn es der Wille der Götter ist, so sterben sie«, sagte Titch ruhig.

Das Gesicht der jungen Frau verdunkelte sich vor Zorn, aber Titch hatte in einem Ton gesprochen, der keinen Widerspruch zuließ. Und auch Anschi schien einzusehen, daß es Wahnsinn wäre, die Quorrl mitzunehmen. Ganz davon abgesehen, daß die meisten der Verwundeten den Ritt wohl kaum überlebt hätten, war der Gedanke einfach unvorstellbar, eine Armee von Quorrl in ein Lager der *Errish* zu führen. Sie wandte sich an Skar und schlug eine andere Taktik ein.

»Kiina hat mir erzählt, warum ihr hier seid«, sagte sie. »Vielleicht können wir euch helfen.«

»Und wie?«

»Yul!« antwortete Anschi und machte eine erklärende Handbewegung. »Unsere Führerin. Sie ist...« Sie biß sich auf die Unterlippe und verbesserte sich nach einer kurzen Pause: »Sie *war* eine Vertraute der *Margoi.* Sie wird viele eurer Fragen beantworten können.«

Skar sah fragend zu Titch auf, und der Quorrl nickte. »Geh nur. Wir werden hier auf euch warten.«

»Zwei meiner Schwestern werden bei euch bleiben«, sagte Anschi. »Wir sind nicht die einzigen, die überlebt haben. Und es gibt wilde Tiere.«

»Das ist nicht nötig«, antwortete Titch, aber diesmal blieb die *Errish* stur.

»Vielleicht nicht, vielleicht doch«, sagte sie. »Oder wißt ihr, wie ihr mit einem Drachen fertig werden könnt, Quorrl? Oder einer Herde wilder Tyrr?« Sie deutete auf den Kadaver eines der Reptilienwesen, der zwischen den Felsen lag. »Sie haben das Tal der Drachen verlassen, nachdem der magische Bann Elays erloschen ist, und durchstreifen die Wüste.«

»Anschi hat recht, Titch«, mischte sich Kiina ein. »Ihr müßt lernen, einander zu vertrauen, und vielleicht ist das der erste Schritt.« Es waren die ersten Worte, die Skar sie sprechen hörte, seit sie zurückgekehrt war, und ihm fiel auf, wie matt ihre Stimme klang. Und nicht nur das: sie war bleich, und auf ihren Wangen lagen dunkle Schatten, die vor zwei Stunden noch nicht dort gewesen waren. Vielleicht wirkte sich der Schock dessen, was sie erlebt hatte, erst jetzt richtig aus. Skar fragte sich, wann er ihn zu spüren bekommen würde.

Aber der Quorrl schüttelte nur den Kopf. »Nein«, beharrte er. »Geht. Geht alle! Wir werden die Toten begraben und warten, bis die, die die Götter noch zu sich rufen, gegangen sind. Dann ziehen wir weiter.«

»Du hast uns dein Wort gegeben, Quorrl!« sagte Kiina. »Du hast –« Sie unterbrach sich, hustete, preßte die Hand gegen die Brust und verzog kurz und schmerzhaft die Lippen. Anschi sah sie besorgt an, aber Kiina schüttelte nur ärgerlich den Kopf, als sie auf sie zutreten wollte, und fuhr fast keuchend fort: »Du hast versprochen, Skar zu begleiten.«

»Du mußt mich nicht an mein Wort erinnern«, knurrte Titch.

»Wirst du es halten?« Kiina hustete wieder.

Titch überlegte einen Moment. »Vielleicht«, sagte er. »Ich muß darüber nachdenken.« Er war verstört; offensichtlich mehr überrascht als zornig über die Tatsache, zum zweiten Mal an ein und demselben Tag von einem Kind besiegt worden zu sein, wenn auch diesmal nur mit Worten.

»Dann bleib wenigstens, bis wir mit der *Errish* gesprochen haben«, sagte Skar. »Vielleicht hat sie wertvolle Informationen.«

»Für dich«, knurrte Titch gereizt.

»Für *uns*«, verbesserte ihn Skar betont. »Du hattest recht mit deiner Vermutung, Titch. Die *Errish*, die das *Wasser des Lebens* brachte, kam aus *eurem* Land.« Er fühlte sich nicht wohl dabei, den Quorrl zu belügen – was die sterbende *Margoi* ihnen erzählt hatte, das war nicht mehr, als sie ohnehin schon gewußt hatten. Aber er hatte Angst, daß Titch in seiner Erregung etwas tat, das nicht wiedergutzumachen war. Er hatte keine Chance, die Grenze der Quorrl-Länder auch nur lebend zu *überschreiten*, ohne Titchs Hilfe.

Titch überlegte eine Weile. »Bis die Sonne aufgeht«, sagte er schließlich. »Danach ziehen wir weiter.«

»Aber das reicht nicht!«

»Vielleicht doch«, mischte sich Anschi ein. »Wenn uns die Quorrl nicht begleiten, dann gibt es vielleicht einen schnelleren Weg.« Sie legte den Kopf in den Nacken und blinzelte zu den unsichtbaren Wolken im Himmel hinauf, aus denen noch immer eisiger Regen auf die Küste herabfiel. Dann sah sie wieder Skar an. »Bist du schon einmal auf einer Daktyle geritten?«

Skar nickte, und Anschi wandte sich mit einem fragenden Blick an Kiina. Sie nickte ebenfalls.

»Dann laßt uns keine Zeit mehr verliren.« Anschi machte eine Handbewegung, um ihre Worte zu unterstreichen, und drehte sich herum. Aber Skar folgte ihr nicht sofort, sondern wartete, bis Kiina und sie außer Hörweite waren. Dann wandte er sich noch einmal an Titch.

»Du wirst auf uns warten?«

»Nein«, antwortete Titch sarkastisch. »Ich lasse mir und meinen Leuten Flügel wachsen und flattere davon.«

»Ich meine es ernst, Titch«, sagte Skar. »Ich...« Er stockte. Es fiel ihm schwer, weiter zu sprechen. Die bloße Vorstellung, einem Vierhundert-Pfund-Koloß gegenüberzustehen, der das Aussehen – und meistens auch das Benehmen – eines Raubtieres hatte, und ihn um etwas zu *bitten*, dagegen sträubte sich etwas in Skar mit aller Macht. »Ich brauche dich«, sagte er schließlich.

Seine Worte überraschten den Quorrl wirklich. Wahrscheinlich kam es selten vor, daß ihn jemand um etwas *bat*. Er antwortete nicht, aber nach ein paar Sekunden deutete er ein Nicken an und drehte sich abrupt herum, und auch Skar verließ die Quorrl und eilte hinter Kiina und Anschi her.

Die *Errish* hatte das kleine Tal durchquert und war an der Steilküste stehengeblieben. Skar sah, wie sie beide Arme hob und winkte, und wenige Augenblicke später löste sich ein gewaltiger, finsterer Schatten mit ausgefransten Rändern aus der Wolkendecke und setzte ungeschickt flatternd dicht vor Anschi zur Landung an. Der Anblick ärgerte Skar schon wieder, denn er bewies, daß die *Errish* ihre Kampfdrachen nicht ganz so weit zurückgezogen hatte, wie sie versprochen hatte. Besorgt sah er zu Titch zurück, aber der Quorrl blickte nicht in seine Richtung. Er hoffte, daß er nicht die gleichen Schlüsse aus dem so plötzlichen Auftauchen der Daktyle zog wie er.

Kiina war stehengeblieben, um auf ihn zu warten. »Glaubst du, daß er Wort hält?«

Skar zuckte mit den Achseln und sah zu, wie eine zweite und dritte Daktyle in rascher Folge aus den Wolken auftauchten und mit scheinbar unbeholfenen Bewegungen dicht vor Anschi zur Landung ansetzte. »Sie haben uns mehr als tausend Meilen weit begleitet«, sagte er. »Warum sollte sich daran plötzlich etwas ändern?«

»Titch hat uns begleitet, weil er glaubte, bei den *Errish* Hilfe zu finden«, sagte Kiina ernst. »Statt dessen haben sie ihn angegriffen.«

»Es war ein schrecklicher Irrtum«, sagte Skar, obwohl er ganz und gar nicht davon überzeugt war, daß Titch dies ebenso sehen würde. Er vertraute dem Quorrl; mehr, als er den meisten *Menschen* vertraute, die er in den letzten Monaten kennengelernt hatte. Aber er mußte aufpassen, daß er nicht anfing, ihn auch als *Menschen* zu betrachten. Titch war es nicht. Er war ein Quorrl, ein Wesen, das unter völlig anderen Bedingungen geboren und aufgewachsen war, und dessen Wertvorstellungen sich nicht mit denen eines Menschen deckten. Es war unmöglich, seine Reaktionen vorauszusehen. Er antwortete nicht, sondern ging weiter, als die letzte Daktyle den Boden erreicht hatte und Anschi ihnen winkte.

Auf dem Weg zu ihr begann Kiina erneut zu husten, und diesmal war es so schlimm, daß sie stehenblieb und sich qualvoll krümmte. Skar griff nach ihr, aber Kiina schüttelte seine Hand trotzig ab und stützte sich schwer auf einen Felsen.

»Was hast du?« fragte Skar besorgt.

»Nichts«, antwortete Kiina, immer noch hustend. Ihr Atem ging schnell; trotzdem schien sie kaum Luft zu bekommen.

»Das hört sich nicht nach *nichts* an«, sagte Skar.

»Dieser verdammte Regen«, antwortete Kiina. »Da muß man ja krank werden.« Sie bekam ihre revoltierenden Lungen endlich wieder unter Kontrolle, atmete ein paarmal gezwungen tief ein und aus und wischte sich den Schweiß von der Stirn, der sich in das Regenwasser gemischt hatte. »Es ist nichts«, versicherte sie. »Yul wird mir ein Mittel geben, und morgen früh ist alles wieder vergessen. Keine Sorge.«

Wahrscheinlich hatte sie sogar recht, dachte Skar. Es war sogar ganz im Gegenteil erstaunlich, daß sie bisher *nicht* krank geworden waren, alle beide. Zwei Tage ununterbrochener Regen, Kälte und unruhiger Schlaf in nassen Kleidern ruinierten selbst die stärkste Kondition.

Trotzdem beobachtete er Kiina besorgt, während sie auf den Rücken der Daktyle kletterte, die Anschi ihr zuwies. Ihre Bewegungen waren ungelenk und verdeutlichten, wie schwach und erschöpft Kiina war. Als sie nach den Zügeln des großen Flugreptils griff, zitterten ihre Finger.

Auch Anschi war Kiinas Zustand nicht entgangen. Wortlos trat sie neben sie, löste ein kompliziert aussehendes Geschirr aus dünnen Lederriemen vom Sattel der Daktyle und begann sie damit festzuschnallen. Kiinas schwachen Protest ignorierte sie einfach.

Skar schüttelte den Kopf, als die *Errish* auch ihm beim Aufsteigen behilflich sein wollte. Nicht besonders geschickt, dafür aber sehr schnell, kletterte er in den bizarr geformten Sattel, der zwischen den zusammengefalteten Fledermausschwingen der Daktyle wie ein Geschwür aussah, und nahm die Zügel in die Hand. Die Daktyle bewegte unruhig den Kopf. Eines ihrer daumennagelgroßen, dunkelroten Augen starrte Skar mit einer Mischung aus Bosheit und Mißtrauen an. Skar schauderte. Es war nicht das erste Mal, daß er auf dem Rücken einer dieser fliegenden Bestien saß, aber seine Furcht war so stark wie beim allerersten Mal. Die Daktylen waren schnell und stark und zäh, und in den Händen einer *Errish* konnten sie zu entsetzlichen Waffen werden, aber dummerweise verfügte Skar weder über die Fähigkeit, seinen Geist telepathisch mit dem des Drachenvogels zu verschmelzen und ihn so zu beherrschen, noch war er der Meinung, daß eine Fortbewegung fünfhundert Fuß *über* der Erde etwas ganz Selbstverständliches sei. Er fragte sich, ob es stimme, was man sich über die Daktylen erzählte: daß sie die intelligentesten unter den Drachen waren. Und die heimtückischsten.

»Keine Sorge, Satai«, sagte Anschi, die seine Gefühle auf seinem Gesicht abgelesen haben mußte. »Ich fliege mit euch. Ich werde sie steuern. Halt dich einfach nur fest.«

»Alle drei?« fragte Skar zweifelnd.

»Es wird schon gehen«, antwortete Anschi leichthin. »Der Weg ist nicht sehr weit. Keine halbe Stunde, wenn der Sturm nicht zunimmt.« Sie lächelte aufmunternd, ging zu ihrem eigenen Tier und schwang sich mit einer Bewegung in den Sattel, die Skar vor Neid hätte erblassen lassen, wäre er nicht viel zu erschöpft gewesen, um Kraft für solch alberne Empfindungen zu haben.

Anschi hob die Hand, und ein Zittern lief durch den knochigen Echsenkörper zwischen seinen Schenkeln. Die Daktyle machte einen Schritt, noch einen – und startete auf die einzige Art, auf die die großen Drachenvögel sich vom Boden lösen konnten: sie stürzte fast senkrecht an der Steilküste hinab, breitete auf halber Höhe die gewaltigen Schwingen aus und verwandelte ihren Fall in einen immer flacher werdenden Gleitflug, der Skars Magen bis in seinen Hals hinaufkatapultierte und sie in unangenehme Nähe der Wasseroberfläche brachte. Erst fünf oder sechs Meter über dem Meer gelang es dem Drachenvogel, in einen waagerechten Flug überzugehen, dann schlugen seine Schwingen mit einem gewaltigen, ledernen Flappen und schaufelten Tier und Reiter wieder in die Höhe. Skar klammerte sich mit beinahe verzweifelter Kraft an die Zügel. Das Meer sackte langsam wieder unter ihm in die Tiefe, und links von seinem eigenen Reittier tauchte der bizarre Schatten einer weiteren Daktyle aus der Nacht auf. Er erkannte Anschi und hörte, daß sie ihm etwas zurief, aber er verstand ihre Worte nicht. Und es gelang ihm auch nicht, das Schwindelgfühl vollends zurückzudrängen, das der rasende Sturzflug in seinem Kopf ausgelöst hatte.

Auch nicht, als die beiden Daktylen, zu denen sich wenige Augenblicke später ein drittes Tier gesellte, weiter an Höhe gewannen und schließlich in ihren gewohnten, fast lautlosen Gleitflug übergingen, der nur manchmal von träge erscheinenden Flügelschlägen unterbrochen wurde. Im Gegenteil – es wurde immer schlimmer.

Elay glitt als formloser finsterer Schatten in der Nacht unter ihnen hinweg, und schon nach Minuten wurde der Boden vollends unsichtbar, so daß er das Gefühl hatte, durch einen endlosen finsteren Schacht zu gleiten, in dem es kein oben und kein unten mehr gab, sondern nur Kälte und schneidenden Wind und eisigen Regen, der wie mit Messern in sein Gesicht schnitt. Und doch war dieser Tunnel durch die Nacht nicht leer. Etwas war da; etwas wie eine lautlose saugende Macht, die alle Kraft aus seinem Körper fließen ließ. Skars Magen revoltierte. Ihm wurde übel, und hinter seiner Stirn drehte sich alles. Kraftlos sank er nach vorne, stützte sich mit der linken Hand auf dem Sattel ab und umklammerte mit der anderen die Zügel, nicht, um das Tier zu *lenken,* sondern um sich daran festzuklammern.

Skar fühlte eine Erleichterung wie niemals zuvor, als endlich die Lichter des Lagerplatzes unter ihnen in der Nacht erschienen. Anschi hatte gesagt, daß der Flug keine halbe Stunde dauerte, und er glaubte ihr. Trotzdem hatte er das Gefühl, seit einer Ewigkeit auf dem Rücken des bockenden Drachenvogels zu hocken. Jeder einzelne Muskel in seinem Körper war verkrampft und tat weh, und die Übelkeit kroch allmählich aus seinem Magen in die Kehle empor und wurde zu Brechreiz, den er kaum mehr beherrschen konnte. Seine verletzte Rippe meldete sich mit einem hämmernden Klopfen zurück, und als sich die Daktyle, von Anschis Willenskraft gelenkt, in eine weite Linkskurve legte und zur Landung ansetzte, wäre er um ein Haar aus dem Sattel gestürzt.

Die Flugechsen kreisten einmal über dem Lager, um ihre Geschwindigkeit herabzusetzen, so daß Skar ausreichend Gelegenheit bekam, Anschis Hauptquartier aus der Luft heraus zu betrachten. Viel gab es allerdings nicht zu sehen, trotz der zahllosen, sorgsam gegen den Regen abgeschirmten Feuer, die das von Felsen eingefaßte Rechteck erhellten. Das Lager befand sich an der Küste, mehrere hundert Fuß über dem Meer, aber das hatte Skar erwartet, schon der Daktylen wegen. Es bestand nur aus ein paar Hütten, lieblos und offensichtlich in großer Hast aus Baumstämmen und Laub zusammengezimmert, ein Pferch voller Schatten, die Pferde sein mochten, und ein Palisadenzaun, hinter dem sich mehrere Dutzend Tyrr drängten. Besonders groß konnte Anschis Kinder-Armee nicht sein. Aus irgendeinem Grund beruhigte ihn dieser Gedanke, obwohl es doch eigentlich umgekehrt sein sollte.

Dann setzte die Daktyle endgültig zur Landung an, und Skar brauchte all seine Kraft und Konzentration, um sich im Sattel zu halten. Der Drachenvogel breitete die Schwingen aus, machte ein paar ungeschickte, hoppelnde Schritte und kam ungefähr so elegant wie ein flügellahmer Albatros zum Stehen. Die Erschütterung ließ Skar im Sattel nach vorne stürzen. Instinktiv klammerte er sich fest, aber seine Hände hatten plötzlich keine Kraft mehr. Er kippte zur Seite, krallte sich in die lederne Schlinge der Daktyle und kam ungeschickt auf dem Boden auf. Ihm war noch immer schwindelig. Und die Übelkeit wurde immer schlimmer. *Was war nur mit ihm los?*

Als er sich aufrichtete und einen Schritt machte, taumelte er. Das Lager begann sich vor ihm zu drehen, kreiste, kippte zur Seite und verschwamm. Durch eine dichte Wand aus schwarzem treibendem Nebel sah er, wie Kiinas Daktyle wenige Schritte neben ihm den Boden berührte, und er registrierte auch noch die sonderbar falsche, schlaffe Haltung, in der das Mädchen im Sattel lag, aber seine Gedanken waren nicht mehr klar genug, dieser Beobachtung die Bedeutung zuzumessen, die sie hatten. Er brauchte all seine Kraft, um noch auf den Beinen zu bleiben.

Jemand sagte etwas. Skar verstand die Worte nicht, aber er erkannte zumindest die Stimme. Mühsam, taumelnd, drehte er sich herum und blickte in Anschis Gesicht. Sie wiederholte ihre Worte, aber er verstand sie auch jetzt nicht. Ihm wurde übel. Entsetzlich übel. *Dieser verdammte Vogel!* dachte er. Wenn er das nächste Mal eine Daktyle sah, dann würde er sie allerhöchstens braten, aber ganz bestimmt nicht mehr auf ihr reiten!

Er begriff noch, daß etwas an diesem Gedanken vollkommen falsch war, aber nicht mehr was, und ihm blieb keine Zeit mehr, sich über den plötzlich erschrockenen Ausdruck auf Anschis Zügen zu wundern.

Skar verlor das Bewußtsein und brach zusammen.

Er träumte, und – ungewöhnlich genug – er war sich dessen die ganze Zeit über bewußt. Es war ein wirrer, von düsteren Bereichen scheinbar grundloser Furcht durchzogener Fiebertraum, und irgendwie war er sonderbar zweigeteilt: es war, als wäre ein Teil seines Bewußtseins noch immer wach, denn er registrierte sehr wohl, daß er hochgehoben und in eine der Hütten getragen wurde, daß man ihn auszog und auf ein Bett legte und eine angewärmte Decke über ihn breitete, und daß sich kurz darauf kundige Hände an seinem Körper zu schaffen machten. Er hörte Stimmen, die er nur insoweit verstand, daß sie über ihn sprachen und sehr besorgt klangen.

Der andere, weit größere Teil seines Denkens war hilflos in den Klauen des Alptraumes gefangen. Er erlebte alles noch einmal, aber nicht in der richtigen Reihenfolge, sondern als Durcheinander scheinbar zusammenhangloser, auf schreckliche Weise ins Düstere verzerrter Bilder, die in seinem Kopf durcheinanderstürzten. Die Schlacht gegen die Quorrl, den Angriff des Wächters und sein eigener, selbstmörderischer Kampf mit der Sternenbestie, der mit jener schrecklichen Erkenntnis endete, die er selbst jetzt noch aus seinen Gedanken verbannt hatte, um nicht einfach den Verstand zu verlieren. Sein Abschied von Del, der schmerzhaft und erleichternd zugleich gewesen war, und der zweiwöchige Ritt durch ein Land, das vom Krieg verheert wurde, der Weg nach Norden, der sie zuerst einmal in den Westen geführt hatte, mehr als tausend Meilen von ihrem eigentlichen Kurs entfernt. Sein geradezu lächerlicher Entschluß, allein, nur begleitet von einem Kind und fünfzig Quorrl, die zu keinem anderen Zweck in ihre Heimat zurückkehrten, als dort zu sterben, einer Gefahr trotzen zu wollen, die bereits den größten Teil einer ganzen Welt verschlungen hatte.

Aber zu all diesen bekannten Bildern und Gesichtern und Stimmen gesellte sich in seinem Traum noch etwas Neues. Zorn. Ein dumpfer, wühlender, unbezwingbarer Zorn, der ihm zugleich auf entsetzliche Weise bekannt wie fremd war. Bekannt, weil es jene Art von mörderischer Wut war, die sich weit jenseits des bewußten Denkens abspielte und alle klare Überlegung ausschaltete, die ihn in der Vergangenheit manchmal zum Ungeheuer hatte werden lassen, das weder Freund noch Feind kannte, das unbesiegbar, aber auch gnadenlos war, und vor dem er sich selbst mehr fürchtete als vor allen Gefahren der Welt. Und fremd, weil sie grundlos war. Es gab keinen Auslöser, nichts, was geschehen war, um das entsetzliche Erbe der Sternengeborenen zu wecken, das tief in seiner Seele eingekerkert war. Er spürte nur Zorn, einen grundlosen, fast unbezwingbaren Zorn, den Willen, zu zerstören, zu kämpfen, zu töten, töten, töten…

Dann geschah etwas. Die Stimmen und Berührungen der Errish verblaßten, und gleichzeitig wurde sein Traum wirklich zur Fieberphantasie, die sinn- und handlungslos war und nur noch aus Furcht und verrückten Gedankentrümmern bestand.

Er schlief ein.

Es war absurd, aber das erste, was ihm bewußt wurde, war, daß es zu regnen aufgehört hatte. Das Prasseln und Plätschern des Regens, das ihnen in den letzten beiden Tagen und Nächten zu einem so beständigen Begleiter geworden war, daß er es schon gar nicht mehr wahrgenommen hatte, war verstummt, und in der Luft lag ein warmer, noch immer ein wenig feuchter Hauch. Sonnenlicht kitzelte sein Gesicht, und Skar registrierte mit einem Gefühl wohliger Behaglichkeit, daß er zum ersten Mal seit Tagen wieder am ganzen Leib *trocken* war; ein Luxus, den man wie vieles erst dann richtig zu schätzen wußte, wenn man ihn nicht mehr hatte. Erst dann erwachte er wirklich.

Er lag auf einem Bett in einer kleinen, aber sehr behaglich eingerichteten Hütte, nackt und nur mit einer dünnen Decke aus bunten Stoffflicken zugedeckt, und er spürte, daß er nicht allein war, noch bevor er den Kopf drehte und die Gestalt auf dem Stuhl neben sich bemerkte.

Die *Errish* war sehr alt – sechzig, vielleicht siebzig Jahre, möglicherweise auch noch sehr viel älter, denn die *Ehrwürdigen Frauen* vermochten ihr Leben zu verlängern, auch wenn sie es nicht immer taten. Ihr Gesicht war schmal und von Falten durchzogen, das Gesicht eines sehr alten Menschen, das aber kein bißchen gebrechlich wirkte, sondern im Gegenteil trotz seines Alters energisch und sehr bestimmend. Ihre Augen waren klar und fast schon erschrekkend wach, und ihre Hände, die das einzige waren, was außer dem Antlitz unter dem groben schwarzen Stoff ihres Mantels sichtbar wurde, waren so dürr und knochig wie Vogelklauen. Trotzdem wirkte sie nicht abstoßend, sondern eher bizarr; gar nicht mehr wie ein Mensch, sondern schon fast wie ein Wesen einer anderen Gattung, als wäre sie nicht einfach älter geworden, sondern hätte sich gleichzeitig *verändert.* Aber es war nichts Beunruhigendes an dieser Veränderung.

»Bist du... Yul?« fragte Skar. Er erschrak ein wenig, als er hörte, wie fremd und schwach seine eigene Stimme klang. Sie zitterte. Das Sprechen tat seinem Hals weh.

Die alte Frau nickte.

»Und du Skar.« Sie legte den Kopf schräg und betrachtete interessiert sein Gesicht, obwohl sie Stunden Zeit gehabt haben mußte, dies zu tun. »Du bist zu jung«, stellte sie schließlich fest. Skar blickte fragend, und Yul fuhr mit einer erklärenden Handbewegung fort: »Oh, keine Sorge, ich weiß, daß du der bist, als den Anschi und Gowennas Tochter dich vorgestellt haben. Ich kenne dich, weißt du?«

»Nein.« Skar schüttelte den Kopf und stemmte sich in eine halb sitzende, halb noch immer liegende Position hoch. Es fiel ihm schwer. Seine Arme schienen keine Kraft mehr zu haben, und hinter seiner Stirn war noch immer ein ganz sachtes Schwindelgefühl. »Woher auch?«

»Ich war in Elay«, erklärte Yul. »Damals, als du zusammen mit Gowenna von den Eisinseln zurückgekehrt bist.« Ihre dünnen gesprungenen Lippen verzogen sich zu einem wissenden Lächeln, als sie Skars Verwirrung bemerkte. »Oh, ich habe ein wenig anders ausgesehen, damals. Und wahrscheinlich hast du mich überhaupt nicht bemerkt. Du hattest ja nur Augen für Gowenna. Aber *ich* habe *dich* sehr wohl bemerkt. Du warst schon immer ein stattlicher Mann.« Ihr Blick wurde fragend. »Du bist es immer noch. Wüßte ich nicht, daß es unmöglich ist, dann würde ich sagen, daß du keinen Tag älter geworden bist, seit damals.«

»Aber es ist unmöglich, nicht wahr?« antwortete Skar. »Schließlich wissen wir das beide.«

Wissen wir das wirklich? fragte Yuls Blick. Aber sie sprach es nicht laut aus, sondern machte eine Handbewegung, die wohl andeuten sollte, daß sie das Thema für den Moment als beendet betrachtete. »Fühlst du dich besser?«

Skar fühlte sich in der Tat besser als am vergangenen Abend. Sein Zustand war mit dem, als er das Lager erreicht hatte, nicht zu vergleichen. Er fühlte sich zwar noch immer ein wenig matt, aber es war nur die Müdigkeit, die der Schlaf hinterlassen hatte, nicht mehr diese entsetzliche saugende Schwäche, die ihn auf dem Rükken der Daktyle überfallen hatte. Selbst seine verletzte Rippe schmerzte kaum mehr.

Vorsichtig setzte er sich auf, griff hastig nach der Decke, die von seinem Schoß rutschen wollte, und sah betreten an sich herab, als er Yuls spöttisches Lächeln bemerkte. Erst dann fiel ihm auf, daß der Verband verschwunden war, den Anschi über seine gebrochene Rippe gelegt hatte.

»Sie ist geheilt«, antwortete Yul auf die unausgesprochene Frage in seinem Blick. »Aber du solltest dich noch für ein paar Tage in acht nehmen. Und dir deine Gegner das nächste Mal etwas genauer ansehen.« Sie machte eine rasche Handbewegung, als er dazu ansetzte, sich zu verteidigen. »Ich weiß, daß du dir diese Verletzung hättest ersparen können, wenn du sie getötet hättest. Ich danke dir, daß du es nicht getan hast.«

»Wer hat diesen Kindern beigebracht, so zu kämpfen?« fragte Skar, während er sich nach seinen Kleidern bückte, die neben dem Bett auf dem Boden lagen. Ungeschickt versuchte er, unter der Decke in seine Hosen zu schlüpfen, was Yul abermals zu einem flüchtigen Lächeln veranlaßte.

»Ein Satai«, antwortete sie. »Er kam vor einem Jahr hierher. Er war verletzt und wurde verfolgt. Wir gewährten ihm Obdach und heilten seine Wunden, und zum Dank lehrte er uns, wie ein Satai zu kämpfen. Viele meiner Mädchen verdanken ihm sein Leben.«

»Ein fairer Tausch«, antwortete Skar; mehr, um überhaupt etwas zu sagen. Es war ihm endlich gelungen, in seine Hose zu schlüpfen. Mit einer raschen Bewegung schloß er die Gürtelschnalle, streifte die Decke von den Beinen und wollte aufstehen.

Aber es blieb bei dem Versuch. Die schnelle Bewegung löste ein heftiges, an Übelkeit grenzendes Schwindelgefühl hinter seiner Stirn aus. Er wankte, streckte haltsuchend die Hände aus und sank kraftlos auf das Lager zurück. Yuls Gestalt verschwamm für einen Moment vor seinen Augen. Es war nicht so schlimm wie am vergangenen Abend, aber schlimm genug. Er stöhnte, hob die Hand an den Kopf und massierte seine Schläfen.

»So etwas... Dummes«, sagte er verwirrt. »Ich bin wirklich... nicht mehr gut in Form.« Er versuchte ein Lächeln und seine Verlegenheit mit einem Scherz zu überspielen: »Ein jugendliches Aussehen ist nicht alles, wenn man sich nicht die passende Kondition dazu erhält. Vielleicht sollte ich in meinem Alter keine Tausend-Meilen-Ritte mehr unternehmen.«

Yul blieb ernst. »Es war nicht der Ritt«, sagte sie. Ihre Worte waren wie eine ausgestreckte Hand, die sie ihm hinhielt. Da war etwas, was sie ihm sagen wollte; der Grund, aus dem sie – möglicherweise Stunden – an seinem Lager gesessen und darauf gewartet hatte, daß er aufwachte. Aber Skar wollte es plötzlich gar nicht mehr wissen.

Sehr viel vorsichtiger als beim ersten Mal stand er auf, bückte sich nach seinem Hemd und streifte es über, und ganz automatisch wollte er auch nach seinem Brustpanzer greifen. Aber der Satai-Harnisch aus steinhartem Leder kam ihm mit einem Male viel zu schwer und unbequem vor, obgleich er ihn jetzt seit zwei Wochen fast ununterbrochen getragen hatte. Es war auch nicht nötig, daß er ihn anlegte; er war hier unter Freunden. Und vielleicht, überlegte er, hätte er auch auf Hemd und Hose verzichten sollen, denn die Kleider lösten einen fast unerträglichen Juckreiz auf seiner Haut aus.

»Wie geht es Kiina?« fragte er; nur um überhaupt etwas zu sagen.

Yul deutete ein Achselzucken an. »Sie schläft«, antwortete sie. »Sie war zu Tode erschöpft. Und sehr erschrocken. Ich habe ihr einen Trank gegeben, der sie bis zum Abend durchschlafen lassen wird. Was übrigens auch für dich das beste gewesen wäre«, fügte sie hinzu, plötzlich ganz die besorgte *Errish*, die die Verantwortung für einen Kranken übernommen hatte. »Aber dazu blieb keine Zeit. Verzeih. Aber es gibt viel zu besprechen, und wir haben nicht sehr viel Zeit.«

Skar sah sie verstört an. Normalerweise reagierte er mit Unmut oder gar Zorn, wenn man ihn bei einer Schwäche ertappte. Yul gegenüber empfand er eher Verlegenheit. Und eine unbestimmte Furcht. Ihr hohes Alter gaben ihr eine Überlegenheit und Distanz, die ihn verwirrte.

»Wir haben sogar noch weniger Zeit, als du glaubst, Yul«, sagte er bedauernd. »Du wirst Kiina aufwecken müssen. Hat dir Anschi nicht von den Quorrl erzählt?«

»Doch, das hat sie.« Yul lächelte flüchtig, dann stahl sich ein Ausdruck von Bedauern auf ihre Züge. »Du brauchst dir keine Sorgen zu machen. Ich habe Anschi zu den Quorrl zurückgeschickt, mit der Bitte, auf dich zu warten. Was geschehen ist, tut mir leid. Ich bitte dich um Vergebung, auch in Anschis Namen. Ich fürchte, sie selbst ist zu stolz, um es zu tun.« Sie seufzte. »Sie ist ein Kind.«

»Das meine ich nicht«, antwortete Skar. Er überlegte, ob er Yul davon erzählen sollte, daß Anschi sich bei Titch entschuldigt – oder es wenigstens *versucht* – hatte, entschied sich aber dann dagegen. Es war nicht wichtig in diesem Moment. »Die Quorrl werden nicht auf mich warten. Und ich muß in den Norden.« Er überlegte einen Herzschlag. »Kiina ist krank, sagst du?«

»Nein«, verbesserte ihn Yul. »Das habe ich nicht gesagt. Sie ist erschöpft, viel mehr, als sie zugeben würde. Und sie hat noch gar nicht richtig begriffen, was überhaupt geschehen ist.«

»Dann ist es vielleicht besser,, wenn ihr sie nicht weckt«, sagte Skar. »Sie kann bei euch bleiben?«

»Das könnte sie«, sagte Yul. »Aber ich weiß nicht, ob es gut wäre.« Sie bewegte sich mühsam, griff in eine Falte ihres Gewandes und zog ein winziges glitzerndes Etwas heraus, das Skar erst nach Augenblicken als den Ring der *Margoi* erkannte. Automatisch senkte er die Hand auf die Tasche in seinem Gürtel, und obwohl er das Schmuckstück in Yuls Fingern sah, war er fast überrascht, sie leer vorzufinden.

»Ich konnte der Verlockung nicht widerstehen«, sagte Yul in entschuldigendem Tonfall. Sie hielt ihm den Ring hin, aber Skar schüttelte den Kopf. Die *Errish* zögerte sekundenlang, dann schloß sich ihre dürre Faust um den winzigen Silberring wie um einen kostbaren Schatz.

»Also ist es wahr, was Kiina erzählt hat«, sagte sie. »Die *Margoi* ist tot.« Sie lächelte müde. »Verzeih, daß ich deine Kleider durchsucht habe. Aber ich mußte mich davon überzeugen, daß es wirklich wahr war. So haben sie am Schluß auch sie getötet.«

»Ich glaube, sie hat es so gewollt«, sagte Skar leise. Plötzlich tat ihm die alte Frau leid. Eine Welle tiefen Mitleids ergriff ihn, ein Gefühl, das um so tiefer und kostbarer war, als er schon gar nicht mehr geglaubt hatte, es noch empfinden zu können. »Sie sprach mit Kiina und mir, ehe sie starb. Sie hatte Schmerzen, und ihr Geist begann sich zu verwirren, glaube ich. Aber ich hatte nicht das Gefühl, daß sie Angst vor dem Tod hatte.«

»Warum auch?« sagte Yul. Sie steckte den Ring wieder ein. »Sie war eine Königin ohne Volk. Würdest *du* leben wollen, gäbe es außer dir keine Satai mehr?«

Skar wich ihrem Blick aus. »Ich weiß es nicht«, gestand er nach einer Weile, sehr leise und mehr zu sich selbst gerichtet als an Yul. »Vielleicht gibt es keine anderen Satai mehr.« Er seufzte. »Vielleicht hat es das, was wir Satai zu sein behaupten, niemals wirklich gegeben.«

»Und vielleicht ist die ganze Welt nicht das, was sie zu sein scheint«, versetzte Yul in fast wütendem Tonfall. »Deine *wenns* und *vielleichts* bringen uns nicht weiter, Satai. Enwor brennt, und wenn wir dieses Feuer noch löschen wollen, sollten wir keine Zeit mit philosophischen Betrachtungen verschwenden.«

Ihre Worte ernüchterten Skar, aber er war gleichzeitig fast dankbar dafür. Nach dem, was er am vergangenen Abend selbst zu Titch gesagt hatte, sollte er sich eigentlich ein wenig besser in der Gewalt haben, dachte er. Er ging zur Tür, blickte auf den sonnenbeschienenen Lagerplatz und die nahe See hinaus und wandte sich wieder zu Yul um. »Du hast recht«, sagte er. »Verzeih.«

»Schon gut.« Yul wiederholte ihre Handbewegung, mit der sie einen Themenwechsel zu begleiten pflegte. »Kiina hat mir erzählt, was in der Burg des Zauberpriesters geschehen ist. Aber vieles erscheint mir... unglaublich. Und an manches konnte sie sich nicht mehr erinnern. Sie war sehr müde und hatte Fieber. Erzähl mir, was passiert ist.«

Skar sah zur Sonne hinauf. Es war schon beinahe Mittag; vier oder fünf Stunden über die Frist, die Titch ihm gegeben hatte, und die Zeit brannte ihnen allen auf den Nägeln. Wenn seine und Dels Schätzungen richtig waren und ihnen das Wetter keinen Strich durch die Rechnung machte, dann mußte das Heer jetzt schon längst die Berge überschritten haben und sich auf halbem Wege nach Ikne befinden. Skar wußte einfach, daß die große Konfrontation zwischen den Satai und Veden auf der einen und der Armee der Zauberpriester auf der anderen Seite *dort* stattfinden würde. Ebenso, wie er wußte, daß er sie verhindern mußte. Er hatte Drasks Worte nicht vergessen: *Gebt acht, daß ihr euch nicht totsiegt, Satai.*

Er zögerte, Yuls Bitte zu entsprechen. Er war hierhergekommen, um Fragen zu *stellen*, nicht zu *beantworten*. Aber dann wandte er sich um, ging zum Bett zurück – mit Ausnahme des Stuhles, auf dem die *Errish* saß, war es das einzige Möbelstück im Raum – und begann mit ruhiger, fast emotionsloser Stimme zu erzählen.

Er sprach schnell, aber er ließ nichts aus, und als er einmal zu reden begonnen hatte, hätte er nicht einmal aufhören können, wenn er es gewollt hätte. Er begann mit seinem Abschied von Gowenna vor zwanzig Jahren und seiner Wanderung zum unterirdischen Tempel der Gesichtslosen Prediger, berichtete von seinem mehr als zwanzig Jahre dauernden, magischen Schlaf und dem

Schock, den es ihm bereitet hatte, als er erwachte und erfahren mußte, auf welch entsetzliche Weise sich die Welt verändert hatte, in dem Menschenalter, das er schlafend verbrachte. Er erzählte von seiner Wanderung in den Osten und dem Kampf mit den Quorrl, und von der Falle, die ihm Drask gestellt hatte, einer Falle, die beinahe das Schicksal Enwors und ganz bestimmt *sein* Schicksal besiegelt hätte, denn sie hatte ihn dazu gebracht, seinen eigenen Sohn zu töten. Er berichtete von dem Seelentausch, den Bradburn vorgenommen hatte, dem *Sai-Tan*, der ihm das böse Erbe seines Sohnes zurückgab, und von ihrem Angriff auf Drasks Burg und davon, daß auch sie sich am Ende nur als eine weitere, teuflische Falle herausstellte, die um ein Haar zum Grab für sechzigtausend Menschen und Quorrl geworden wäre. Yul hörte die ganze Zeit über schweigend und mit ausdruckslosem Gesicht zu, aber als er vom Angriff des *Netzes* erzählte, huschte ein rascher, schmerzhafter Ausdruck über ihre Züge, denn die Bilder, die er nur mit Worten heraufbeschwören konnte, hatte sie selbst erlebt, in Elay. Aber sie unterbrach ihn auch jetzt nicht, sondern starrte aus blicklosen Augen an ihm vorbei und wartete, bis er mit seinem Bericht zu Ende gekommen war; dem gestrigen Abend, an dem er mit letzter Kraft dieses Lager erreicht und bewußtlos zusammengebrochen war. »Den Rest kennst du«, schloß er. »Ich nehme an, du hast die ganze Nacht an meinem Bett verbracht.«

Yul nickte. Sie sah ihn an, aber ihr Blick war leer. Sie wirkte wie ein Mensch, der aus einem langen, von bösen Träumen geplagten Schlaf erwachte und sich nicht sofort in der Wirklichkeit zurecht fand; vielleicht, weil auch die Wirklichkeit zum Alptraum geworden war.

»Dann warst du es, der den *Wächter* getötet hat«, sagte sie.

Skar widersprach nicht. Es wäre sinnlos gewesen, nach allem, was er Yul erzählt hatte, und zumindest *geahnt* hatte er es schon, während er mit der sterbenden *Margoi* in der Höhle der Drachen sprach. Das Wesen in Elay und das, das Drasks Burg angegriffen hatte, waren zur gleichen Zeit gestorben. Was er getötet hatte, das war nicht die *Sternenbestie* in Drasks Turmkammer gewesen. Sie wie ihre gräßliche Schwester in Elay waren nichts als Ungeheuer gewesen, Trugbilder, Trugbilder aus Fleisch und Blut zwar, aber doch nichts als Bauern auf einem gigantischen Schachbrett, in genau dem Moment erschaffen, in dem sie gebraucht wurden, und im Grunde unwichtig. Was er vernichtet hatte, das war die Macht gewesen, die *hinter* ihnen stand. Skar begriff plötzlich – und erst jetzt! –, daß er dem unsichtbaren Feind, gegen den sie kämpften, ohne ihn überhaupt zu kennen, vielleicht den ersten wirklich schmerzenden Schlag in diesem Krieg beigebracht hatte, aber er dachte auch diesen Gedanken ohne jeden Triumph.

»Wie?« fragte Yul.

Skar tat so, als verstünde er nicht. »Was... meinst du?«

»Wie hast du es getan? Du hast einen Geist besiegt, der mächtig genug war, Elay und ein Dutzend anderer Städte zu unterwerfen und euer gesamtes Heer zu bedrohen. Wie?«

»Ich... weiß es nicht«, log Skar. Er zuckte mit den Achseln und wich Yuls Blick aus. »Ich habe es einfach getan. Etwas in mir. Vielleicht die Kraft, vor der sich Drask und die *Sternengeborenen* so sehr fürchten. Ich weiß nicht, wie«, beteuerte er noch einmal.

Yul starrte ihn an, und Skar spürte ganz genau, daß sie ihm nicht glaubte. Er wußte es. Oh, ja, dachte er bitter, er *wußte* es. Nicht das *wie*, aber das *wieso*. Den Grund, aus dem es ihm möglich gewesen war, eine Kreatur von der Macht eines finsteren Gottes zu vernichten, nur mit der puren Kraft seines Willens. Er wußte es, und er hatte dieses Wissen sogar ausgesprochen, als es aus der Welt des Wahnsinns zurückgekehrt und wieder zum Menschen geworden war. Hinterher hatte er sich darauf hinausgeredet, daß er verwirrt gewesen war und nicht wußte, was er sagte, und Del und die anderen hatten ihm nur zu gerne geglaubt. Aber er *wußte*, daß es nicht so war.

»Und du glaubst, du könntest es wirklich?« fragte Yul.

»Was?«

»Den Krieg verhindern, den dein Freund Del so gerne führen würde, wie du es Drask versprochen hast?« Yul stand auf und machte ein paar Schritte auf die Tür zu, wobei sie sich schwer auf einen glattpolierten Stock aus schwarzem Holz stützte, der bisher neben ihrem Stuhl gestanden hatte.

Auch Skar erhob sich, unterdrückte aber im letzten Moment den Impuls, die Hand auszustrecken und sie zu stützen. Yul würde ihn um Hilfe *bitten,* wenn sie sie brauchte. »Ich weiß es nicht«, sagte er. »Aber ich muß es versuchen. Dieser Kampf... darf nicht weitergehen.«

»Weil es ein Krieg ohne Sieger wäre.« Yul nickte und starrte wieder ins Leere. »Es hat schon einmal einen solchen Kampf gegeben, und er wurde von denselben Parteien geführt. Sie vernichteten sich gegenseitig, und was von Enwor blieb, war eine Hölle.« Sie wandte den Kopf und sah ihn durchdringend an. »Ist es das, wovor du dich fürchtest, Satai? Willst du den Krieg verhindern, weil du Angst hast, es könnte wieder keinen Sieger geben, sondern nur Verlierer?«

Skar spürte, daß von seiner Antwort viel abhing, ohne zu wissen, warum. Er dachte lange über Yuls Worte nach, und für einen ganz kurzen Moment war er in Versuchung, ihr auch den Teil der Geschichte zu erzählen, den er ihr bisher verschwiegen hatte: seine eigene, ganz private Hölle, deren Abgründe sich für ihn aufgetan hatten, seit er auf der Insel des *Dronte* das Erwachen des *Daij-Djan* miterlebt hatte. Sein Wissen um das, was er *wirklich* war.

»Nein«, sagte er schließlich.

»Warum dann?« beharrte Yul.

»Weil ich... müde bin«, sagte er zögernd. »Wir alle sind es, Yul. Diese Welt hat zu viel Krieg und Sterben erlebt. Es muß aufhören. Für immer.«

Yul lächelte. »Seltsame Worte – aus dem Munde eines Kriegers.«

»Vielleicht ist ein Krieger der einzige, der versteht«, antwortete Skar. Er machte eine Handbewegung, die seine ganze Erschöpfung zum Ausdruck brachte. »Vielleicht sind die alten Legenden wahr, und unsere Vorfahren und die *Sternengeborenen* vernichteten sich wirklich gegenseitig, als sie um die Vorherrschaft auf Enwor kämpften.«

»Sie *sind* wahr«, sagte Yul.

»Aber in einem lügen sie«, beharrte Skar. »Der Kampf hat nie aufgehört. Es mag tausend Jahre her sein oder eine Million, aber der Krieg wurde nie beendet. Der *Dronte,* dieses entsetzliche Ding, das ihr den *Wächter* nennt und alle anderen Kreaturen, die sie noch gegen uns werfen mögen, sind –«

»– keine Dämonen, Skar, sondern Teil eines unvorstellbaren Waffensystems, das sie erschufen, um ihre Gegner zu bezwingen«, unterbrach ihn Yul. Sie sah ihn fast amüsiert an. »Überrascht dich das?«

»Nein«, antwortete Skar ehrlich. »Ich verstehe es nicht, aber es überrascht mich auch nicht.«

»Aber es ist doch ganz einfach«, fuhr Yul fort, noch immer in diesem Skar unverständlichen, fast amüsierten Tonfall. »Die *Alten* waren Wesen von unvorstellbarer Macht und Wissen, aber sie blieben *Menschen*. Ihre Seelen und ihre Art zu denken blieb die von Menschen. Die *Sternengeborenen* waren anders. Die Alten bezwangen sie mit ihrer Technik, denn sie wußten Dinge zu erschaffen, die selbst uns wie Zauberei vorkommen. Aber sie waren letztendlich in den Gesetzen ihrer Welt gefangen. Sie vermochten Dinge zu erschaffen wie unsere Scanner, und andere, schlimmere Waffen. Du hast ihre Wirkung gesehen. Du warst in Combat.«

Skar nickte. Er hatte das Feuer gesehen, das die Erde selbst entflammt hatte. Es brannte noch immer. Nach einer Million Jahren. Und es würde auch in einer weiteren Million Jahren weiterlodern.

»Aber gleich, wie perfekt ihre Waffen waren, sie blieben unvollkommen«, fuhr Yul fort. »Was die *Sternengeborenen* taten, war anders.« Sie suchte nach Worten, fand keine und zuckte mit den Schultern. »Nenne es besser, wenn du willst. Meinetwegen böser, auf jeden Fall aber wirkungsvoller. Die Waffen der *Alten* gingen mit ihrer Welt unter. Die der *Sternengeborenen* überdauerten ihre Schöpfer, denn was sie schufen, war Leben. Leben, das nur dem einen Zweck diente, zu töten. Und das unsterblich war, denn es vermochte sich allen nur denkbaren Veränderungen anzupassen.« Sie seufzte, senkte den Blick und stützte sich schwerer auf ihren Stock. »Du hast recht, Skar. Wir können diesen Krieg nicht gewinnen.«

»Hat… Gowenna das alles gewußt?« fragte Skar. Er war erschüttert. Das meiste von dem, was Yul ihm erzählt hatte, war ihm nicht einmal neu, und doch gab allein die Art, auf die sie gesprochen hatte, den Dingen eine neue, furchtbare Realität. Es war, als hätte sich ein unsichtbarer, eisiger Schatten vor die glühende Sonnenscheibe draußen geschoben.

»Du meinst, weil sie es dir nicht erzählt hat?« Yul schüttelte traurig den Kopf. »Wir alle wissen es, Skar. Es war das große Geheimnis der *Errish*, über all die Jahrtausende hinweg. Wir durften es dir nicht sagen. Nicht einmal sie durfte es. Und wir glaubten, die Gefahr sei gebannt, nachdem du das Kind zurückgebracht hattest. Vielleicht war sie es sogar.« Skar sah sie fragend an. »Es begann, nachdem du fort warst«, fügte Yul erklärend hinzu. »Der *Dronte* schien der letzte Versuch der *Sternengeborenen*, das Kind und damit dein Erbe in ihren Besitz zu bringen. Erst nachdem es *dich* nicht mehr gab, begannen sie wirklich zu erwachen.«

»Aber wieso?«

»Das weiß niemand«, antwortete Yul. »Vielleicht war nicht Combat das Siegel, sondern du. Die Macht, die in deiner Seele schlummert, Satai. Es hat immer Männer wie dich gegeben, seit den Zeiten der *Alten*, und sie haben ihre Macht weitervererbt, meist, ohne auch nur zu ahnen, wer sie waren. Vielleicht war der magische Schlaf, in den der Priester dich versetzte, die erste Zeitspanne seit dem Untergang der alten Welt, in der es keinen *Wächter* gab.«

Sie sah, wie sehr ihre Worte Skar trafen, und lächelte aufmunternd. »Vielleicht ist es auch ganz anders. Nur Vermutungen, die eine Greisin anstellt, die längst hätte sterben sollen. Komm – laß uns ein paar Schritte gehen. Die Sonne scheint, und die Wärme wird meinen alten Knochen guttun.«

Nebeneinander verließen sie die Hütte. Es war sehr warm, und nach dem tagelangen Regen empfand Skar den Sonnenschein als doppelt angenehm. Yuls Erzählung hatte mehr Fragen aufgeworfen als beantwortet, aber er wußte auch, daß sie nicht weiterreden würde, auch wenn er es versuchte. Da war noch mehr, noch viel mehr, was es zu fragen und zu sagen gab, aber es war Yul, die die Spielregeln bestimmte, und die entschied, wieviel Wahrheit er in einer gewissen Zeit ertragen konnte und wieviel nicht. Und vielleicht hatte sie recht. Ihre Geschichte – zusammen mit dem, was Skar wußte und *ihr* verschwieg, ergaben ein erschütterndes Bild. Er war mehr denn je davon überzeugt, daß Drask ihm die Wahrheit gesagt hatte, kurz bevor er starb.

Skar versuchte seine Gedanken in andere Bahnen zu zwingen, indem er sich auf das Lagerleben ringsum konzentrierte. Die kleine, aus Felsen und Palisadenwänden errichtete Festung war so hastig und provisorisch angelegt, wie er schon gestern abend vermutet hatte. Yuls Schülerinnen waren mit sehr viel mehr gutem Willen als Wissen an ihre Aufgabe herangegangen, und der Satai, der sie unterrichtet hatte, hatte entweder nichts vom Festungsbau verstanden oder nicht vorausgesehen, daß seine Lebensretterinnen eines Tages auf diese Fertigkeiten angewiesen sein mochten. Skar indes sah die Anlage aus den Augen eines Kriegers, und er mußte nicht zweimal hinsehen, um zu erkennen, daß sie einem ernstgemeinten Angriff nur sehr kurze Zeit standhalten würde.

»Wie lange seid ihr schon hier?« fragte er, während sie sich nebeneinander der großen Palisadenwand näherten, die er aus der Luft heraus gesehen hatte.

»An diesem Ort?« Yul überlegte. »Zehn... nein, elf Tage. Oh, ich weiß, er ist erbärmlich, aber das Beste, was wir haben.« Sie beschattete die Augen mit der Hand und blickte aufs Meer hinaus, als suche sie nach etwas Bestimmtem. Skar folgte ihrem Blick, konnte aber nichts Außergewöhnliches entdecken. Es war sehr warm. Nachdem sie die Hütte verlassen hatten, begann er die Sonne bereits unangenehm zu spüren, die er solange vermißt hatte. Und der Juckreiz hatte keineswegs aufgehört. Skar mußte sich beherrschen, um sich nicht ununterbrochen am ganzen Leib zu kratzen.

»Wir waren auf dem Weg zurück nach Elay«, fuhr Yul fort. »Anschi und die, die mit mir in die Wüste geflohen waren, als der *Wächter* Elay angriff.«

»Du hast sie angeführt?«

»Nicht direkt«, antwortete Yul mit einem schmerzlichen Lächeln. »Um ehrlich zu sein – es war ein purer Zufall, daß wir entkamen. Wir versteckten uns, zuerst in der Nähe Elays, später, als sie anfingen, uns zu jagen, im Tal der Drachen, und nach und nach stießen andere zu uns, die dem *Wächter* entkommen waren; oder die er nicht für wichtig genug empfunden hatte, sich ihrer zu bemächtigen.«

»Wie viele seid ihr?«

»Siebzig«, antwortete Yul. »Vielleicht achtzig – ich weiß es nicht genau. Viele starben, als wir die Kontrolle über die Drachen verloren. Viele wurden von ihren Tieren getötet, bis wir begriffen, daß aus unseren Drachen wieder wilde Bestien geworden waren, andere fielen den Angriffen ihrer eigenen Schwestern zum Opfer. Wäre der Satai nicht erschienen, von dem Anschi dir erzählt hat, wären wir vielleicht alle gestorben. Er lehrte uns zu kämpfen und zu überleben.«

»Und ihr habt euch die ganze Zeit draußen in der Wüste verborgen?« fragte Skar erstaunt.

»Und immer auf der Flucht«, fügte Yul bitter hinzu. »Aber schließlich hörten wir, daß der *Wächter* besiegt war. Du mußt wissen, wir hatten Freunde in Elay. Verbündete, die uns manchmal Nachrichten zukommen ließen oder eine Warnung. Wir brachen auf, um in die Stadt zurückzukehren. An diesem Ort hier legten wir unsere letzte Rast ein.« Sie lachte bitter. »Um uns zu *säubern*. Um unsere Wunden zu versorgen und saubere Kleider anzulegen, damit wir nicht wie die Bettler zurückkehrten.«

»Es hat euch das Leben gerettet«, sagte Skar.

»Wahrscheinlich«, sagte Yul. »Nein, sicher. Wären wir weiter geritten...« Sie stockte. Ihr Blick richtete sich wieder auf jene imaginäre Stelle weit draußen auf dem Meer, und plötzlich wurde ihre Stimme noch leiser, so daß Skar sich anstrengen mußte, um ihre Worte überhaupt zu verstehen. »Es begann dort draußen, Skar. Ich habe es *gesehen*.«

»Was?« fragte Skar.

»Der Sturm«, antwortete Yul. »Der Staub, der Elay vernichtete. Ich stand hier, hier wo wir jetzt sind, und es begann dort, irgendwo hinter dem Horizont.« Sie hob den Stock und deutete zitternd mit dem polierten Holz nach Westen. »Auf einer jener kleinen Inseln, die dort liegen. Licht. Ein böses, weißes Licht, wie ich es nie zuvor im Leben gesehen habe. Es war, als wäre die Sonne auf die Erde herabgefallen.«

»Ein Licht?« wiederholte Skar zweifelnd. »Die *Margoi* hat nichts von einem Licht erzählt.«

»Vielleicht haben sie es nicht bemerkt«, antwortete Yul. »Elay stand in Flammen, vergiß das nicht. Sie kämpften. Vielleicht haben sie es gesehen, aber nicht gewußt, was es bedeutete. Aber ich sah es und wußte, daß es das Ende war.«

»Und... dann?« fragte Skar, als Yul nicht weitersprach, sondern nur aus blicklosen, weit aufgerissenen Augen nach Westen starrte.

»Das Licht verlosch, aber eine Stunde später begann der Sturm. Und mit ihm kam der tödliche Staub, der Elay zerstörte. Du hast gesehen, was er getan hat. Es *muß* aufhören, Skar. Bevor ganz Enwor untergeht.«

Es war nicht allein das, was sie aussprach, was Skar abermals frösteln ließ. Yuls mehr zu sich selbst als an Skars Adresse gerichtete Worte hatten plötzlich etwas von einer Prophezeiung, einer düsteren, unheilschwangeren, aber unausweichlichen Prophezeiung. Skar antwortete nicht, obgleich er wußte, daß die *Errish* allein sein Schweigen als Zustimmung werten würde.

Einzig, um sich auf andere Gedanken zu bringen, deutete er auf den Pferch hinter dem Palisadenzaun. »Diese Kreaturen«, sagte er. »Was ist das? Ich habe nie zuvor Wesen wie diese gesehen.«

»Du warst auch noch nie im Tal der Drachen«, antwortete Yul. »Oder?«

Skar verneinte. Jetzt, im hellen, beinahe schattenlosen Licht der Mittagssonne, konnte er die so sonderbar menschenähnlich aussehenden Geschöpfe weit besser erkennen als gestern nacht, aber die Helligkeit des Tages nahm ihnen nichts von ihrem unheimlichen Äußeren. Ganz im Gegenteil. Die Kreaturen – Skar weigerte sich selbst in Gedanken, sie *Drachen* zu nennen, obgleich sie es zweifellos waren; aber alles in ihm sträubte sich dagegen, diese häßlichen, mörderischen Dinger mit den stolzen Riesenechsen zu vergleichen, auf denen die *Errish* ritten – hatten tatsächlich etwas Menschenähnliches; schon weil sie sich aufrecht gehend auf den Hinterfüßen fortbewegten und ihre Vorderbeine zu kleinen, klauenbewehrten Ärmchen verkümmert waren – *klein* allerdings nur im Vergleich mit den muskelbepackten Hinterläufen, die so stark wie Skars Oberkörper waren. Ein langer, gepanzerter Schwanz half ihnen offensichtlich dabei, das Gleichgewicht bei dieser für ihre Gattung ungewöhnlichen Art der Fortbewegung zu halten; ihre Füße waren groß und dreizehig wie die von Vögeln und mußten zu entsetzlichen Waffen werden, wenn sie sie im Kampf einsetzten. Das Häßlichste an den Tyrr aber war der Schädel, der unverhältnismäßig groß für den Rest des Körpers war und nur aus Maul und Zähnen zu bestehen schien. Die Tyrr waren zwischen sechs und acht Fuß groß, aber Skar schätzte ihr Körpergewicht auf eine gute halbe Tonne. Er fragte sich, ob sie intelligent waren, wie man es manchen Drachen nachsagte.

Yul gab ihm ausreichend Zeit, die scheußlichen Kreaturen zu begutachten, ehe sie weitersprach. »Sie leben im Tal der Drachen, so wie die *Skrot*, die Kiina verfolgten. Im Grunde sind sie harmlos.«

Harmlos? Skar hob zweifelnd die Augenbrauen. Gestern abend hatte er nicht den Eindruck gehabt, daß die Tyrr in irgendeiner Form *harmlos* waren. Ganz im Gegenteil – er erinnerte sich schaudernd daran, wie fürchterlich diese Wesen unter Titchs Quorrl gewütet hatten.

»Sie sind Aasfresser, und wie alle Aasfresser feige«, erklärte Yul. »Außer wenn sie ihre Beute in großen Gruppen angreifen können.«

»Oder von einer *Errish* gelenkt werden«, vermutete Skar.

Yul nickte, aber ihr Gesicht sah dabei fast angewidert aus. »Glaube nicht, daß es uns freut, uns dieser *Tiere* zu bedienen«, sagte sie. »Aber sie sind alles, was uns geblieben ist. Sie und die Skrot und ein paar alte oder schwache Drachen, die sich nicht mehr gegen unseren Willen wehren können.«

»Dann hatte Kiina recht, als sie behauptete, der *Wächter* hätte euch die Drachen genommen?«

»Ja«, seufzte Yul. »Niemals hätte er den Geist eines Drachen bezwingen können«, sagte sie überzeugt. »So trennte er uns von ihnen.«

»Aber gestern abend, bei den Quorrl –«

»Hast du einen wirklichen Drachen gesehen, ich weiß«, unterbrach ihn Yul. »Erell. Mein eigenes Tier.« Sie schwieg einen Moment, warf den Tyrr einen langen, eindeutig angewiderten Blick zu und drehte sich zu Skar um. »Sie ist vielleicht der letzte Drache, der uns geblieben ist. Aber sie ist so alt und schwach wie ihre Herrin. Wenn sie stirbt, dann wird es keine Drachenreiterinnen mehr auf Enwor geben. Die Mädchen sind noch nicht soweit.«

»Anschi hat die Daktyle gelenkt, auf der ich geritten bin«, wandte Skar ein.

»Das ist nichts«, behauptete Yul. »Viele von ihnen sind begabt, das ist wahr, aber nicht eine von ihnen könnte einen *wirklichen* Drachen beherrschen, Skar. Es ist ein langer und mühseliger Weg, mit dem Geist dieser stolzen Wesen zu verschmelzen. Nicht alle schaffen es, und die, denen es gelingt, brauchen ein Leben, um perfekt zu werden. Anschi und die anderen werden diese Zeit nicht haben.«

»Sie beherrschen die Tyrr.«

»Sie lenken sie«, verbesserte ihn Yul. »Wie ein Puppenspieler seine Marionette. Einen Drachen kannst du nicht beherrschen, Skar. Du mußt seine Freundschaft erringen, oder er wird dich töten. Was wir mit den Tyrr tun, ist... schlecht. Es verdirbt sie, denn es bricht ihren Willen, und es verdirbt uns, denn es zwingt uns, unsere Gedanken mit denen eines *Tieres* zu verbinden. Telepathie ist immer zweiseitig, Skar. Du gibst nicht nur, du nimmst auch, ob du es willst oder nicht.«

Skar schauderte. Yul hatte ihm mit wenigen kurzen Worten einen Einblick in eine Welt gegeben, die ihm vollkommen fremd war. Nicht einmal er, der eine *Errish* geliebt hatte, hatte sich bisher Gedanken darüber gemacht, wie sie es bewerkstelligen mochten, die riesigen Panzerechsen Enwors zu beherrschen. Es war eben so. *Errish* ritten Drachen, so wie Satai das Kämpfen und Veden die Seefahrt beherrschten. Ein weiteres Wunder, dachte er bitter, das untergehen würde, ganz gleich, ob sie den Kampf gegen die *Sternengeborenen* gewannen oder nicht.

Der Gedanke erfüllte ihn mit Zorn, den er kaum mehr zu beherrschen vermochte. »Sie werden dafür bezahlen, Yul«, sagte er. »Ich verspreche es.«

Die alte *Errish* sah ihn mit sonderbarem Ausdruck an. »Sagtest du nicht vor Augenblicken noch, daß du den Krieg *verhindern* willst?« fragte sie.

Skar war irritiert, dann erschrocken über seine eigene Reaktion. Er kannte diesen wilden, alle Logik davonfegenden Zorn, der ihn manchmal packte, aber er war nie so plötzlich und grundlos über ihn gekommen. Seltsam, dachte er. Wie in seinem Traum. Er verscheuchte den Gedanken.

»Du hast recht«, sagte er verlegen. »Ich bin nervös. Verzeih.«

Yuls Blick blieb forschend, und das auf eine Art, die Skar rasch unangenehm zu werden begann. So sah sie ihn nicht nur mißtrauisch an, sondern so, als suche sie in seinem Blick nach etwas, etwas ganz Bestimmtem, von dem sie ahnte (befürchtete?), daß es da war. Aber sie ging mit keinem Wort mehr darauf ein, sondern hob plötzlich den Kopf und blinzelte aus zusammengekniffenen Augen in den Himmel hinauf. »Anschi kommt zurück«, sagte sie.

Auch Skar blickte nach Süden. Obwohl seine Augen ein halbes Menschenalter jünger als die Yuls und zweifellos schärfer waren, dauerte es Sekunden, bis auch er den winzigen, dreieckigen Schatten im Himmel gewahrte, der sich dem Lager in lautlosem Segelflug näherte.

»Komm«, sagte Yul. »Gehen wir ihr ein Stück entgegen. Sie bringt Neuigkeiten von deinem Freund Titch.«

Die *Errish* kam rasch näher. Sie ritt die große Daktyle, auf der Skar selbst in der vergangenen Nacht gesessen hatte, und er hatte ja erlebt, wie schnell der riesige Drachenvogel war. Sie hatten das Lager kaum halb durchquert, als die Daktyle auch schon mit weit ausgebreiteten Flügeln zur Landung ansetzte und hoppelnd zur Ruhe kam.

Anschi sprang aus dem Sattel, noch ehe die Daktyle ihre Schwingen zusammengefaltet hatte. Allein ihre Art, sich zu bewegen, verriet Skar eine Menge über den Gemütszustand, in dem sie sich befand. Ihr Gesicht flammte vor Zorn, als sie auf Yul und ihn zukam.

»Diese... diese *Tiere!*« sagte sie aufgebracht. »Diese verdammten Bestien!«

»Sprichst du von den Quorrl?« fragte Skar alarmiert. Was war geschehen?

»Ja, das tue ich«, fauchte Anschi. »Ich spreche von deinen Freunden, diesem Monstrum Titch und den anderen Fischgesichtern!«

»Anschi!«

Yuls Stimme klang eher verzeihend als scharf, aber die junge *Errish* fuhr trotzdem zusammen und blickte ihre Lehrerin vergebungheischend an.

»Verzeiht, Herrin«, sagte sie. »Ich weiß, ich sollte nicht so reden, aber...«

»Was ist geschehen?« fragte Skar. »Hattest du Streit mit Titch?«

»Sprich, Kind«, sagte Yul, als Anschi nicht sofort antwortete, sondern ihn nur voller Feindseligkeit anstarrte. »Berichte. Du hast den Quorrl meine Botschaft überbracht?«

Anschis Lippen wurden zu einem dünnen, blutleeren Strich. »Ja, das habe ich«, antwortete sie. »Aber sie wollen nicht warten.« Sie wandte sich an Skar. »Ich soll dir von Titch ausrichten, daß du wüßtest, wo du ihn finden kannst, und daß er glaubt, du würdest seine Hilfe jetzt nicht mehr brauchen. Sie sind bereits aufgebrochen.«

Sie starrte Skar so voller Feindseligkeit an, als wäre es *seine* Schuld, und irgendwie spürte er auch, daß es so war – ganz gleich, was die Quorrl taten oder unterließen, Anschi würde immer ihm die Verantwortung dafür zuschreiben, schon weil er es gewesen war, der sie hierhergebracht hatte.

»Und was ist geschehen?« fragte er. Die Tatsache allein, daß Titch sein Wort nicht hielt, konnte schwerlich der Grund für Anschis Erregung sein. Ganz im Gegenteil wäre die junge *Errish* wahrscheinlich eher erleichtert gewesen, wären die Quorrl *nur* weitergezogen.

»Die Verwundeten«, stieß Anschi hervor. »Titchs Krieger. Er hat sie getötet! Ich... ich habe ihm angeboten, sie hierzulassen, bei uns. Wir hätten sie gepflegt, bis sie wieder kräftig genug gewesen wären, ihm zu folgen. Aber er hatte nicht einmal darauf *geantwortet*. Dieses Ungeheuer hat sie getötet, vor meinen Augen.«

Skar schwieg betroffen. Anschis Worte überraschten ihn nicht einmal wirklich. So rätselhaft ihm Titchs Persönlichkeit noch immer war, so vorausberechenbar waren seine Reaktionen als *Quorrl*. Er war auch nicht schockiert. Er machte sich nur Vorwürfe, den Quorrl allein gelassen zu haben. Er hätte wissen müssen, was geschah.

»Das scheint dir überhaupt nichts auszumachen, wie?« fauchte Anschi, als er nicht so reagierte, wie sie wohl erwartet hatte.

»Doch«, antwortete Skar ruhig. »Aber es ist nun einmal die Art der Quorrl, ihre Verwundeten zu töten, wenn sie sie nicht mitnehmen können.«

»Es ist nicht deine Schuld, Kind«, sagte Yul sanft. »Und es steht uns auch nicht zu, über Titch zu urteilen. Er hat nach den Gesetzen seines Volkes gehandelt, wie wir nach den unseren.«

»Er hat sie abgeschlachtet, wie Vieh«, protestierte Anschi. »Vor meinen Augen. Es war... unmenschlich.«

»Titch ist kein Mensch«, erinnerte sie Skar, aber er spürte sofort, daß er damit alles höchstens noch schlimmer machte. Und er begriff plötzlich auch, warum: die *Errish* fühlte sich für das Ende der Quorrl verantwortlich.

»Wohin ziehen sie?« fragte er rasch, ehe Anschi Gelegenheit fand, weiterzusprechen und sich vielleicht noch mehr in Rage zu reden. »Direkt nach Norden?«

»Nein«, antwortete Anschi. »Ich habe ihnen geraten, einen Bogen um Elay zu schlagen, und ich hoffe, dieser dickköpfige Quorrl ist wenigstens klug genug, *darauf* zu hören.« Plötzlich lächelte sie, aber es war nicht sehr viel Humor in dieser Miene. »Wenn du willst, sorge ich dafür, daß sie nicht weit kommen. Ich glaube nicht, daß sie es wagen, den Weg einer Herde wilder Tyrr zu kreuzen.«

»Was für ein Unsinn«, sagte Yul. »Du wirst nichts dergleichen tun, Anschi. Und jetzt geh. Laß dir etwas zu essen geben und beruhige dich ein wenig. Und dann komm zu uns. Skar und ich erwarten dich in Kiinas Hütte.«

Anschi entfernte sich ohne ein weiteres Wort, aber mit Bewegungen, die ihren Zorn nur um so deutlicher machten. Skar sah ihr kopfschüttelnd nach, während Yul sich ein dünnes, verzeihendes Lächeln gestattete.

»Sie ist sehr aufbrausend«, sagte sie, »aber auch sehr klug. Was für eine *Errish* wäre sie geworden.« Sie seufzte, schüttelte noch einmal den Kopf und stützte sich wieder schwer auf ihren Stock. »Komm, Satai«, sagte sie mit einer Kopfbewegung auf eine der Hütten am Rande des Lagerplatzes. »Wir haben viel zu besprechen. Und jetzt darfst du mir die Hand reichen. Ich bin müde.«

Kiina schlief, als er die Hütte betrat. Sie war etwas geräumiger als die, in der er sich nach seinem Erwachen gefunden hatte, aber ebenso spartanisch eingerichtet; selbst für die Begriffe einer *Errish*. Skar führte Yul zu einem Stuhl, half ihr, sich auf das unbequeme Möbelstück zu setzen und trat dann an Kiinas Bett. Er erschrak ein wenig, als er ihr Gesicht sah: Es war so bleich, daß es schon fast grau wirkte, und unter ihren Augen waren dunkle Ringe. Er hätte nicht einmal die Hand auf ihre Stirn zu legen brauchen, um zu erkennen, daß sie Fieber hatte, aber er tat es trotzdem; vielleicht nur, um sie zu berühren. Obwohl sie den allergrößten Teil ihrer gemeinsamen Zeit damit verbrachten, sich zu streiten, fühlte er eine tiefe, fast väterliche Verbundenheit mit dem Mädchen. Sie war nicht seine Tochter – Skar hatte den Gedanken eine Weile ernsthaft erwogen, ihn dann aber als das erkannt, was er war: ein Wunsch, mehr nicht –, aber sie hätte es sein *können*, und sie war Gowennas Tochter. Etwas wie ein Andenken an eine Zeit, die unwiderruflich vorüber war. Und er war es Gowenna einfach schuldig, sie zu beschützen.

»Du liebst das Mädchen«, sagte Yul, als er sich nach ein paar Augenblicken aufrichtete.

»Ja«, sagte Skar, zu seiner eigenen Überraschung fast sofort und ohne irgendeine Scheu oder gar Verlegenheit. »Aber nicht so, wie du glaubst. Wie geht es ihr?« Erst, als er die Hütte betreten und Kiinas bleiches Gesicht gesehen hatte, hatte er sich wieder daran erinnert, daß auch sie das Lager der *Errish* mehr bewußtlos als wach erreicht hatte.

»Sie ist sehr schwach«, antwortete Yul nach einem Zögern und in einer Art, die Skar besorgt aufhorchen ließ. Fragend sah er die greise *Errish* an. Yul wich seinem Blick aus, und wieder hatte er das Gefühl, daß es da etwas gab, was sie ihm verschwieg.

»Aber das ist nicht alles«, vermutete er.

Yul zögerte erneut, und Skar erinnerte sich an die sonderbare Bemerkung, die sie nach seinem eigenen Erwachen gemacht hatte: *Es war nicht der Ritt.*

»Nein«, gestand sie nach einer Weile. »Das ist nicht alles. Sie ist... krank. Ihr beide seid krank. Glaube ich.«

»Du *glaubst?*« Skar sah Yul scharf an. »Was soll das heißen – du glaubst? Du bist eine *Errish*, oder nicht?«

»Ich kann nicht zaubern«, antwortete Yul beinahe aggressiv. »Ich kann Schmerzen lindern und Krankheiten heilen – manchmal. Ich weiß nicht, was ihr fehlt. Vielleicht ist sie einfach nur erschöpft.«

»Du lügst«, behauptete Skar. Er trat einen Schritt auf Yul zu und ballte die Fäuste, ehe ihm klar wurde, wie lächerlich diese Geste einer Frau wie Yul gegenüber war. Etwas leiser, aber noch immer erregt und mit nur mühsam beherrschter Stimme fuhr er fort: »Du weißt ganz genau, was ihr fehlt. Es ist... dasselbe, was die *Errish* in Elay getötet hat. Der Staub.«

Yul nickte. Ihr Blick ging an Skar vorbei ins Leere. »Der Staub, ja. Vielleicht. Ich... weiß es einfach nicht.« Sie zwang sich, Skar anzusehen, aber mit einem Male wirkte sie hilflos, als wäre *sie* es, die *ihn* um eine Erklärung bat. »Als es... geschah, Skar, da sandte ich eines der Mädchen in die Stadt. Es kam zurück, aber es starb binnen weniger Stunden. Ich weiß nicht, woran. Ich habe alles in meiner Macht Stehende versucht, aber ich habe versagt. Es war, als... als fräße sie etwas von innen heraus auf.«

Vor Skars innerem Auge entstand das Bild des zerfallenen Gesichtes der *Margoi*, ein ausgezehrter Totenschädel, in dem das Leben ganz allmählich erlosch. Er schauderte. Der Gedanke, Kiina auf die gleiche Weise sterben zu sehen, machte ihn fast wahnsinnig.

»Und du kannst nichts für sie tun?« fragte er.

»Für euch, Skar«, verbesserte ihn Yul. »Auch du warst in der Stadt.«

Und er hatte eine ganze Menge mehr von dem Zeug eingeatmet als Kiina, dachte er. Aber dieser Gedanke schreckte ihn überhaupt nicht. Wie immer war die Vorstellung des *eigenen* Todes für ihn so abstrakt, daß sie ihn kaum Furcht einzujagen vermochte.

»Es ist lange her«, fuhr Yul fast hastig fort. »Was immer es ist, das diesen Staub so gefährlich macht, es scheint mit der Zeit seine Wirkung zu verlieren. Die Bewohner Elays starben binnen Sekunden. Das Mädchen, das am nächsten Tag in die Stadt ging, überlebte eine Stunde.«

»Und die *Margoi* acht Tage«, sagte Skar bitter. »Danke, Yul – ich habe gesehen, wie sie starb. Ich lege keinen besonderen Wert darauf, *so* zu leben.«

»Niemand spricht vom Sterben, Satai«, sagte Yul zornig. »Ich sagte, daß Kiina krank ist, nicht, daß sie stirbt.« Sie deutete auf das Bett hinter Skar. »Vielleicht sind ein paar Tage Ruhe alles, was sie braucht. Ihr Zustand bessert sich bereits. Und du«, fügte sie spöttisch hinzu, »bist augenscheinlich schon kräftig genug, dich mit mir zu streiten, statt über Dinge zu reden, die wichtiger wären.«

»Zum Beispiel?«

»Deine Zukunft«, antwortete Yul. »Unsere Zukunft.« Sie machte eine Handbewegung in die Richtung, in der Elay lag. »Du bist hierhergekommen, um Fragen zu stellen. Tu es.«

Skar war irritiert und alarmiert zugleich. Der plötzliche Themenwechsel war nicht allein Yuls sprunghafter Art zuzuschreiben. Sie verschwieg ihm noch immer etwas. »Kannst du sie beantworten?« fragte er.

»Das sage ich dir, wenn du sie gestellt hast«, versetzte Yul spöttisch.

Skar funkelte sie an, aber er beherrschte seinen Zorn auch diesmal noch. Yul war ein geschwätziges altes Weib, das war alles. Er würde mehr – und vor allem schneller – von ihr erfahren, wenn er sie reden ließ, so schwer es ihm auch fiel. Er begann Fragen zu stellen. Und Yul beantwortete sie, so gut sie konnte.

Er träumte auch in dieser Nacht wieder, und es war wie eine getreuliche Wiederholung seines ersten Alptraumes; nicht was seinen Inhalt, wohl aber, was die Art seines Verlaufes anging: Wieder war sein Denken sonderbar zweigeteilt, als rängen hinter seiner Stirn zwei völlig unterschiedliche Wesen um die Vorherrschaft über seine Gedanken. Der eine logische – und schwächere – Teil versuchte zu verarbeiten, was er erlebt und von Yul erfahren hatte, aber das eine war unerfreulich und das andere wenig mehr als nichts, denn die Errish *hatte keine seiner Fragen beantworten können. Sie war Elay fern geblieben, solange es sich unter dem Einfluß des Wächters befand, und von den Legenden der Quorrl wußte sie entweder nichts, oder sie wollte nicht darüber reden. Und die Hilfe, die er sich von den Ehrwürdigen Frauen versprochen hatte, konnte sie ihm nicht mehr geben.*

Der andere, unlogische – und stärkere – Teil seines Denkens war wieder im klebrigen Gespinst eines Alptraumes gefangen. Er sah sich selbst durch einen schwarzen Sumpf voller klebriger dünner Fäden rennen, die sich wie Schlangen oder lebendig gewordene Spinnweben um seine Füße zu ringeln versuchten, Kiina dabei wie ein hilfloses Kind mit sich zerrend und auf der Flucht vor einer körperlosen, entsetzlichen Gefahr. Aber dann drehte er sich im Laufen herum und sah, daß es gar nicht Gowennas Tochter war, die er mit sich zerrte, sondern eine ausgemergelte Greisin, kahlköpfig und mit einem Gesicht voller Geschwüre und eiternder Wunden, und als er aufschrie und sie loszulassen versuchte, konnte er es nicht, denn seine Hand war an ihrem Arm festgewachsen. Wo seine Finger ihre Haut berührten, begannen auch sie zu verfaulen, und er spürte, wie sich etwas in seine Seele einnistete und damit begann, seine Lebenskraft aufzusaugen wie ein Vampir das Blut seiner Opfer. Aber er nahm *nicht nur, er* gab *auch: Die Leere in Skars Innerem füllte sich mit Zorn, mit mörderischem, – noch – ziellosem Haß, der ihn im Schlaf aufstöhnen und so heftig die Fäuste ballen ließ, daß es weh tat.* Töten! *wisperte eine Stimme in seinen Gedanken.* Vernichten. Zerreißen. Zerstören. Töten. *Gleich was und wen.*

Wie in der Nacht zuvor wurde der Traum plötzlich irreal; aus den Schreckensbildern wurden kaum weniger entsetzliche, aber formlose Lichtblitze voller gestaltloser Furcht, aber wie in der Nacht zuvor dauerte es auch jetzt nur Augenblicke, bis er spüren konnte, wie er in einen tiefen, traumlosen, normalen Schlaf hinüberglitt –

und erwachte.

Nicht von selbst erwachte, das spürte er genau. Jemand *(ein Geräusch?)* hatte ihn geweckt. Aber es war still; so leise, daß er das Schlagen seines eigenen Herzens hören konnte, als er den Atem anhielt, um zu lauschen. Schon fast *zu* still, dachte Skar. Es war spät in der Nacht, aber er befand sich in einem Lager mit siebzig oder achtzig Menschen und Hunderten von Tieren – es *mußte* einfach Geräusche geben.

Aber es gab keine.

Für einen Moment erwog er ganz ernsthaft die Möglichkeit, noch zu träumen, verwarf diesen Gedanken aber sehr schnell wieder. Lautlos stand er auf, schlüpfte in Hose, Hemd und Stiefel und schlich zur Tür. Sie war geschlossen, aber das Mondlicht ließ sie zu einem Muster aus rechteckigen schmalen Lichtstreifen werden, die sich schräg auf dem Boden fortsetzten und denen er aus einem absurden Impuls heraus sorgsam auswich, als er das Gesicht gegen die dünne Tür aus Bast und Holz drückte und hinausspähte.

Der Anblick war absurd: völlig unmöglich und einfach... *verrückt*. Aber es war so: Trotz der vollkommenen Stille hier drinnen war der Platz zwischen den Hütten voller Menschen. Wenn Yuls Angaben richtig waren, was die Größe ihrer Gruppe anging, so mußten sie alle auf dem Platz zwischen den Hütten versammelt sein. Ein Feuer brannte, dessen Schein aber so abgeschirmt war, daß er Skars Hütte nicht erreichen konnte, und die *Errish* trugen ihre schwarzen Prachtgewänder; knöchellange Roben, auf denen verschlungene Drachensymbole gestickt waren. Sie standen in kleinen Gruppen da, trotzdem in fast militärischer Präzision ausgerichtet. Manche von ihnen unterhielten sich, lachten, gestikulierten mit den Händen – aber er *hörte keinen Laut!* Es war, als hätte jemand eine unsichtbare Barriere zwischen ihm und jener Gruppe von *Errish* errichtet, die jedes noch so kleine Geräusch aufsaugte wie ein trockener Schwamm das Wasser. Skar war plötzlich sicher, daß es *kein* Geräusch gewesen war, was ihn geweckt hatte, sondern ganz im Gegenteil diese völlige, unnatürliche Stille.

Einen Moment lang überlegte er, einfach aus der Hütte zu treten und zu ihnen hinüberzugehen. Aber etwas warnte ihn, es nicht zu tun. Wenn Yul oder eines ihrer Mädchen für diesen schweigenden Zauber verantwortlich waren, so hatten sie ihn gewoben, damit er *nicht* sah, was sie taten. *Aber warum?*

Eine Bewegung am Rand seines Gesichtsfeldes erweckte seine Aufmerksamkeit. Er versuchte, durch die schmalen Ritzen in der Tür mehr zu erkennen, aber es ging nicht; er sah nur ein schattenhaftes Huschen, das aber mit dem fast sicheren Wissen von *Größe* verbunden war. Ein Drache? Aber hatte Yul nicht gesagt, daß sie die Drachen verloren hatten? Nicht zum ersten Mal hegte Skar den Verdacht, daß die greise *Errish* ihm nicht in allem die Wahrheit gesagt hatte.

Skar sah sich nachdenklich in der kleinen Hütte um. Es gab keinen zweiten Ausgang, nicht einmal ein Fenster, aber die Wände bestanden nur aus wenigen, stabilen Baumstämmen, zwischen denen Bast und dünne Äste geflochten waren; mit ein wenig Vorsicht mußte es möglich sein, ein Loch in die Rückwand zu brechen, ohne daß die *Errish* draußen es bemerkten.

Er tat es, und es ging leichter, als er geglaubt hatte. Der unheimliche, lautevernichtende Zauber war hier drinnen nicht wirksam, aber die dünnen Wände setzten seinem Griff kaum Widerstand entgegen und zerbrachen fast lautlos. Stille strömte wie eine unsichtbare erstickende Woge in die Hütte. Sein Herz schlug schneller.

Skar spähte vorsichtig hinaus, sah niemanden und ging noch einmal zu seinem Bett zurück, um Mantel und Schwert zu holen; den einen, weil ihn die schwarze Farbe des Kleidungsstückes vorzüglich tarnen würde, das andere, weil er das bestimmte Gefühl hatte, die Waffe zu brauchen, sollte man sein Verschwinden bemerken. Sein Blick verharrte kurz am silbernen Funkeln des Scanners, den er nachlässig zu seinen Sachen gelegt hatte, aber er verwarf den Gedanken, ihn mitzunehmen, fast augenblicklich. Sooft er oder irgend jemand in seiner Nähe eine dieser Waffen benutzt hatten, war etwas Schreckliches geschehen. Skar war nicht abergläubisch, aber etwas in ihm war fest davon überzeugt, daß diese Waffen Unglück brachten.

Gebückt kroch er durch die Öffnung, die er in die Rückseite der Hütte gebrochen hatte, sah sich sichernd nach allen Seiten um und richtete sich behutsam auf. Das unheimliche Schweigen war hier draußen doppelt deutlich und erfüllte ihn mit Unbehagen, fast Furcht. Gebannt sah er sich ein zweites Mal und noch aufmerksamer um, dann begann er, sich an der Hütte entlangzuschieben.

Seine Vorsicht war nur zu berechtigt. Als er die Ecke erreichte, sah er sich einer *Errish* gegenüber. Skars Herz machte einen erschrockenen Sprung, und seine Hände zuckten hoch, ehe er begriff, daß sie ihn nicht sah: Sie saß mit untergeschlagenen Beinen, aber hoch aufgerichtet und wie gelähmt da, mit weit geöffneten, aber starren Augen, die an ihm vorbei ins Leere blickten.

Skar hob die Hand und bewegte die Finger vor dem Gesicht der *Errish*. Sie reagierte nicht, und Skar wußte auch, warum: die *Errish* befand sich in Trance. Aus seinem Verdacht wurde Gewißheit: Der Ring unheimlichen Schweigens, der seine Hütte umgab, *war* Yuls Werk.

Obwohl er fast davon überzeugt war, unbehelligt an der *Errish* vorübergehen zu können, entschied er sich für den sichereren Weg: Er streckte die Hand nach dem Nacken des Mädchens aus, tastete nach einem bestimmten Punkt und drückte kurz und heftig zu. Die *Errish* zitterte, gab ein halblautes, schmerzerfülltes Seufzen von sich und brach in seinen Armen zusammen. Skar fing sie auf, lehnte sie gegen die Hütte und drapierte ihren Mantel so, daß es zumindest von weitem den Anschein haben mußte, sie saß noch immer in Trance da. Er verbaute sich damit selbst jede Möglichkeit, unbemerkt in die Hütte zurückzukehren und so zu tun, als hätte er gar nichts gemerkt, aber darauf kam es ihm auch nicht an. Es gab nur zwei Möglichkeiten: Was hier vorging, war gefährlich für Kiina und ihn, und dann würde er ganz bestimmt *nicht* in die Hütte zurückkehren. Oder es war *keine* Bedrohung –

aber dann würde ihm Yul einige sehr unangenehme Fragen beantworten müssen.

Gebückt schlich er weiter, sorgsam darauf bedacht, immer im Schatten der Hütte zu bleiben. Ihm fiel ein, daß es vielleicht klüger gewesen wäre, sich des Mantels der *Errish* zu bemächtigen, damit sie ihn in der Dunkelheit für eine der ihren hielten – aber das würde bedeuten, zurückzugehen. Er tat es nicht.

Statt dessen huschte er geduckt zwischen den niedrigen Hütten entlang, wobei er geschickt jeden Schatten als Deckung ausnutzte. Er umrundete den Lagerplatz fast zur Hälfte, bis er sich dem Tyrr-Gehege näherte. Die meisten Tiere schienen zu schlafen, aber es waren weit über hundert; und selbst Hunderte *schlafender* Ungeheuer machten genug Lärm, jedes verräterische Geräusch zu übertönen, das er verursachen mochte.

Skar blickte gebannt zu den versammelten *Errish* hinüber. Der Sinn dieser nächtlichen Versammlung war ihm noch immer nicht klar, aber er spürte, daß hier etwas Großes vorging; und etwas, das ganz eindeutig *nicht* für seine und Kiinas Augen und Ohren gedacht war. Er blickte rasch zu der Hütte hinüber, in der er Kiina wußte, und nach kurzem Suchen entdeckte er, was er erwartet hatte: Auch neben diesem Gebäude kauerte ein Schatten. Er war also nicht der einzige, der in dieser Nacht ganz besonders ungestört schlafen sollte. Sein Zorn wuchs.

Er hielt nach Yul Ausschau, ohne sie zu entdecken. Dafür sah er Anschi unter den versammelten *Errish*, und nicht einmal weit von ihm entfernt.

Und noch etwas.

Eine Gestalt, die er im ersten Moment nur als verschwommenen Schatten erkennen konnte, denn ihre Farbe war die der Nacht, so daß er sie überhaupt nur sah, weil sie sich bewegte.

Im ersten Moment glaubte er, sich getäuscht zu haben, denn wenn das, was er sah, wirklich das war, was er zu sehen *glaubte*, dann war die Schlußfolgerung daraus einfach... unvorstellbar. Aber dann, fast in der gleichen Sekunde und so, als hätte er seine Gedanken gelesen und täte es absichtlich, um ihn zu verspotten, trat der Schatten mit einer sonderbar eckig anmutenden Bewegung in den Lichtschein des Feuers hinein, und Skar begriff, daß er sich nicht getäuscht hatte.

Die *Errish – wenn* es eine *Errish* war, die sich unter der Hülle aus glänzendem schwarzem Horn verbarg – war sehr groß, sicherlich so groß wie Del, aber viel schlanker. Ihre Bewegungen waren sehr schnell, wirkten aber trotzdem irgendwie ungelenk, fast... ja, dachte Skar schaudernd: fast *insektenhaft*, und...

Das Wesen drehte den Kopf, und als Skar seine Augen sah, wußte er, daß er sich abermals getäuscht hatte.

Es war drei Wochen her, daß er Wesen wie dieses schon einmal gesehen hatte, auf der großen Ebene östlich von Drasks Burg. *Errish*, die die Chitinhaut eines toten *Ultha* als Panzer trugen. Und doch war es das erste Mal, daß er die grundlosen, irisierenden Insektenaugen in dem gigantischen Ameisenschädel sah, das Funkeln einer bösen, lauernden Intelligenz darin erkannte und die furchtbar fremdartigen, spinnenhaften kleinen Rucke sah, mit denen das Wesen sich bewegte.

Skar weigerte sich selbst jetzt noch für Augenblicke, den Gedanken zu akzeptieren, aber es war so: Dies hier war keine *Errish*, die den Panzer eines fremden Wesens trug wie eine monströse schwarze Rüstung.

Der Ultha lebte.

Für geschlagene zehn Sekunden saß Skar einfach da und starrte die monströse Insektenkreatur an, unfähig, sich zu rühren, unfähig, einen klaren Gedanken zu fassen, irgend etwas zu empfinden, zu fühlen. Der Schock war total, schlimmer als irgend etwas, was er je erlebt hatte. Der *Ultha* lebte, das war alles, was er denken konnte. Er war lebendig, und er bewegte sich, und er *gab den Errish Anweisungen!*

Dann – endlich – erwachte ein anderer Teil seines Denkens, den er schon viel zu lange vermißt hatte: der Satai. Der Krieger, dem die alten Legenden der Quorrl und alle Gedanken an Verrat und Betrug ziemlich gleichgültig waren und der den *Ultha* einzig als das betrachtete, was er war: ein Monstrum und ein fürchterlicher Gegner. Die dürren Insektenarme mußten kräftig genug sein, ihn mit einer spielerischen Bewegung in Stücke zu reißen. Sein einziges Kleidungsstück war ein dünner Gürtel aus schwarzen Lederschuppen, an dem gleich zwei Schwerter hingen, und als wäre all dies noch nicht genug, wuchsen aus dem unteren Drittel des dreieckigen flachen Schädels zwei fürchterliche Zangen, halb so lang wie Skars Unterarm. Er begriff, daß es um ihn geschehen war, wenn dieses Wesen ihn auch nur *bemerkte*, und verscheuchte jeden Gedanken an einen Angriff.

Hastig zog er sich tiefer in den Schatten des Palisadenzaunes zurück und schlich weiter, wobei er immer wieder sichernd zu den *Errish* und dem schrecklichen Insektendämon hinübersah. Aber die mannshohe Palisadenwand bot ihm ausgezeichnete Deckung; selbst wenn eine der *Errish* oder der *Ultha* direkt in seine Richtung geblickt hätten, hätten sie ihn kaum entdeckt.

Er erreichte das Ende des Zaunes, ließ sich in den schwarzen Schlagschatten eines Felsens sinken und sah abermals zu den *Errish* zurück. Zwischen den schlanken Frauengestalten bewegten sich noch mehr Schatten, deren Bewegungen ihn alarmierten, aber das Licht war zu schlecht, um zu entscheiden, ob ihm seine Phantasie nur einen bösen Streich spielte oder der *Ultha* nicht allein gekommen war. Es spielte auch keine Rolle.

Vorsichtig erhob er sich aus seiner Deckung und sah sich um. Links von ihm erstreckte sich das Lager, auf der anderen Seite war der schwarze Abgrund der Steilküste, unter der das Meer schäumte. Er erinnerte sich wieder des gewaltigen Schattens, den er von seiner Hütte aus zu sehen geglaubt hatte. Ein Schiff? Ja, wahrscheinlich ein Schiff. Behutsam schob er sich weiter, kroch bis unmittelbar an den zerbröckelnden Rand der Steilküste heran und hob den Kopf.

Es *war* ein Schiff.

Und doch wieder nicht.

Es war riesig, schwarz von Bug bis Heck und von fast absurd gedrungener Form, die etwas schwer in Worte zu fassendes Unheimliches und Angsteinflößendes hatte. Beiderseits des buckeligen Rumpfes ragten mehr als ein Dutzend Ruder ins Wasser, lang und dünn und in der Mitte geknickt, so daß sie dem Schiff etwas von einem übergroßen Käfer gaben, der eher über das Wasser *lief*, als daß er ruderte, und das Segel, riesig und wie das gesamte Schiff von tiefem Schwarz, ähnelte einem zerfetzten Hautlappen.

Und ganz genau das war es auch.

Was dort, fünfhundert Fuß unter Skar, in der Brandung schaukelte, unheimlich und dräuend und sich mit den landwärts gerichteten Rudern gegen die gefährlichen Riffe stemmend, war der *Dronte*. Die Geißel der Meere, der lebende Killersegler, der Hunderten von Schiffen den Untergang gebracht hatte; und mehr noch – es war der *Dronte* gewesen, der den *Daij-Djan* erschaffen hatte, Skars ganz persönlichen Boten aus der Hölle. Was dort unter Skar lag, das war kein Schiff, sondern nur ein *Ding*, das das Aussehen eines Schiffes angenommen hatte, so mühelos, wie es wahrscheinlich in jede beliebige Form kriechen konnte, Teil dessen, was Yul so verharmlosend als *gewaltiges Waffensystem* bezeichnet hatte und das in Wirklichkeit doch etwas ganz anderes war: Gestalt gewordener Wahnsinn; Leben, das kein Leben war, sondern dem einzigen Zweck diente, zu töten und zu vernichten, eine fürchterliche Perversion der Schöpfung selbst.

Und Yul und ihre Mädchen standen auf ihrer Seite...

Skar erkannte den Fehler in diesem Gedanken fast im gleichen Moment, in dem er ihn dachte. Natürlich traf Yul und die anderen *Errish* keine wirkliche Schuld; sowenig wie die *Errish*, die Kiina gejagt hatten, oder die *Margoi* oder die Bewohner Elays. Sie waren nichts als willenlose Sklaven, Marionetten, die vielleicht nicht einmal wirklich wußten, was sie taten. Wie hatte er nur so närrisch sein können, sich im Ernst einzubilden, alles wäre vorbei, nur weil er die Netzkreatur getötet hatte? Die *Sternengeborenen* hatten unzählige Helfer, und wahrscheinlich waren der *Dronte* und der *Ultha*, ja, selbst die *Netzkreatur* nicht einmal die schlimmsten Dämonen, über die sie geboten.

Und wenn du endlich fertig damit bist, dir alle möglichen Schrecken auszumalen, du Narr, wisperte eine Stimme hinter seiner Stirn, *dann solltest du dir Gedanken darüber machen, wie du von hier wegkommst, ohne daß sie dich bemerken.*

Der Satai in ihm hatte recht, dachte Skar alarmiert. Er befand sich in einer prekären Situation: Vor ihm lagen nichts als fünfhundert Fuß Leere und darunter der *Dronte*, von dessen Deck aus mißtrauische Augen jeden Quadratzentimeter der Küste absuchen mochten, und hinter ihnen die *Errish* und ihre dämonischen Herren, die sicherlich nicht zusammengekommen waren, um ein Schwätzchen zu halten. Er mußte weg hier. Solange er noch konnte. Vorsichtig und ohne die *Errish* und den monströsen Insektenschatten auch nur eine Sekunde aus dem Auge zu lassen, begann er sich abermals an der Palisade entlangzuschieben.

Er hatte selbst kaum damit zu rechnen gewagt, aber er erreichte den rückwärtigen Teil des Lagers und die Hütten unbehelligt. Auf dem Platz hinter ihm geschah etwas, daß er nicht erkennen konnte: Die *Errish* bewegten sich auf eine Art, die fast wie ein Tanz anmutete; regelmäßig, schnell und auf komplizierten, nur scheinbar zufälligen Bahnen, wobei manche von ihnen einen düsteren, arhythmischen Gesang anstimmten, andere auch mit leiser Stimme miteinander redeten. Und auch die *Ultha* – von denen es tatsächlich mehrere gab, Skar sah mindestens drei – waren irgendwie in dieses unheimliche Muster von Bewegung und Körpern einbezogen.

Aber was immer sie taten, es beanspruchte ihre gesamte Konzentration, und Skar erreichte Yuls Behausung unbehelligt. Und diesmal ging er wesentlich weniger rücksichtsvoll vor: Das Haus selbst als Schutz gegen eine zufällige Entdeckung nutzend, näherte er sich der träumenden *Errish* neben der Tür, packte sie und betäubte sie mit einem blitzschnellen Hieb in den Nacken. Dann war er mit einem Sprung in der Hütte und zog sein Schwert. Die Spitze seiner Klinge beschrieb einen blitzschnellen, drohenden Halbkreis vor seinem Körper und senkte sich wieder, als er begriff, daß der Raum leer war.

Hastig schloß er die Tür hinter sich wieder, eilte zu Kiinas Lager und kniete neben ihr nieder. Sie schlief, aber ihr Schlaf mußte ebenso unruhig wie der sein, aus dem er selbst aufgewacht war. Ihre Hände führten kleine, nervöse Bewegungen aus, an ihrem Hals pochte eine Ader, und ihre Lippen bewegten sich, ohne daß ein Laut zu hören war. Skar streckte die Hand nach ihr aus und berührte Kiina an der Schulter. Ihre Haut war kalt und feucht, und er konnte durch den Stoff der Decke hindurch ihren rasenden, unregelmäßigen Puls spüren. Es war zu dunkel hier drinnen, als daß er ihr Gesicht wirklich erkennen konnte, aber das wenige, was er sah, erschreckte ihn zutiefst: Kiinas Haut glänzte wie Wachs, und das bißchen Sternenlicht, das sich durch die Ritzen der Tür mogelte, ließ sie nun wirklich *grau* aussehen. Aus den dunklen Ringen unter ihren Augen waren schwarze Halbmonde geworden, ihre Wangen waren eingefallen, und das blonde, ehemals seidig glänzende Haar sah aus wie Stroh.

Sie reagierte auch nicht auf seine Berührung, sondern begann sich nur stärker im Schlaf zu bewegen. Skar warf einen besorgten Blick zur Tür, beugte sich über das Bett und flüsterte Kiinas Name; einmal, zweimal, dreimal, jedesmal ein wenig lauter, bis sie schließlich stöhnend die Augen aufschlug und ihn verwirrt anblinzelte.

»Was –?«

Skar legte ihr rasch die Hand auf den Mund und schüttelte den Kopf. »Still!« flüsterte er. »Sag kein Wort. Hast du verstanden?«

Kiina nickte, aber in ihren Augen war nichts als Schrecken und Verwirrung. Vorsichtig zog Skar die Hand zurück, stützte gleichzeitig mit der anderen ihren Rücken und half ihr, sich aufzusetzen. Kiina zitterte am ganzen Leib.

»Kannst du laufen?« fragte er besorgt.

»Ich... glaube schon«, antwortete Kiina zögernd. Sie sah zur Tür, blickte sich plötzlich erschrocken um und starrte dann aus weit aufgerissenen Augen in die Schatten hinter Skar, mit einem Blick, als fürchte sie, die Schreckensvisionen ihrer Alpträume wären ihr gefolgt. »Was ist passiert?«

»Später«, antwortete Skar hastig. »Wir müssen weg hier. So schnell wie möglich und ohne daß es jemand merkt.« Er zögerte einen Moment. »Ich werde zwei Pferde für uns stehlen müssen«, sagte er. »Glaubst du, daß du reiten kannst?«

»Stehlen? Aber wieso... ich... ich verstehe nicht«, murmelte Kiina hilflos. Sie versuchte aufzustehen, aber dieser Versuch endete so kläglich wie der Skars am vergangenen Morgen. Er fing sie auf, ehe sie neben dem Bett zusammenbrechen konnte.

Kiina blieb einen Moment zitternd an ihn gepreßt stehen, dann machte sie sich mühsam frei und bückte sich nach ihren Kleidern. Skar unterdrückte den Impuls, ihr beim Anziehen behilflich zu sein. Er wollte sehen, wie kräftig sie *wirklich* war, und das Ergebnis dieser Beobachtung stimmte ihn nicht gerade optimistisch. Ihre Bewegungen waren schwach und fast ziellos; als sie den Gürtel aufzuheben versuchte, griff sie dreimal daneben, ehe es ihr schließlich gelang, das dünne Lederband zu fassen und ungeschickt um die Taille zu binden.

»Was ist passiert?« fragte sie noch einmal.

»Genau weiß ich es auch nicht«, gestand Skar. »Aber wir sind verraten worden. Yul und die anderen *Errish* sind...« Er zögerte. Kiina sah ihn gleichermaßen verwirrt wie erschrocken an, und Skar fügte fast widerwillig hinzu: »Ich weiß nicht, was sie sind, jedenfalls nicht das, was sie zu sein vorgeben.« Er machte eine abgehackte Bewegung zur Tür: »Dort draußen sind alte Freunde von dir.«

Vielleicht war es ein Fehler – aber er erhob keinen Einspruch, als Kiina mit schwankenden Schritten an ihm vorbeiging und durch die Ritzen der Basttür auf den Platz hinausspähte. Besser, sie sah es jetzt, als in einem Moment, in dem ihnen ein erschrockener Laut oder ein entsetztes Zögern zum Verhängnis werden konnte. Er trat hinter sie und spannte sich, um sie im Notfall blitzschnell zum Schweigen zu bringen.

Aber Kiina schrie nicht auf. Sie fuhr nicht einmal zusammen, sondern stand einfach da und starrte auf den Platz hinaus, auf dem der furchtbare lautlose Tanz noch immer anhielt. Das Feuer brannte mittlerweile höher, und irgendwo an der Küste hinter den *Errish* tat sich etwas; Skar konnte nicht genau erkennen, was, aber wieder hatte er das Gefühl, einen gigantischen huschenden Schatten zu sehen, etwas, das sich immer dicht am Rande seines Gesichtsfeldes bewegte und stets verschwand, wenn er versuchte, es genauer auszumachen. Er dachte an den *Dronte*, und ein eisiger Schauer raste auf Spinnenfüßen über seinen Rücken.

»Überzeugt?« fragte er. Seine Stimme klang belegt, als hätte es erst dieses Anblicks bedurft, um den Schrecken neu zu erwecken.

»Ja«, flüsterte Kiina. »Komm.« Sie wollte die Tür öffnen, aber Skar hielt sie mit einer raschen Bewegung zurück und schüttelte den Kopf.

»Wir nehmen den Hinterausgang«, sagte er mit einer Geste auf die Rückwand der Hütte. Kiina blickte fragend, verstand dann aber und folgte ihm ohne ein weiteres Wort.

Die Wand zu durchbrechen gestaltete sich wesentlich schwieriger als in Skars Behausung. Yuls Hütte war weitaus massiver erbaut als die übrigen Gebäude, und es erforderte Skars ganze Kraft, die dünnen, aber zähen Ranken zu zerreißen, die zwischen die Stützbalken geflochten waren. Schließlich nahm er sein *Tschekal* zu Hilfe, um ein halbrundes Loch in die Hüttenwand zu schneiden, gerade hoch genug, daß sie hintereinander ins Freie kriechen konnten. Skar bedeutete Kiina mit Gesten, still zu sein und aufzupassen, ließ sich ein zweites Mal auf die Knie sinken und setzte das herausgeschnittene Teil der Bastwand wieder an seinen Platz, so daß ihr Fluchtweg wenigstens auf den ersten Blick nicht sofort entdeckt werden würde. Er gestand sich ein, daß es ein Fehler gewesen war, die beiden *Errish* zu betäuben, denn in spätestens zwei Stunden würde eine von ihnen erwachen; was ihren Vorsprung automatisch auf diese Zeitspanne beschränkte. Ganz kurz erwog er die Möglichkeit, noch einmal zurückzugehen und die beiden *Errish* zu töten; aber wirklich nicht sehr lange, und auch nicht ernsthaft. Er war kein Mörder. Und etwas sagte ihm, daß sie so oder so sehr viel weniger Zeit als zwei Stunden hatten.

Ein Grund mehr, sich zu beeilen. Geduckt huschten sie los, immer im Schatten der Hütten entlang und in die Richtung, in der Skar die Pferde der *Errish* vermutete. Er hoffte, daß sie überhaupt Pferde hatten. Bisher hatte er sie nur auf den Daktylen oder den großen Drachen reiten sehen.

Sie wandten sich nach Süden, in die Richtung, in der Skar die Pferde untergebracht hätte, hätte *er* dieses Lager geplant, denn im Norden befand sich der Pferch mit den Tyrr, im Westen die See und im Osten die zyklopischen Felsen, die der Handvoll Hütten als Deckung dienten. Und er behielt mit seiner Vermutung recht: Die *Errish* hatten Pferde – nicht sehr viele, aber sie brauchten ja auch nur zwei – und sie waren an der Stelle des Lagers untergebracht, die vom Tyrr-Gehege am weitesten entfernt war. Pferde und Drachen hatten sich noch nie gut verstanden, was vielleicht daran lag, daß die einen die anderen nur zu gerne als willkommene Abwechslung ihres Speiseplanes verstanden.

Skar signalisierte Kiina mit Gesten, stehenzubleiben, als das Gatter mit dem knappen Dutzend schlafender Pferde vor ihnen lag. Von einem Wächter war weit und breit nichts zu sehen, was ihn überraschte und gleichzeitig mißtrauisch stimmte. Aber vielleicht, dachte er, war die Anwesenheit *aller Errish* nötig bei jenem sonderbaren Tanz.

Mißtrauisch sah er zum Lager zurück. Die *Errish* und ihre dämonischen Besucher waren nur noch als verschwommene Schatten zu erkennen, aber sie bewegten sich noch immer wie kleine schwarze Motten vor dem roten Schein des Feuers. Und je länger Skar hinsah, desto deutlicher glaubte er ein Muster in dieser Bewegung wahrzunehmen.

»Sie werden unsere Flucht bemerken«, drang Kiinas Stimme in seine Gedanken.

»Ja«, murmelte Skar. In Gedanken fügte er hinzu: *In knapp zwei Stunden. Wenn wir Glück haben.* Aber das behielt er lieber für sich. Statt dessen sah er Kiina an und versuchte, einen möglichst aufmunternden Ausdruck auf sein Gesicht zu zaubern. »Ich kenne ein paar kleine Tricks, um Verfolger abzuschütteln. Auch solche«, fügte er hinzu, »die fliegen können.« Was eine glatte Lüge war. Skar war sich der Tatsache schmerzhaft bewußt, daß sie in dem öden Wüstenland nördlich Elays kaum eine Dekkung finden würden, die ihnen Schutz vor einem Verfolger gab, der sie aus hundert oder auch tausend Fuß Höhe suchen konnte. »Vielleicht gelingt es uns, uns zu Titch durchzuschlagen.«

»Und dann?«

Skar seufzte. Er hätte viel darum gegeben, die Antwort auf diese Frage zu wissen. Aber wenn er sie sich jedesmal gestellt hätte, bevor er eine Flucht oder ein besonders riskantes Unternehmen begann, dann wäre er jetzt längst nicht mehr am Leben. Statt zu antworten, erhob er sich hinter dem Felsen, hinter dem sie Deckung gesucht hatten, signalisierte Kiina, ihm zu folgen, und ging los.

Sie kamen nur wenige Schritte weit.

Der Schatten stand jäh und wie aus dem Boden gewachsen vor ihnen, und Skar begriff eine Sekunde zu spät, daß es nicht der Schatten einer *Errish* war. Ganz instinktiv duckte er sich und schlug aus der Bewegung heraus zu, aber der Schatten machte einen rasend schnellen Schritt zurück. Skars Hieb ging ins Leere, und gleichzeitig zuckte ein spinnendürrer Arm vor und packte sein Handgelenk.

Es war wie das Zuschnappen einer stählernen Fessel. Die Arme des *Ultha* waren lächerlich dünn, aber es war die fürchterliche Kraft eines Insekts, mit der er zupackte. Skar keuchte vor Schmerz und Überraschung, als er mit einem einzigen Ruck aus dem Gleichgewicht nach vorne und auf die Knie gerissen wurde, versuchte sich herum- und zur Seite zu werfen, um auf diese Weise dem Griff des Gegners zu entschlüpfen, und schrie ein zweites Mal auf. Das einzige Ergebnis seiner Bewegung war, daß er sich fast selbst den Arm ausgekugelt hätte. Dann packte die zweite Hand des *Ultha* zu, ergriff seinen anderen Arm und drehte ihn brutal auf den Rücken. Skar wurde wie ein Spielzeug in die Höhe und herumgerissen. Hinter sich hörte er Kiina schreien, als auch vor ihr plötzlich ein sieben Fuß großer Gigant auftauchte und sie ebenso spielerisch überwältigte, und mit einem Mal waren überall *Errish*, das rote Lodern von Fackeln und Bewegung.

Skar wehrte sich wie ein Rasender, aber es war sinnlos; der *Ultha* verdrehte seinen linken Arm so erbarmungslos, daß er sich selbst das Gelenk gebrochen hätte, hätte er noch mehr Kraft eingesetzt, und seine andere Hand hing unverrückbar fest im Griff des Insektenwesens.

»Hör endlich auf, Skar«, sagte eine Stimme hinter ihm. »Es ist sinnlos.«

Skar wehrte sich nur noch heftiger; aber bloß für einen Augenblick – dann verstärkte der *Ultha* den Druck auf seinen Arm für eine Sekunde bis zur Grenze des Erträglichen und noch ein Stück darüber hinaus, und Skar sank mit einem Schmerzensschrei in den schwarzen Spinnenarmen der Bestie zusammen. Der *Ultha* bewegte sich, wobei er Skar wie eine Puppe herumzerrte, so daß er jetzt auch erkennen konnte, wer es war, der zu ihm gesprochen hatte.

Es war Anschi. Der Blick, mit dem sie ihn musterte, war kalt, aber auch spöttisch, und allein die Verachtung, die Skar in ihren Augen las, ließ seinen Zorn zu rasender Wut werden. Wieder bäumte er sich gegen den Griff des unheimlichen Wesens auf; mit dem einzigen Ergebnis allerdings, daß ihn ein spitzer Ellbogen aus Horn wie ein Keulenhieb in den Rücken traf und stöhnend in die Knie brechen ließ.

»Du solltest das wirklich nicht tun«, sagte Anschi kopfschüttelnd. »Er ist ungefähr siebzigmal so stark wie ein Mensch, weißt du? Du hast keine Chance.« Sie gab dem *Ultha* ein kaum sichtbares, rasches Zeichen mit der Hand, und das Insektenwesen zerrte Skar mit einem Ruck auf die Füße. Ein zweiter Wink, und der entsetzliche Druck auf seinen Arm ließ ein wenig nach. Nicht sehr, aber doch so viel, daß der Schmerz erträglich wurde.

»Bist du jetzt vernünftig?« fragte Anschi.

»Nein«, stöhnte Skar. »Wenn ich das wäre, hätte ich dir gestern abend schon den Kopf heruntergeschossen, du Miststück!«

Anschi lachte, ein glockenheller, perlender Laut, der Skars Wut zur Raserei machte. Aber es war nur Zorn, das registrierte er trotz allem mit einem dumpfen Schrecken. Nicht jene brodelnde, unbezwingbare Wut aus seinen Träumen, die aus den Abgründen seiner Seele emporbrodelte und sein furchtbares Erbe erweckte, diese entsetzliche Kraft, die ihn zu einem Ding jenseits alles Menschlichen machte und es ihm – vielleicht – sogar ermöglicht hätte, den *Ultha* zu besiegen. Es war wie immer: Jetzt, wo er die schreckliche Kraft seines Dunklen Bruders wirklich gebraucht hätte, wo er sie haben *wollte*, ließ sie ihn im Stich. Das tötende Etwas in seinem Inneren war nichts, was er nach Belieben ein- und ausschalten konnte.

»Yul möchte dich sehen«, sagte Anschi.

»Dann sag ihr, daß es mir im Moment nicht paßt«, stöhnte

Skar. »Sie soll sich von meinem Hofschreiber einen Termin geben lassen. So in zwei, drei Jah –«

Anschi schlug ihm mit der flachen Hand so heftig über den Mund, daß seine Unterlippe aufplatzte. Aber es war sonderbar: Der Schmerz schürte Skars Zorn nicht noch mehr, sondern schaltete ihn regelrecht ab, von einem Sekundenbruchteil auf den anderen. Ganz plötzlich erfüllte ihn eine tiefe, fast schon unnatürliche Ruhe. Er stellte seine sinnlose Gegenwehr endgültig ein, richtete sich auf, soweit es der Griff des *Ultha* zuließ, und blickte Anschi ruhig an. Und plötzlich begriff er auch, *warum* Anschi ihn haßte: Sie hatte Angst vor ihm. Sie hatte einen entsetzlichen Fehler begangen, und sie machte *ihn* dafür verantwortlich, und gleichzeitig fürchtete sie ihn; vielleicht auch nur den Ruf, der ihm vorauseilte. Sie tat ihm fast leid.

Einen Moment lang hielt die *Errish* seinem Blick stand, dann drehte sie mit einem Ruck den Kopf und machte eine zornige Handbewegung. »Kommt!«

Sie wurden zurück ins Lager gebracht. Der *Ultha*, der Skar gepackt hielt, gab sich sogar Mühe, nicht zu grob mit ihm zu sein, aber seine Chitinklauen waren nicht zum sanften Zugreifen gemacht, sondern Werkzeuge zum Zerreißen und Töten, und Skars Handgelenke waren schon nach Augenblicken blutig. Hinter sich hörte er Kiina stöhnen. Er versuchte, im Gehen den Kopf zu wenden, um nach ihr zu sehen, handelte sich damit aber nur einen weiteren Ellbogenstoß des Monstrums ein und unternahm keinen zweiten Versuch.

Auf dem Platz hatte der bizarre Tanz seinen Höhepunkt erreicht, als sie zwischen den Hütten hinaustraten. Das Feuer brannte sehr viel höher als vorhin, und aus den gleitenden, fast eleganten Bewegungen der *Errish* war ein hektisches Hin und Her geworden, in dem Skar immer deutlicher einen beunruhigenden, irgendwie *vertrauten* Rhythmus zu erkennen glaubte, ohne ihn wirklich identifizieren zu können. Zwischen den *Errish* bewegte sich fast ein Dutzend *Ultha*, und Skar sah jetzt, daß es immer eine Gruppe von sieben oder acht *Ehrwürdigen Frauen* war, die eines der Insektenwesen umkreisten, es manchmal berührten, manchmal mit weit gespreizten Fingern die Konturen seines Schädels nachzeichneten. Es war verwirrend. Erschreckend und beunruhigend, fremd und vertraut zugleich. Er hatte das Gefühl, wissen zu müssen, was hier geschah; gleichzeitig war es etwas, was er nie zuvor im Leben beobachtet hatte. Und es machte ihm Angst. Irgend etwas war *falsch*.

Die ineinandergedrehten Kreise der tanzenden *Errish* teilten sich, als er zwischen Anschi und ihren Begleiterinnen auf den Platz hinaustrat. Skar blinzelte, als er direkt in das hoch auflodernde Feuer in der Mitte des Platzes sah. Eine schattenhafte Gestalt stand direkt vor dem Feuer, flankiert von zwei großen, lächerlich dürren Schemen, in deren Schädeln dunkelrote Feuer zu glühen schienen: *Ultha*, deren faustgroße Insektenaugen den Widerschein des Feuers brachen und etwas Fremdes, Böses hineinbrachten.

Der *Ultha* stieß ihn rücksichtslos vorwärts. Sie näherten sich Yul und dem Feuer. Der Kreis aus *Errish* und Bewegung schloß sich wieder hinter ihnen, und für einen Augenblick hatte Skar das unangenehme Gefühl, nun selbst Teil dieser unnatürlichen Beschwörung zu sein. Und irgendwie war er es auch, das spürte er. Was immer hier geschah, er hatte damit zu tun.

Yul hob die Hand, als er vor ihr stehenblieb, und der Griff des *Ultha* lockerte sich noch weiter. Skar schwankte. Einer der beiden *Ultha* hinter der *Errish* stieß ein hohes, zirpendes Geräusch aus, das gleichzeitig hilflos wie drohend klang. Yul brachte ihn mit einer knappen Geste zum Verstummen und wiederholte ihre Handbewegung. Die Insektenklauen lösten sich von Skars Haut, und plötzlich war er ohne Halt. Er wankte, wäre um ein Haar auf die Knie gefallen und fand im letzten Moment sein Gleichgewicht wieder.

»Ich hoffe, du bist nicht verletzt«, sagte Yul.

Skar starrte sie an. Seine Schulter pochte wie ausgekugelt, und sein linker Arm war so nutzlos, als *wäre* sie es, und Zorn und Schmerz gebaren einen verlockenden Gedanken: Sie hatten ihn nicht einmal entwaffnet. An seiner Seite hing noch immer das *Tschekal*, und er stand kaum drei Schritte von der alten *Errish* entfernt. Eine blitzschnelle Bewegung, und –

Aber dann fielen ihm Anschis Worte wieder ein: *Sie sind ungefähr siebzigmal so stark wie ein Mensch.* Es war gleich, ob er ihr glaubte oder nicht. Es reichte, wenn sie *doppelt* so stark waren. Sie waren auch mindestens doppelt so schnell wie er. Das Ungeheuer hinter ihm hätte ihm den Arm abgerissen, ehe er das Schwert auch nur halb aus der Scheide gezogen hätte.

»Das stimmt, Skar«, sagte Yul.

»Was?«

Die *Errish* lächelte milde, auf eine verzeihende, fast mütterliche Art und Weise, die ihn schon wieder fast an den Rand der Raserei trieb. »Oh, ich kann manchmal Gedanken lesen, weißt du? Oder zumindest Blicke deuten. Du hättest keine Chance. Sie sind die besten Leibwächter, die du dir denken kannst.«

Skar starrte sie an, schluckte die wütende Antwort hinunter, die ihm auf der Zunge lag, und drehte sich mit einem Ruck zu Kiina herum.

Das Mädchen war auf die Knie gesunken, nachdem der *Ultha* sie losgelassen hatte. Skar schauderte, als er das Ungeheuer zum ersten Mal von nahem und deutlich sah: Es war weit größer, als er bisher angenommen hatte, und schien nur aus Horn und Stacheln und natürlichen Waffen zu bestehen. Seine faustgroßen Facettenaugen musterten Skar kalt, aber voller Mißtrauen und Tücke, und seine dreifingrigen Klauen blieben leicht geöffnet, zum Zupacken bereit, als Skar sich über Kiina beugte und ihr ins Gesicht sah.

»Bist du verletzt?« fragte Skar.

»Nein, das ist sie nicht«, antwortete Yul an Kiinas Stelle. »Aber sie hätte sterben können, du Narr! Ich habe dir gesagt, daß sie krank ist.«

Skar ignorierte sie. Behutsam legte er die Hand unter Kiinas Kinn und hob ihren Kopf an. Das Gesicht des Mädchens war vor Furcht und Erschöpfung verzerrt, und ihr Blick flackerte wie der einer Wahnsinnigen. Als sie seine Berührung spürte, versuchte sie den Kopf zu schütteln. Ihre Haut war kalt und feucht. Sie zitterte.

Skar fuhr wütend zu Yul herum. »Wenn sie stirbt –«

»Das wird sie nicht«, unterbrach ihn Yul. Etwas leiser und fast traurig fügte sie hinzu: »Jedenfalls hoffe ich es.«

»Das solltest du auch«, sagte Skar gepreßt. »Denn sonst töte ich dich.«

Er sah Anschis Schlag kommen, aber er machte keinen Versuch, ihn abzuwehren. Seine Lippe, die gerade zu bluten aufgehört hatte, platzte abermals. Trotzdem lächelte er.

»Anschi! Skar!« sagte Yul streng. »Das reicht!«

»Ja«, sagte Skar wütend. »Das finde ich auch.« Mit einem geringschätzigen Lächeln wandte er sich an Yul. »Also – worauf wartest du? Töte mich.«

»Das habe ich nicht vor«, antwortete Yul ruhig.

»So? Was –«

»Es ist alles ganz anders, als du glaubst«, unterbrach ihn Yul, leise, aber in einem Ton, der ihn auf der Stelle verstummen ließ. »Ich weiß, daß dich das, was du siehst, erschrecken muß.«

»Oh, wie kommst du darauf?« fragte Skar höhnisch. »Ich bin ein wenig irritiert, das gestehe ich. Du hättest mir deine... Freunde etwas eher vorstellen können. Aber in Zeiten wie diesen leiden manchmal die guten Manieren, nicht wahr?«

Yul wirkte eher verletzt als zornig. Skar sah aus den Augenwinkeln, daß Anschi abermals auffahren wollte, aber Yul bremste sie mit einem mahnenden Blick.

»Wir sind nicht deine Feinde, Skar«, sagte sie. »Wir mußten vorsichtig sein. Vielleicht... habe ich einen Fehler gemacht, aber ich... mußte sichergehen.«

»Uns wirklich in der Falle zu haben?«

Yul ignorierte seine Antwort. »Es sind deine Träume, Skar«, sagte sie. »Etwas schleicht sich in unsere Träume. Und ich mußte sichergehen. Niemand weiß mehr, wer der andere ist, nicht einmal ich. Diese Wesen hier –«

Es begann mit einem kaum hörbaren, peitschenden Laut, dem ein hohes, boshaftes Sirren folgte, hell und tödlich und rasend schnell näher kommend; ein Laut, den Skar nur zu gut kannte und der ihn den Rest von Yuls Antwort gar nicht mehr hören ließ.

Alles geschah gleichzeitig:

Skar ließ sich fallen. Yul verstummte mitten im Wort, und der *Ultha* hinter Skar machte eine rasend schnelle, zupackende Be-

wegung, die seinen Hals nur um Millimeter verfehlte und einen handlangen Streifen blutiger Haut aus seiner Schulter riß. In der gleichen Sekunde traf der Pfeil das Auge des *Ultha* rechts hinter Yul und tötete ihn auf der Stelle.

Und etwas in Skar übernahm die Kontrolle über sein bewußtes Denken.

Es war nicht die entsetzliche Dämonenkraft seines Dunklen Bruders, sondern seine Reflexe und Instinkte als Satai, schnell und präzise wie immer, aber gespeist von einem Zorn und einer Furcht, wie er sie beide nie zuvor in dieser Intensität verspürt hatte. Blitzschnell rollte er zur Seite, warf sich mitten in der Bewegung herum und sprang auf die Füße, federte zurück und zur Seite und riß sein *Tschekal* aus dem Gürtel, alles in einer einzigen Bewegung und fast schneller, als das Auge ihr zu folgen vermochte.

Seine Vermutung, was den *Ultha* betraf, war richtig gewesen – das Monstrum *war* schneller als ein Mensch, mindestens zehnmal.

Aber es war nicht schnell genug.

Skars Schwert zuckte hoch. Die Klinge aus unzerstörbarem Sternenstahl beschrieb einen blitzschnellen Halbkreis vor den zupackenden Klauen des Monsters und trennten sie ab. Der *Ultha* stieß einen hohen, trällernden Laut aus und fiel vornüber, versuchte aber trotz seiner fürchterlichen Verletzung noch nach ihm zu greifen. Dunkles Insektenblut besudelte Skar, als er das Schwert ein zweites Mal herabsausen ließ und den Schädel der Bestie zertrümmerte. Das Monster fiel, wälzte sich kreischend auf dem Boden und schrie, ein unglaublich hoher, *schriller* Laut, der Skars Schädel zum Zerbersten zu bringen schien. Er taumelte zurück, schlug eine *Errish* nieder, die sich auf ihn stürzen wollte, und brachte sich mit einem Satz aus der Reichweite der verstümmelten Insektenarme, die im Todeskampf auf den Boden trommelten.

Ein weiterer Pfeil zischte heran, verfehlte den zweiten *Ultha* hinter Yul um eine Handbreit und ließ einen Funkenschauer aus dem Feuer schießen, als er hineinfuhr. Skar wirbelte herum, war mit einem Satz bei Kiina und begriff, daß er zu spät kam. Der *Ultha*, der sie hergebracht hatte, beging keineswegs den Fehler, ihn anzugreifen, sondern tat etwas, das Skar vielleicht von einem menschlichen Gegner erwartet hätte, niemals aber von diesem gigantischen Insekt: Er packte Kiina, riß sie in die Höhe und hielt sie wie einen lebenden Schutzschild vor sich.

Skar zögerte, nur den Bruchteil einer Sekunde, aber schon diese winzige Zeitspanne war zu viel: Zwei, drei *Errish* sprangen ihn an, und die pure Wucht ihres Angriffes ließ Skar taumeln. Er befreite sich mit zwei, drei harten Stößen, aber die winzige Ablenkung hatte genügt. Plötzlich wuchs der Schatten des vierten *Ultha* vor ihm empor. Eine unmenschlich starke Hand packte seinen Arm und verdrehte ihn. Skar schrie auf, taumelte zurück und ließ das Schwert fallen. Verzweifelt drehte er den Kopf, als sich die schreckliche Insektenklaue des *Ultha* seinem Gesicht näherte.

»NEIN!«

Yuls Schrei war so schrill und so voller Panik, daß er fast in den Ohren schmerzte. Aber das Wunder geschah: Die tödliche Klaue des *Ultha* verharrte mitten in der Bewegung, nur noch Zentimeter von Skars Augen entfernt.

»Töte ihn nicht«, sagte Yul. Ihre Stimme zitterte, und ihre Augen waren weit vor Angst.

Wieder ertönte dieses helle, peitschende Geräusch, und plötzlich senkte sich ein ganzer Hagel von Pfeilen auf den Platz herab. Skar sah schattenhafte Bewegung auf den Felsen, die das Lager umgaben, und plötzlich schrie eine der tanzenden *Errish* auf und brach mit einem Pfeil im Rücken zusammen. Die anderen führten ihren Tanz unbeeindruckt fort, und Skar begriff erst jetzt, daß keine von ihnen bisher auch nur Notiz von dem Angriff genommen hatte, obgleich seit dem ersten Schuß fast eine halbe Minute vergangen sein mußte. Auch die *Ultha*, die an der sonderbaren Zeremonie teilnahmen, standen noch immer reglos und wie gelähmt da, ebenso tief und unaufweckbar in Trance versunken wie Yuls Mädchen.

»Das sind deine verdammten Quorrl-Freunde!« schrie Anschi plötzlich. Erregt deutete sie auf einen der Schatten, die über dem Lager erschienen waren, ein dunkler, monströser Umriß, ebenso groß wie die *Ultha*, aber ungleich massiger. »Ich hätte sie alle umbringen sollen!«

»Skar – tu etwas!« schrie Yul. *»Sie dürfen nicht herkommen! Etwas Entsetzliches wird geschehen, wenn –«*

Aber es geschah bereits. Yuls Worte gingen in einem urgewaltigen Kampfschrei aus drei Dutzend rauher Kehlen unter, als Titchs Krieger wie eine lebende Lawine zwischen den Schatten der Hütten hervorquollen. Ein ganzer Hagel von Pfeilen und Wurfgeschossen prasselte auf die *Errish* nieder. Drei, vier der schlanken Gestalten gingen getroffen zu Boden, und plötzlich zerbrach das komplizierte Muster aus tanzenden, sich wiegenden Körpern. Anschi schrie vor Zorn und Schrecken. Ihre Hand fiel auf den Gürtel hinab, aber er war leer. Sie war unbewaffnet, so, wie sie hier herausgekommen war, um zu tun, was immer die *Errish* hier taten. Und mit einem Male begriff Skar, daß sie *alle* unbewaffnet waren. Was hier gleich geschehen würde, das war nicht die Fortsetzung der Schlacht vom vergangenen Abend – es war ein Massaker, das die Quorrl unter den wehrlosen *Errish* anrichten würden!

Aber es kam anders; völlig anders.

Die schwarze Klaue, die Skars Handgelenk umklammert hatte, löste sich plötzlich. Der *Ultha* fuhr herum, seine Zangen öffneten sich, und aus seinem dreieckigen Insektenmaul drang ein fürchterliches, zischendes Geräusch. Mit einer Bewegung, der Skar kaum noch mit den Augen zu folgen vermochte, wirbelte der *Ultha* herum und warf sich den Quorrl entgegen.

Und nicht nur er.

Auch das Monstrum, das Kiina gehalten hatte, ließ seinen lebenden Schutzschild einfach fallen und warf sich den Angreifern entgegen, ebenso wie die fünf oder sechs übrigen *Ultha*, die zwischen den *Errish* gestanden hatten.

Es war ein bizarrer, unwirklicher Kampf. Skar hatte niemals zuvor erlebt, daß ein Quorrl auf einen Gegner gestoßen war, der ihm waffenlos überlegen gewesen wäre – aber die *Ultha* waren es. Das knappe halbe Dutzend schwarzer hornglänzender Gestalten wirkte fast lächerlich gegen die Lawine aus schuppigen Panzerplatten und Stahl, der es sich entgegenwarf, aber dieser Eindruck zerbrach im gleichen Moment, in dem die beiden ungleichen Heere aufeinanderprallten.

Und es war kein Kampf, es war...

Skar suchte vergeblich nach Worten, um das grauenerregende Gemetzel zu beschreiben, das sich vor ihnen abspielte. Es war kein Kampf mehr, sondern das Wüten zweier Völker, die seit Urzeiten Feinde waren, die es immer gewesen waren und es immer sein würden, ganz gleich, was geschah und wieviel Zeit verging, ein blindwütiges Töten und Vernichten, das keinem anderen Zweck diente, als den Gegner auszulöschen. Die *Ultha* griffen die Quorrl erbarmungslos an, und für einen Moment sah es fast so aus, als könnten sie ihren Ansturm ganz allein aufhalten: Titchs Krieger stürzten reihenweise unter den unbarmherzigen Hieben ihrer dürren Chitinklauen, und nur zu viele blieben liegen. Aber die überlebenden Quorrl kämpften kaum weniger verbissen. Zu zweit oder dritt stürzten sie sich auf einen ihrer unheimlichen Gegner, und sie nahmen dabei keinerlei Rücksicht mehr auf ihr eigenes Leben. Die Unterschiede zwischen Quorrl und *Ultha* schienen sich für einen Moment zu verwischen; während der wenigen Sekunden, die der verbissene Kampf in Wirklichkeit nur dauerte, schienen sie gleich zu werden, die eine wie die andere Seite keine lebenden Wesen mehr, sondern große, fürchterliche Maschinen, die nur noch dem einzigen Befehl gehorchten: zu vernichten. Skar sah Titch, der, ohne Rücksicht auf seine Verletzung zu nehmen, sein gewaltiges Schwert mit beiden Händen schwang und einen *Ultha* tötete, der von gleich drei Quorrl zu Boden gerissen worden war. Nur einer der drei Quorrl-Krieger erhob sich wieder.

»Skar!« stöhnte Yul. »Halte sie auf! Sie zerstören alles!«

Skar war irritiert. Er fühlte sich... hilflos. Rings um ihn herum sanken die *Errish* zu Boden, von Pfeilschüssen getroffen oder durch die pure Wucht des mentalen Schocks betäubt, der die jähe Unterbrechung ihrer Trance auslöste. In wenigen Sekunden würden Titchs Krieger die *Ultha* überrannt haben, und sei es einfach nur durch ihre zahlenmäßige Überlegenheit, und nicht eine dieser achtzig Frauen würde sich auch nur *wehren*. Außer Yul, Anschi und den beiden *Errish*, die die *Ultha* begleitet hatten, begriff vielleicht nicht einmal eine von ihnen, was überhaupt geschah. Titchs Quorrl hatten bereits gewonnen, noch bevor der Kampf richtig begann. Er sollte Zufriedenheit empfinden, zumindest Erleichterung, denn noch vor Augenblicken hatte er den sicheren Tod vor Augen gehabt, aber statt dessen spürte er nichts als Furcht, als er in Yuls Augen blickte.

Das Gesicht der alten *Errish* war zu einer Maske des Entsetzens geworden. Und plötzlich begann Skar zu ahnen, daß alles anders war, ganz anders, als er geglaubt hatte. Es war nicht die Furcht um das Leben ihrer Mädchen, die Yul fast um den Verstand brachte. Es war –

»Um Gottes Willen!« flüsterte er. »Der *Dronte!*«

Yul schlug zitternd die Hände vor das Gesicht, und selbst Anschi wurde blaß, als sie begriff, was Skars Worte bedeuteten.

Skar fuhr herum, rannte den Quorrl entgegen und schrie aus Leibeskräften Titchs Namen. *»Hört auf!«* brüllte er. *»Zurück! Titch, zieh deine Männer zurück, oder du bringst uns alle um!«*

Aber es war zu spät. Selbst wenn Titch ihn verstanden hätte, und selbst wenn er den Sinn von Skars Warnung begriffen hätte – die Dinge hatten schon lange ihren eigenen Willen entwickelt und scherten sich nicht mehr um den derer, die sie ins Rollen gebracht hatten. Die überlebenden Quorrl stürmten brüllend auf den Lagerplatz hinaus, Schwerter und Keulen blitzten auf und trafen die hilflos daliegenden *Errish*, und dann geschah, was Skar voller panischem Entsetzen erwartet hatte: Einer der Quorrl-Krieger erreichte die Steilküste und rannte daran entlang. Selbst vom fünfhundert Fuß tiefer liegenden Meer her mußte sich seine Silhouette deutlich gegen den roten Schein des Feuers abheben.

Für eine einzelne, endlos scheinende Sekunde schien die Zeit stehenzubleiben. Skar sah alles mit jener phantastischen Klarheit, mit der Momente absoluten Schreckens manchmal ablaufen, und er selbst fühlte sich wie von unsichtbaren klebrigen Fäden eingesponnen, unfähig, sich zu bewegen oder irgend etwas zu tun, um das Entsetzliche noch aufzuhalten: Der Quorrl rannte weiter an der Steilküste entlang, Titchs Krieger fuhren fort, die wehrlosen *Errish* zu erschlagen, und neben ihm öffnete Yul den Mund zu einem absurden, lautlosen Schrei, und für einen noch winzigeren Teil dieser kurzen Sekunde machte sich die verzweifelte Hoffnung in Skar breit, daß sie sich getäuscht hatten, daß das Chaos ausbleiben würde und –

Und auf der anderen Seite der schwarzen Schattenlinie, die die Steilküste markierte, begann ein düsterrotes Höllenfeuer aufzuglühen. Ein prasselndes, ungeheuer *lautes* Zischen erklang, und den Bruchteil einer Sekunde später verschwanden der Quorrl und ein Drittel der Steilküste, auf deren Grat er entlanglief, in weißer Glut. Skar sah, wie sein Körper zu einem flachen schwarzen Schatten wurde, der sich unglaublicherweise immer noch bewegte und dann einfach nicht mehr da war, nicht verbrannt, sondern zu glühender Asche geworden, im Bruchteil eines Herzschlages. Wo er gestanden hatte, schmolz der Fels. Eine ungeheure Hitzewelle fauchte auf das Plateau hinaus, gefolgt von weißen und orangeroten Flammen, die wie gierige leuchtende Finger nach Nahrung tasteten.

Skar warf sich mit weit ausgebreiteten Armen nach vorne und riß Anschi und Yul gleichzeitig von den Füßen, eine halbe Sekunde ehe die Hitzewelle sie erreichte und seinen Rücken wie eine glühende Hand berührte. Plötzlich war das Lager voller Schmerz- und Schreckensschreie, voller Hitze und kochender Luft und hastender Körper in schwelenden Gewändern. Etwas Heißes, Spitzes fuhr wie ein glühender Dolch über Skars Rücken.

Stöhnend wälzte er sich zur Seite, sah sich nach Kiina um und erkannte, daß sie unverletzt geblieben war. Neben ihm stemmte sich Anschi auf Hände und Knie hoch, während Yul reglos und mit geschlossenen Augen dalag, bewußtlos oder tot.

Skar kam taumelnd auf die Füße, sah sich aus tränenden Augen nach Titch um und entdeckte das goldene Blitzen seiner Rüstung, nur wenige Schritte neben sich. Der Quorrl stand wie versteinert da, und selbst auf seinem normalerweise völlig starrem Reptiliengesicht hatte sich ein Ausdruck ungläubigen Entsetzens breitgemacht.

»Weg hier!« brüllte Skar über das Prasseln der Flammen und die Schreie der verwundeten *Errish* hinweg. »Titch, nimm deine Männer und verschwinde! *Er ist auf euch konditioniert, verstehst du?!*«

Nein, Titch verstand nicht – und wie konnte er auch? Der Blick seiner pupillenlosen Eidechsenaugen richtete sich auf Skar, aber Skar war nicht einmal sicher, daß er ihn überhaupt erkannte, in diesem Moment. Auf den Zügen des Quorrl lag nur Angst.

Dann schlug der *Dronte* ein zweites Mal zu – und diesmal schoß er all seine Feuerkatapulte ab!

Die zwölffache, berstende Explosion riß Skar von den Füßen. Licht, ein ungeheuer grelles, mörderisches Licht von sengender weißer Farbe überflutete das Plateau, als die Steilküste auf voller Länge hinter einem Flammenvorhang verschwand. Die Hitze versengte Skars Haar und machte ihn für Sekunden blind, und jedes Metallteil an seiner Kleidung schien plötzlich aufzuglühen und brannte kleine schmerzhafte Wunden in seine Haut. Die Luft, die er atmen wollte, kochte. Die flüchtenden *Errish* verwandelten sich in Schatten, deren Umrisse sich wie in leuchtender weißer Säure aufzulösen schienen. Alle, die der Küste näher als zwanzig oder dreißig Schritte waren, brachen zusammen oder taumelten mit brennenden Kleidern weiter. Die Dächer der kleinen Basthütten fingen mit einem einzigen, berstenden Schlag Feuer.

Skar taumelte auf die Füße, riß schützend die Arme vor das Gesicht und tastete sich blind zu der Stelle zurück, an der er Kiina wußte. Das Lager schien nur noch aus Licht und Hitze und unerträglichem Lärm zu bestehen. Er atmete Glassplitter, und der Boden war so heiß, daß er bei jedem Schritt am liebsten aufgeschrien hätte. Vielleicht tat er es.

Die nächste Salve. Diesmal hatte der *Dronte* höher gezielt: Skar sah einen Schwarm täuschend kleiner, lodernder Meteore hinter der Küste in die Höhe steigen, funkensprühend den Scheitelpunkt ihrer Bahn erreichen und sich wieder herabsenken, im gleichen Augenblick, in dem er Kiina erreichte und in die Höhe riß.

Zwei der lodernden Feuerkugeln stürzten harmlos wieder ins Meer hinab und erloschen. Der Rest traf das Lager, die Hütten, die umliegenden Felsen und das Tyrr-Gehege. Die Welt versank in einem Chaos aus Feuer, Hitze und Licht.

Sie waren noch neun, als der Morgen graute und sie sich den ersten Ausläufern des Drachengebirges näherten: Skar, Kiina, sechs von Titchs Quorrl und Titch selbst. Zwei der Krieger würden sterben, ehe der Abend kam, möglicherweise auch drei. Vielleicht auch Kiina. Und vielleicht auch Skar selbst.

Er erinnerte sich nur noch schemenhaft daran, wie Kiina und er aus der Flammenhölle entkommen waren, in die der *Dronte* das Felsplateau über der Küste verwandelt hatte. Die mörderischen Katapulte des lebenden Schiffes hatten weitergeschossen, immer und immer weiter und weiter. Auch, als Skar und die Handvoll Überlebender sich schon Meilen von der Küste entfernt hatten, waren noch immer brennende Sterne auf die Erde herabgefallen, als wolle der *Dronte* nicht nur alles Leben auf diesem Flecken vernichten, sondern ihn selbst von der Oberfläche Enwors tilgen. Skar wußte nicht, ob das halb tierische, halb unsagbar fremde Bewußtsein der Killerkreatur zu solch komplizierten Überlegungen fähig war, aber wenn, dann mußte es genau das gewesen sein, was der *Dronte* beim Anblick der Quorrl empfunden hatte: eine Wut, die die Grenzen des Vorstellbaren sprengte, allerhöchstens noch mit der vergleichbar, mit der sich Quorrl und *Ultha* bekämpft hatten.

Keiner von ihnen war ohne mehr oder weniger schwere Verletzungen davongekommen, wobei Skar vielleicht noch das größte Glück gehabt hatte: Jeder Quadratzentimeter seiner Haut, der nicht von Stoff oder Leder geschützt gewesen war, war krebsrot geworden und brannte wie Feuer, und das Luftholen tat noch jetzt weh. In seinem Rücken pochte eine tiefe Schnittwunde. Sein Mantel und seine Hosen hingen in Fetzen, und wenn seine Finger recht hatten, mit denen er behutsam Gesicht und Kopf abgetastet hatte, dann war der Großteil seines Haares verkohlt.

Aber das allein war nicht der Grund für seine Schwäche. Skar war oft genug verletzt worden, und er hatte oft genug das Letzte geben müssen, um seinen Körper zu kennen, seine Leistungsfähigkeit, sein Vermögen, Verletzungen und Schmerz zu ertragen, und dessen Grenzen. Und er wußte, daß sie noch lange nicht erreicht waren. All die kleinen und großen Verletzungen, die er davongetragen hatte, waren nicht mehr als Nadelstiche, quälend und hinderlich, aber normalerweise nicht gefährlich. Und schon gar nicht so schlimm, daß er sich nur noch mit Mühe im Sattel halten konnte. Trotzdem hatte er auf dem Weg mehrmals das Bewußtsein verloren, immer nur kurz, vielleicht nur für Sekunden; er war erschrocken hochgefahren und hatte begriffen, daß er im Sattel nach vorne oder zur Seite gekippt war, und einmal hatte ihn Titchs rasches Zugreifen davor gerettet, vom Pferd zu stürzen und sich vielleicht einen Knochen oder gleich den Hals zu brechen. Die Schwäche war wieder da; der unsichtbare Vampir in seinem Inneren, der seine Kraft aufsog und nichts als furchtbare Leere und ziellosen Zorn hinterließ.

Und das Erschreckendste von allem vielleicht war der Traum. Er träumte den gleichen sinnlosen, zweigeteilten Traum wie in den Nächten zuvor, nur daß er gar nicht schlief. Aber seine Schwäche schien tief genug, daß sich in seinem Bewußtsein auch jetzt diese unheimliche Spaltung vollzog, bei der er noch immer registrierte, was um ihn herum und mit ihm geschah, aber fast unfähig war, in irgendeiner Form darauf zu reagieren.

Als die Sonne aufging, wurde es ein wenig besser. Das Licht und die wärmenden Strahlen ließen ein wenig von der verlorenen Kraft in seinen Körper zurückkehren, und die Träume verblaßten, wurden zu drohenden Schatten irgendwo am Rande seines Bewußtseins, die noch immer da waren, ihn aber nicht mehr zu überwältigen vermochten. Müde blinzelte er zu den Bergen hinüber. Während der Nacht hatte er sie manchmal als gewaltige finstere Schatten irgendwo in unbestimmbarer Entfernung erkannt, jetzt sah er, daß sie den ersten Felshängen schon bis auf zwei, allerhöchstens drei Meilen nahegekommen waren. Aber der Anblick der steinernen grauen Riesen hatte nichts Beschützendes mehr. Gewußt hatte er es schon lange, aber die Ereignisse der vergangenen Nacht hatten ihm endgültig bewiesen, daß sie gegen einen Gegner kämpften, vor dem es keinen Schutz gab.

Er sah zu Titch hoch, der neben ihm ritt. Es war schwer, im Gesicht eines Quorrl ein Gefühl zu erkennen, aber Skar glaubte auch auf seinen Zügen Müdigkeit zu sehen, allerdings keine *körperli-*

cher Art. Der Blick des Quorrl war starr nach Norden gerichtet, aber er saß ein wenig zu aufrecht im Sattel, und seine Hand hielt die Zügel ein wenig zu fest, um seine Betäubung zu verbergen. Mit Ausnahme der Frage, wie es ihm und Kiina ging, hatte Titch während des gesamten Rittes kein Wort gesprochen; ebensowenig wie seine Krieger. Sie waren sieben oder acht Stunden lang nebeneinander hergeritten, ohne auch nur ein Wort miteinander zu wechseln. Im grauen Licht der Dämmerung kamen Skar Titch und seine zerschlagene Quorrl-Armee wie eine Gruppe gespenstischer Geisterreiter vor. Aber vielleicht waren sie das alle, ihn eingeschlossen – Gespenster, die dem Geist einer Welt nachjagten, die es schon lange nicht mehr gab.

Die Berge schienen nicht näher zu kommen. Während der Nacht, so dunkel sie gewesen war, waren sie manchmal als fast umrißlose, schwebende Schatten im Norden erschienen; nichts, was man wirklich erkennen konnte, sondern einfach ein Teil der Nacht, in der sich die Dunkelheit noch weiter verdichtet hatte, als gäbe es da irgendeine Macht, die ihnen zeigen wollte, daß ihr Weg ins Nichts führte. Jetzt konnte Skar die zerborstene Felslandschaft der Vorberge erkennen, ein Labyrinth aus Schatten und Linien und gesprungenem Grau, das den eigentlichen Bergen vorgelagert war und ihnen Schutz bieten würde; wovor, wußte er selbst nicht. Aber sowenig er sich wirklich an die Stunden im Sattel erinnern konnte, so wenig schienen die letzten Meilen kürzer zu werden. Über diesen Bergen, dessen war er plötzlich ganz sicher, lag ein böser Fluch, der sie im gleichen Tempo vor ihnen zurückweichen ließ, in dem sie sich ihnen zu nähern versuchten. Vielleicht war es auch Enwor selbst; sein ausgedörrter Boden, der unter den Hufen ihrer Pferde zurückglitt, immer so schnell, wie die Tiere liefen, so daß sie es nicht einmal merkten. Möglicherweise hatte dieser ganze Planet endlich erkannt, wer sein wahrer Besitzer war. Vielleicht war er auch des Krieges einfach ebenso müde wie die, die auf ihm lebten.

Skars Gedanken begannen sich zu verwirren, und für einen Moment, vielleicht auch für Stunden glitt er wieder hinüber in jenen fürchterlichen Alptraum, der bar jeder Handlung war und in dem ihm eine körperlose, drängende Stimme immer und immer wieder das eine Wort zuflüsterte: Töte! Noch konnte er ihr widerstehen, aber bald, das wußte er, würde sie zum Befehl werden. Und dann? Sein nächster klarer Eindruck war der eines überhängenden, vielfach geborstenen Felsens, in dessen Windschatten Titch sein und Kiinas Pferd lenkte. Er erschrak, als er begriff, daß er nicht zum ersten Mal in dieser Nacht hilflos gewesen war.

»Kannst du absteigen?« fragte Titch.

Skar hatte Mühe, seine Worte zu verstehen. Der Quorrl hatte den Helm wieder aufgesetzt, wodurch er noch größer und drohender aussah, und Skar wurde erst jetzt bewußt, daß er noch immer das Schwert in der Hand trug. Offensichtlich rechnete der Quorrl noch immer mit einem Angriff.

Es erschien ihm viel zu mühsam, zu antworten, und so schwang er sich wortlos aus dem Sattel. Es ging besser, als er geglaubt hatte. Seine Knie zitterten, aber die Bewegung schien neue Kraftreserven zu mobilisieren, und für einen kurzen Moment fühlte er sich sogar beinahe frisch und ausgeruht. Dann machte er einen Schritt, und die Welt begann sich um ihn herum zu drehen. Er hielt sich am Sattel fest, wartete, bis der Anfall vorüber war, und ging vorsichtiger weiter. Titch scheuchte ihn mit einem rüden Kopfschütteln weg, als er ihm helfen wollte, Kiina vom Pferd zu nehmen.

Die Quorrl begannen ein Lager aufzuschlagen, während Skar sich einfach zu Boden sinken ließ und den Kopf gegen einen Stein legte. Müdigkeit kroch wie eine schleichende bleierne Last in seine Glieder, und ihm wurde wieder übel. Eigentlich, überlegte er, war ihm während der vergangenen beiden Tage immer ein wenig übel gewesen. Er konnte sich kaum mehr daran erinnern, wann er sich das letzte Mal wirklich wohl gefühlt hatte. Er schlief wieder ein und träumte, aber auch diesmal dauerte es nur Augenblicke, bis er mit einem halblauten Schrei wieder hochfuhr und sich erschrocken umsah.

Er blickte direkt in Titchs Gesicht. Der Quorrl hockte vor ihm, stützte sein Körpergewicht mit der verletzten Hand am Boden ab und hielt ihm mit der anderen eine Flasche hin. Skar nahm sie, trank ein wenig und kämpfte sekundenlang mit aller Macht gegen den Brechreiz an, den das Schlucken in seiner Kehle auslöste.

»Wie geht es Kiina?« fragte er mühsam.

»Warum schläfst du nicht ein wenig?« sagte Titch anstelle einer Antwort. »Es wird noch eine Stunde dauern, vielleicht auch zwei, bis sie hier sind.«

»Sie?«

»Deine zauberhaften Freundinnen«, antwortete Titch spöttisch. »Sie verfolgen uns. Schon seit Stunden.«

Skar wußte nicht, was ihn mehr irritierte: der ungewohnte Spott in Titchs Worten, oder die Tatsache, daß er nichts von irgendeiner Verfolgung bemerkt hatte. Er hatte bisher nicht einmal gewußt, daß es Überlebende gegeben hatte.

»Wieviele?« fragte er.

Titch stand auf, befestigte die Feldflasche an seinem Gürtel und machte eine Kopfbewegung, ihm zu folgen. Es bereitete Skar unerwartet viel Mühe, sich zu erheben und hinter dem Quorrl herzugehen.

Die Sonne war mittlerweile völlig aufgegangen. Die Schatten waren noch lang und so tief, daß sie schwarze Schluchten in die Ebene zu brennen schienen, aber die Luft war trotzdem erstaunlich klar. Obwohl sie an die dreißig Meilen zurückgelegt haben mußten, konnte Skar das Meer sehen: ein dünner, fast übertrieben blauer Strich dicht vor dem Horizont, wie eine Trennlinie, die ein Maler zwischen Himmel und Erde gezogen hatte. Skar war sicher, daß er sich den klobigen schwarzen Schatten darauf nur einbildete; sie waren viel zu weit von der Küste entfernt, um den Dronte wirklich sehen zu können. Aber er wußte, daß er da war. Von irgendwelchen Verfolgern war keine Spur.

Titch deutete schweigend in den Himmel, und als Skar der Bewegung folgte, sah er einen winzigen, dreieckigen Schatten, dann, ein Stück tiefer und mehr zur Küste hin, einen zweiten und dritten. Daktylen.

»Warum stellst du keine Fragen?« sagte er, ohne Titch anzusehen.

Der riesige Quorrl zuckte mit den Schultern. »Wozu?« sagte er.

»Du hast gesehen, was passiert ist. Du warst dabei«, fügte er nach sekundenlangem Zögern hinzu.

»Das meine ich nicht«, antwortete Skar. »Du hast kein Wort gesprochen, seit wir geflohen sind. Du...«

»Was nutzen Fragen, wenn man die Antworten mit ins Grab nimmt?« unterbrach ihn Titch. »Wir haben dir und dem Mädchen das Leben gerettet, oder?«

»Ja und die meisten deiner Leute sind dabei getötet worden«, sagte Skar.

»Krieger sind zum Sterben da.«

Skar verzog geringschätzig die Lippen. Noch vor zwei Wochen hätte er dem Quorrl diese Antwort sogar geglaubt; schon weil es damals wirklich das gewesen war, was Titch empfand. Aber seither war viel geschehen. Titch war schon lange kein Quorrl mehr. In seinem Inneren hatte eine Veränderung begonnen, die den Quorrl von allen vielleicht am meisten selbst verwirrte.

»Das stimmt doch nicht«, sagte Skar sanft. »Du...«

»Du«, unterbrach ihn Titch betont, »und das Mädchen – ihr müßt leben. Wenn du das bist, wofür ich dich halte, Satai, dann war euer Leben das Opfer wert.«

»Wofür hältst du mich denn?« fragte Skar.

Titch antwortete nicht, und nach einer Weile drehte sich Skar einfach um und ging zu Kiina zurück.

Die Quorrl hatten den schmalen Felsspalt in eine kleine, aber fast uneinnehmbare Festung verwandelt – für einen normalen Gegner. Wie lange er einem Angriff zu allem entschlossener *Errish* standhalten würde, wagte er nicht zu prophezeien. Titch offensichtlich auch nicht, seinen Worten von eben nach zu schließen.

Skar verscheuchte den Gedanken und kniete neben Kiina nieder. Er erschrak erneut, als er in ihr Gesicht sah. Das Mädchen hatte hohes Fieber. Sie war bei Bewußtsein, aber ihre Augen waren verschleiert. Ein Teil ihres Haares war grau geworden. Skar wollte etwas sagen, aber der Anblick schnürte ihm die Kehle zu. Kiina starb, nicht irgendwann, sondern hier und jetzt, und er war hilflos. Es gab nichts, was er für sie tun konnte. Die einzigen Menschen, die ihr vielleicht hätten helfen können, waren vor sechs Stunden verbrannt.

»Was hat sie?«

Skar sah auf, machte eine angedeutete Geste zu Titch, ruhig zu sein, und entfernte sich ein paar Schritte. »Der Staub«, sagte er.

»Staub?«

Skar sah den Quorrl einen Moment lang überrascht an, ehe er begriff, daß Titch ja von alledem nichts wußte. Als er Skar das letzte Mal gesehen hatte, waren er und Kiina gesund und munter auf die Rücken zweier Daktylen gestiegen.

»Dasselbe, was die *Errish* in Elay umgebracht hat«, antwortete er. »Sie hat es auch.«

»Und du ebenfalls«, vermutete Titch.

Skar nickte und zuckte gleichzeitig mit den Schultern. »Vielleicht«, sagte er. »Selbst Yul war nicht sicher. Aber ich glaube, ja.«

»Erzähl mir davon«, verlangte Titch.

Skar zögerte. Warum fragte Titch danach? Es gab hundert Fragen, die wichtiger waren, die dem Quorrl geradezu auf der Zunge brennen mußten. Wenn er sie nicht stellte, dann gab es dafür eigentlich nur zwei Erklärungen: Er hatte Angst vor Skars Antworten – oder er kannte sie bereits.

»Es war der Staub, der die *Errish* in Elay getötet hat«, wiederholte er. »Grauer Staub, der mit dem Wind kam...« Er erzählte Titch das wenige, was er von der *Margoi* erfahren hatte, und später von Yul. Titch hörte schweigend zu, aber Skar entging nicht der nachdenkliche Ausdruck, der mit einem Male in seinem Blick erschien. Doch der Quorrl sagte kein Wort, auch dann nicht, als er mit seinem knappen Bericht zu Ende gekommen war.

Skar wartete lange Zeit vergeblich, daß Titch das quälend werdende Schweigen brach, aber der Quorrl stand einfach nur da, schweigend, reglos, wie eine vierhundert Pfund schwere, lebende Statue aus Muskeln und Knochen und Panzerplatten. Warum sagt er nichts? dachte Skar. Warum stellt er nicht eine einzige Frage?

Aber der Quorrl schwieg. Und als Skar aufsah und in die Gesichter der anderen Quorrl blickte, begriff er, daß sie jedes seiner

Worte gehört und verstanden hatten. Titchs Leibgarde bestand nicht aus Barbaren, auch wenn ihr Äußeres diesen Trugschluß manchmal leicht werden ließ. Jeder dieser schuppigen Giganten war ein gebildetes, intelligentes Individuum, ein Krieger zwar, aber das war er auch.

Schließlich drehte er sich einfach um und ging zum zweiten Mal zu Kiina zurück. Während er mit Titch gesprochen hatte, war sie vollends erwacht. Sie wirkte noch ein bißchen benommen, aber sie erkannte ihn, als er sich neben ihr niederließ, und ihre gesprungenen Lippen verzogen sich zu einem mühsamen Lächeln.

»Was ist passiert?« fragte sie.

Seltsam. Wie oft hatte er diese Frage schon gehört? Es war ihm noch nie so schwergefallen, sie zu beantworten. »Der Dronte«, sagte er schleppend. »Er ... er drehte völlig durch, als er die Quorrl sah. Ich weiß nicht genau, warum.«

Was eine Lüge war – selbst Kiina, die Mühe hatte, aus eigener Kraft aufrecht zu sitzen, mußte es spüren. Sie wußte es, und er selbst wußte es, und Titch hatte nicht eine einzige Frage gestellt.

»Sterben wir?« fragte Kiina plötzlich.

Skar sah sie gleichermaßen irritiert wie erschrocken an. »Sicher«, sagte er unsicher. »Wie jeder.«

»Jeder stirbt nicht hier und jetzt«, widersprach Kiina. »Es ist der Staub, nicht wahr? Die ... die Margoi hat die Wahrheit gesagt. Der Staub tötet uns.«

»Unsinn«, log Skar. »Du bist krank, aber das bin ich auch. Ich habe mehr von dem verdammten Zeug eingeatmet als du. Und mir geht es bereits besser.«

»Ja«, sagte Kiina sarkastisch. »Das sieht man. Du siehst aus wie das blühende Leben.«

Ein Schatten, der sich über Kiinas Gesicht legte, enthob Skar einer Antwort. Er sah auf, blinzelte, hob die Hand über die Augen und blinzelte zum Umriß des Quorrl empor, der sich als scharf gezeichneter schwarzer Schatten gegen die Sonne abhob.

»Jemand kommt, Herr«, sagte der Quorrl. Es war Skar nicht gelungen, den Quorrl abzugewöhnen, ihn Herr zu nennen. Und irgendwann hatte er resigniert. Er widersprach auch jetzt nicht, sondern lächelte Kiina noch einmal aufmunternd zu und stand dann auf, um dem Quorrl zu folgen.

Aus den drei Punkten am Himmel waren fast ein Dutzend geworden, als er neben Titch ankam. Und sie waren näher, sehr viel näher. Aus den dunklen Punkten, die sich über der Küste kaum von den Schatten großer schwarzer Vögel unterschieden hatten, waren die häßlichen Umrisse gewaltiger Flugdrachen geworden, übergroßen Fledermäusen mit absurden Hammerköpfen gleich, die mit trägen Flügelschlägen über der Wüste kreisten. Skar sah, daß die meisten Daktylen mit zwei *Errish* besetzt waren.

Er schloß für einen Moment die Augen, um ihnen Zeit zu geben, sich an die veränderten Lichtverhältnisse zu gewöhnen, und blickte dann wieder nach Süden. Das Ödland blieb leer. Zwischen den Schatten bewegte sich nichts. Wenn die *Errish* noch Verstärkung über Land erwarteten, dann war sie noch sehr weit entfernt.

»Wenn sie uns angreifen, haben wir keine Chance«, sagte Titch. »Nicht hier.« Er drehte sich halb herum und blinzelte aus zusammengepreßten Augen zu den Bergen hinauf. »Wenn wir höher hinauf kämen...« murmelte er. »Es gibt Schluchten dort oben, und Höhlen...«

»Nein«, sagte Skar.

Titch sah ihn an, widersprach aber nicht einmal. Seine gesunde Hand machte eine rasche, befehlende Geste, und zwei seiner vier noch kampffähigen Männer huschten in die Positionen, die Titch ihnen vorher zugewiesen hatte. Trotz ihrer Massigkeit und Größe bewegten sich die Quorrl fast lautlos, und abermals fiel Skar auf, wie sehr sich Titchs Männer von dem Bild unterschieden, das beim Klang des Wortes Quorrl vor dem geistigen Auge der meisten Menschen auftauchte. Die geschuppten Riesen aus dem Norden wirkten im Gegenteil fast elegant. Aber vielleicht sah er sie auch nur so. Ein Vorurteil überwunden zu haben bedeutete nicht zwangsläufig, auch objektiv zu sein.

»Sie kommen näher«, sagte Titch.

Skar blinzelte in den Himmel hinauf. Zwei der elf Daktylen hatten sich aus der Formation der schwarzen Drachenvögel gelöst und kamen näher. Aus den Augenwinkeln sah er, wie einer von

Titchs Männern seine Armbrust spannte und einen Bolzen einlegte.

»Ich glaube nicht, daß sie angreifen«, sagte Skar. Titch schwieg, aber Skar sah, wie er den Krieger mit einer raschen Geste zurückwinkte.

Die beiden Daktylen kamen rasend schnell näher, viel zu schnell nach Skars Meinung, als daß ihre Reiterinnen den Flug noch rechtzeitig abfangen konnten. Seine Handflächen wurden feucht vor Schweiß. Seine Finger glitten unbewußt zum Gürtel und fanden ihn leer. Sein Tschekal lag noch auf dem Lagerplatz der *Errish*, vermutlich zu einem Klumpen formlosen Metalls zusammengeschmolzen.

Titch registrierte seine Bewegung und zog den Dolch aus dem Gürtel, eine schwere, gut ausbalancierte Waffe mit beidseitig geschliffener Klinge, die für die Pranken eines Quorrl gemacht war und in Skars Händen ein passables Schwert hergeben würde. Trotzdem schüttelte er nach kurzem Zögern den Kopf.

Die beiden Daktylen rasten heran, so tief, daß sie die Felsen streifen mußten, zwischen denen Skar und die Quorrl Deckung gesucht hatten. Er konnte jetzt die Reiterinnen in den Sätteln hinter den bizarren Hammerköpfen der Ungeheuer erkennen; *Errish* in wehenden schwarzen Mänteln, in deren Händen es silbern und tödlich funkelte. Gegen seinen Willen meldete sich der Krieger in ihm zu Wort und erinnerte ihn daran, daß sie in der Falle saßen, wenn die *Errish* wirklich gekommen waren, um sie zu vernichten, denn so uneinnehmbar die Felsgruppe für einen berittenen Angreifer gewesen wäre, so hilflos waren sie Attacken aus der Luft ausgeliefert.

Aber die *Errish* griffen nicht an. Im letzten Moment trennten sich die beiden Daktylen; ein schwerfällig erscheinender, aber ungeheuer kraftvoller Schlag der schwarzen Schwingen katapultierte die riesigen Tiere nur wenige Meter vor ihrer Deckung in die Höhe. Skar zog instinktiv den Kopf zwischen die Schultern, als die ledrigen Flügel der Bestien so dicht über ihnen durch die Luft pflügten, daß er meinte, nur den Arm ausstrecken zu müssen, um sie zu berühren.

Die beiden Flugechsen entfernten sich so schnell, wie sie gekommen waren, aber sie flogen nicht sehr weit, sondern nutzten die warmen Aufwinde des Vorgebirges, in steilem Winkel in die Höhe zu klettern und gleich darauf ein zweites Mal auf das Felsenversteck der Quorrl herabzustoßen. Diesmal rasten sie so tief heran, daß die Schwingen eines der Tiere die Felsen *wirklich* berührten: Skar sah, wie die Daktyle taumelte und im letzten Moment ihr Gleichgewicht wiederfand.

»Zum Teufel, was soll das?!« knurrte Titch.

»Ruhig«, sagte Skar beschwörend. »Das ist kein Angriff, Titch. Nur eine Warnung.« Besorgt sah er zu den übrigen Quorrl zurück. Titchs Krieger hatten sich ausnahmslos mit Armbrüsten und Bögen bewaffnet, und er kannte die Treffsicherheit, mit der die Quorrl ihre Waffen zu handhaben wußten. »Sie wollen uns nur zeigen, daß sie uns vernichten *könnten*, wenn sie wollten. Halte deine Leute zurück.«

Titch reagierte nicht auf seine Worte, machte aber auch keine Anstalten, etwas zu tun, als die Daktylen zum dritten Mal heranrasten. Wieder jagten die fliegenden Drachen so tief über ihre Deckung hinweg, daß Skar den Luftstrom ihrer gewaltigen Schwingen fühlen konnte, schwangen sich ein Stück weit in die Höhe und flogen einen vierten und letzten Scheinangriff.

»Dort!« Skar deutete in den Himmel hinauf, dorthin, wo sich der Rest der kleinen fliegenden Armee befand. Aus der Formation der kreisenden Drachen hatte sich ein weiteres Tier gelöst, ein besonders großer, häßlicher Drache, der sonderbar ungleichmäßig flog, als bereite es ihm Mühe, die Schwingen zu bewegen. Trotzdem landete er sicher auf einer Felszacke, kaum zwanzig Schritt von ihrem Versteck entfernt. Skar und Titch beobachteten, wie seine Reiterin geschickt von seinem Rücken kletterte und dann im Gewirr der Felsen verschwand. Wenige Augenblicke später tauchte sie wieder auf, und aus Skars Vermutung wurde Gewißheit: Es war Anschi. Er war froh, sie unter den Überlebenden zu sehen.

»Laß mich mit ihr reden«, sagte er hastig, als sie näher kam und Titch sich aus seiner Deckung lösen wollte. Der Quorrl zögerte, machte dann eine Bewegung, die wohl das quorrlsche Äquivalent eines Achselzuckens war, und gab ihm den Weg frei.

Mit klopfendem Herzen trat Skar Anschi entgegen. Sie trug noch immer den bestickten Zeremonienmantel vom vergangenen Abend, aber er war zerfetzt und angekohlt. Ihre rechte Hand und der Arm waren bis zum Ellbogen hinauf bandagiert, und ihr Gesicht war eine Maske aus Schmutz und Ruß und verkrustetem Blut. In ihrer linken Hand blitzte das silberfarbene Metall eines Scanners.

Skar blieb stehen. Es fiel ihm schwer, Worte zu finden. Ganz egal, was er sagen würde, er konnte es nur schlimmer machen. »Es... es freut mich, daß du lebst«, sagte er schließlich. Es waren ungeschickte Worte, die in Anschis Ohren wie böser Hohn klingen mußten, aber die einzigen, die ihm einfielen.

Die junge *Errish* antwortete auch nicht, sondern starrte ihn eine Sekunde lang aus weit aufgerissenen, leeren Augen an, und ging dann einfach weiter. Skar hob die Hand, wie um ihr den Weg zu verwehren, führte die Bewegung dann aber nicht zu Ende.

Zwischen den Felsen trat Titch heraus. Anschi erstarrte, als sie den titanischen Quorrl in seiner goldenen Rüstung erblickte. Ihre Lippen begannen zu zittern. Langsam, ganz langsam, hob sie die Hand, zielte mit dem Scanner auf Titch – und ließ die Waffe fallen. Mit einem gellenden Schrei stürzte sie sich auf Titch und begann mit den Fäusten auf ihn einzuschlagen.

Titch regte sich nicht. Anschis Fäuste hämmerten auf seinen Brustpanzer, seinen Helm und seine Arme ein, bis ihre Haut blutig war, aber sie hörte auch dann nicht auf, sondern schrie und schlug weiter wie in Raserei auf den schweigenden Giganten ein, bis Skar endlich hinter sie trat und fast sanft ihre Arme ergriff.

Er konnte regelrecht spüren, wie alle Kraft aus Anschi wich. Aus ihren hysterischen Schreien wurde ein krampfhaftes Schluchzen. Sie ließ es zu, daß er sie mit sanfter Gewalt herumdrehte, aber dann riß sie sich los und wich zwei, drei Schritte von ihm und dem Quorrl zurück.

»Faß mich nicht an!« zischte sie. »Faß mich nie wieder an, Satai, oder ich töte dich.«

Skar unterdrückte ein verzeihendes Lächeln, schwieg aber, und auch Titch verbiß sich jeden Kommentar und trat schweigend neben ihn. Anschi starrte sie abwechselnd an, bückte sich dann nach ihrer Waffe und schob sie mit einer zornigen Geste in den Gürtel. Dann ging sie wortlos an Skar und dem Quorrl vorbei und betrat den Felsspalt, in dem die Krieger lagerten. Rasch sah sie sich um, schürzte abfällig die Lippen und wandte sich dann wieder an Skar. »Sind das alle?« fragte sie.

»Alle, die überlebt haben, ja«, antwortete Skar.

»Gut. Dann sag deinen fischgesichtigen Freunden, daß sie sich nicht von der Stelle rühren sollen, wenn sie Wert darauf legen, auch noch länger zu leben. Meine Schwestern werden auf jeden schießen, der diesen Ort verläßt.«

Skar wußte, daß das nicht wahr war. Nichts von allem hätte irgendeinen Sinn gehabt, wären Anschi und ihre Schwestern hergekommen, um zu *kämpfen*. Aber er widersprach auch jetzt nicht, und zu seiner Überraschung schien selbst Titch zu spüren, wie wenig Sinn es in diesem Moment gehabt hätte, Stolz zu zeigen. Statt aufzufahren gab er seinen Kriegern ein Zeichen, die Waffen zu senken.

»Wie geht es Yul?« fragte Skar.

»Sie ist tot.« Anschi sah ihn nicht an, sondern blickte starr in die entgegengesetzte Richtung, aber das Zittern ihrer Stimme war unüberhörbar. Sie war abermals dicht davor, die Beherrschung zu verlieren.

»Das tut mir leid«, sagte er.

Anschi drehte sich nun doch zu ihm herum und maß ihn mit einem langen, schwer einzuordnenden Blick. »Seltsam«, sagte sie. »Ich glaube dir sogar. Aber das ändert nichts daran, daß ich dich hasse. Irgendwann wirst du dafür bezahlen, Satai, das schwöre ich. Und dieses... *Tier* ebenso.«

Skar spürte, daß nun auch Titchs Selbstbeherrschung fast erschöpft war. Er mochte ebensogut wie Skar spüren, wie es hinter Anschis mühsam beherrschtem Gesicht aussah, aber er war noch immer ein Quorrl, und noch dazu ein Fürst seines Volkes, der es nicht gewohnt war, beleidigt zu werden.

Rasch trat er zwischen ihn und Anschi und sagte – hörbar schärfer als bisher –: »Bist du nur gekommen, um Drohungen auszustoßen?«

»Nein. Ich... habe euch etwas auszurichten. Etwas zu tun, das ich nicht tun will, aber muß. Yul ist tot, aber sie starb nicht sofort, sondern gab mir einen letzten Befehl. Ich...« Sie stockte. Ihr Blick hielt dem Skars plötzlich nicht mehr stand, und als sie weitersprach, spürte Skar, wie schwer ihr jedes einzelne Wort fiel. »Ich soll dafür sorgen, daß du und die Quorrl sicher in den Norden gelangen.»

»Du?« ächzte Titch. »Du sollst –«

Skar unterbrach ihn mit einer fast erschrockenen Geste. »Das ist alles?« fragte er. »Nichts weiter?«

»Reicht dir das nicht?« schnappte Anschi. Sie war den Tränen nahe.

»Keine Informationen?« vergewisserte sich Skar. »Nichts, was du mir sagen sollst?«

»Sie hatte nicht mehr viel Zeit«, antwortete Anschi wütend. »Sie starb in meinen Armen, Satai, und ihren letzten Atem verschwendete sie, um über *dich* zu sprechen, den Mann, der ihr den Tod gebracht hat!«

»Aber das stimmt doch nicht«, widersprach Skar sanft. »Ihr hättet –«

»Alles war gut, bevor du aufgetaucht bist«, unterbrach ihn Anschi mit zitternder Stimme. »Wir waren ihm so nahe! Wir hätten es fast geschafft, sein Vertrauen zu erringen. Noch eine Nacht, oder zwei, und er hätte uns gehorcht.«

»Wovon spricht sie?« fragte Titch.

Skar sah ihn nicht an, sondern hielt Anschi weiter mit Blicken gefangen. »Vom *Dronte*«, antwortete er. »Dem Wesen, auf dem die *Ultha* kamen. Ihrem Herrn.«

»Du... *kennst* dieses... dieses *Ding*?« fragte Titch. Mißtrauen klang in seiner Stimme mit, und Skar war verwirrt. Er hatte angenommen, daß Titch die Wahrheit kannte oder zumindest erraten hatte; schon weil es nicht eine einzige Frage gegeben hatte. Aber das stimmte nicht. Wahr war, daß der Quorrl auf seine Art so betäubt und erstarrt war wie Skar. Vielleicht mehr. Er hatte einfach nicht wissen *wollen*, was wirklich geschehen war.

»Sag es ihm«, verlangte Skar.

In Anschis Augen glomm ein gequälter Ausdruck auf. Sie versuchte, Titch anzusehen, aber es gelang ihr nicht. Sie tat Skar leid. Aber er wußte, daß er jetzt keinen anderen Ausweg mehr hatte. Er mußte Titch die Wahrheit sagen. Er hätte es längst tun sollen.

»Sag es ihm!« verlangte er noch einmal. »Wiederhole, was Yul mir erzählt hat. Du weißt es doch, oder nicht? Du warst doch ihre Vertraute. Ihre Lieblingsschülerin.«

»Was... bedeutet... das?« fragte Titch schleppend. *Er weiß es*, dachte Skar. *Er weiß es längst. Er wußte es schon damals, in Drasks Burg*. Titch hatte es nur nicht wahrhaben wollen.

»Du hast mir die Legende von den *Ultha* erzählt, Titch«, sagte Skar, als klar wurde, daß Anschi nicht reden würde. »Die Legende vom Land der Toten und dem *Daij-Djan*, dem Teufel eures Volkes. Es ist keine Legende. Du hast den *Daij-Djan* gesehen, und du hast die *Ultha* gesehen.«

Titch schwieg, aber seine Hände begannen ganz sacht zu zittern. Er wußte, was kommen würde.

»Sie sind keine Dämonen, Titch«, fuhr Skar fort, ohne Anschi auch nur eine Sekunde aus den Augen zu lassen. »Sowenig wie der *Dronte* und die *Netzkreatur* oder irgendein anderes Ungeheuer, das die *Sternengeborenen* erschufen.« Er wandte sich mit einer auffordernden, fast herrischen Geste an Anschi. »Sag es ihm!«

Anschi schwieg weiter.

»Sie sind nicht einmal richtige Lebewesen«, fuhr Skar fort. »Sie sind... *Dinge*. Kreaturen ohne wirklichen eigenen Willen. Wenig mehr als Maschinen, die nur durch Zufall aus Fleisch und Blut bestehen. Ist es nicht so?«

Die *Errish* wich seinem Blick aus. Aber sie nickte. »Ja«, flüsterte sie. »Skar sagt die Wahrheit.«

»Aber wieso waren sie *hier?*« fragte Titch. *»Bei euch?!«*

»Weil wir sie gerufen haben«, antwortete Anschi leise. Titch sog scharf die Luft ein, und Skar legte ihm abermals beruhigend die Hand auf den Unterarm. Titch schüttelte sie ab.

»Sie kamen, kurz nachdem der *Wächter* Elay übernommen hatte«, fuhr Anschi fort. »Sie jagten uns, und sie töteten viele unserer Schwestern. Aber Yul erkannte, daß sie nichts als Werkzeuge waren. Skar hat recht – sie sind Tiere, weniger noch als Tiere. Sie denken, und sie sind intelligent – jedenfalls glaube ich das –, aber sie haben keinen eigenen Willen.«

»Und als der *Wächter* starb, da habt ihr versucht, ihren Geist zu übernehmen«, vermutete Skar. »So wie ihr es mit den Tyrr und den Daktylen tut.«

Anschi nickte. »Und es wäre uns gelungen.Wir hätten sie ebenso beherrscht. Yul war sicher, daß es uns gelingt.«

»Niemand kann Feuer mit Feuer bekämpfen«, sagte Titch.

»Wir schon!« behauptete Anschi. »Wir sind *Errish*, keine –«

»Ihr seid Kinder«, unterbrach sie Titch. Seine Stimme bebte, aber Skar war sicher, daß Anschi nicht einmal wußte, warum der Quorrl so zornig war. »Ihr habt Wesen beschworen, die schlimmer sind, als ihr euch auch nur vorzustellen vermögt!«

Anschi antwortete nicht sofort. Vielleicht überraschte sie Titchs unerwarteter Zornesausbruch, vielleicht entsann sie sich auch erst jetzt der unbeschreiblichen Wut, mit der sich Quorrl und *Ultha* aufeinandergestürzt hatten. »Unsinn«, sagte sie, plötzlich aber mehr hilflos als herausfordernd. »Sie sind genau das, was Skar gesagt hat: *Dinge*. Keine Dämonen, Quorrl.«

»Für Titch schon«, sagte Skar. »Oder wie würdest du ein Wesen nennen, das deinem Volk eine ganze Welt gestohlen hat?«

Titch fuhr mit einem Ruck zu ihm herum und starrte ihn an, und in Anschis Augen glomm ein Ausdruck auf, der nur noch mit dem Wort Entsetzen zu beschreiben war. »Nicht!« sagte sie. »Schweig! Sprich es nicht aus!«

»Was?« fragte Titch. Und plötzlich packte er Skar, riß ihn mit einem brutalen Ruck herum und schrie noch einmal: *»WAS?!«*

Skar machte sich mühsam los. »Das große Geheimnis der *Errish*«, sagte er. »Ihr wußtet es schon immer, nicht wahr? Ihr wart die einzigen, die es wußten. Oh, sicher nicht alle, sondern immer nur einige wenige, aber ein paar haben es immer gewußt, all die Jahrtausende hindurch.«

Anschi schwieg, und Skar fügte, leiser und fast bitter, hinzu: »Gowenna muß es gewußt haben. Sie war die *Ehrwürdige Mutter* eures Volkes.« Er drehte sich wieder zu Titch um, und seine Stimme wurde leise, fast traurig. »All diese Ungeheuer, gegen die wir kämpfen, Titch, sind nicht die *Sternengeborenen* selbst. Es sind nur Waffen. Waffen, die sie erschufen, um ihre Feinde zu vernichten. Die ursprünglichen Bewohner Enwors. Euch, Titch.

Die Quorrl.«

Gegen Mittag begann es wieder zu regnen. Es wurde kälter, und über dem Meer begannen sich schwere Regenwolken zu einer Front zu formieren, die spätestens am Abend mit Gewitter und Sturm über das Land herfallen würden. Titchs Männer hatten aus Planen und Decken ein notdürftiges Zelt für Kiina errichtet, unter das sich auch Skar und Anschi zurückgezogen hatten, als der Regen zunahm.

Sie hatten geredet; Stunden, wie es Skar vorkam, die in Wirklichkeit zum allergrößten Teil aus langen Zeiten tiefen, schockierten Schweigens bestanden hatten, in die hinein nur manchmal einer von ihnen ein Wort gesprochen hatte. Zumeist war es Skar gewesen, der Fragen gestellt hatte; Fragen, auf die er nur in den allerwenigsten Fällen eine Antwort bekam. Nach einer Weile hatte er eingesehen, daß die *Errish* wirklich nichts wußte; seine insgeheim gehegte Hoffnung, daß Yul ihn belogen hatte, erfüllte sich nicht. Anschi wußte nicht mehr, als daß die *Errish* vor etwa einem Monat aus Elay geflohen war und sich auf den Weg nach Norden gemacht hatte, allein, verfolgt von einem Dutzend ihrer ehemaligen Schwestern und einer kleinen Armee von *Ultha*. Skar war enttäuscht, gleichzeitig aber auch zufrieden. Seine Vermutung, daß die Lösung aller Rätsel im Norden zu suchen war, wurde zur Gewißheit.

Schließlich kehrte Anschi zu ihren Schwestern zurück, die ein Lager eine halbe Meile weiter nach Norden aufgeschlagen hatten; höher in den Bergen, wo ihre bizarren Flugechsen ausreichende Startgelegenheiten finden würden. Titch blickte ihr schweigend hinterher, bis sie im Regen verschwunden war. Der Quorrl hatte kein Wort geredet, aber nicht nur Skar hatte genau gespürt, wie es hinter Titchs ausdruckslosem Gesicht arbeitete. Vielleicht hatte er die Wahrheit ja geahnt, aber es war eine Sache, etwas zu wissen, und eine ganz andere, dieses Wissen dann als Tatsache präsentiert zu bekommen. Skar nahm sich vor, den Quorrl in den nächsten Stunden genau im Auge zu behalten.

Titch blieb lange Zeit draußen im Regen stehen, auch als die *Errish* schon längst nicht mehr zu sehen war. Als er zurückkam, bewegte er sich langsam, wie unter Zwang. In seinen großen, fast pupillenlosen Augen stand noch immer derselbe Schrecken geschrieben wie in dem Moment, in dem Skar ihm die Wahrheit gesagt hatte. Skar war nicht einmal sicher, daß er wirklich gehört hatte, was sie sprachen.

Der Quorrl mußte sich weit nach vorne beugen, um unter das kleine Zeltdach zu treten, das seine Leute für Kiina errichtet hatten. Wasser lief in kleinen glitzernden Rinnsalen über seine Rüstung, und zum ersten Mal seit Wochen wieder fiel Skar der Raubtiergeruch auf, den der Quorrl verströmte.

»Ist sie fort?« fragte Skar überflüssigerweise.

Titch deutete ein Nicken an und ließ sich auf der anderen Seite von Kiinas Lager in die Hocke sinken. Sekundenlang blickte er reglos auf Kiina hinab, dann sah er Skar an, aber sein Blick blieb leer. »Traust du ihr?«

»Anschi?« Skar tat so, als überlege er eine Weile, während er in Wahrheit den Quorrl musterte. Titch wirkte benommen, aber normal. Soweit Skar in der Lage war, irgend etwas über die Psychologie eines Quorrl zu sagen. »Haben wir denn eine andere Wahl?« sagte er schließlich.

Titch ballte die gesunde Hand zur Faust. »Aber es war doch nur... eine Legende«, flüsterte er. »Ein Märchen, mehr nicht!«

Kiina blickte fragend, aber Skar signalisierte ihr mit Blicken, ruhig zu sein. Titchs Worte waren keine Antwort auf seine Frage. Er hatte sie gar nicht verstanden, sowenig wie er irgend etwas von dem gehört hatte, was Skar und Anschi in den beiden letzten Stunden gesprochen hatten. Der Quorrl schien aus einem tiefen, betäubenden Schlaf zu erwachen. Skar spannte sich innerlich. Er wußte, daß er von Titch normalerweise nichts zu befürchten hatte. Aber Titch war nicht mehr Titch. Der Quorrl war nicht einfach erschüttert. Seine Welt war zerbrochen.

»Aber sie ist wahr«, sagte er leise.

»Du hast es gewußt, nicht wahr?« fragte Titch. Sein Blick wurde fordernd, aber Skar suchte vergebens nach Spuren von Zorn oder gar Haß in den dunklen Augen des Quorrl. *»Die Sterngeborenen sind wir«*, zitierte er. »Das waren deine Worte, in der Burg. Du hast es... da schon gewußt.«

»Nein«, widersprach Skar, suchte einen Moment vergebens nach Worten und machte schließlich eine hilflose Bewegung mit beiden Händen. »Vielleicht. Ich... ich wollte es nicht wahrhaben.«

»Aber du hast es gewußt.«

»Spielt das noch eine Rolle?« fragte Skar. »Es ist Jahrtausende her, Titch. Vielleicht Millionen Jahre. Enwor ist...«

»Unsere Welt«, unterbrach ihn Titch, sehr leise, aber kalt, fordernd, in einem Ton, der Skar schaudern ließ. »All die alten Legenden, all die Geschichten, die ihr über die *Alten* erzählt habt, all die Heldensagen von den großen Taten eurer Vorfahren, ihrem Kampf gegen die Fremden von den Sternen: Es war alles gelogen.«

»Nein, Titch«, antwortete Skar sanft. »Das war es nicht. Sie sind wahr.«

»Ja«, grollte Titch bitter. »Sie sind wahr. Nur eine Kleinigkeit stimmt nicht, nicht wahr? *Wir* waren es, die zuerst hier waren. Und *ihr* seid von den Sternen gekommen und habt uns unsere Welt gestohlen. Es waren keine Ungeheuer, wie ihr uns weismachen wolltet. Keine Dämonen von den Sternen. Keine Götter. Es waren *Menschen!*« Plötzlich brüllte er: *»Es waren Menschen, Skar! Deine Vorfahren, die uns unsere Welt gestohlen haben! Und du verlangst, daß wir euch helfen?!«*

»Nein, Titch, das verlange ich nicht«, antwortete Skar. »Ich bitte dich darum, mehr nicht.«

»So, du *bittest* mich.« Titchs Stimme bebte. Er ballte die Fäuste, so heftig, daß Skar seine schuppige Haut knirschen hörte.

Der Blutfleck auf seiner bandagierten Hand wurde größer. *»Du bittest mich!«* brüllte er.

Kiina richtete sich halb auf ihrem Lager auf und hob die Hand, um sie dem Quorrl beruhigend auf die Schulter zu legen. »Bitte, Titch. Wir verstehen dich ja, aber...«

Titch stieß sie zurück. »Ihr versteht mich?« schnappte er. »Ihr versteht nichts! Ihr habt... habt... habt eine ganze Welt belogen! Ihr habt die Geschichte eines ganzen Planeten geändert, einfach so! Ihr habt uns unsere Welt gestohlen, unsere Heimat, und was das Schlimmste ist, unsere Erinnerungen. Aber du verstehst mich.«

»Kiina wollte dich nicht verletzen, Titch«, sagte Skar. Titch starrte ihn aus brennenden Augen an, und Skar spürte, wie lächerlich das Gesagte klang. Als ob *Worte* den Quorrl noch verletzen konnten, nach allem. Er wechselte abrupt das Thema und auch die Tonart: »Was wirst du jetzt tun?«

»Tun?«

Skar machte eine erklärende Handbewegung. »Deine Leute und du. Werdet ihr... gehen? Oder bleiben wir zusammen?«

Titch starrte ihn an. Blut tropfte von seiner Hand und besudelte Kiinas Decke, aber er bemerkte es nicht einmal. Sein fürchterliches Gebiß mahlte, als hätte er etwas gepackt und wäre dabei, es zu zerreißen. Der Quorrl *war* ein Raubtier, das begriff Skar plötzlich. Aber er begriff ebenso deutlich, daß er nicht das Recht hatte, so zu denken; so wenig, wie er das Recht hatte, über den Quorrl oder irgendeine andere denkende Lebensform Enwors zu urteilen. *Sie* waren die Eindringlinge: die Satai, die *Errish*, die Veden und Thbarg und alle anderen Völker, alle, sie alle, die sich für die rechtmäßigen Herren dieser Welt hielten. Wenn die Quorrl wirklich das waren, wofür Anschi und auch ein nicht zum Schweigen zu bringender Teil Skars war, nämlich Raubtiere, muskelbepackte Bestien, von denen nur die allerwenigsten zu logischem Denken und Handeln fähig waren, dann nur, weil *sie sie dazu gemacht hatten.*

»Ich weiß es nicht.« Titch stand auf und machte eine herrische Handbewegung. »Ich muß darüber nachdenken. Vielleicht ändert sich nichts. Vielleicht töte ich euch und diese verdammten *Errish*. Wir werden sehen.«

Er ging, aber nur ein paar Schritte weit, ehe er wieder stehenblieb und abermals die Fäuste ballte. Skar konnte sehen, wie sich jeder einzelne Muskel in seinem gewaltigen Körper spannte.

»Glaubst du, daß er das... ernst gemeint hat?« fragte Kiina stokkend.

»Was? Daß er nachdenken muß – oder daß er uns vielleicht tötet?«

»Beides.«

Skar schwieg eine Sekunde und nickte dann. »Sicher.«

»Dann wäre es vielleicht besser, wenn wir fliehen«, sagte Kiina unsicher.

»Fliehen?« Skar lachte fast. »Aber wohin denn?«

»Zu Anschi.«

Skar war nicht sicher, daß sie bei den *Errish* in geringerer Gefahr gewesen wären. Aber er verstand Kiinas Wunsch. »Du möchtest zu ihnen«, vermutete er. Kiina sah ihn nur wortlos an, aber er las die Antwort auf seine Frage in ihrem Blick. Zu der Verwirrung und dem Schmerz in ihren Augen hatte sich Furcht gesellt. Sie hatte Angst, dachte er. Natürlich hatte sie Angst. Nach dem, was sie im Laufe der letzten Stunde gehört hatte, mußte sie Angst haben. Und nicht nur vor den Quorrl.

»Wenn du willst, bringe ich dich zu ihnen«, sagte er.

»Titch wird es nicht zulassen.«

»Doch, das wird er.« Skar versuchte, mehr Optimismus in seine Stimme zu legen, als er selbst empfand. Aber er war nie ein sehr guter Lügner gewesen. »Er ist nur verwirrt. Und zornig. Und er hat ein Recht dazu, meinst du nicht?«

»Aber es... es *kann* nicht alles falsch sein!« protestierte Kiina verzweifelt. »Die Geschichte einer ganzen Welt kann nicht vollkommen erlogen sein, Skar!«

»Doch«, sagte er bitter. »Das kann sie, Kiina.« Und er glaubte sogar zu wissen, warum. Für einen Moment sah er es ganz deutlich vor sich: Sie, die von den Sternen gekommen waren, hatten die rechtmäßigen Besitzer dieser Welt am Ende besiegt, in einem

Kampf, den er sich wahrscheinlich nicht einmal vorzustellen vermochte. Vielleicht hatte der Krieg Tausende von Jahren gedauert, vielleicht nur wenige Tage. Die *Sternengeborenen* (seltsam, welch höhnischen Beiklang dieses Wort plötzlich in seinen Gedanken bekam) hatten am Schluß gesiegt – aber um den Preis der fast vollkommenen Zerstörung Enwors. Sie hatten die Welt erobert, aber sie hatten sie auch vernichtet, und sie hatten diese Lüge einfach ersinnen *müssen*, um weiterleben zu können. Was Titch grausam erschien, das war das einzige gewesen, was kommenden Generationen ein Weiterleben ermöglichte.

»Dann war... alles wahr?« stammelte Kiina. »Die *Sternengeborenen*... all diese Ungeheuer, die sie erschaffen haben... das war...«

»Unser Werk«, sagte Skar. »Das unserer Vorfahren. Ja. Aber es ist so unendlich lange her, daß es keine Rolle mehr spielt, Kiina. Es ist alles wahr, und doch wieder nicht. Enwor gehört längst nicht mehr *uns* oder *ihnen* oder *irgend jemandem*. Wir leben schon zu lange zusammen, um uns einander unsere Welt streitig machen zu können.« Die Worte klangen selbst in seinen eigenen Ohren lahm und ungeschickt, aber Skar wußte, daß Kiina verstand, was er meinte. Was geschehen war, war Vergangenheit, Geschichte, und eigentlich nicht einmal mehr das, sondern nur noch die verblassende Erinnerung daran, ein düsteres Geheimnis, das von ein paar alten Frauen von Generation zu Generation weitergegeben wurde und irgendwann einmal ganz vergessen sein würde.

»Aber wieso greifen sie *uns* an?« fragte Kiina fast verzweifelt. »*Wir sind ihre Schöpfer!*«

»Das waren wir einmal«, antwortete Skar matt. »Vielleicht hat es eigenes Leben entwickelt, in all den Jahrtausenden. Vielleicht richtet es sich einfach blindwütig gegen alles, wie Feuer, das selbst den verzehrt, der es gelegt hat.«

»Oder jemand beeinflußt es, so wie es uns beeinflußt«, murmelte Kiina. Sie sah ihn aus weiten Augen an. »Aber wer?«

Skar schwieg dazu. Nach einer Weile trat er wortlos unter der Zeltplane hervor und ging, um Titch zu suchen.

An ein Weiterreiten war an diesem Tag natürlich nicht mehr zu denken. Skar hatte ein paarmal versucht, mit Titch zu reden, aber der Quorrl hatte ihn einfach ignoriert, bis er sich schließlich so hilflos und dumm vorgekommen war, daß er zu Kiina zurückging. Er war müde – die durchrittene Nacht und die Strapazen der vergangenen Tage forderten ihren Tribut, und dazu kam, daß sich sein Zustand im gleichen Maße verschlechterte, wie sich der Kiinas zu bessern schien: Am Nachmittag bekam er Fieber, und während Kiinas Kräfte von Stunde zu Stunde zunahmen, glaubte Skar innerlich zu verbrennen. Er bekam Schüttelfrost, und sein Zahnfleisch blutete. Und als er endlich einschlief, da *träumte er wieder. Den gleichen, wirren, nur von Haß und zielloser Wut erfüllten Traum wie in den Nächten zuvor, der auf dieselbe, völlig unlogische Art zweigeteilt war: Während der eine – größere – Teil seines Bewußtseins hilflos in den Klauen des Alptraumes gefangen war, blieb der andere wach und registrierte und sah und hörte alles, was rings um ihn herum vorging.*

Und doch war etwas an diesem Traum anders als an seinen Vorgängern, aber es dauerte eine Weile, bis Skar begriff, was es war: Er hatte sich getäuscht. Es war nicht die Wirklichkeit, die er mit dem vermeintlich klar gebliebenem Teil seines Bewußtseins wahrnahm. Auch heute schien er auf einer schmalen Grenzlinie zwischen zwei Welten dahinzutreiben, aber die eine war so irreal wie die andere: Da war der Alptraum mit seinem bösen Flüstern und Drängen (...so viel Haß, hatte die Margoi gesagt. So unendlich viel Haß...), *und da war eine zweite Vision, nur war sie von solcher Klarheit und Schärfe, daß er sie für die wirkliche Welt gehalten hatte. Aber sie war es nicht. Er sah sich selbst, wie er auf dem schmalen Lager aus Decken und Fellen lag, das Kiina für ihn bereitet hatte, aber der schlafende Schatten neben ihm war nicht Kiina; als er sich zu ihm herumdrehte, starrte er in eine flache schwarze Fläche aus glitzerndem Chitin, wo ein Gesicht sein sollte, und die Hand, die wie in einer bösen Verhöhnung menschlicher Gestik unter der Decke hervorkroch und einen rasiermesserscharfen Krallenfinger über nicht vorhandene Lippen legte, war keine Hand, sondern eine dreifingrige Forke, die nur zum Töten gemacht war.*

Er hatte nicht einmal Angst, denn er spürte, daß der Daij-Djan *nicht gekommen war, um ihn zu töten. Vielleicht war er niemals sein Feind gewesen. Sekundenlang blickte er das flache Nicht-Gesicht der* Sternenbestie *an, dann schlug er seine Decke zurück, stand unsicher auf und folgte dem* Daij-Djan. *Lautlos durchquerten sie das Lager, in dem im Traum alle Bewegungen erstarrt waren, als wäre die Zeit stehengeblieben.*

Es war dunkel, und es regnete noch immer, aber die Wolken waren aufgerissen, so daß er die Ebene trotzdem auf Meilen hin deutlich überblicken konnte. Und er sah, was sein höllischer Bruder ihm hatte zeigen wollen:

Über das geborstene Land krochen Schatten heran. Sie waren zu weit entfernt, um sie genau zu erkennen, und fast körperlos; beinahe nur eine Woge sich bewegender Schwärze, die sich den Bergen und damit ihrem Lager näherte. Aber etwas an ihren Bewegungen war falsch, und die Dunkelheit, die ihnen wie ein beschützender Mantel folgte, war nicht nur die Abwesenheit von Licht, sondern etwas anderes, unsagbar Fremdes, das aus den Abgründen des Wahnsinns heraufgekrochen war.

Sie kommen, Bruder, *flüsterte die Stimme des* Daij-Djan *in seinen Gedanken.* Sieh. Die, die mich und dich schufen, sind nicht dumm. Sie wissen, was geschehen ist, und sie kommen, um dich zu holen.

Skar blickte die kriechenden Schatten an, und plötzlich hatte er Angst, Angst wie nie zuvor in seinem Leben.

Ich kann sie vernichten, *fuhr der* Daij-Djan *fort, und plötzlich war seine Stimme wieder ein körperloses, böses Kichern, die Verlockung des Bösen, die sich mit der Angst in Skars Seele vereinte und an seinem Willen nagte wie eine kleine, gierige Ratte.* Gib mir den Befehl dazu, und ich vernichte sie für dich. Es ist ganz leicht. Du mußt es nur wollen.

Skar zitterte. Er wollte die Hände heben und gegen die Ohren pressen, aber er konnte sich nicht bewegen. Und es hätte auch nichts genutzt; denn die Bestie stand nicht wirklich vor ihm. Was er sah, war nur ihr Körper, ein Werkzeug, das sie nach Belieben erschaffen und verändern konnte. Das wirkliche Ungeheuer war in ihm. Der Daij-Djan *war ein Teil von ihm. Er war es immer gewesen, schon lange, bevor er einen Körper bekommen hatte.*

Tu es, *fuhr das böse Flüstern fort.* Entfessele mich, wie du es schon so oft getan hast. Ich bin nicht dein Feind, Bruder. Das war ich nie. Komm zu mir. Gemeinsam schlagen wir sie. Es gibt nichts, was uns aufhalten kann. NICHTS!

Skar stöhnte. »Nein«, wimmerte er. »Nie wieder. Nie wieder, hörst du? Nie wieder!«

Aber der Daij-Djan *lachte nur; ein böses, hämisches Kichern, das vom Grund seiner Seele heraufwehte und den menschlichen Teil von Skars Sein erzittern ließ. Und das Schlimmste war – er wußte, daß das Ungeheuer recht hatte. Gemeinsam wären sie unbesiegbar. Der Alptraum hätte ein Ende.*

»Nein!« stöhnte er. »Geh! Geh fort! Laß mich endlich in Ruhe, du Bastard!«

Wieder lachte das Ungeheuer. Seine schwarze Klaue hob sich, tastete nach Skars Gesicht und berührte es; er spürte einen kurzen, brennenden Schmerz, als die Klaue seine Haut ritzte, prallte zurück, schrie gellend auf –

und erwachte.

Und schrie ein zweites Mal, als ein harter Schlag seine Wange traf und seinen Kopf zurückfliegen ließ. Instinktiv riß er die Hände schützend vor das Gesicht, fühlte hartes Metall und feuchten Stoff unter den Fingern und öffnete erst dann die Augen.

Titchs Hand schwebte drohend zum Schlag erhoben über seinem Gesicht, aber in den Augen des Quorrl war nur Schrecken; und eine Sorge, die Skar trotz seiner Benommenheit registrierte und die ihn überraschte.

»Es ist... gut«, sagte er mühsam. »Du brauchst mich nicht mehr zu schlagen.«

Titchs Hand sank herab, aber nur für eine Sekunde. Dann griff er ein zweites Mal zu und half Skar, sich aufzusetzen.

»Habe ich geschrien?« fragte Skar.

Titch nickte. »Ununterbrochen. Ich wollte dich nicht schlagen, aber es war der einzige Weg, dich wach zu bekommen. Es tut mir leid, wenn ich dich verletzt habe.«

Skar hob die Hand an den Mund und fühlte warmes Blut an den Fingern, aber keinen Schmerz. Sein Kiefer war wie betäubt, aber er war ziemlich sicher, daß das nicht von Titchs Schlag kam. Der Quorrl kannte seine Körperkräfte und wußte sehr wohl, sie zu dosieren.

Mit einem Ruck setzte er sich ganz auf. Er fühlte sich matt, trotzdem aber sonderbar wohl. Das Fieber war fort, und auch Übelkeit und Schwindelgefühl waren wie weggeblasen. Alles, was geblieben war, war ein dumpfer Druck hinter seiner Stirn und das taube Gefühl in seinem Mund.

Skar schlug die Decke vollends zurück. Für den Bruchteil einer Sekunde hatte er Angst, den Kopf zu drehen und nach Kiina zu sehen; Angst, nicht sie, sondern eine kindergroße schwarze Spottgeburt aus schwarzem Horn und Haß zu sehen, die ihn höhnisch angrinste.

Aber das Lager neben ihm war leer.

»Wo ist sie?« fragte er.

Titch machte eine unbestimmte Geste in die Nacht hinaus. »Bei den anderen. Sie bat mich, sie gehen zu lassen.«

»Und du hast es getan?«

Titch knurrte. »Wenn der Sinn deiner Frage ist, zu ergründen, ob ich euch noch immer umbringen will, dann lautet die Antwort *nein*, kleiner Mann«, sagte er sarkastisch. »Außerdem hat sie versprochen, zurückzukommen, und ich glaube ihr. Sie wollte Medizin für dich holen.«

Skar erhob sich taumelnd. Er war verwirrt. Verwirrt und alarmiert. Etwas... stimmte nicht. Sein Traum war nicht sinnlos gewesen, das spürte er. Er war... *eine Warnung?*

»Ich habe dich doch verletzt«, sagte Titch plötzlich. »Warte hier. Ich hole etwas, um das Blut zu stillen.«

Skar starrte den Quorrl eine Sekunde verständnislos an, bis ihm auffiel, daß Titch nicht auf seinen Mund blickte. Erschrocken hob er die Hand, um den Quorrl zurückzuhalten, und tastete mit der anderen nach seiner Stirn.

Zwischen seinen Augenbrauen, *genau dort, wo ihn im Traum die Klaue des Daij-Djan berührt hatte!!* – befand sich eine kleine, aber tiefe Wunde, die höllisch zu schmerzen begann, kaum daß seine Finger sie ertasteten.

Skar erstarrte. *Aber das war doch… unmöglich!* Aus entsetzt geweiteten Augen starrte er Titch an – und fuhr plötzlich herum, um mit weit ausgreifenden Schritten durch das Lager zu laufen. Neben dem Felsen am Taleingang erhob sich ein massiger Schatten, als er näher kam, aber Skar tauchte einfach unter den Armen des Quorrl hindurch und stürmte noch zwei, drei Schritte weiter, ehe er schweratmend stehenblieb und auf die Ebene hinausstarrte.

Es war genau wie in seinem Traum. Der Regen strömte noch immer vom Himmel, aber die Wolken waren aufgerissen, und er konnte die zerrissene Ebene fast bis zur Küste hin überblicken. Nur die kriechenden Schatten waren nicht da. Es gab Schatten, aber es waren die Schatten von Felsen und Büschen und Bäumen, nicht der körperlose Terror aus seiner Vision, und trotzdem: etwas… *kam.*

Skar sah auf, als der Boden unter seinen Füßen zu zittern begann und der Quorrl in seiner blitzenden Goldrüstung neben ihm erschien.

»Was hast du?« fragte Titch alarmiert.

Skar zuckte wortlos mit den Schultern und fuhr fort, auf die Ebene hinabzustarren. Das Sternenlicht vermittelte ihm nur die Illusion, gut sehen zu können, das wußte er. In Wirklichkeit war alles, was weiter als fünfzig oder sechzig Schritte entfernt war, nur schemenhaft zu erkennen. Und trotzdem – er konnte die Gefahr beinahe körperlich spüren.

Vielleicht werde ich verrückt, dachte er. Vielleicht hatte der *Daij-Djan* endlich erreicht, was er wollte, und er vermochte schon nicht mehr zwischen Realität und Traum zu unterscheiden. Gleichzeitig spürte er, daß das nicht stimmte. Etwas *war* da. Er konnte es fühlen, so deutlich, wie er die Anwesenheit des *Netzes* in Drasks Burg gefühlt hatte.

»Ich weiß es nicht«, sagte er hilflos. »Aber wir… wir sollten hier verschwinden, Titch.« Der Quorrl sah ihn fragend an, und Skar fügte hinzu: »Weck deine Männer. Wir brauchen ein anderes Lager. Höher in den Bergen. Vielleicht bei Anschi und den anderen. Wir –«

Er sah die Bewegung aus den Augenwinkeln, aber seine Reaktion wäre zu spät gekommen, so schnell sie auch war.

Skar warf sich herum und gleichzeitig zurück, aber das Zuschnappen der gewaltigen Fänge war schneller. Grünschimmerndes Panzerhorn grabschte in einer mörderischen, zupackenden Bewegung nach ihm, einer Bewegung, die stark und schnell genug war, ihn in zwei Stücke zu reißen, so mühelos, wie er Papier zerfetzte.

Es war Titch, der ihm das Leben rettete.

Seine gepanzerte Faust zuckte in einer unglaublich schnellen Bewegung vor und fing den Hieb ab, der Skar den Kopf von den Schultern reißen sollte. Gleichzeitig warf sich der Quorrl vor, rammte die Angreiferin mit seinem gesamten Körpergewicht und brachte sie aus dem Tritt. Seine linke, verletzte Hand sauste herab und traf die gepanzerten Schultern der Beterin mit der Wucht eines Hammerschlages. Skar konnte das daumendicke Chitin ihres Körperpanzers brechen hören wie sprödes Glas. Das Rieseninsekt war tot, noch ehe Skar mit einem ungeschickten Schritt nach hinten taumelte und zu Boden stürzte, aber Titch packte es trotzdem noch einmal mit seinen gewaltigen Pranken, schmetterte es mit aller Kraft zu Boden und zermalmte mit einem Fußtritt seinen Schädel; ein blinder Reflex, den Skar nur zu gut verstehen konnte. Beterinnen gehörten zu den wenigen bekannten Tieren Enwors, die selbst einem Quorrl gefährlich werden konnten, wenn sie in die Enge getrieben oder verletzt waren.

Er stand auf, ging zu Titch zurück und blieb in respektvollen zwei Schritten Abstand stehen, während Titch die tote Beterin mißtrauisch musterte, wobei er die verletzte Hand fest gegen den Brustpanzer drückte. Selbst im Tod bot die Beterin noch einen bedrohlichen Anblick: fast sieben Fuß lang von den mächtigen, eingeknickten Fangscheren bis zur Schwanzspitze, dabei so dürr, daß sie fast schon wieder lächerlich wirkte. Ihre Beine waren nicht dikker als Skars kleiner Finger. Aber er wußte, welch entsetzliche Kraft in diesen so zerbrechlich aussehenden Gliedmaßen steckte.

Er hatte Pferde gesehen, die von diesen gigantischen Insekten zerfetzt worden waren.

»Eine Beterin«, murmelte Titch fassungslos. Sein Blick suchte den Skars, aber sein Gesicht spiegelte nichts als Verwirrung. »Aber das... das ist unmöglich! Sie greifen niemals Menschen an!«

»Es sei denn, sie sind verrückt vor Hunger«, antwortete Skar. Sein Blick ging wieder auf die trügerisch still daliegende Ebene vor den Bergen hinaus. »Oder vor Angst«, fügte er hinzu.

Titch lachte. »Was bist du, Skar?« fragte er spöttisch. »Ein altes Weib, das Unheil aus Regenwolken liest?« Aber es klang unsicher; er spürte, daß in Skars Worten mehr Wahrheit war, als sie beide in diesem Augenblick schon ahnen mochten. Und Skar machte sich nicht einmal die Mühe, zu antworten. Langsam und ganz instinktiv noch immer zwei Schritte Abstand von der toten Beterin haltend, trat er an Titch vorbei und blickte konzentriert auf die Ebene hinab.

Und dann sahen sie es beide: Nicht einmal sehr weit von ihrem Standort entfernt bewegten sich Schatten. Der Regen machte es unmöglich, Einzelheiten zu erkennen, und sein monotones Rauschen verschluckte jeden Laut, aber auch Titch mußte die grotesken, fast menschlich wirkenden Umrisse der Tyrr erkennen, die sich der steinernen Vorhut der Berge näherten; zwei, drei, vier...

»Ein altes Weib, so?«

»Vielleicht haben alte Weiber manchmal recht, wenn sie Unheil prophezeien«, murmelte Titch. »Aber es kann genausogut ein Zufall sein.«

»Dann bleib meinetwegen hier«, antwortete Skar, »und laß dich ganz zufällig niedertrampeln.«

Titch musterte ihn einen Herzschlag lang mit undeutbarem Ausdruck, dann versetzte er der toten Beterin einen Tritt, der den Kadaver meterweit den Hang hinabkollern ließ, und stampfte zornig zu den Felsen zurück. Skar folgte ihm.

Sie mußten die Quorrl nicht wecken. Der Krieger, der den Ausgang ihres Felsenverstecks beobachtete, hatte den kurzen Kampf beobachtet und die anderen alarmiert. Sie waren nur noch fünf. Einer der beiden Schwerverletzten hatte sich am Abend zum Schlafen niedergelegt und war nicht mehr aufgewacht, während sich der Zustand des anderen zu Skars Erleichterung verbessert zu haben schien. Gesicht, Brust und Schultern des Quorrl waren eine einzige schreckliche Wunde, aber er stand schon wieder aus eigener Kraft, und Skar wußte, wie zäh diese schuppigen Kolosse waren. Und ganz davon abgesehen, daß sie wahrscheinlich jede Hand und jedes Schwert brauchen würden, erschien ihm auch das Leben eines Quorrl mit einem Male unendlich kostbar. Nicht nur Titchs Welt hatte sich verändert.

Der Quorrl informierte seine Männer mit wenigen, von knappen Gesten begleiteten Worten, was geschehen war. Er wechselte dabei von der Hochsprache Enwors in einen barbarischen, sehr schnellen Dialekt, von dem Skar nur Brocken verstand. Skar blieb dabei nicht verborgen, daß es Titch nicht leicht fiel, seinen Kriegern begreiflich zu machen, daß sie zu den *Errish* stoßen würden. Die Quorrl widersetzten sich seinem Befehl nicht, das war undenkbar. Aber Skar spürte sehr wohl, daß sie Angst hatten.

Trotzdem brachen sie nach kaum fünf Minuten auf.

»*Nein!*« Anschi ballte die Hand zur Faust und schüttelte so heftig den Kopf, daß ihr naß gewordenes Haar wie ein strähniger schwarzer Schleier flog. Der Blick, mit dem sie abwechselnd Titch und Skar maß, sprühte vor Haß. »Yuls letzter Befehl war, dafür zu sorgen, daß du sicher nach Norden kommst. *Du* – nicht diese *Tiere!*«

Skar sah aus den Augenwinkeln, wie Titch beim Klang des letzten Wortes zusammenfuhr. In Gedanken verfluchte er Anschi für ihre Ungeschicklichkeit. Er konnte den Zorn der *Errish* sogar fast verstehen, aber nach dem, was Titch am Morgen erfahren hatte, war es einfach dumm, so mit ihm zu reden. Er versuchte, Anschi mit Blicken zu signalisieren, vorsichtig zu sein, aber sie bemerkte es entweder nicht, oder sie *wollte* es nicht bemerken. Wahrscheinlich letzteres.

»Sie gehen!«

»Das Lager dort unten ist nicht mehr sicher«, antwortete Skar besänftigend. »Irgend etwas... geschieht. Ich weiß nicht was, aber...«

Die junge *Errish* unterbrach ihn mit einem abfälligen, bösen Lachen. »Yul hat mich gewarnt«, sagte sie, »daß du den größten Teil deiner Zeit damit verbringst, Unheil zu prophezeien. Mir scheint, sie hat recht gehabt.« Sie machte eine entschiedene Handbewegung und funkelte Titch an. »Eher lasse ich mir die Hand abhakken, bevor ich zusammen mit diesen Ungeheuern lagere.«

»Verdammt, Anschi, du bist es ihnen schuldig!« protestierte Skar.

»Warum? Weil ich zugelassen habe, daß sie Yul und die meisten meiner Schwestern umbringen?«

»Nein«, mischte sich Kiina ein. »Aber vielleicht, weil es zum Teil deine Schuld war.«

Anschi fuhr mit einem Ruck auf und funkelte sie an, aber Kiina fuhr unbeeindruckt fort: »Sie hätten euer Lager niemals angegriffen, wenn du nicht versucht hättest, sie zu vertreiben. Titch ist Skars Freund. Was hättest du an seiner Stelle getan, hättest du gesehen, wie er von diesen Bestien überwältigt wird?«

»Das reicht, Kiina«, sagte Skar hastig, als er sah, wie sich Anschis Gesicht noch weiter verdüsterte. Daß Kiina mit ihren Worten der Wahrheit sehr nahe kam, spielte keine Rolle. »Hören wir auf, uns zu streiten«, sagte er müde. »Wir sind Verbündete oder?«

Anschi machte eine zornige Handbewegung. »Sie können lagern, wo sie wollen«, sagte sie entschieden, »aber nicht hier. Die Berge sind groß.«

»Was für ein Unsinn«, sagte Skar kopfschüttelnd. »Wir werden hundertmal lagern müssen, auf dem Weg ins Quorrl-Gebiet. Glaubst du, es kommt auf eine Nacht an?«

»Was bringt dich auf die absurde Idee, daß wir zusammen reiten?« schnappte Anschi. »Du und ich gehen und meinetwegen auch noch Kiina. Was deine Quorrl-Freunde tun, ist mir gleich.«

»Du hast gesagt, du bringst uns in den Norden«, sagte Kiina.

»Ich habe nicht von den Quorrl gesprochen«, unterbrach sie Anschi. Ihre Stimme bebte. »Skar und ich werden gehen. Sonst niemand.«

Kiina wollte auffahren, aber Skar brachte sie mit einer raschen Geste zum Verstummen. »Findest du nicht«, sagte er vorsichtig, »daß zu einer solchen Entscheidung mindestens zwei gehören?«

»Möglicherweise«, antwortete Anschi. »Unter normalen Umständen. Aber die Umstände sind nicht normal. Enwor brennt, Satai. Unsere Welt steht in Flammen, von einem Ende zum anderen. Was weißt du über die Lage im Norden?«

Skar tauschte einen fragenden Blick mit Titch, ehe er antwortete: »Nicht sehr viel.«

»Es gibt auch nicht sehr viel zu wissen«, erwiderte Anschi. »Ihr habt keine Chance, die Quorrl-Gebiete zu erreichen. Nicht lebend und nicht in der kurzen Zeit, die euch noch bleibt.« Sie machte eine Kopfbewegung auf die Berge über ihnen. »Das Tal der Drachen ist unpassierbar geworden«, fuhr sie fort, in einem schneidenden, bestimmten Ton, der jeden Widerspruch von vornherein ausschließen sollte. »Es war schon früher gefährlich, es zu durchqueren. Jetzt ist es eine Hölle. Ich sage das nicht nur, um meinen Willen durchzusetzen, Skar. Wir waren da. Meine Schwestern und ich haben die letzten drei Monate dort gelebt.«

»Und überlebt«, fügte Kiina hinzu.

Anschi schenkte ihr einen Blick, der vor Verachtung troff. Trotzdem antwortete sie: »Weil wir viele waren. Weil Yul bei uns war und wir die geheimen Kräfte der *Errish* beherrschen. Und weil wir jeden Quadratfuß des Tales kannten. Trotzdem sind viele von uns gestorben. Und selbst wenn es euch gelänge«, fuhr sie mit leicht erhobener Stimme fort, als Kiina abermals widersprechen wollte, »wäre es Selbstmord. Ganz Thbarg ist ein Schlachtfeld. Jeder kämpft gegen jeden, und die wenigen, die bisher überlebt haben, hassen die Satai fast ebenso, wie sie die Quorrl fürchten. Die Saat der Zauberpriester ist aufgegangen. Die alten Werte stehen auf dem Kopf, Skar. Die Völker im Norden sind nicht mehr deine Freunde. Sie fürchten die Satai.«

»Wir sind fast zweitausend Meilen geritten, ohne angegriffen worden zu sein«, sagte Skar.

»Da wart ihr fünfzig«, sagte Anschi. »Niemand greift einen Trupp von fünfzig Quorrl an, der nicht –« Sie brach mitten im

Wort ab und biß sich auf die Lippen. »Es wäre Selbstmord. Ganz davon abgesehen, daß uns keine Zeit mehr bleibt. Ich kann dich binnen drei Tagen nach Norden bringen. Zu Pferde bräuchtet ihr Wochen, selbst wenn ihr es schafft, was unmöglich ist.«

Skar wollte widersprechen, aber dann hob er statt dessen nur mit einem lautlosen Seufzen die Schultern. Er begriff plötzlich, warum Titch während der ganzen Zeit so ruhig gewesen war; und das, obgleich es eigentlich gar nicht seine Art war, als *Bittsteller* zu kommen. Der Quorrl hatte viel früher als er begriffen, daß Anschi logischen Argumenten nicht mehr zugänglich war.

Wortlos gingen sie zu den Quorrl zurück, die in zwanzig Schritt Entfernung stehengeblieben waren, bewacht von zwei jungen *Errish*, in deren Händen Scannerwaffen blitzten, und einer gigantischen Daktyle, die wie ein schwarzer Geier auf den Felsen über ihren Köpfen hockte und die schuppigen Gestalten mißtrauisch beäugte.

»Sie hat völlig recht, Skar«, sagte Titch, als sie außer Hörweite der *Errish* waren. »Wir werden uns einen anderen Lagerplatz suchen. Die Berge sind groß.«

»Unsinn«, widersprach Skar. »Ich rede noch einmal mit ihr. Sie ist erregt, aber sie wird einsehen, daß sie sich täuscht.«

»Es wäre nicht gut, wenn wir in ihrer Nähe blieben«, beharrte Titch. »Meine Krieger fürchten sie, ich sie selbst...« Er suchte einen Moment nach Worten. »Ich spüre ihren Haß«, sagte er. »Du nicht?«

Skar erschrak; vielleicht, weil Titch nur laut aussprach, was er selbst schon lange bemerkt hatte: Der Zorn, der Anschi und ihre Schwestern erfüllte, war nicht mehr normal. Es war nicht nur der Schmerz über den Tod der anderen und auch schon lange nicht mehr das normale Mißtrauen zwischen zwei Völkern, die Feinde gewesen waren, solange sie sich zurückerinnern konnten. Es war mehr. Es war... völlig sinnloser Zorn, der gleiche ziel- und grundlose Wille zu töten und zu vernichten, den auch er selbst gespürt hatte, in seinen Träumen. Weder Titch noch ihm war entgangen, wie schwer es Anschi gefallen war, sich nicht einfach auf den Quorrl zu stürzen. *So viel Haß... So unendlich viel Haß...*

»Es ist dasselbe, was in Elay passiert ist«, sagte er. Titch blickte fragend, aber Skar erklärte seine Worte nicht. Statt dessen drehte er sich herum und blickte noch einmal zu den *Errish* zurück. Anschis Mädchen hatten ein Feuer entzündet, vor dessen rotem Schein sich ihre Gestalten wie unheimliche schwarze Schatten abhoben, die Chimären aus seinen Träumen, die in Körper gekrochen waren, und das Dutzend Daktylen bildeten eine bizarre Wache auf den Felsen und Lavanadeln, die das Lager säumten. *So unendlich viel Haß...* Ja, er spürte es auch. Zehnmal deutlicher als Titch.

Dann sah er den Schatten. Klein, dürr und eckig wie der eines Insekts stand er zwischen den Daktylen, nur für ihn sichtbar, und winkte ihm spöttisch zu.

Die Nacht des Wahnsinns war noch nicht zu Ende. Die Quorrl hatten schließlich einen Platz für die Nacht gefunden, nicht so weit vom Lager der *Errish* entfernt, daß sie sich aus den Augen verloren, aber weit genug, das Risiko einer zufälligen Konfrontation auszuschließen: eine Höhle, eine halbe Meile über Anschis Lager, geräumig genug, den Rest von Titchs zerschlagener Armee aufzunehmen, deren Eingang aber gleichzeitig klein genug war, um ihn leicht verteidigen zu können. Nicht daß Skar glaubte, daß dies irgend etwas nutzte: Er beobachtete die Anweisungen, die Titch dem Quorrl am Eingang der Höhle gab, mit dem sicheren Gefühl, etwas völlig Sinnloses zu sehen. Welche Gefahr es auch immer war, der sie gegenüberstanden, es war keine, der sie mit Waffen oder Körperkraft begegnen konnten.

Sie entzündeten ein Feuer, und nach einer Weile wurde es behaglich warm in dem kleinen Felsendom. Skar hockte sich neben Titch an die Feuerstelle, zog den nassen Mantel aus und hielt die Hände über die prasselnden Flammen. Die Wärme tat ihm gut. Trotzdem fühlte er sich nicht wohl. Die winzige Höhle erschien ihm viel mehr Gefängnis als Schutz. Sie sollten nicht hier sein. Nicht einmal in diesem Teil der Welt. Es war falsch gewesen, Kiinas Bitten zu folgen und den Umweg über Elay zu machen, anstatt direkt in den Norden zu reiten, wie sie ursprünglich geplant hatten.

Nach einer halben Stunde meldete der Posten am Ausgang, daß jemand kam. Titch wollte aufstehen, aber Skar schüttelte rasch den Kopf und ging selbst, um nachzusehen.

Im ersten Moment war er fast blind, denn seine Augen hatten sich an das grelle Licht des Feuers gewöhnt, und der Himmel hatte sich wieder in Wolken gehüllt, so daß die Nacht schwärzer war denn je. Aber dann erkannte er Kiina, die gebückt und ungeschickt den geröllübersäten Hang vor der Höhle heraufkletterte.

Als sie zu ihm in die Höhle trat, waren ihre Kleider und ihr Haar schwer vom Regen. Schaudernd streifte sie den nassen Umhang ab, trat an das Feuer und ließ sich davor in die Hocke sinken. Sie sah noch immer krank aus, fand Skar, aber es war jetzt kein Siechtum mehr, das ihr Gesicht zeichnete, sondern die Blässe beginnender Rekonvaleszenz. Offensichtlich war es so, wie er vermutet hatte: Kiinas Körper war dem Ansturm des giftigen Staubes einfach eher erlegen als der seine, ganz einfach, weil sie schwächer war als er. Aber sie hatte die Krise auch schneller überwunden. Skar wagte gar nicht daran zu denken, was hätte geschehen können, hätten sie Elay drei oder vier Tage früher erreicht.

»Bringst du Nachrichten von Anschi?« fragte er, als Kiina auch nach einer Weile keine Anstalten machte, irgend etwas zu sagen, sondern nur fröstelnd die Hände über dem Feuer aneinanderrieb.

Sie wich seinem Blick aus, aber Skar bemerkte auch, daß sie es fast krampfhaft vermied, einen der Quorrl anzusehen. »Ja«, sagte sie schließlich. »Oder nein. Eher Neuigkeiten über Anschi.«

Skar blickte fragend, aber Kiina sprach nicht weiter. Ihr Blick irrte durch das schattenverhüllte hintere Drittel der Höhle, als suche sie etwas. Skar begriff.

»Einer von Titchs Männern ist schwer verletzt«, sagte er. »Kannst du nach ihm sehen?«

Natürlich konnte Kiina das nicht, und der überraschte Blick, den Titch ihm zuwarf, sagte ihm sehr deutlich, daß auch der Quorrl das wußte. Trotzdem erhob er keine Einwände, als Kiina nach kurzem Zögern nickte und zu der schlafenden Gestalt des

Kriegers trat. Skar folgte ihr, während Titch reglos hocken blieb und so tat, als wäre er im Sitzen eingeschlafen. Skar war klar, daß der Quorrl jedes Wort verstehen mußte, selbst wenn sie flüsterten. Seine Sinne waren ungleich schärfer als die eines Menschen. Aber offensichtlich wußte Kiina das nicht.

Sie beugte sich über den schlafenden Quorrl, betastete mit spitzen Fingern die verbrannten Hornschuppen auf seiner Schulter und seinem Gesicht und schüttelte mit übertrieben geschauspielerter Gestik den Kopf. »Viel kann ich nicht für ihn tun«, sagte sie laut. »Ich habe keine Medizin, und... und auch nicht sehr viel Erfahrung in solchen Dingen. Ich kann versuchen, seine Schmerzen ein wenig zu lindern, das ist alles.« Sie beugte sich noch weiter vor und drehte den Kopf, so daß Titch nicht mehr sehen konnte, daß sich ihre Lippen weiterbewegten, und fügte im Flüsterton hinzu: »Wir müssen weg hier, Skar. So schnell wie möglich.«

»Und warum?« erwiderte Skar ebenso leise.

Kiinas Finger glitten über den Hals des bewußtlosen Quorrl und suchten nach Nervenknoten, die es vielleicht im Körper eines Menschen gab, aber nicht in seinem. Alles, was sie tat, war, seine Schmerzen zu verschlimmern, dachte er bedrückt.

»Die *Errish*«, antwortete Kiina. »Etwas... geht im Lager vor. Ich weiß nicht, was, aber es macht mir angst. Sie sind so voller Haß.« Sie sah auf. Ihre Augen waren dunkel vor Furcht. »Einige wollen die Quorrl angreifen, Skar. Anschi kann sie noch zurückhalten, aber ich weiß nicht, wie lange noch. Sie streiten ununterbrochen.«

»Die Quorrl angreifen? Aber das ist doch Wahnsinn! Warum? Wir sind Verbündete!« Warum stellte er diese Frage? Er wußte doch zehnmal besser als Kiina, was geschah.

»Sie machen sie für den Tod der anderen verantwortlich«, antwortete Kiina. »Sie wollen Rache für Yuls Tod. Und dafür, daß ihr Versuch mißlang, den Dronte zu beeinflussen. Und sie mißtrauen auch dir, weil du bei den Quorrl bleibst statt bei ihnen. Sie werden angreifen, ob du hier bist oder nicht. Sie wissen nicht, daß ich dich warne.«

»Dann solltest du auch zu ihnen zurückgehen, ehe sie es bemerken, Kind«, sagte eine Stimme hinter Skar.

Kiina fuhr mit einem halblauten Schrei hoch. »Du hast...«

»Jedes Wort verstanden«, unterbrach sie Titch. »Und außerdem habe ich es schon vorher gewußt.« Er machte eine Geste zum Höhlenausgang und dem Quorrl, der dort Wache hielt. »Ssart ist weder dumm noch taub oder blind. Wenn sie kommen, werden wir auf sie vorbereitet sein.«

»Red kein dummes Zeug«, sagte Skar. »Du weißt so gut wie ich, daß ein einziger Schuß mit einem Scanner in die Höhle reicht, und wir werden alle gebraten.«

Titch antwortete nicht, aber Skar wußte nur zu gut, was dieses Schweigen zu bedeuten hatte: Eine Flucht in die Berge war so unmöglich wie sinnlos, denn die *Errish* konnten auf den Rücken ihrer Daktylen jeden beliebigen Vorsprung aufholen. Die einzige Möglichkeit, einem Angriff zu entgehen, wäre, selbst anzugreifen. Und obwohl Titch nur noch über vier Krieger gebot, wären seine Chancen nicht einmal schlecht. Mit dem Vorteil der Überraschung auf ihrer Seite mochte es ihnen durchaus gelingen, die *Errish* trotz ihrer überlegenen Bewaffnung zu schlagen. Er las all dies im Blick des Quorrl, aber er spürte auch ebenso deutlich, daß Titch es aus irgendeinem Grund nicht wollte.

»Geht zurück«, sagte Titch noch einmal. »Beide. Ich verspreche euch eine halbe Stunde, ehe wir fliehen.«

Und sterben, dachte Skar. Er zweifelte keine Sekunde daran, daß Anschi den Höhlenausgang beobachten ließ. Entschieden schüttelte er den Kopf. »Nein, Titch. Ich lasse nicht zu, daß du dich opferst. Wir alle gehen oder keiner.«

Der Quorrl machte eine Bewegung, als wolle er seine Worte wie lästige Insekten beiseite scheuchen. »Du bist mir den Tod schuldig, Satai«, sagte er. »Ich habe geschworen, dich zu begleiten, so weit es mir möglich ist. Und dann zu sterben. Ich habe mein Wort gehalten. Jetzt halte du deines.«

»Zu sterben«, wiederholte Skar in absichtlich verletzendem, höhnischem Tonfall. »O ja, ich weiß. Der große Heerführer der Quorrl, der versagt hat und seine Schande mit Blut abwaschen will, selbst wenn es sein eigenes ist. Aber so leicht mache ich es dir nicht.« Er richtete sich ganz auf und trat dem Quorrl herausfordernd entgegen. »Dein Leben gehört mir, Titch. Und ich brauche es. Ich brauche dich, denn du bist der einzige, der mich in euer Land führen kann.«

»Du wirfst mir vor, feige zu sein?« fragte Titch lauernd.

»Wenn dir dieses Wort lieber ist, bitte«, sagte Skar zornig. »Nenne es, wie du willst. Aber ich lasse nicht zu, daß du Selbstmord begehst und damit vielleicht eine ganze Welt vernichtest. Kiina und ich gehen zurück zu den *Errish*. Ich werde mit Anschi reden. Sie wird zur Vernunft kommen, und du und deine Männer, ihr werdet hier warten, bis ich zurück bin.«

»Ich könnte versuchen, einige ihrer Daktylen zu stehlen«, sagte Kiina.

Skar erwog diesen Vorschlag einen Moment lang ganz ernsthaft, schüttelte aber dann den Kopf. Selbst wenn es Kiina gelänge, würden sie nicht sehr weit kommen. Die *Errish* beherrschten die großen Flugechsen ungleich besser, als es Kiina jemals könnte.

»Nein«, antwortete er. »Aber vielleicht könntest du etwas Verwirrung unter ihnen stiften – nur für den Fall, daß wir fliehen müssen.«

»Fliehen? Aber du –«

»Es wird nicht nötig sein«, unterbrach sie Skar in scharfem Tonfall. »Aber ich bin gerne auf alles vorbereitet.«

»Auch auf das, was nicht nötig ist?«

»Darauf ganz besonders.« Rasch und bevor Kiina noch mehr Schaden anrichten konnte, drehte Skar sich herum und ging an dem Quorrl vorbei zum Ausgang der Höhle hin. Kiina folgte ihm, und sie machte sogar den Versuch, ihm den Weg zu vertreten, damit er stehenblieb, trat aber im letzten Moment zur Seite, als sie auf seinem Gesicht las, daß er sie ohne zu zögern über den Haufen gerannt hätte. Skar seinerseits widerstand der Versuchung, sich noch einmal zu Titch umzudrehen, ehe er die Höhle verließ, sondern begann vorsichtig, aber sehr schnell, den abschüssigen Hang hinunterzulaufen, der die Felsenhöhle vom Lager der *Errish* trennte. Es gelang Kiina erst, ihn einzuholen, als sie den Fuß der geröllübersäten Halde erreicht hatten. Ärgerlich griff sie nach seinem Arm, versuchte ihn herumzureißen und steckte mit einem Fluch den Finger in den Mund, als er einfach weiterging und sie sich einen Fingernagel abbrach.

Ein Schatten vertrat ihnen den Weg, als sie Anschis Lager näher kamen. Skar hörte schwarzen Stoff rascheln, dann blitzte silberfarbenes Metall im Sternenlicht. Er spannte sich, aber dann erkannte die *Errish* Kiina oder ihn und trat wortlos zur Seite. Ein titanischer Schatten faltete lautlos seine Schwingen über ihnen zusammen, als sie den Posten passierten und das eigentliche Lager betraten.

Es war sehr still. Die meisten *Errish* schienen zu schlafen, nur vor dem Feuer hockten drei zusammengekauerte Schatten, und auf den Felsen, die das Lager überragten, erhob sich eine menschliche Silhouette zwischen den monströsen Umrissen der Daktylen. Von dem Streit, von dem Kiina berichtet hatte, sah und hörte Skar jedenfalls nichts.

Eine der kauernden Gestalten erhob sich, als sie ihre Schritte hörte. Im düsteren Rot des heruntergebrannten Feuers erkannte Skar Anschis müdes Gesicht. Sie sagte kein Wort, sondern machte nur eine sonderbar matte Bewegung zum Feuer hin, setzte sich wieder und reichte Skar wortlos eine lederne Flasche und ein kleines Holzbrett, auf dem sich ein Rest kalten Bratens befand. Skar bediente sich von beidem, obwohl er weder hungrig noch durstig war. Aber er spürte, daß es besser war, wenn er Anschi reden ließ. Sie hatte nicht die mindeste Spur von Überraschung gezeigt, ihn zu sehen; Kiinas Behauptung, sie wüßte nicht, daß sie sich fortgeschlichen hatte, um ihn zu warnen, war wohl eher Wunsch als Wirklichkeit gewesen.

»Wozu hast du dich also entschieden?« fragte sie nach einer Weile.

Skar ließ die Flasche sinken und sah Anschi über die prasselnden Flammen hinweg nachdenklich an. Die Direktheit, mit der sie zur Sache kam, überraschte ihn ein wenig. Sie paßte nicht zu der Anschi, die er bisher kennengelernt hatte. Aber vielleicht war sie einfach zu müde für lange Vorreden.

Er zuckte mit den Schultern. »Die Frage ist wohl eher, wie *du* dich entschieden hast«, sagte er.

Anschi lächelte müde und warf Kiina einen amüsierten Blick zu. »Sie hat dir erzählt –?«

»Das hat sie«, bestätigte Skar. »Aber es wäre nicht nötig gewesen.«

Anschis Blick wurde fragend, und Skar fügte erklärend hinzu: »Du bist nicht die einzige, die schlechte Träume hat.«

»Es sind nicht nur die Träume«, widersprach Anschi, aber ohne Nachdruck und erst nach einer geraumen Weile, in der sie aus blicklosen Augen in die Flammen gestarrt hatte.

»Sondern?«

Wieder schwieg Anschi für endlose Sekunden, die sich zu einer Minute reihten, dann noch einer und noch einer. »Ich weiß es nicht«, gestand sie schließlich. »Ich...« Sie zögerte, sah Kiina an und sprach erst weiter, als Skar ihr mit einem Nicken signalisierte, daß er keine Geheimnisse vor ihr hatte. Aber auch dann nicht sofort – sie sah auf, wandte sich mit an die beiden *Errish* neben ihr und sagte ein Wort, das Skar nicht verstand. Die beiden jungen Frauen standen auf und gingen wortlos davon, und Anschi wartete, bis sie außer Hörweite waren.

»Du hast recht, Skar – ich spüre es auch. Wir alle spüren es. Etwas... verändert uns. Und nicht nur uns. Das ganze Land ist eine Hölle. Jeder kämpft gegen jeden. Etwas schleicht sich in unsere Träume, und es... beeinflußt uns. Und es wird schlimmer.«

Skar dachte an das, was Anschi ihm vor wenigen Stunden über Thbarg und das Drachenland erzählt hatte. War es die gleiche, böse Macht, die auch die Menschen – und Tiere – dort veränderte, dasselbe tödliche Flüstern, das ganz allmählich auch seine Seele zu vergiften begann?

»Wie lange weißt du es schon?« fragte er.

»Lange«, gestand Anschi. »Vom ersten Tag an. Es begann, als der *Wächter* nach Elay kam. Vielleicht schon früher. Aber ich dachte bisher, wir wären immun dagegen. Wir sind *Errish!*« Der letzte Satz klang gleichzeitig stolz wie auch nach einer Verteidigung. Skar antwortete nicht. Und auch Anschi verfiel für lange Sekunden wieder in quälendes Schweigen.

Skar spürte, daß sie innerlich nicht halb so ruhig war, wie es den Anschein hatte. Hinter der Maske aus Erschöpfung und Ruhe brodelte es, und Skar dachte voller Sorge an die fast zwei Dutzend schlafender *Errish*, die vielleicht in genau diesem Augenblick dem bösen Flüstern der Träume ausgesetzt waren. Er wußte, daß sein Vorhaben gescheitert war, noch bevor Anschi weitersprach. Er kämpfte gegen einen Feind, der mit Worten nicht zu besiegen war. Aber mit Waffen auch nicht.

»Wir können nicht zusammen bleiben«, sagte Anschi nach einer Weile. »Ihr... ihr dürftet nicht einmal dort oben sein. Wenn diese Quorrl wirklich deine Freunde sind, wie du behauptest, dann schick sie weg, Skar. Noch bevor die Sonne aufgeht.«

»Kiina hat mir erzählt, daß du deine Mädchen zurückgehalten hast.«

»Ich weiß nicht, wie lange noch. Noch gehorchen sie mir, aber...« Anschi sprach nicht weiter, sondern hob einen dürren Ast auf, zerbrach ihn in kleine Stücke und warf sie ins Feuer. »Es sind nicht nur die Träume, Skar«, sagte sie. »Sie können nicht vergessen, was gestern geschehen ist. Und ich auch nicht.«

»Es war nicht Titchs Schuld.«

Anschi lachte leise. »Als ob das eine Rolle spielt«, sagte sie. »Die Quorrl und wir sind Feinde, verstehst du das nicht? Wir waren es immer, und wir werden es immer sein, ganz egal, was passiert. Du weißt, warum.«

Ja, dachte Skar. *Weil ihr die Wahrheit kennt. Weil ihr wißt, daß die Quorrl im Recht sind, und wir die Eindringlinge. Die Diebe.* Und deshalb haßten sie sie. Er sprach es nicht laut aus, aber Anschi schien seine Gedanken deutlich auf seinem Gesicht zu lesen, denn plötzlich mischte sich Zorn in die Müdigkeit auf ihren Zügen.

»Es sind nicht nur die Träume«, sagte sie zornig. »Ich sagte es bereits: wir sind *Errish*. Wir sind nicht so leicht zu beeinflussen wie deine Quorrl-Freunde oder ein paar *Tiere*. Die Mädchen können nicht vergessen, was geschehen ist. Yul und die meisten meiner Schwestern sind tot.«

»Es war nicht ihre Schuld«, wiederholte Skar.

»Es geschah, weil sie *da* waren«, beharrte Anschi. »Sie haben alles zerstört, wofür wir in den letzten Monaten gekämpft haben, und es spielt überhaupt keine Rolle, warum und wie. Selbst wenn ich dir helfen wollte, Skar, ich könnte es nicht einmal. Schon heute fiel es mir schwer, sie zurückzuhalten. Ich bin nicht Yul.«

Die Offenheit dieses Eingeständnisses überraschte Skar. »Du widersprichst dir selbst«, sagte er ruhig. »Du –«

»Es bleibt dabei, sie müssen gehen«, unterbrach ihn Anschi.

»Dann begleite ich sie.«

Anschi seufzte. »So weit waren wir schon einmal, wenn mich meine Erinnerung nicht täuscht«, sagte sie abfällig.

»Seither hat sich nichts geändert. Jedenfalls nicht für mich.«

»O doch, das hat es«, widersprach Anschi aufgebracht. »Etwas... geschieht hier, Skar. Etwas hat sich verändert, und ich weiß, daß du es ebenso deutlich fühlst wie ich.«

Skar sah nach Süden, wo die Ebene lag, verborgen hinter den Schleier der Nacht, und er dachte an die Woge lebendig gewordener Finsternis, die er in seinem Traum gesehen hatte. Es war keine Einbildung gewesen. Der *Daij-Djan* hatte versucht, ihm etwas zu zeigen, nur war er nicht in der Lage, es zu erkennen. Noch nicht. Er hoffte, daß es nicht zu spät war, wenn er es erkannte.

»Das ist dein letztes Wort?« fragte Anschi in das immer unangenehmer werdende Schweigen hinein.

Skar konnte sich nicht erinnern, überhaupt etwas gesagt zu haben, aber er wußte, was sie meinte, und nickte stumm.

»Dann gibt es nur noch einen Weg, das Schlimmste zu verhindern«, sagte Anschi entschlossen. »*Wir* werden gehen. Noch in dieser Nacht.«

»Ich brauche dich«, sagte Skar. »Ich kam nach Elay, weil ich die Hilfe der *Margoi* und ihrer *Errish* brauche. Ich muß wissen, was Miri dort oben im Norden gefunden hat!« Er machte eine Handbewegung, als Anschi abermals widersprechen wollte, und fuhr eindringlich fort: »Ihr seid *Errish*, Anschi. Ihr habt gelernt, eure Gefühle zu beherrschen. Was immer es ist, das uns zu beeinflussen versucht, ihr könnt dagegen kämpfen!«

Anschi deutete ein Kopfschütteln an. »Das ist es nicht, Skar«, sagte sie traurig. »Es sind die Quorrl. Wir ertragen ihre Nähe nicht.«

»Ihr habt die Nähe der *Ultha* ertragen«, wandte Kiina ein.

»Das war etwas anderes. Sie sind ... Dinge. Nicht einmal Tiere.«

»Und sie stellen keine Gefahr dar, nicht?« fügte Skar böse hinzu. »Sie erinnern euch nicht in jeder Sekunde daran, *wem* diese Welt in Wahrheit gehört.«

»Sie wird bald niemandem mehr gehören, wenn es uns nicht gelingt, die *Sternenge* ...« Anschi verbesserte sich hastig. »... die Angreifer zu identifizieren und zu besiegen. Vielleicht hast du recht, und die Lösung liegt im Norden, im Lande der Quorrl. Geh. Geh mit deinen Quorrl und versuche, sie zu finden. Meine Schwestern und ich werden hierbleiben und *unseren* Weg gehen.«

Es dauerte eine Sekunde, bis Skar begriff, was Anschi mit diesen Worten wirklich sagen wollte. Ungläubig starrte er sie an, und auch Kiina wurde bleich. »Du ... du willst es *noch einmal* versuchen?« keuchte er. »Nach allem, was geschehen ist, willst du dieses Ungeheuer *noch einmal* rufen?«

»Es ist weniger gefährlich, als du glaubst«, sagte Anschi ernst. »Wir waren fast am Ziel. Es ist nur eine Frage des *wie*, Skar, nicht des *wie lange*. Ich bin nicht halb so stark wie Yul es war, aber sie hat mir gezeigt, was zu tun ist.«

»Du bist ja wahnsinnig«, flüsterte Kiina.

»Vielleicht«, sagte Anschi ungerührt. »Aber vielleicht ist es auch unsere einzige Chance, die Zauberpriester zu besiegen.« Sie sah Skar an. »Du hast mir erzählt, daß dein Freund Del mit seinem Heer nach Osten zieht, um Ikne und Bel-Ishtar zu befreien. Es wird ihm nicht gelingen. Ebensowenig, wie es uns gelang, die Zauberer zu schlagen.«

»Und du glaubst, die *Ultha* könnten es?«

»Vielleicht«, antwortete Anschi mit dem Ausdruck und der Stimme eines Menschen, der im Grund seines Herzens längst aufgegeben hatte, irgend etwas zu glauben, und einfach auf dem einmal eingeschlagenen Weg weitermacht, weil ihm die Kraft fehlte, etwas anderes zu versuchen.

»Ihr werdet alle sterben, ihr Närrinnen!« sagte Kiina.

»Möglicherweise. Aber wenn, dann ist es nur unser Leben, das wir riskieren. So wie ihr eures, weil ihr glaubt, auf dem richtigen Weg zu sein.«

»Was glaubst du, erreichen zu können?« fragte Kiina heftig. »An der Spitze einer Armee von *Ultha* in Ikne einziehen und die Stadt befreien?«

»Und weiter nach Süden, in das Land, aus dem die Zauberpriester kommen«, bestätigte Anschi.

Und damit genau das tun, was sie wollen, fügte Skar in Gedanken hinzu.

Und plötzlich, von einer Sekunde auf die andere, sah er es ganz deutlich. Plötzlich wußte er, was geschehen würde. Vielleicht hatte dieses halbe Kind sogar Erfolg, vielleicht auch Del, der trotz des Abzuges der Quorrl noch immer über ein gigantisches Heer von mehr als zwanzigtausend Männern gebot, und vielleicht schlugen sie die Zauberpriester. Aber das war ganz egal.

»Ihr dürft das nicht tun, Anschi«, sagte er leise.

Die *Errish* legte den Kopf auf die Seite und sah ihn fragend an.

»Es sind... die Träume, verstehst du nicht?« murmelte Skar leise mit zitternder Stimme und entsetzt von dem, was so deutlich gewesen war, daß er einfach nicht verstand, warum er es erst jetzt wirklich begriff. »Die gleiche Macht, die unsere Träume verändert! Du hast es selbst gesagt – es begann schon vor Monaten, vielleicht noch viel eher. Und es wirkt nicht nur hier, sondern *überall!*«

Anschi verstand offensichtlich immer noch nicht, was er sagen wollte, und auch auf Kiinas Gesicht erschien ein fragender Ausdruck, aber Skar sprach nicht weiter. Plötzlich begriff er, daß es völlig gleich war, ob Del die Schlacht um Ikne gewann oder verlor – was zählte, war, *daß er sie führte!* Es war *Haß*, mit denen die *Sternengeborenen* ihre Gedanken vergifteten, und es waren Tod und Leid und Schmerzen, von denen sie lebten. Plötzlich hörte er noch einmal ganz deutlich Draks Stimme, die letzten Worte, die der sterbende Zauberer zu ihm gesagt hatte:

Gebt acht, daß ihr euch nicht totsiegt, Satai.

Und genau das würden sie tun, dachte Skar entsetzt. Selbst wenn sie siegten, würden sie am Ende verlieren, denn jeder Schwertstreich, jeder Tote, jeder Schmerz stärkte die *Sternengeborenen.*

»Selbst wenn es so ist«, sagte Anschi verstört. »Was sollen wir tun? Aufgeben?«

»Vielleicht«, murmelte Skar. »Vielleicht besteht der einzige Weg, diesen Krieg zu gewinnen, darin, ihn zu verlieren.«

»Du bist ja verrückt«, sagte Anschi. »Du –«

Etwas geschah.

Skar wußte nicht was, und er sollte auch später niemals eine wirklich befriedigende Erklärung für das finden, was er in diesem Moment... *sah? hörte? spürte?* Es war totenstill, und trotzdem war es, als glitte eine rasche, lautlose Woge aus Finsternis über den Himmel, eine Schwärze, die nicht nur die Abwesenheit von Licht bedeutete, sondern etwas Fremdes, Eisiges und Drohendes mit sich brachte und sich wie ein klammer Hauch über die Welt legte. Skar sah auf und blickte in den Himmel, sah erschrocken nach rechts und links und begegnete schließlich Anschis Augen, Augen, in denen sich die gleiche, ziellose Furcht spiegelte, die auch er mit einem Male empfand. Dann, Sekunden später, ertönte ein Geräusch; nichts, was er kannte oder zu identifizieren in der Lage war, das aber für sich so bedrohlich und furchteinflößend war wie die Woge körperloser Finsternis, die die Welt gestreift hatte wie der Atem eines finsteren Gottes.

Skar hob die Hand, als Kiina aufstehen und an ihm vorbei in die Dunkelheit hinaustreten wollte. »Warte«, sagte er. »Irgend etwas... stimmt nicht.«

Kiina sah ihn fragend an, blieb aber gehorsam stehen und schwieg, denn in diesem Moment stand auch Anschi auf und lauschte einen Herzschlag lang mit schräggehaltenem Kopf in die Nacht hinaus. Sekundenlang blieb es still, beinahe schon wieder *zu* still, und dann hörte Skar es erneut, und diesmal ganz deutlich: ein helles, irgendwie... *metallisches* Peitschen, nicht besonders laut, fast an der Grenze des überhaupt Wahrnehmbaren, ein Geräusch so voller Feindseligkeit und Gefahr, daß er wie unter einer körperlichen Berührung zusammenfuhr. Sein Blick suchte die Felsen rings um das Lager ab. Nichts schien sich verändert zu haben: die Schatten der schlafenden Daktylen erhoben sich wie bizarre Felsformen in der Nacht. Nichts rührte sich.

Anschi hob die Hand und deutete nach Norden. »Das kommt von dort«, sagte sie. »Von den Quorrl.«

Skar blinzelte aus zusammengekniffenen Augen in die Dunkelheit hinauf. Es war so finster, daß es keinen Unterschied zwischen Himmel und Gebirge mehr gab, aber er sah den Höhlenausgang, vom roten Licht des Feuers erhellt wie eine blutige Wunde in der Nacht. War das ein Schatten, der sich davor bewegte? Und wenn ja, wessen?

Wie zur Antwort auf diesen Gedanken erscholl plötzlich auch aus der entgegengesetzten Richtung dieses sonderbare, metallische Reißen, und als Skar und Anschi gleichzeitig herumfuhren, sah er etwas wie ein bleiches, grünliches Licht; einen unheimlichen, fahlen Schimmer, der für Augenblicke die Felsen erhellte und erlosch, ehe sie genau erkennen konnten, was es war.

»Weck' die anderen«, sagte Skar zu Anschi gewandt und fast im Flüsterton. »Ich sehe nach, was mit Titch ist.« Er ließ Anschi keine Gelegenheit, zu widersprechen, sondern fuhr herum und lief mit weit ausgreifenden Schritten durch das Lager.

Kiina folgte ihm, obwohl er ihr mit heftigen Gesten signalisierte, zurückzubleiben. Aber dann lief er sogar langsamer, damit sie zu ihm aufholen konnte. Er fühlte sich einfach wohler, wenn sie in *seiner* Nähe war, statt in der der *Errish*.

Der Posten am Ausgang des Lagers vertrat ihm diesmal nicht den Weg, und auch die Daktyle reagierte nicht auf ihre Nähe, sondern schlief weiter, den Kopf zwischen die zusammengefalteten Flügel geschoben wie eine zu groß geratene Fledermaus. Etwas in diesem Anblick störte Skar, warnte ihn, wie ein lautloser Schrei aus seiner Seele, aber er wußte einfach nicht, was. Er lief weiter, streckte die Hand aus, um die Kiinas zu ergreifen, und stolperte den Geröllhang hinauf, so rasch es ging. Unter ihren Füßen lösten sich Schutt und lockeres Gestein und drohten, sie immer wieder aus dem Gleichgewicht zu bringen, und einmal stürzte Kiina und hätte ihn um ein Haar mit sich gerissen; erst im letzten Moment fand er seine Balance wieder.

»Verdammt!« sagte er unwillig. »Paß auf, wo du...«

Wieder erscholl dieses metallische Geräusch, lauter und ungleich deutlicher jetzt, und für einen Moment sah Skar auch hinter dem Höhleneingang das unheimliche grüne Licht aufflackern, ein fremdes böses Glühen, das für den Bruchteil einer Sekunde den Schein des Feuers überstrahlte.

Wie in einer entsetzlichen Fiebervision sah er, wie die Gestalt des riesigen Quorrl am Höhleneingang von diesem unheimlichen Licht eingehüllt wurde und *irgend etwas* mit ihm geschah. Sein Körper schien zu flackern, erstrahlte für den Bruchteil einer Sekunde selbst in jenem unheimlichen grünen Feuer und kippte zur Seite.

Skar schrie auf, ließ Kiinas Hand los und warf sich vor. Er sah die Bewegung zu spät; vielleicht war er auch einfach nur zu überrascht, um darauf zu reagieren, denn ein Angriff Kiinas war nun wirklich das Letzte, womit er gerechnet hätte. Aber ganz genau das geschah: Sie war auf ein Knie herabgestürzt und stützte sich mit der linken Hand auf dem Boden ab, aber das war es nur, was er *dachte* – in Wirklichkeit suchten Kiinas tastende Finger nach einem Stein.

Skar riß die Arme in die Höhe, aber der Hieb war so wuchtig, daß er seine Deckung durchbrach; der scharfkantige Felsbrocken traf seine rechte Schläfe mit erbarmungsloser Wucht.

Der Schlag raubte ihm nicht das Bewußtsein, aber er lähmte ihn. Skar kippte hilflos zur Seite, rollte meterweit den Hang wieder herab und blieb bewegungsunfähig liegen. Seine rechte Körperhälfte war taub. Er spürte Blut über sein Gesicht laufen, aber nicht den allermindesten Schmerz, und er hörte, wie Kiina näher kam, war aber unfähig, sich zu bewegen. Irgendwo, weit außerhalb seines Gesichtsfeldes, flammte erneut dieses furchtbare grüne Licht auf, und jetzt hörte er auch Schreie, und obgleich er bewegungsunfähig dalag und nicht einmal den Kopf zu drehen vermochte, wußte er mit unerschütterlicher Gewißheit, daß in diesem Moment dort oben Titchs Quorrl starben; wahrscheinlich zusammen mit ihm; ebenso, wie er begriff, daß er sich wie ein Narr in die Falle hatte locken lassen. Weder für Kiina noch für Anschi oder eines ihrer Mädchen war dieser Angriff überraschend erfolgt. Kiinas angebliche Warnung hatte nur dem einzigen Zweck gedient, ihn von den Quorrl fortzulocken.

Er wartete darauf, daß der Zorn neue Kräfte in ihm mobilisierte, aber das geschah nicht. In seiner Schläfe erwachte allmählich ein dumpfer, pulsierender Schmerz, und ebenso allmählich kehrte auch das Gefühl in seine abgestorbenen Glieder zurück. Aber es war nur Schmerz; das Pulsieren von Nerven, die keine Befehle, sondern nur noch pure Agonie übertrugen. Wie durch einen Vorhang aus blutigem Nebel hindurch sah er Kiina näherkommen und neben ihm niederknien. Auf ihren Zügen erschien Schrecken, als sie erkannte, wie schwer sie ihn getroffen hatte. Ihre Finger berührten sein Gesicht, tasteten über seine aufgeplatzte Schläfe und seinen Nacken, und plötzlich verschwand der Schmerz wie abgeschaltet.

Aber auch jedes andere Gefühl.

Kiina drehte ihn ächzend auf den Rücken und bettete seinen Kopf auf einem flachen Stein. »Es tut mir leid, Skar«, sagte sie. »Aber es mußte sein.«

»Warum?« stöhnte Skar. Hinter Kiinas Silhouette verschlang grünes flackerndes Licht für eine Sekunde die Nacht. Ein weiterer von Titchs Kriegern, vielleicht er selbst.

»Um dich zu retten, du Narr«, antwortete Kiina. »Ich mußte es tun.«

»Du verdammte...«

Skar kam nicht mehr dazu, Kiina zu sagen, was er in diesem Moment von ihr hielt. Sie lächelte milde, streckte abermals die Hand nach seinem Nacken aus, und Skars Bewußtsein erlosch wie eine Kerzenflamme im Sturm.

Da es kein Schlaf war, sondern Betäubung, träumte er nicht. Trotzdem spürte er, daß er nicht sehr lange ohne Bewußtsein gewesen war. Eine Hand aus Stahl lag in seinem Nacken und stützte seinen Hinterkopf, als er erwachte. Sein Kopf tat weh, und die gesamte rechte Seite seines Gesichts war taub, wo ihn der Stein getroffen hatte. Als er versuchte, die Augen zu öffnen, hob sich nur sein linkes Augenlid; unter das andere bohrten sich dünne Schmerzpfeile, die ihn keuchend die Hand ans Gesicht heben ließen. Er fror.

Skar stöhnte, stemmte sich mit der anderen Hand weiter hoch und blinzelte verständnislos in eine Fläche aus Schwarz und mattschimmerndem Horn, die sich erst nach Sekunden zu einem flachen, höhnischen Nicht-Gesicht formte, das keine Augen hatte und trotzdem bis auf den Grund seiner Seele herabblickte.

Und über ihm stand der *Daij-Djan*.

Skar war vollkommen sicher, daß die Bestie vor einer Sekunde noch nicht dort gewesen war, aber jetzt war sie es, klein und tödlich und stumm stand sie da, über ihn gebeugt, die rechte Klaue unter seinen Nacken geschoben, um ihn zu stützen, die andere wie zum Schlag erhoben, ein lautloser Schatten, der aus der Welt des Wahnsinns herübergetreten war, um Skar zu holen.

Er erstarrte. Nie zuvor war er dem Ungeheuer so nahe gewesen wie jetzt. Er konnte ihn *riechen*. Die eisige Berührung seiner dürren Spinnenglieder auf der Haut *fühlen*.

Der tödliche Hieb, auf den er wartete, kam nicht. Der *Daij-Djan* stand einfach da, stumm, aber in eindeutiger Haltung, die mehr aussagte als alle Worte, und Skar begriff in diesem Augenblick endgültig, daß dieses Wesen nicht sein Feind war. Er war es niemals gewesen. Er war niemals gekommen, um ihn zu töten oder auch nur zu verletzen, sondern ganz im Gegenteil, um ihn zu beschützen, über ihn zu wachen wie ein schwarzer Cherubin, vielleicht, wenn er es wollte, *mit* ihm zu kämpfen, Seite an Seite, wie zwei ungleiche Zwillingsbrüder, die zusammen unbesiegbar waren.

Aber um einen Preis, den Skar niemals zahlen würde. Selbst jetzt nicht.

Mit einem Schrei fuhr er vollends hoch, kroch ein paar Schritte rücklings von dem Ungeheuer fort und hob abwehrend die Hand über das Gesicht. Der *Daij-Djan* starrte ihn an, machte aber keine

Bewegung, um ihm zu folgen. Plötzlich begriff Skar, daß es das Ungeheuer gewesen war, das ihn geweckt hatte. »Was... was willst du von mir?« stammelte er.

Weißt du das denn nicht, Bruder? Die Stimme des *Daij-Djan* war ein körperloses Flüstern, das wie ein Messer in seine Gedanken schnitt. Skar stöhnte. Die Bestie machte einen Schritt und blieb wieder stehen, und plötzlich war ihre Hand nicht mehr leer. Etwas Schmales, Silbernes glitzerte in der dreifingrigen Insektenklaue. Ein Schwert.

»Geh!« stöhnte Skar. »Geh weg! *Laß mich endlich in Frieden!*«

Frieden? Der *Daij-Djan* bewegte sich einen weiteren Schritt auf ihn zu, und Skar erkannte die Klinge, die er in der Hand hielt. Es war nicht irgendein Schwert, sondern seine eigene Klinge; das *Tschekal*, das er von Del bekommen hatte.

Das hier ist dein Frieden, Bruder, flüsterte die Stimme der Sternenbestie. *Die einzige Art von Frieden, für die wir geschaffen sind, du und ich.*

»Geh!« sagte Skar noch einmal. Seine Stimme zitterte. Er hob die Hand und führte die Bewegung nicht zu Ende. Die bloße Vorstellung, das *Ding* zu berühren, ließ etwas in ihm sterben.

Du und ich, wir werden niemals Frieden finden, wisperte das Ungeheuer. *Wir* SIND *der Krieg, Bruder. Nimm es. Nimm dieses Schwert und meine Hilfe, und du wirst siegen. Oder Enwor wird untergehen.*

»Niemals!« murmelte Skar.

Der *Daij-Djan* kam abermals näher. Seine gräßliche Klauenhand streckte sich nach Skar aus, in einer gleichermaßen fordernden wie hilfeverheißenden Geste, aber Skar ignorierte sie. Sekundenlang regte sich keiner von ihnen. Skar starrte das Ungeheuer an, und das Ungeheuer ihn, und es war wie ein stummer, aber gnadenloser Kampf, von dem er selbst hinterher nicht wußte, wer ihn gewonnen hatte. Vielleicht keiner.

Schließlich legte der *Daij-Djan* das Schwert neben ihn auf einen Stein und trat ein Stück zurück. Anders als die anderen Male, wenn Skar ihm begegnet war, verschwand er nicht, sondern zog sich nur ein paar Schritte weiter zurück und beobachtete ihn.

Vorsichtig stemmte Skar sich in die Höhe. Der Wind schlug ihm eisig ins Gesicht, und sein verletztes Gesicht begann zu brennen, als wäre es mit Säure übergossen. Ein paar Sekunden blieb er schwankend stehen, dann bückte er sich nach seinem Schwert, hob die Klinge auf und schob sie mit einem entschlossenen Ruck in den Gürtel; eine Bewegung, die er gleich darauf bitter bereute, denn sein mißhandelter Schädel quittierte sie mit einem heftigen, an körperlichen Schmerz grenzenden Schwindelanfall. Skar kämpfte das Gefühl mit aller Macht nieder, drehte sich herum und blickte zur Höhle hinauf.

Das grüne Flackern war erloschen, aber das Feuer brannte noch. Es war, wie er geglaubt hatte: er war nur Augenblicke bewußtlos gewesen. Aber was war mit Titch und seinen Männern?

Der *Daij-Djan* las seine Gedanken, und Skar hörte seine Antwort: ein Flüstern, das nicht von außen kam, sondern aus seiner eigenen Seele, die die Heimat der Bestie war: *Du kannst nichts mehr für sie tun, Bruder. Es ist vorbei.*

Als er sich herumdrehte, hob der *Daij-Djan* die Hand. Das lautlose Flüstern in seinem Inneren war verstummt, aber Skar verstand die Geste auch so. *Schlag ein, Bruder. Nimm meine Hilfe, und die Welt gehört uns.*

Und vielleicht würde er sie sogar annehmen, dachte Skar. Vielleicht würde er irgendwann tun, wozu er schon ein paarmal bereit gewesen war: sein Leben, schlimmer, seine *Menschlichkeit* zu opfern, um seine Welt zu retten. Aber noch nicht. Wortlos schüttelte er den Kopf.

Der *Daij-Djan* verschmolz mit den Schatten der Nacht und verschwand. Aber Skar wußte, daß er wiederkommen würde. Bald. Bald.

Er näherte sich der Höhle nicht auf direktem Wege, sondern schlug einen gut hundertfünfzig Schritt messenden Bogen; geduckt, schleichend, eng in den Schatten des Berges gepreßt und das Schwert unter dem Mantel verborgen, damit sich kein verräterischer Lichtstrahl auf der Klinge brach. Zwanzig Schritte vor dem

Höhleneingang hielt er an, duckte sich hinter einen Felsgrat und spähte aufmerksam in die Runde. Aus der Höhle erscholl kein Laut, aber unter ihm, im Lager der *Errish*, herrschte reges Treiben. Schatten bewegten sich vor dem Feuer, viel zu viele Schatten, wie Skar meinte, und die riesigen Silhouetten der Daktylen waren in beständiger, unruhig flatternder Bewegung. Zwei, drei der scheinbar nur daumennagelgroßen Gestalten bewegten sich auf den Hang zu; vielleicht nur, um hier heraufzukommen, vielleicht auch, um ihn zu suchen.

Skar überschlug in Gedanken die Zeit, die ihm noch blieb. Er wußte nicht, wie lange er bewußtlos gewesen war, aber er kannte den Griff, mit dem Kiina ihn betäubt hatte: unter normalen Umständen wäre er für mindestens zwei Stunden hilflos gewesen. Mit etwas Glück blieb ihm also noch eine Frist, bis die *Errish* bemerkten, daß er nicht mehr da war. Aber Skar wäre schon vor zwanzig Jahren gestorben, hätte er sich auf sein *Glück* verlassen...

Lautlos huschte er weiter, näherte sich dem Höhleneingang und blieb abermals stehen. Unter dem Felssturz lag die reglose Gestalt des Quorrl, den das grüne Feuer gefällt hatte, und dahinter bewegten sich Schatten. Skar hörte Geräusche. Schritte. Eine Stimme, die in einer Sprache redete, die er nicht kannte. Nicht die Stimme eines Quorrl.

Er glitt weiter, sah noch einmal sichernd ins Tal hinab. Die *Errish* waren nähergekommen, hatten den Fuß der Geröllhalde aber noch nicht erreicht und schienen es auch nicht besonders eilig zu haben, so daß ihm noch ein wenig Zeit blieb. Er näherte sich im Zickzack der Höhle. Eine schwarze Silhouette glitt vor dem Feuer entlang und verschwand wieder, zu schnell, als daß Skar sie erkennen konnte, aber nicht schnell genug, um ihm zu verbergen, daß sie entschieden zu groß für die eines Menschen war und zu schlank für einen Quorrl.

Es war keines von beiden.

Als Skar die Höhle erreichte, bot sich ihm ein gleichermaßen erschreckendes wie bizarres Bild: Die Quorrl lagen reglos auf dem Boden, mit verrenkten Gliedern und in fast grotesken Haltungen, als wären sie mitten in der Bewegung von einer unsichtbaren Faust getroffen und niedergestreckt worden. Skars Magen zog sich schnell und schmerzhaft zusammen, als er erkannte, daß eine der Gestalten in eine Rüstung aus schimmerndem Gold gehüllt war. Seine Hand schloß sich fester um das Schwert unter dem Mantel, während sein Blick die beiden Schatten suchte, die er von draußen gesehen hatte.

Die Geschöpfe waren sehr groß. Skar schätzte sie auf gute sieben Fuß, aber ein Gutteil dieses Maßes wurde von ihren fast grotesk großen Schädeln beansprucht, unter deren Gewicht die schmalen Schultern fast durchzubrechen schienen. Sie hatten keine Gesichter.

Dann drehte sich eine der beiden Gestalten zu ihm herum, und Skar erkannte seinen Irrtum: Was er für einen mißgestalteten Schädel gehalten hatte, das war ein Helm aus schwarzem Metall, so glatt wie das Gesicht des *Daij-Djan* und auf eine völlig andere, faßbarere Art ebenso drohend und furchteinflößend. Trotzdem, dachte Skar verwirrt, konnten die Köpfe darunter nicht größer als die normal proportionierter Menschen sein, denn es gab schmale, leicht schräggestellte Sehschlitze, hinter denen Skar das Glitzern eines dunklen Augenpaares wahrnahm.

Skar hielt den Atem an, als sich der Blick dieser Augen für Sekundenbruchteile direkt auf ihn zu richten schien. Er wußte, daß er für jeden dort drinnen unsichtbar sein mußte; die Nacht war wie ein schwarzer Vorhang vor dem Höhleneingang. Aber wer sagte ihm, daß die Augen hinter diesem grotesken Helm die von Menschen waren, und nicht die irgendwelcher Kreaturen, die in der Nacht ebenso deutlich zu sehen vermochten wie er am hellen Tag? Seine Hand schmiegte sich fester um das Schwert. Er war nahe genug, um einen Sprung zu riskieren, und –

Der Mann in der sonderbaren Rüstung drehte sich wieder herum und wechselte ein paar Worte mit seinem Begleiter. Skar atmete innerlich auf. Er wartete, bis sich die Gestalt ein wenig vom Eingang wegbewegte, huschte weiter und duckte sich hinter den Körper des toten Quorrl. In der nächsten Sekunde beglückwünschte er sich dazu, den Angriff *nicht* gewagt zu haben: In der Höhle hielten sich nicht zwei, sondern fast ein Dutzend jener sonderbaren Gestalten auf. Selbst wenn sich unter den bizarren Rüstungen ganz normale Menschen verbargen, wären seine Chancen erbärmlich gewesen, auch nur die ersten Sekunden zu überleben. Und die reglosen Gestalten der Quorrl am Boden bewiesen, daß es sich bei den Helmträgern um alles andere als *normale* Gegner handelte.

Skar versuchte zu erkennen, was die Männer taten, aber es gelang ihm nicht. Seine Position am Höhleneingang war zu ungünstig, um ihn mehr als huschende Schatten und einzelne nicht zu identifizierende Bewegungen wahrnehmen zu lassen. Er versuchte, sich ein wenig weiter vorzuarbeiten, wobei er den Leichnam des Quorrl als Deckung ausnutzte. Seine Hand glitt über die graugrünen Schuppen des toten Giganten.

Und zuckte erschrocken zurück.

Der Quorrl lebte.

Sein Gesicht war starr, und über den weit aufgerissenen Augen lag ein milchiger Schleier, aber der Quorrl atmete, und als Skar behutsam nach seinem Hals tastete, spürte er einen ganz schwachen, aber regelmäßigen Pulsschlag. Er lebte.

Verblüfft ließ Skar sich wieder zurücksinken. Der Quorrl lebte. Er hatte gesehen, wie ihn das grüne Feuer traf und zu Boden streckte, aber wie immer diese unheimliche Waffe wirkte, sie tötete offensichtlich nicht – und das hieß, daß Titch vielleicht auch noch am Leben war.

Skar zog sich lautlos weiter vom Höhleneingang zurück, schob die Waffe wieder in den Gürtel und sah sich um. Die Schatten der beiden *Errish* waren deutlich näher gekommen, aber Skar verwarf den flüchtigen Gedanken, sie anzugreifen, sofort wieder. Er ignorierte allerdings auch das mahnende Flüstern hinter seiner Stirn, das ihn dazu bringen wollte, zu verschwinden, solange er noch Zeit dazu hatte. Statt dessen wich er ein paar Schritte zur Seite, suchte sich einen Felsen, hinter dem er geschützt war, und wartete.

Seine Geduld wurde auf eine harte Probe gestellt.

Die beiden *Errish* kamen nur ganz allmählich näher. Das Gehen auf dem stark abschüssigen Hang schien ihnen große Mühe zu bereiten; sie liefen stark nach vorne gebeugt, wie Menschen, die sich gegen einen unsichtbaren Sturm stemmten, und ihre Bewegungen waren... falsch. Hölzern wie die von Puppen. *Oder Menschen*, dachte Skar, *die unter dem Einfluß eines fremden Willens standen.* Aber es waren *Errish*. Es war unmöglich, eine *Errish* zu hypnotisieren.

Er wartete.

Minuten vergingen, reihten sich aneinander und wurden zu einer Viertelstunde, bis die beiden Gestalten endlich die Höhle erreichten und stehenblieben. Der Feuerschein überschüttete ihre Gesichter mit rotem Licht und verwirrenden Schatten, die es unmöglich machten, irgendeinen Ausdruck darauf zu erkennen, aber Skar sah zumindest, daß eine der beiden jungen Frauen niemand anderes als Anschi selbst war. Der Anblick erfüllte ihn mit dumpfer Wut, die allerdings zu einem nicht geringen Teil ihm selbst galt. Was für ein Narr war er gewesen, sich von diesem Kind übertölpeln zu lassen! Und sein Zorn stieg noch, als auch die zweite *Errish* die Kapuze zurückstreifte und er Kiina erkannte.

Eine der schwarzgepanzerten Gestalten trat aus der Höhle heraus und blieb dicht vor den beiden *Errish* stehen. Anschi und ihre Begleiterin senkten demütig das Haupt, und der Riese hob die Hände an den Kopf und setzte den Helm ab.

Skar unterdrückte im letzten Moment einen ungläubigen Aufschrei.

Das Gesicht unter dem bizarren Riesenhelm war alt, uralt. Ungezählte Jahre hatten es in ein Gewirr von Falten und Runzeln verwandelt, in dem nur noch die Augen zu leben schienen, dunkle, grundlose Augen voll uraltem bösem Wissen und dem unstillbaren Hunger nach Macht, der etwas in ihrem Hintergrund in Brand zu setzen schien. Und *er kannte dieses Gesicht.*

Es war Drask.

Aber das war doch unmöglich! Der Zauberpriester war vor seinen Augen gestorben, und er selbst war dabeigewesen, als sein Körper verbrannt worden war!

»Wir sind bereit, Herr«, sagte Anschi. Ihre Stimme war leise und klang so holprig, wie ihre Bewegungen waren, aber in der

Stille der Nacht konnte Skar trotzdem jedes Wort so deutlich hören, als stünde er neben ihr. »Die Daktylen sind gesattelt.«

»Der Satai«, antwortete der Mann mit Drasks Gesicht. »Ihr habt ihn?«

Es war nicht Draks Stimme, dachte Skar verwirrt. Sie klang... ähnlich, aber nicht gleich. Er versuchte, das Gesicht über der bizarren schwarzen Rüstung genauer zu erkennen, aber die Entfernung war einfach zu groß.

Anschi zögerte, zu antworten. »Noch... nicht«, sagte sie schließlich.

Der Zauberpriester legte den Kopf schräg und sah sie stirnrunzelnd an. »Noch nicht?« wiederholte er. »Was soll das heißen? Habt ihr ihn in Gewahrsam oder nicht?«

»Kiina hat ihn betäubt«, antwortete Anschi hastig. »Aber dieses dumme Kind kann sich nicht genau erinnern, wo.«

»Dann sucht ihn!« kreischte sie der Zauberpriester an. Skar sah jetzt immer mehr Unterschiede zu Drask. Es war nicht nur eine andere Stimme. Sein Gesicht war und blieb das des greisen Priesters, der um ein Haar ihr gesamtes Heer vernichtet hätte, aber seine Gestik war anders. Es war eine zufällige Ähnlichkeit; wenn auch eine, die Skar schauern ließ, denn sie machte ihm klar, *wie wenig* sie bisher alle über das Volk wußten, mit dem sie um nichts weniger als ihre gesamte Welt kämpften.

»Das werden wir, Herr«, sagte Anschi. »Wir werden ihn finden.«

»Gut«, antwortete der Mann mit Drasks Gesicht. Er fügte nichts hinzu, keine Drohung, keine Ermahnung, aber vielleicht war es gerade das, was Anschi wie unter einem Hieb zusammenfahren ließ, denn der alte Mann sprach mit dem Selbstbewußtsein eines Menschen, der es gewohnt war, seine Befehle ausgeführt zu sehen, und keine Ausflüchte und Entschuldigungen gelten ließ. »Dann bereitet alles für den Aufbruch vor«, fuhr er fort. »Wir erwarten euch in zwei Tagen.«

»Und die Quorrl?« fragte Anschi. »Sollen wir sie töten?«

Drask – der nicht Drask war – schüttelte den Kopf. »Das werden die Drachen und Schakale erledigen«, sagte er kalt. »Bindet sie, und sorgt dafür, daß sie sich nicht zu schnell befreien können, wenn die Betäubung nachläßt. Bis auf den Krieger in der goldenen Rüstung.«

»Titch?«

»Wenn das sein Name ist, ja«, antwortete der Zauberpriester. »Ich habe viel über ihn gehört. Ihr werdet ihn mitnehmen.«

Anschi zögerte. Ihr Gesicht spiegelte deutlich das Unbehagen wider, mit dem sie der Befehl des Alten erfüllte. »Er ist... gefährlich, Herr«, sagte sie unsicher.

»Dann behandelt ihn entsprechend«, fuhr sie der Alte an. »Setzt ihn meinetwegen unter Drogen, oder legt ihn in Ketten, aber verletzt ihn nicht. Und vergreift euch nicht an seinem Geist. Wir brauchen Männer wie ihn. Und jetzt geht und sucht diesen Satai, bevor *ich* es tun muß.« Die Drohung, die in diesen Worten mitschwang, war unüberhörbar. Anschi fuhr abermals zusammen, während Kiinas Gesicht ausdruckslos blieb. Skar revidierte in Gedanken seine Meinung über die Unbeeinflußbarkeit einer *Errish*. Vielleicht hatten sie die Zauberpriester trotz allem noch unterschätzt.

Die beiden jungen Frauen machten sich auf den Rückweg ins Lager hinab, aber Skar blieb, wo er war. Gebannt sah er zu, wie der Zauberpriester zurück in die Höhle ging, wobei er seinen sonderbaren Helm wieder aufsetzte und vom Menschen zum Ungeheuer wurde. Nach einer Weile kehrte er zurück, jetzt aber nicht mehr allein, sondern begleitet von fast einem Dutzend gleichaltriger, in absurde Rüstungen gehüllter Gestalten.

Skar fiel die sonderbare Art auf, in der sie sich bewegten. Die bizarren Rüstungen mußten Zentner wiegen, und er hatte zumindest in (*Drasks?*) einem Fall gesehen, daß sich darunter ein ganz normaler, eher gebrechlicher Mensch verbarg, aber sie bewegten sich fast schwerelos, schienen eher zu gleiten als zu gehen. Skar hatte im Laufe der Nacht mehrmals erfahren, wie schwierig es war, sich auf der Geröllhalde zu bewegen, aber die Männer in den sonderbaren Rüstungen spazierten fast gemächlich an ihm vorbei, wobei er das unheimliche Gefühl hatte, als würden ihre Füße den Boden fast gar nicht berühren.

Aber das war natürlich Unsinn.

Skar verscheuchte den Gedanken, warf einen letzten, sichernden Blick zur Höhle zurück und folgte der Gruppe schwarzgekleideter Riesen in sicherem Abstand. Er mußte dabei nicht einmal besonders vorsichtig sein, denn die Nacht und der schwarzbraune Fels, über den er sich bewegte, gaben ihm eine vorzügliche Dekkung, und keiner der Männer drehte sich auch nur einmal herum – wozu auch? Erst, als sie sich dem Lager der *Errish* näherten, fiel Skar wieder ein Stück zurück und sah aus sicherer Entfernung zu, was weiter geschah.

Die Zauberpriester betraten das Lager nicht, sondern schwenkten dicht davor nach links und bewegten sich weiter auf die Ebene zu, fast genau zu der Stelle, an der Titchs erstes Lager gewesen war. Irgendwo dahinter bewegten sich Schatten. Skar stockte der Atem, als er sah, was das Ziel der Zauberpriester war.

Die Männer waren nicht zu Fuß gekommen; aber auch nicht zu Pferde oder mit irgendeinem magischen Gefährt, was Skar mittlerweile auch nicht mehr erstaunt hätte. Vor den Felsen bewegten sich die Schatten eines Dutzend titanischer Drachen.

Zumindest beschloß Skar in Gedanken, diese Tiere *Drachen* zu nennen, solange ihm keine bessere Bezeichnung einfiel.

Es waren Giganten. Bestien, gegen die selbst die legendären Feuerechsen der *Errish* wie Zwerge erscheinen mußten, riesige, grün und braun und rot geschuppt und nur aus Muskeln und Zähnen und Klauen und Panzerplatten bestehend. Ihre Größe war... absurd: achtzig, wenn nicht hundert Fuß, vom Kopf bis zur Schwanzspitze. Im allerersten Moment erinnerten sie Skar an die Tyrr, die Anschi und ihre Schwestern gezähmt hatten, aber diese Ähnlichkeit beschränkte sich nur auf ihre Gestalt: wie diese gingen sie aufrecht auf zwei muskulösen, fast übertrieben stark ausgebildeten Hinterläufen, während die Vorderbeine zu dürren, aber mit fürchterlichen Krallen versehenen Ärmchen verkümmert waren, die unter einem absurd großen, buckeligen Schädel hervorwuchsen. Die Augen der Monstren waren so klein, daß Skar sie im ersten Moment nicht einmal sah, aber dafür waren ihre Mäuler um so größer. Skar schätzte, daß sie ein ausgewachsenes Pferd verschlingen konnten, ohne mehr als einmal zuzubeißen. Nichts, aber auch rein gar nichts an diesen Ungeheuern erinnerte Skar an die kraftvolle Eleganz der Drachen, wie sie die *Errish* ritten. An diesen Wesen war nichts *Schönes* oder *Majestätisches*. Sie waren einfach nur *groß*. Groß und häßlich. Und unbeschreiblich wild.

Mühsam löste er sich aus der morbiden Faszination, mit der ihn der Anblick der zwölf Kolosse erfüllte, und suchte die Zauberpriester. Die Männer näherten sich ihren ungeheuerlichen Reittieren fast gemächlichen Schrittes, blieben noch einmal stehen – und *schwebten wie lautlos fallende Blätter auf die Rücken der Riesentiere hinauf*.

Skar erstarrte. Für Sekunden vergaß er selbst zu atmen. Was er sah, war... *unmöglich!*

So unmöglich wie Menschen, die von den Sternen gekommen sind? flüsterte eine Stimme in seinen Gedanken. *Wie grünes Licht, das betäubt, und ein Geist, der den einer Errish bezwingt?*

Skar versuchte vergeblich, das Chaos hinter seiner Stirn zu ordnen. Er wußte, daß es eine Erklärung für das vermeintlich Unmögliche gab und daß sie so einfach wie erschreckend war: was er sah, war keine Magie, sondern ein Teil der vergessenen Macht der *Alten*, von der die Legenden erzählten, aber diese Erklärung bedeutete auch gleichzeitig, daß er die Wahrheit endgültig akzeptieren mußte: er stand den Nachkommen der *Sternengeborenen* gegenüber. Und es waren *Menschen*.

Trotz allem hatte sich ein Teil von ihm noch immer an die große Lüge geklammert, die die Geschichte Enwors war. Anschis Worte, alles, was er erlebt hatte, ja, selbst sein eigener Kampf mit der *Netzkreatur* und das Wissen, das er dabei erworben hatte, dies alles hatte ihm die Wahrheit immer und immer wieder vor Augen geführt, und trotzdem traf ihn der Anblick wie ein Hieb, denn es war der letzte, unleugbare *Beweis*. Er konnte sich jetzt nicht einmal mehr selbst belügen.

Aber er konnte etwas anderes tun.

Plötzlich waren aller Schrecken und alle Furcht verschwunden. Skar fühlte... nichts. Es war, als hätte es erst des Anblickes der furchtbaren Magie der Zauberpriester bedurft, um ihn wieder zu dem zu machen, was er vor einer kleinen Ewigkeit einmal gewesen war: einem Satai. Zum ersten Mal seit langer, langer Zeit wieder fühlte er jene Kälte und Gelassenheit in sich aufsteigen, die die Grundfeste der Satai-Disziplin war, jene schon fast maschinenhafte Logik und Ruhe, die die Satai erst zu dem machte, was sie waren.

Reglos wartete er ab, bis auch der letzte Zauberpriester auf den Rücken seines gewaltigen Reittieres hinaufgeschwebt war. Die schuppigen Kolosse begannen sich zu bewegen, und die Erde unter Skars Füßen zitterte. Ein Hagel aus Staub und kleinen Gesteinssplittern ging auf Skars Versteck nieder, als einer der Giganten den Schwanz peitschen ließ und einen hausgroßen Felsbrocken zermalmte, aber er bewegte sich auch jetzt noch nicht, sondern wartete, bis sich die Ungeheuer eines nach dem anderen herumgedreht hatten und mit scheinbar schwerfälligen, aber unglaublich weitgreifenden Schritten in der Nacht verschwanden. Erst dann erhob er sich aus seiner Deckung und huschte zurück in die Richtung, aus der er gekommen war.

Der Geröllhang war nicht mehr leer, als er an dessen Fuß zurückkehrte. Ein halbes Dutzend schlanker Gestalten in den schwarzen Zeremonienmänteln der *Errish* suchte die zerklüftete Halde ab, Fackeln wurden geschwenkt, Rufe schwirrten hin und her. Skar verspürte ein flüchtiges Gefühl von Schadenfreude, als er Kiina sah, die mit offensichtlich wachsender Verwirrung die Stelle absuchte, an der sie ihn niedergeschlagen hatte. Aber er verscheuchte auch dieses Gefühl. Anschi war nicht dumm. Es würde nicht mehr lange dauern, und sie würde die richtigen Schlüsse aus der Tatsache ziehen, daß er nicht mehr da war. Skar huschte zur Seite, tauchte in die Schatten der Nacht ein und näherte sich zum dritten Mal der Höhle unter dem Berggipfel.

Er war auch dieses Mal sehr vorsichtig. Zwar bestand kaum die Gefahr, auf einen der Zauberpriester zu treffen, aber er hatte nicht vergessen, was Drasks Doppelgänger zu Anschi gesagt hatte: die *Errish* würden auf jeden Fall zurückkehren, um Titch zu holen. Er näherte sich der Höhle in einem weiten Bogen, spähte vorsichtig hinein und stellte erleichtert fest, daß sie leer war. Trotzdem achtete er sorgsam darauf, aus dem Schein des bereits halb heruntergebrannten Feuers zu bleiben, als er sich Titch näherte, und er kniete auch so neben dem Quorrl nieder, daß er den Höhleneingang im Auge behalten konnte. Er hatte keine besondere Lust, zum zweiten Mal mit einem Stein oder Kiinas Nervengriff Bekanntschaft zu machen.

Der Quorrl lag auf dem Rücken. Sein goldener Helm war verrutscht, die rechte Seite, auf die er gefallen war, eingedrückt; und Titchs Augen standen offen, wie die des Kriegers unter dem Eingang. Skar untersuchte ihn flüchtig und stellte erleichtert fest, daß auch er noch atmete.

Aber das war auch schon alles, was ihn erleichterte. Er sah keine Möglichkeit, den Quorrl *aufzuwecken*.

Er versuchte es, rüttelte ein paarmal an seiner Schulter, rief seinen Namen, so laut er konnte, und ohrfeigte ihn schließlich – mit dem einzigen Ergebnis allerdings, sich an Titchs stahlharten Schuppen den Handrücken aufzureißen.

Enttäuscht richtete er sich auf, sah sichernd zum Eingang zurück und begann die Höhle abzusuchen. Für einen Moment blieb sein Blick auf der Glut hängen, und er erwog den Gedanken, dem Quorrl Schmerz zuzufügen, um ihn aufzuwecken, verwarf ihn aber rasch wieder. Zum einen gab es nicht viel, was einem Quorrl nennenswerte Schmerzen zufügte, ohne ihn schwer zu verletzten, und zum anderen war er ziemlich sicher, daß keine Macht der Welt die betäubende Wirkung des grünen Feuers aufheben konnte, ehe sie nicht von selbst wich. Er fuhr fort, die Höhle zu untersuchen.

Skar wußte, daß die Kaverne keinen zweiten Ausgang hatte. Es gab einen winzigen, von hier aus nicht direkt einsehbaren Spalt in ihrer rückwärtigen Wand, der aber nach kaum zwei Metern blind endete, aber selbst, wenn er zum einen ins Freie geführt hätte und zum anderen breit genug gewesen wäre – Skar hätte einfach nicht die Kraft gehabt, den über vierhundert Pfund schweren Quorrl auch nur durch die Höhle zu schleifen, geschweige denn, nach draußen. Ganz davon abgesehen, daß Anschi durchaus in der Lage war, bis fünf zu zählen, und Titchs goldene Rüstung unver...

Und dann wußte er, was er tun mußte.

Der Gedanke erschien ihm so verrückt, daß er im ersten Moment selbst davor zurückschreckte – aber es war seine einzige Chance, Titch zu retten. Wenn ihm Zeit genug blieb. Und wenn seine Kraft reichte.

Skar ging zum Eingang der Höhe zurück, duckte sich in den Schatten der Wand und spähte aufmerksam ins Tal hinab. Über den Hang krochen die Lichtpunkte von Fackeln wie leuchtende Käfer, und der Wind trug die aufgeregten Stimmen der *Errish* zu ihm, die mittlerweile alle ausgeschwärmt zu sein schienen, um nach ihm zu suchen. Vielleicht, dachte er. Seine Chancen waren verzweifelt gering. Aber verzweifelte Pläne hatten die Eigenart, überraschend oft aufzugehen...

Er lief zu Titch zurück, kniete ein zweites Mal neben dem Quorrl nieder und versuchte, ihn herumzudrehen. Im ersten Moment hatte es den Anschein, daß seine Kräfte einfach nicht ausreichten, die vierhundert Pfund des Quorrl zu bewegen, aber dann rollte Titch herum und fiel mit einem sonderbar weichen, unangenehmen Laut auf den Bauch. Sein Helm löste sich vollends und rollte davon. Skar fing ihn auf, legte ihn sorgsam neben sich und begann mit fliegenden Fingern, die kleinen Kupferspangen zu lösen, die Titchs Prunkrüstung zusammenhielten. Ächzend hob er das zentnerschwere Rückenteil des Panzers ab, nestelte an Titchs Beinschützern und Stiefeln herum und zerrte beides mit verzweifelter Kraft herunter. Als letztes löste er den Gürtel des Quorrl und zerrte den metallbesetzten Streifenrock zur Seite.

Er brauchte fast zehn Minuten, den Quorrl völlig zu entkleiden, und dann noch einmal fast die gleiche Zeit, die kräftezehrende Prozedur bei einem zweiten Quorrl zu wiederholen. Die Anstrengung, den Krieger in Titchs Rüstung zu hüllen und diese wenigstens notdürftig zu befestigen, überstieg fast seine Kräfte. Aber er schaffte es, wenn auch vielleicht nur aus dem unerschütterlichen Wissen heraus, daß er ohne Titch verloren war.

Als er fertig war, brach er einfach zusammen. Schwäche kroch wie ein lähmendes Gift in seine Glieder, und als er sie zurückdrängte, kam die Übelkeit. Skar kämpfte minutenlang gegen einen immer stärker werdenden Brechreiz an. Er war hilflos in diesen

Augenblicken. Wären Anschi oder eines ihrer Mädchen jetzt in der Höhle erschienen, er hätte nichts anderes tun können, als sich zu ergeben.

Aber das Schicksal oder die Götter – oder vielleicht auch nur der Zufall – schienen es ausnahmsweise einmal gut mit ihm zu meinen. Als er seine Schwäche weit genug überwunden hatte, um wieder zum Höhlenausgang zu kriechen, sah er, daß die Kette aus fackeltragenden Schatten bedrohlich näher gekommen war, aber nicht so nahe, daß ihm keine Zeit mehr blieb. Die *Errish* bewegten sich sehr langsam, in einer fast vollkommen geraden, weit auseinandergezogenen Kette, die den gesamten Hang überspannte. Sie wollten sichergehen, nicht an ihm vorbei zu laufen. Gut. So war *er* sicher, nicht im letzten Moment noch überrascht zu werden.

Er ging zu dem Krieger in Titchs Rüstung zurück, streifte ihm den Helm über und begutachtete kritisch sein Werk. Die Täuschung kam ihm selbst lächerlich vor: der Quorrl war eine Handspanne kleiner als Titch, sein Gesicht schmaler und eine Spur blasser, und in der gewaltigen Prunkrüstung des Quorrl-Fürsten wirkte er fast verloren; wie ein Kind, das den Harnisch eines Erwachsenen angelegt hatte. Trotzdem: es war alles, was er tun konnte. Und dazu kam, daß für einen Menschen ein Quorrl normalerweise aussah wie der andere, und Anschi Titch nur ein paarmal gesehen hatte. Möglicherweise würde Kiina den Betrug bemerken, denn sie kannte Titch so lange wie er selbst, aber dieses Risiko mußte er einfach in Kauf nehmen. Die Alternative war, Titch zu opfern.

Er ging zu dem Quorrl zurück, ergriff seine verletzte Hand und löste mit spitzen Fingern den Verband. Die Wunde in Titchs Handfläche blutete noch immer, und Skar fragte sich besorgt, wie lange der Metabolismus des Quorrl den ständigen Blutverlust noch ausgleichen konnte, ehe er einfach an Schwäche starb. Sorgsam schloß er die starren Finger des Quorrl zur Faust, bettete sie auf seiner Brust und wälzte Titch ein letztes Mal herum, so daß er auf dem Bauch zu liegen kam und sein Körper den verletzten Arm verbarg. Dann eilte er zu dem Krieger in Titchs Rüstung zurück, griff nach seiner rechten Hand und zog den Dolch.

Er zögerte.

Etwas in ihm sträubte sich dagegen, es zu tun, obwohl er wußte, daß er gar keine andere Wahl hatte, und die kleine Wunde einem Wesen wie dem Quorrl nicht gefährlich werden konnte. Es war absurd – noch vor zwei Tagen hätte er nicht gezögert, den Quorrl zu töten, hätte es sich als nötig erwiesen. Aber seither war viel geschehen. Der Quorrl vor ihm war kein Tier mehr, und seine Welt war zerbrochen und zu etwas Neuem und Schrecklichem geworden, in dem die alten Werte nicht mehr galten.

Dann hörte er ein Geräusch draußen auf dem Hang und begriff, wie verzweifelt klein sein Vorrat an Zeit noch war. Entschlossen trieb er den Dolch in die Handfläche des Quorrl, preßte den durchgebluteten Verband auf die Wunde und verknotete ihn, so gut er konnte.

Er fand gerade noch Zeit, seine Spuren zu verwischen und sich in den schmalen Felsspalt am anderen Ende der Höhle zu zwängen, ehe die ersten Fackeln vor dem Eingang auftauchten.

Es wurde wieder Tag, bis die Quorrl erwachten, und wie Skar erwartet hatte, war es Titch, der die betäubende Wirkung des grünen Feuers als erster überwand. Das Erwachen schien sehr schmerzhaft zu sein; Titch begann zu stöhnen, als das erste Grau der Dämmerung in die Höhle kroch, aber es verging noch fast eine Stunde, bis er soweit war, die Augen aufzuschlagen und sich in die Höhe zu stemmen. Seine Augen waren verschleiert, und obwohl sein Gesicht eine ausdruckslose Maske aus Schuppen und Horn blieb, spürte Skar genau, daß er sich im ersten Moment nicht zurechtfand. Dann fiel der Blick an Skar vorüber auf die reglos daliegenden Krieger.

»Sie leben«, sagte Skar rasch. »Genau wie du.«

Titch stemmte sich vollends in die Höhe. Er sagte kein Wort, sondern ging mit raschen Schritten an Skar vorbei und kniete neben dem Krieger nieder, der vor dem Eingang lag. Skar sah, daß er ihn rasch, aber sehr gründlich untersuchte, ehe er sich wieder aufrichtete und ihn fragend ansah. »Jarr ist fort.«

»Nein«, antwortete Skar. »Sie haben Titch mitgenommen.« Titch sah ihn verwirrt an, und Skar fügte mit einer erklärenden Geste hinzu: »Den Quorrl in der goldenen Rüstung.« Er lächelte flüchtig, als Titch überrascht zusammenfuhr und an sich herabsah. Offensichtlich war ihm bisher nicht einmal aufgefallen, daß er nackt war.

»Was ist passiert?«

Skar sah nach draußen, ehe er antwortete. Der Morgen war so ruhig, wie die zweite Hälfte der Nacht gewesen war. Er hatte damit gerechnet, daß die *Errish* nicht nur die Höhle, sondern den gesamten Berg Zentimeter für Zentimeter untersuchen und nötigenfalls jeden Stein umdrehen würden, wenn sie endgültig begriffen, daß er nicht mehr da war. Aber das Gegenteil war der Fall gewesen: vier von Anschis Mädchen waren gekommen und hatten den Quorrl in Titchs Rüstung ächzend davongeschleppt, und das war alles.

»Was ist passiert?« fragte Titch noch einmal. Skar sah auf und erkannte, daß er ein herumliegendes Kleidungsstück aufgehoben und flüchtig um die Hüften geschlungen hatte. Er sah lächerlich darin aus.

Skar hob die Hand und streckte Zeige- und Mittelfinger aus. »Du schuldest mir jetzt zwei Leben.« Er versuchte zu lächeln, aber es gelang ihm nicht richtig. Beinahe verlegen stand er auf, ging zum Ausgang und blinzelte aus tränenden Augen hinaus. Er war müde, denn natürlich hatte er es nicht gewagt, in seinem Versteck im Stein zu schlafen; ganz davon abgesehen, daß er auch kaum Schlaf gefunden hätte.

»Was... ist... geschehen?« fragte Titch zum dritten Mal und in völlig verändertem Tonfall. Seine Stimme klang herrisch, fordernd, fast drohend. Es war nichts Unterwürfiges oder auch nur Trotziges darin. Der Quorrl, der jetzt zu ihm sprach, war wieder der alte Titch, der Fürst seines Volkes, der es gewohnt war, zu befehlen, und ganz bestimmt nicht, einen Menschen um irgend etwas zu *bitten*. Er hörte Titchs Schritte hinter sich, und eine Sekunde später legte sich Titchs gesunde Hand auf seine Schulter, so fest, daß er um ein Haar vor Schmerz aufgestöhnt hätte.

Bevor Titch ihn herumreißen konnte, drehte sich Skar mit einer erzwungen ruhigen Bewegung zu ihm um. Titch stand ganz dicht hinter ihm und starrte auf ihn herab, und für einen Moment, das spürte Skar ganz deutlich, waren sie wieder Feinde; nicht mehr Skar, der Satai, der längst kein Satai mehr war, und Titch, der Quorrl, der längst kein Quorrl mehr war, sondern nurmehr Mensch und Quorrl, *Sternengeborener und rechtmäßiger Herrscher dieses Planeten*, Feinde von Geburt an, die so verschieden waren, daß ein Zusammenleben einfach nicht möglich war, so wenig, wie Feuer und Wasser gemeinsam existieren konnten. Er spürte genau, daß Titch ihn in diesem Moment haßte, und auch er haßte den Quorrl, fühlte für eine einzige, aber fürchterliche Sekunde nichts anderes als den Wunsch, seine Pranke beiseite zu schlagen und das Schwert zu ziehen, um ihn zu (*Töte! wisperten seine Gedanken. Vernichte ihn! Töte! Töte! Töte!*) zu schlagen, ihn niederzuwerfen und diesem verdammten Tier zu zeigen, wer der wahre Herr hier war, wie wenig –

Seine Hand packte Titchs Klaue und umklammerte sie mit aller Macht, aber er merkte es nicht einmal. Die Panzerschuppen des Quorrl knirschten unter seinem Griff. Blut quoll unter Skars Fingernägeln hervor, und die Kraft seiner Finger mußten selbst Titch Schmerzen zufügen, denn die Augen des Quorrl zogen sich überrascht zusammen, aber Skar registrierte von alledem kaum etwas. *Töte!* schrien seine Gedanken. *Vernichte ihn! Zerstöre! Töte!*

»Nein!« stöhnte Skar. Er wankte. Titchs Finger lösten sich von seiner Schulter, aber Skar ließ seine Hand nicht los, sondern drückte im Gegenteil noch fester zu, bis der Schmerz in seinen eigenen Fingern schier unerträglich wurde.

Vielleicht war er es, der ihn rettete. Skar hatte gelernt, selbst Schmerz zu etwas Positivem zu machen, ihn zu nutzen, sich an ihn zu klammern wie an ein Rettungsseil, statt vor ihm zu fliehen, wie ihm seine Instinkte befehlen wollten. Es war nicht das erste Mal, daß er sich wie an einer Nabelschnur aus Agonie in die Wirklichkeit zurückhangelte, nur, daß er jetzt nicht gegen Bewußtlosigkeit oder ihren dunklen Bruder Tod ankämpfte, sondern gegen etwas Schlimmeres, gegen den Wahnsinn, mit dem die Magie der *Ster-*

nengeborenen seinen Geist in etwas Fremdes, unsagbar Fremdes und Mörderisches verwandeln wollte.

Er taumelte, fiel auf die Knie und preßte die blutende Hand gegen den Leib. Titch wollte abermals nach ihm greifen, und Skar schlug seine Hand beiseite, obwohl er spürte, daß der Quorrl ihm nur helfen wollte. »Nicht«, stöhnte er. »Faß mich... nicht an.«

»Was ist mit dir?« fragte er alarmiert.

Der Schmerz in Skars Hand ebbte ganz allmählich ab, und im gleichen Maße wurden die Wogen aus roter Wut flacher, die seinen Geist zu verschlingen drohten. Trotzdem blieb er minutenlang am Boden hocken, die Hand zur Faust geballt, so fest er konnte, so daß das Blut weiter aus seinen zerbrochenen Fingernägeln lief und der Schmerz immer wieder neu aufloderte, bis er es wagte, sich ganz allmählich zu entspannen; aber vorsichtig, behutsam und jederzeit auf einen neuen, heimtückischen Angriff seiner eigenen Gedanken gefaßt.

Titch sah ihn voller Mißtrauen an, als er sich nach einer Weile aufrichtete und gleich darauf erschöpft gegen die Wand sinken ließ. Wie fast immer in letzter Zeit, wenn er sich einer großen körperlichen Anstrengung ausgesetzt hatte, wurde ihm erst schwindelig und dann schlecht, aber diesmal wehrte Skar sich nicht dagegen, denn die Übelkeit erstickte auch gleichzeitig die Wut, die noch immer wie ein kleines rotes Raubtier in einer Ecke seiner Gedanken nistete.

»Was war das?« fragte Titch.

Skar zuckte mit den Schultern und wollte einfach den Kopf schütteln, aber dann tat er es nicht. »Nichts«, sagte er spöttisch. »Ich hatte nur Lust, dich ein bißchen umzubringen.«

Titchs Stirnrunzeln vertiefte sich, aber der Quorrl schwieg.

»Es sind... die Träume«, fuhr Skar fort, stockend, mit trockener Zunge, die seinem Willen nicht mehr richtig gehorchte, als gäbe es da eine Macht in seinem Inneren, die verhindern wollte, daß er dem Quorrl alles erzählte. Aber er mußte es. Vielleicht war der Moment nicht mehr fern, in dem er Hilfe brauchte, um mit dem Ungeheuer fertig zu werden, dessen Embryo die *Sternengeborenen* in seinen Geist gepflanzt hatten. »Es ist dasselbe, was Anschi passiert ist«, sagte er. »Und Kiina und den *Errish* in Elay – und vermutlich auch dem Rest der Welt, Titch. Es wird... stärker.«

»Du meinst, du spürst es jetzt auch schon, wenn du wach bist.«

Skar nickte. Die ungeheure Tragweite dessen, was er gerade selbst ausgesprochen hatte, ließ ihn schaudern. *Wie lange noch?* dachte er. *Wie lange würde es noch dauern, bis ganz Enwor in einem gewaltigen Taumel aus Blut und zielloser Gewalt versank?*

»Es ist ein Teil von alledem, nicht wahr?« Titch machte eine weit ausholende Handbewegung, und Skar nickte abermals, zuckte dann mit den Schultern und schüttelte schließlich hilflos den Kopf.

»Ich weiß es nicht«, flüsterte er. »Aber ich fürchte es. Wahrscheinlich. Vielleicht wird es nur stärker, weil wir uns ihrer Heimat nähern. Aber vielleicht gehört es auch dazu.«

Es gab kein *vielleicht*. Skar wußte, daß Titch hundertprozentig recht hatte. Was ihre Gedanken vergiftete, das war genauso Teil jenes unvorstellbaren Verteidigungsmechanismus, den ihre Vorfahren erschaffen hatten, wie der *Dronte*, das *Netz* und die *Ultha* und alle anderen Schrecken, die noch auf sie warten mochten. Eine Waffe, die nicht greifbar, dafür aber um so fürchterlicher war, denn sie zerstörte ihre Seelen. Vielleicht war es ihr letzter, verzweifelter Versuch gewesen, damals in ihrem unerbitterlichen Kampf gegen die wahren Herrscher dieser Welt: eine Waffe, die *Krieger* aus Männern und Frauen und Kindern machte.

»Aber das ergibt keinen Sinn«, sagte Titch auf seine gewohnte, pragmatische Art. »Es vernichtet euch, nicht uns.«

Skar antwortete nicht, aber er wußte, daß Titch die Antwort so gut kannte wie er. Es ergab sehr wohl Sinn, denn es brachte sie dazu, die Quorrl zu hassen.

»Es ergibt auch keinen besonderen Sinn, wenn wir weiter hier bleiben«, sagte er, nur um das Thema zu wechseln. »Besorg' dir etwas zum Anziehen, und dann weck' diese Schlafmützen auf. Ich habe keine Lust, noch eine Nacht in diesem Loch zu verbringen.«

Titch lächelte pflichtschuldig, und er versuchte sogar, seine grobschlächtigen Gesichtszüge zu etwas zu verziehen, das den Eindruck erweckte, daß er auf Skars scherzhaften Ton einging. Aber sein Blick blieb ernst, fast – nein, dachte Skar, nicht nur *fast*, sondern *ganz eindeutig* – besorgt. Trotzdem wandte er sich nach einer Weile gehorsam um und bückte sich nach den Kleidern, die Skar Jarr am vergangenen Abend ausgezogen hatte.

Skar sah ihm einen Moment schweigend zu, dann wandte er sich um und ging wieder zum Ausgang der Höhle zurück. Sein Blick suchte das Lager der *Errish*, und er begriff mit schmerzhafter Deutlichkeit, daß sie noch andere Feinde hatten als seine Gedanken. Ganz konkrete und sehr faßbare Feinde, von denen zwei wie riesige schwarze Vögel mit zusammengefalteten Schwingen auf den Felsen unter ihnen saßen, so nahe, daß er sich zum wiederholten Male fragte, wieso sie nicht längst auf den Gedanken gekommen waren, die Höhle noch einmal und gründlicher zu durchsuchen.

Er fuhr sich mit beiden Händen durch das Gesicht, blinzelte ein paarmal, um die Tränen fortzubekommen, die ihm das ungewohnt grelle Tageslicht in die Augen trieb, und spähte konzentriert nach unten. Bis auf die beiden schlafenden Daktylen schien das Lager der *Errish* verlassen zu sein. Er konnte das grob geformte Oval aus Felsen nur zur Hälfte einsehen, aber das Feuer war heruntergebrannt und erloschen, und von Anschis Mädchen war keine Spur mehr zu erblicken. Während der letzten Stunden der vergangenen Nacht hatte die Luft über den Bergen von den Flügelschlägen der Daktylen nur so geschwirrt, denn Anschis Reiterinnen waren mit dem ersten Grau der Dämmerung in alle Richtungen ausgeschwärmt, um ihn zu suchen. Jetzt war es fast unheimlich still. Die beiden riesigen Drachenvögel dort unten schienen zu schlafen. Aber ihre Reiterinnen sonderbarerweise auch.

Skars Blick tastete über das Gewirr von Schatten und bizarren Felsformen, die das Lager der *Errish* umgaben. Wäre *er* dort unten gewesen, dann hätte er sich eine Deckung gesucht und in aller Ruhe abgewartet; das Vorgebirge bot ausreichend Verstecke, um eine ganze Armee zu verbergen. Aber gleichzeitig spürte er, daß es nicht so war. Skar wußte stets, wenn er beobachtet wurde. Es war ein Teil seiner Ausbildung gewesen, Blicke einfach zu spüren, und er hatte diese Fähigkeit im Laufe der Jahre sorgsam weiterentwickelt. Sie hatte ihm mehr als einmal das Leben gerettet. Jetzt fühlte er... nichts.

Nach einer Weile trat Titch wieder neben ihn. Sekundenlang blickte er genau wie Skar konzentriert auf das verlassene Lager der *Errish* herab, dann machte er eine auffordernde Handbewegung. »Vielleicht verrätst du mir *jetzt*, was passiert ist?«

»Warum erzählst *du* mir nicht einfach, was los war – und ich steuere den Rest bei?« schlug Skar vor.

Titch seufzte. »Ihr Menschen redet zu viel, weißt du das?« fragte er. Er machte eine unwillige Geste, als Skar antworten wollte. »Aber gut – es ist ohnehin nicht viel. Du warst nicht lange fort, gestern abend, als der Posten ein verdächtiges Geräusch hörte. Ich wollte hingehen, aber ich kam nicht einmal einen Schritt weit. Etwas... traf meine Krieger und dann mich. Ich weiß nicht was. Ich habe nicht einmal richtig begriffen, daß wir angegriffen wurden.« Er zog eine Grimasse. »Ich werde leugnen, es jemals zugegeben zu haben, solltest du es vor Fremden wiederholen, aber ich bin noch niemals so übertölpelt worden wie gestern.«

»Ich auch nicht«, sagte Skar. »Es war kein Zufall, weißt du? Kiina ist aus dem einzigen Grund gekommen, mich fortzulocken. Sie schlug mich nieder, als ich zu euch zurückkehren wollte.« Titchs Gesicht verfinsterte sich, und Skar fügte fast hastig hinzu: »Es war nicht ihre Schuld. Sie wußte nicht, was sie tat.«

»Sagst du das, weil du es glaubst oder weil du es glauben möchtest?«

Skar lächelte. »Beides. Ich habe gesehen, was danach geschah. Kiina schlug mich nieder, aber sie beging den Fehler, sich nicht davon zu überzeugen, daß ich auch wirklich ausgeschaltet war.« Er hatte das absurde Gefühl, daß Titch die Lüge mühelos durchschauen mußte, und sprach schneller und deutlich unsicherer weiter, als ihm selbst lieb war. Mit wenigen, knappen Sätzen berichtete er Titch, was er beobachtet hatte, wobei er nur zweierlei wegließ: seine neuerliche Begegnung mit dem *Daij-Djan* und seine Beobachtung, die Zauberpriester *fliegen* zu sehen. Das eine, fand er, ging Titch einfach nichts an. Und das andere hätte er ihm wahrscheinlich nicht geglaubt.

»Sie werden Jarr töten«, sagte Titch ruhig, als er mit seinem Bericht zu Ende gekommen war. »Sie werden den Betrug durchschauen und ihn umbringen.«

Skar wich seinem Blick aus. »Vielleicht«, antwortete er. »Vielleicht auch nicht. Anschi ist keine Mörderin.«

Titch lachte rauh. »Du verteidigst sie immer noch – nach allem?«

»Der Zauberpriester gab ihr den Befehl, deine Leute zu fesseln, damit die Raubtiere sie töteten«, sagte Skar scharf. »Sie hat es nicht getan, oder?«

»Richtig«, bestätigte Titch. »Erinnere mich daran, daß ich mich bei ihr bedanke, wenn wir uns das nächste Mal sehen.«

Der Spott des Quorrl schürte Skars Wut schon wieder – aber es war nur ganz normaler Zorn, aus Unsicherheit und Müdigkeit geboren, nicht das verzehrende Feuer der flüsternden Träume. Er kämpfte nicht dagegen an. »Was hätte ich tun sollen?« fragte er gereizt. »Zusehen, wie sie dich wegbringen? Oder ganz allein gegen sie alle kämpfen? Verdammt noch mal, soll ich mich vielleicht bei dir dafür entschuldigen, daß ich dir das Leben gerettet habe?«

Und vielleicht war es genau das, was er hätte tun sollen, dachte er. Es waren Momente wie diese, die Skar immer wieder schmerzhaft daran erinnerten, daß Titch ein Todgeweihter war, so wie jeder einzelne Krieger in seiner Begleitung. Nach den komplizierten Ehrenregeln seines Volkes hätte der Quorrl seinem Leben schon vor Wochen ein Ende setzen müssen, und er hätte es getan, hätte Skar ihn nicht mit Gewalt daran gehindert. Das Leben, das er seither lebte, hatte Skar ihm abgetrotzt. Aber irgendwann, das wußte er, war sein Kredit bei dem Quorrl aufgebraucht.

»Entschuldige«, murmelte er. »Das wollte ich nicht sagen.«

»Warum hast du es dann getan?«

Statt zu antworten, deutete Skar mit einer Kopfbewegung auf die vier Quorrl hinter Titch. »Was ist mit ihnen?« fragte er in absichtlich ruppigem Ton. »Kannst du sie aufwecken?«

Titch nickte und schüttelte gleich darauf den Kopf. »Ich könnte es«, sagte er. »Aber es ist nicht nötig. Sie werden von selbst erwachen, in kurzer Zeit. Vielleicht sollten *wir* diese Frist nutzen, einen

Fluchtplan auszuarbeiten.« Er deutete zur Höhlendecke. »Du hast es selbst gesagt: es hat sehr wenig Sinn, noch einen Tag in diesem Loch zu verbringen.« Er beugte sich mit absichtlich übertriebener Gestik vor und verdrehte den Kopf, um in den Himmel hinaufzublicken. »Wo sind deine geflügelten Freundinnen?« fragte er.

»Ich wünschte, ich wüßte es«, antwortete Skar. Er deutete auf die Umrisse der beiden Daktylen, hundert Schritte unter ihnen. Sie hatten sich während der ganzen Zeit nicht einmal bewegt. »Die beiden da sind die einzigen, die zurückgeblieben sind. Die anderen…« Er hob die Schultern. »Vielleicht suchen sie nach mir.«

Titchs Blick machte deutlich, was er von dieser Erklärung hielt, aber er ging mit keinem Wort darauf ein. »Wo Daktylen sind, sind auch *Errish* nicht weit. Vielleicht sollten wir hinuntergehen und sie fragen«, schlug er vor.

»Ich«, verbesserte ihn Skar. »Nicht wir.« Titch wollte widersprechen, aber Skar schnitt ihm mit einer entschiedenen Geste das Wort ab. *»Ich«*, sagte er betont, »traue mir durchaus zu, dort hinunterzukommen, ohne gesehen zu werden. Du auch?«

»Nein«, antwortete Titch. »Aber ich komme trotzdem mit.«

Skar resignierte. Er hatte einfach keine Lust, schon wieder mit dem Quorrl zu streiten – und er sah im Grunde sehr wohl ein, daß Titch recht hatte. Während der letzten acht oder zehn Stunden hatte er mehr Glück gehabt, als selbst mit dem Wort *Zufall* noch zu erklären war, und vielleicht war es besser, es nicht über die Maßen zu strapazieren. Und außerdem hatte er schlicht und einfach Angst, allein zu sein. Das *Ding* in ihm war nicht besiegt. Es schlief nicht einmal, sondern wartete ab. Skar wußte nicht, was geschehen würde, wenn er allein einer *Errish* gegenübertrat. Ohne ein weiteres Wort hob er seinen Mantel vom Boden auf, hüllte sich in den schwarzen Stoff und trat aus der Höhle heraus.

Es gab auf den ersten Metern nicht besonders viel Deckung, aber die frühe Stunde kam ihnen zugute. Die Sonne stand noch tief, und selbst kleine Felsen warfen Schatten, die lang und tief genug waren, sie notdürftig zu verbergen. Und der Quorrl legte trotz seiner Größe und Massigkeit ein erstaunliches Geschick an den Tag: Titch huschte fast lautlos neben ihm her, und mehr als nur einmal fiel es selbst Skar schwer, seinen schuppigen Körper zwischen den Felsen auszumachen, durch die sie sich hindurchschlängelten. Skar beobachtete scharf die Umrisse der beiden Daktylen, während sie sich den Hang hinunterarbeiteten. Die beiden riesigen Flugechsen rührten sich noch immer nicht, und Skars Vermutung, daß irgend etwas mit ihnen nicht stimmte, wurde fast zur Gewißheit. Er wußte, wie scharf die Sinne dieser geflügelten Reptilien waren. Die Daktylen hätten sie einfach gewittert, wenn schon nicht gehört.

Unbehelligt erreichten sie das Ende des Geröllhanges und tauchten zwischen den Felsen unter, die Anschis Lager umgaben. Skar blieb stehen, lauschte. Nichts. Die einzigen Laute, die er hörte, waren das Rascheln des Windes und seine und Titchs gedämpfte Atemzüge. Titch warf ihm einen fragenden Blick zu und machte eine Bewegung, weiter zu gehen, aber Skar schüttelte den Kopf. Lautlos zog er sein Schwert, deutete mit der freien Hand in die dem Talkessel abgewandte Richtung und lief los, ehe der Quorrl Gelegenheit bekam, zu widersprechen. Überflüssig oder nicht, er zog es schon aus reiner Gewohnheit vor, sich dem Lager aus der entgegengesetzten Richtung zu nähern. In weitem Bogen umrundete er die Felsen, auf denen am Abend zuvor Anschis Drachen gesessen hatten, näherte sich der Ebene und hielt wieder an. Ein eisiger Schauer lief über seinen Rücken, als er die gewaltigen Spuren im Sand sah, die die Drachen hinterlassen hatten: Abdrücke riesiger, vierzehiger Klauen, so lang wie ein Mann, der mit ausgestreckten Armen und Beinen dalag, und tief genug, daß er sich bequem darin hätte verbergen können. Titch würde...

Titch würde gar nichts, denn Titch war nicht da.

Skar sah erschrocken hoch, blickte nach rechts und links und hinter sich und blinzelte sogar zu den Felsen über seinem Kopf hoch, ehe er sich eingestand, daß er allein war. Er hatte ganz automatisch angenommen, daß der Quorrl ihm folgen würde, aber Titch hatte es nicht getan. Skar unterdrückte einen Fluch, fuhr herum und rannte zu den Felsen zurück, so schnell er konnte.

Trotzdem kam er zu spät.

Titch stand auf der anderen Seite des Tales, als er in das steinerne

Oval stürmte, breitbeinig, mit gezogenem Schwert und leicht nach vorne gebeugt, und für einen Moment kam er Skar auch ohne seine goldene Rüstung wie ein schimmernder Racheengel vor, der wie ein Sturmwind über die beiden *Errish* hereingebrochen sein mußte, die vor ihm lagen.

Skar fluchte, ließ auch den letzten Rest von Vorsicht fallen und rannte mit weit ausgreifenden Schritten auf den Quorrl zu. »Titch!« brüllte er. »Du verdammter Narr! Was –«

Titch sah auf, als er seine Stimme hörte, und im gleichen Moment, in dem Skar in sein Gesicht blickte, erkannte er seinen Irrtum. Auf den Zügen des Quorrl stand nichts als Verblüffung und Schrecken. Der Sand unter den beiden reglosen Gestalten zu seinen Füßen hatte sich dunkel gefärbt, aber die Klinge seines Schwertes war sauber. Titch hatte die beiden *Errish* nicht getötet.

Verwirrt blieb Skar neben ihm stehen, sah erst Titch, dann die beiden *Errish* und dann wieder Titch an und blinzelte schließlich zu den Daktylen hinauf. Die Sonne stand genau hinter ihnen, so daß er sie nur als schwarze Schatten erkannte, aber er wußte mit unerschütterlicher Sicherheit, daß auch sie tot waren, ausgelöscht von derselben, gnadenlosen Kreatur, die auch die beiden jungen Frauen getötet hatte.

»Du bist völlig sicher, daß du heute nacht nicht einen kleinen Spaziergang unternommen hast, von dem ich nichts weiß?« fragte Titch. Der Klang seiner Stimme strafte die bewußt lockere Wahl seiner Worte Lügen. Sie klang belegt, auf eine Art und Weise betroffen, die Skar dem Quorrl bisher gar nicht zugetraut hatte.

Stumm schüttelte er den Kopf, schob sein Schwert in den Gürtel zurück und sah sich genauer um, wobei er es fast krampfhaft vermied, die beiden toten *Errish* zu seinen Füßen anzublicken. Aber das nutzte ihm nichts. Er mußte die Toten nicht untersuchen, um zu wissen, was sie umgebracht hatte. Er hatte die Antwort in Titchs Augen gelesen, als er sich zu ihm herumgedreht und ihn angesehen hatte, das stumme, lodernde Entsetzen, das er schon einmal in den Blicken des Quorrl gesehen hatte. Titch kannte die entsetzlichen Wunden, die der *Daij-Djan* schlug, so gut wie er.

Und selbst, wenn es nicht so gewesen wäre: die Spuren des

Kampfes, der hier stattgefunden hatte, waren überdeutlich, und der logische Teil von Skars Bewußtsein lieferte ihm die wenigen restlichen Teile, die nötig waren, das Mosaik vollends zusammenzusetzen. Anschi und ihre Mädchen waren wohl tatsächlich aufgebrochen, um in den Bergen nach ihm zu suchen, aber sie war zumindest klug genug gewesen, eine Wache zurückzulassen; und sei es nur, weil sie vielleicht angenommen hatte, er könnte zurückkehren, um nach den Quorrl zu sehen. Vielleicht war das der Grund, aus dem niemand sich die Mühe gemacht hatte, ihn oben in der Höhle zu suchen, ja, möglicherweise hatte Anschi den Betrug sogar durchschaut und genau *gewußt*, wo er war, war aber davor zurückgeschreckt, ihn gewaltsam aus dem Berg herauszuholen. Und wozu auch? Es reichte, eine Wache zurückzulassen, die den Höhleneingang im Auge behielt.

Ja, dachte er schaudernd – so mußte es gewesen sein. Anschi hatte sich taktisch klüger verhalten, als er es ihr bisher zugebilligt hatte. Nur eines hatte sie nicht vorausahnen können.

Daß er nicht allein war.

Etwas hatte die beiden jungen Frauen getötet; gnadenlos und mit großer Grausamkeit, aber keineswegs schnell: eine dunkle, entsetzlich *breite* Blutspur zog sich über eine Strecke von fast zwanzig Schritten zu einem der erstarrten Körper, und in die Felsen unterhalb der Daktylen waren glasierte schwarze Blitze eingebrannt. Zumindest eine der beiden *Errish* war noch dazu gekommen, ihre Scannerwaffe zu ziehen und sich zu verteidigen. Skar fragte sich, ob sie noch Zeit gefunden hatte, zu begreifen, daß sie gegen eine Kreatur kämpfte, die man nicht töten *konnte*.

»Sie... werden wiederkommen«, sagte Titch stockend. Seine Stimme zitterte. Skar spürte, daß er nur sprach, um überhaupt etwas zu sagen und das entsetzliche Schweigen zu durchbrechen. Der Blick des Quorrl irrte unstet durch das Tal, wie der Skars krampfhaft darum bemüht, nicht die beiden toten *Errish* zu streifen, als hätte er Angst, sich mit etwas von dem zu besudeln, was sie umgebracht hatte.

Aber er wich auch ihm aus.

Und plötzlich war Skar gar nicht mehr so sicher, ob er wirklich wußte, *wovor* der Quorrl Angst hatte.

»Laß uns gehen, Titch«, sagte er.

Der Quorrl rührte sich nicht, aber er sah ihn auch jetzt noch nicht an, sondern starrte aus weit aufgerissenen Augen auf einen imaginären Punkt irgendwo zwischen ihm und den Felsen auf der anderen Seite des Tales.

»Titch.«

»Sie haben unsere Pferde mitgenommen. Und fast unsere ganze Ausrüstung.« Natürlich war es nicht das, was der Quorrl wirklich fühlte. Er klammerte sich einfach an ein paar scheinbar praktische Probleme, um die andere Frage nicht stellen zu müssen, deren Antwort vor ihm lag.

»Sie haben Kiina mitgenommen«, erinnerte Skar. »Ich muß sie suchen.«

»Suchen? Und wo?«

»Das weißt du so gut wie ich«, antwortete Skar, plötzlich wieder zornig. »Aber du mußt nicht mitkommen, wenn du nicht willst.«

»Du gibst mich frei?« Titch lachte leise, aber es klang überhaupt nicht amüsiert, sondern nur bitter, fast wie ein Schrei. »Du verlangst nicht mehr, daß ich lebe?«

»Meinetwegen schneid dir doch die Kehle durch, du blödes Fischgesicht«, fauchte Skar. »Ich kann dieses endlose Gerede vom Tod und Sterben und Ehre nicht mehr hören. Nimm deine Krötenkrieger und stürz dich ins Meer, wenn es dir Spaß macht!« Er wollte das nicht sagen, aber etwas trieb ihn dazu, es zu tun, eine Kraft, die stärker war als sein Wille. Brodelnde Wut überschwemmte seine Gedanken wie Lava, blitzschnell und so warnungslos, daß er nicht einmal mehr Zeit fand, zu begreifen, daß er dem Angriff diesmal erlegen war. Er schrie auf, stürzte sich auf den Quorrl und riß gleichzeitig das Schwert aus dem Gürtel.

Titch schlug ihn nieder.

Der Hieb war weder besonders schnell noch besonders hart, aber die Wut machte Skar blind. Er dachte nur noch daran, den Quorrl zu verletzen, ihn zu schlagen und zu töten, nicht mehr daran, sich selbst zu schützen. Titchs Handkante traf seinen Nakken und ließ seinen Ansturm zu einem ungeschickten Stolpern werden, dem der Quorrl mit einer fast spielerischen Bewegung auswich. Dann trat er nach seinem Bein, aber auch jetzt eher sanft, so daß er ihn nur zu Fall brachte und nicht den Knochen brach.

Skar stürzte, verlor sein Schwert und griff instinktiv um sich. Seine Finger tasteten über rauhen Stoff und Leder, glitten über kalte Haut und klebriges, erst halb geronnenes Blut und bekamen etwas Kaltes, Stahlhartes zu fassen.

Titch und das Ungeheuer in ihm selbst schrien zur gleichen Zeit auf, als Skar herumfuhr und den Scanner der toten *Errish* in die Höhe riß. Der Quorrl bewegte sich, aber Skar wußte, daß er zu langsam sein würde. Der Lauf des Scanners folgte seiner Gestalt unerbittlich, während Skars Finger nach dem Auslöser der höllischen Waffe tastete und...

Nicht weit hinter Titch stand ein Schatten: klein, schlank wie ein Kind und ohne Gesicht und trotzdem höhnisch grinsend, als er eine seiner dürren Spinnenarme hob und auf den Quorrl deutete. *Töte ihn. Vernichte ihn, Skar. Töte ihn für mich, so wie ich diese hier für dich getötet habe.*

Titch führte seine Bewegung zu Ende und sprang auf ihn zu, aber Skar regte sich nicht. Sein Blick saugte sich an der schwarzen Silhouette des *Daij-Djan* fest, und für den Bruchteil einer Sekunde spürte er, wie sein Widerstand zerbrach. Sein Finger preßte den Feuerknopf des Scanners nieder.

Aber der nadeldünne Stab aus Licht traf nicht den Quorrl, sondern den dürren Insektenschatten hinter ihm.

Der *Daij-Djan* flammte auf wie unter einem unheimlichen inneren Feuer, und für einen Moment hatte er ein Gesicht, Skars eigene Züge, aus dessen Augen ihm lodernde rote Glut entgegenstrahlte. Dann verschwand er, so lautlos und schnell, wie er es stets tat.

Skar schleuderte die Waffe in hohem Bogen von sich, blieb sekundenlang mit geschlossenen Augen liegen und krallte die Hände in den lockeren Sand. Es war noch nicht vorbei, aber plötzlich hatte er die Kraft, dagegen zu kämpfen. Er bildete sich ein, daß es der Quorrl wäre, Titchs Gesicht, in das er die Finger grub, um es zu zermalmen, und diese Vorstellung half: das rote Ungeheuer in seinen Gedanken zog sich zurück, langsam, widerwillig, aber für den Moment noch einmal geschlagen.

Als Skar sich mühsam auf den Rücken wälzte, stand Titch breitbeinig über ihm, ohne Waffe, aber mit geballten Fäusten und mißtrauisch zusammengepreßten Augen. Aber er wirkte eher verwirrt als zornig.

»Es ist gut«, murmelte Skar. »Alles in Ordnung, Titch. Ich... habe es wieder in der Gewalt.«

Titch blickte fragend, und Skar antwortete mit einem ebenso wortlosen Nicken. Es war schlimmer, als sie beide geglaubt hatten. Und ihnen blieb sehr viel weniger Zeit.

Skar bückte sich zum zweiten Mal nach dem Scanner der *Errish*, als sie das Lager verlassen wollten. Aber er nahm die Waffe nicht mit, sondern wog sie nur einen Moment nachdenklich in der Hand und schleuderte sie dann mit einer fast angewiderten Geste davon. Er wußte, daß er seinen Entschluß spätestens in ein paar Tagen bitter bereuen würde, aber er brachte es einfach nicht über sich, die Waffe einzustecken.

Titch sah ihm schweigend zu, und auch sein Gesicht verriet keine Regung; trotzdem war Skar klar, daß der Quorrl seine Handlung mißbilligen mußte. Die Scanner waren äußerst wirkungsvolle Waffen. Sie hätten sie gebraucht, dort, wo sie hingingen.

Als er sich umwenden wollte, um das Tal endgültig zu verlassen, hielt Titch ihn zurück und deutete auf die beiden toten *Errish*. »Was geschieht mit ihnen?«

Skar sah ihn unverstehend an, und der Quorrl fügte hinzu: »Wir sollten sie begraben.«

Skar schwieg noch immer, jetzt aber aus Betroffenheit, daß es der Quorrl gewesen war, der diese Frage aussprach, nicht er. Er tat so, als überlege er, dann schüttelte er den Kopf. »Der Boden ist zu hart. Und wir haben keine Zeit. Die anderen werden zurückkommen, wenn sie nichts von ihren Schwestern hören.«

Titch zuckte mit den Schultern und drehte sich wortlos um, aber Skar spürte genau, daß er die Worte als das erkannt hatte, was sie waren: eine Ausrede. Sie hatten mehr als genug Zeit, bis Titchs

Krieger sich weit genug erholt hatten, den Weitermarsch anzutreten, und mehr als genug lose Steine und Felsbrocken, die sie über die Leichen häufen konnten. Schweigend verließen sie das steinerne Grab und machten sich auf den Rückweg zur Felsenhöhle.

Die Daktylen tauchten auf, als sie den halben Weg hinter sich gebracht hatten. Skar bemerkte sie nicht einmal. Es war Titch, der plötzlich seinen Arm ergriff und ihn in die Deckung eines Felsbrockens zerrte, so grob, daß Skar ungeschickt auf die Knie herabfiel und sich die Hand verzerrte, bei dem Versuch, den Sturz abzufangen. Er fluchte.

»Was zum –«

Titch schnitt ihm mit einer zornigen Geste das Wort ab und deutete mit der anderen Hand in den Himmel hinauf. Skars Blick folgte der Bewegung.

Über dem Berggipfel waren zwei winzige, dreieckige Schatten erschienen, zu denen sich Augenblicke später ein dritter Drachenvogel gesellte. Dicht hintereinander, aber in unterschiedlicher Höhe, glitten die drei Daktylen durch die Luft, schwenkten plötzlich nach Westen ab und begannen mit schwerfälligen Flügelschlägen über dem Tal zu kreisen, wobei sie langsam, aber sehr gleichmäßig an Höhe verloren, so daß ihr Flug zu einer enger werdenden Spirale wurde, deren Mittelpunkt sich fast genau über Skar und dem Quorrl befand.

»*Errish*!« sagte Skar überflüssigerweise. »Verdammt, das ist doch kein Zufall mehr!«

»Natürlich nicht«, knurrte Titch. »Sie haben den Scannerblitz gesehen. Glaubst du, sie sind blind?«

Skar verschluckte die scharfe Antwort, die ihm auf der Zunge lag. Titch hatte recht, auch wenn er es nur ungern zugab, denn diese Erklärung bedeutete nichts anderes, als daß *er* selbst für das plötzliche Auftauchen dieser drei *Errish* verantwortlich war.

»Weg hier!« sagte Titch. »Wenn sie noch ein Stück tiefer gehen, sehen sie uns.« Er wollte aufstehen, um den Hang weiter hinaufzuhuschen, aber Skar hielt ihn zurück, denn in diesem Moment löste sich eine der drei Daktylen aus dem kleinen Verband und jagte wie eine riesige schwarze Speerspitze auf den Eingang der Quorrl-

Höhle zu und begann dicht davor zu kreisen. Die beiden anderen Daktylen näherten sich dem Tal mit den beiden toten *Errish* und setzten ungeschickt auf den Felsen zur Landung an.

Skar deutete stumm nach links. Die Felswand ragte dort fast lotrecht in die Höhe, aber die Sonne stand noch immer günstig. Auf eine Höhe von vier oder fünf Metern lag der Fuß der Steilwand noch im Schatten. Für eine gute Stunde, wenn nicht länger, würden sie dort fast völlig unsichtbar sein. Titch signalisierte ihm mit einem Nicken, daß er einverstanden war. Jeden Schatten und jeden Felsen als Deckung nutzend, schlichen sie los und erreichten nach wenigen Minuten unbehelligt den Fuß der zyklopischen Felswand. Skar preßte sich flach gegen den Boden und breitete seinen Mantel über sich aus, während Titch einfach zur Reglosigkeit erstarrte und sich voll und ganz auf den Schutz des Schattens und seiner geschuppten dunklen Haut verließ.

Die Zeit verstrich quälend langsam. Skar war sich darüber im klaren, daß in Wahrheit nur Minuten vergangen sein konnten, bis die beiden *Errish* wieder aus dem Tal auftauchten und in die Sättel der Daktylen kletterten, aber ihm kam es vor, als wären Stunden vergangen, bis die beiden Drachenvögel sich ungeschickt abstießen und in gefährlich tiefem Gleitflug über die Felsen glitten, ehe es ihnen gelang, Höhe zu gewinnen. Auch die dritte Daktyle hörte auf, vor dem Höhleneingang zu kreisen und schaufelte sich mit kraftvollen Schlägen ihrer ledrigen Schwingen in die Höhe. Für einen Moment hoffte Skar schon, die *Errish* würden einfach abziehen, aber der logische Teil seines Bewußtseins sagte ihm, daß sie das ganz bestimmt *nicht* tun würden. Schließlich wußte er, was sie hinter den Felsen gefunden hatten.

Die drei Daktylen schwebten einen Moment lang fast reglos über dem Tal, und Skar glaubte, die forschenden Blicke der drei *Errish* auf ihren Rücken wie die Berührung einer eisigen Hand zu fühlen. Dann zerbrach der Formationsflug der drei Drachenvögel wieder. Diesmal näherten sich *zwei* Daktylen der Höhle und begannen, vor ihrem Eingang zu kreisen. Skar sah aus den

Augenwinkeln, wie sich Titch spannte. Er warf dem Quorrl einen mahnenden Blick zu, aber er war nicht einmal sicher, ob er ihn überhaupt bemerkte.

»Skar!«

Die Stimme kam direkt vom Himmel, und sie war so laut und durchdringend wie die eines Gottes. Skar sah erschrocken auf, darauf gefaßt, die Daktyle direkt auf ihr Versteck zuschießen zu sehen, aber die Echse kreiste weiter über dem Tal, der Kopf ihrer Reiterin bewegte sich suchend hin und her. Schwarzes Haar wehte wie ein Schleier im Flugwind. Die *Errish* über ihnen war Anschi.

»Satai!« schrie sie noch einmal. *»Ich weiß, daß du mich hörst! Du bist hier irgendwo! Ich kann dich nicht sehen, aber ich weiß, daß du mich siehst. Hör mir genau zu!«*

Die Daktyle verlor an Höhe, und Anschi schwieg ein paar Sekunden, um ihren bockenden Drachenvogel wieder unter Kontrolle zu bekommen. Skar tauschte einen erschrockenen Blick mit Titch. Der Quorrl beobachtete Anschi scharf, sah aber zwischendurch immer wieder zu den beiden anderen Daktylen hinauf. Die *Errish* hatten sich der Höhle noch weiter genähert und kreisten so dicht vor ihrem Eingang, daß ihre Daktylen sich nur noch mit Mühe in der Luft halten konnten. Ihre Flügel peitschten wie rasend.

»Satai!« schrie Anschi. *»Hör mir genau zu, du verdammter Mörder! Du hattest deine Chance, mehr als einmal! Aber du hast es nicht anders gewollt! Jetzt spielen wir nach meinen Regeln, hörst du? Wir haben Kiina, und wir haben deinen Quorrl-Freund! Den Quorrl werden wir töten, und wenn du Kiina wiedersehen willst, dann komm und hole sie dir! Du weißt, wo du uns findest! Und jetzt sieh genau hin, Satai. Eine Errish bezahlt immer ihre Schuld! Sieh ganz genau hin!«*

Anschi hob die Hand und gab ihren beiden Schwestern ein Zeichen, und Titch schrie gellend auf und sprang hoch.

Aber diesmal war er nicht schnell genug. Skar sprang ihn an und ließ die gefalteten Fäuste mit aller Gewalt in seinen Nacken krachen. Der Quorrl taumelte, fiel auf Hände und Knie zurück und brach vollends zusammen, als Skar noch einmal und mit noch größerer Kraft zuschlug.

Und in der gleichen Sekunde begannen grellweiße Lanzen aus Licht aus den Händen der *Errish* zu zucken und fuhren in die Höhle. Immer und immer und immer wieder.

Sie hatten kein Wort mehr miteinander gesprochen. Titch war nach wenigen Augenblicken wieder erwacht, aber nichts von alledem, was Skar erwartet hatte, war geschehen. Der Quorrl hatte sich einfach aufgerichtet und lange, endlos lange zu der lodernden roten Wunde im Berg hinaufgestarrt, in die das Scannerfeuer der *Errish* die Höhle verwandelt hatte, und er hatte auch nicht reagiert, als Skar ihn anzusprechen versuchte. Fast eine Stunde lang hatte er einfach dagesessen und ins Leere gestarrt. Schließlich war Skar aufgestanden und noch einmal zu den beiden toten *Errish* zurückgegangen, um sich ihrer Vorräte und Wasserflaschen zu bemächtigen. Als er zurückkam, saß der Quorrl noch immer in der gleichen, erstarrten Haltung da.

Die Sonne stand im Zenit, als sie das Tal verließen und den langen, mühsamen Aufstieg in die Berge begannen. Es war heiß geworden, und der Regen hatte endgültig aufgehört. Am Himmel stand keine einzige Wolke mehr, und selbst der Wind war warm und trocken; wie ein Vorgeschmack der Wüste auf der anderen Seite der steinernen Barriere, die das Tal der Drachen umgab.

Sie kamen nur sehr langsam voran, denn es gab keinen richtigen Weg, und oberhalb der Höhle, die Titchs Männern zum Grab geworden war, wurde das Gelände immer schwieriger, so daß sie mehr als einmal zu lebensgefährlichen Kletterpartien gezwungen wurden. Skar wartete auf den Moment, in dem Titch aus seiner Betäubung erwachen oder einfach vor Schwäche aufgeben würde, denn mit seiner verletzten Hand mußte ihm das Bergsteigen ungleich schwerer fallen als ihm, aber der Quorrl folgte stumm und klaglos.

Am späten Nachmittag hatten sie den Berggipfel erreicht und legten eine erste Rast ein. Skar war müde. Das Klettern hatte ihn erschöpft, und er hatte die zweite Nacht ohne Schlaf hinter sich. Seine Augen brannten, und im Laufe der letzten Stunde hatte er mehr als einmal danebengegriffen und war eigentlich nur noch durch pures Glück einem Absturz entronnen. Trotzdem widerstand er der Versuchung, sich auf dem Boden auszustrecken und die Augen zu schließen. Er hatte Angst, zu schlafen. Wenn er schlief, kamen die Träume, und vielleicht würde er nicht mehr er selbst sein, wenn er das nächste Mal aufwachte. Sie rasteten eine Stunde, dann zogen sie weiter, dem Gipfel des nächsten, höheren Berges entgegen, der vor ihnen aufragte. Sie brauchten den Rest des Tages, die Nacht und noch einen Teil des nächsten Morgens, um ihn zu erreichen, und dann versagten Skars Kräfte einfach. Mitten im Schritt brach er in die Knie, kippte nach vorn und schlief ein –

und träumte wieder.

Er sah sich selbst und Titch, allein auf einer gigantischen, vollkommen leeren Ebene aus schwarzem Stahl, über der sich kein Himmel spannte. Sie kämpften, einen gnadenlosen, endlosen Kampf, in dem keiner den anderen besiegen konnte und sie sich gegenseitig immer wieder furchtbare Wunden beibrachten, ohne daß einer von ihnen aufgab oder schwächer wurde. Der Zorn war wieder da, schlimmer denn je, und er hatte seinen Bruder mitgebracht, die Furcht, die Skar im gleichen Maße zu lähmen schien, wie ihm der Haß Kraft verlieh.

Dieser Traum war nicht so sonderbar zweigeteilt wie seine Vorgänger, denn Skars Bewußtsein war einfach zu ausgelaugt, um noch irgendwelche Eindrücke aufnehmen zu können, aber dafür erschien er ihm – obgleich bizarr und irreal – auf unheimliche Weise wirklicher als alles, was er vorher erlebt hatte, als gäbe es eine Wahrheit, die nichts mit der Realität zu tun hatte. Der Kampf zwischen Titch und ihm wogte mit verbissener Wut hin und her, und Skar wußte auch, daß er niemals enden würde, denn im Traum waren sie beide unverletzlich; ihre Wunden schlossen sich so schnell wieder, wie sie sie schlugen, es war nicht der Kampf zwischen ihnen selbst, den sie kämpften, sondern die uralte Auseinandersetzung zwischen der Welt der Quorrl und der Welt der Men-

schen, das Ringen zweier Völker, die sich nur gegenseitig vernichten konnten, nicht aber einander besiegen.

Plötzlich waren sie nicht mehr allein. Der Daij-Djan *war da, sein dunkler, mörderischer Bruder, der die letzte Hälfte seines Lebens zu einer Spur aus Blut und Tod gemacht hatte, und er winkte ihm zu und trat mit einer fragenden, fordernden Geste hinter Titch, der weiterkämpfte, ohne die Chimäre auch nur zu bemerken.*

Was willst du? *fragte Skar, und der* Daij-Djan *antwortete mit seiner lautlosen, böse flüsternden Stimme:*

Dir helfen, Bruder. Laß ihn mich für dich töten, wenn du es schon nicht für mich tust. Es ist gleich, wer es macht. Wir sind eins. Ich bin du, und du bist ich.

Und wieder war die Verlockung da, stärker denn je, der verzweifelte Wunsch, daß alles endlich ein Ende haben möge, ganz egal, um welchen Preis. Die Klaue des Daij-Djan *hob sich, und Titchs Bewegungen erstarrten.*

Nein, *sagte Skar.*

Überlege es dir gut, Bruder. Es ist das letzte Mal. Wenn du meine Hilfe das nächste Mal brauchst, mußt du mich rufen. Und dann werde ich nicht mehr gehen.

Ich will deine Hilfe nicht, *stöhnte Skar.* Du bringst den Tod.

Ich *bin* der Tod, *antwortete der* Daij-Djan *spöttisch.* Du bist der Tod, Bruder, denn ich bin du, so wie du ich bist. Aber auch der Tod ist nicht unsterblich. Dir bleibt nicht mehr viel Zeit. Weniger, als du glaubst. Komm.

Die Bestie wandte sich um und winkte, und als Skar ihr folgte, war die stählerne Ebene plötzlich verschwunden, und sie standen am Rande einer gewaltigen, Meilen um Meilen tiefen Klippe, die direkt in die Hölle hinabführte.

Sieh! *Die Hand des* Daij-Djan *deutete nach Norden, und Skars Blick folgte der Geste über die Leere hinweg bis zu dem Schatten, auf den sie deutete.*

Es mußten Hunderte Meilen bis dorthin sein, aber die Vision folgte ihren eigenen Gesetzen, und Skar konnte deutlich sehen, was es war, das sein dunkler Bruder ihm zeigen wollte: Ein Turm. Ein finsterer, steinerner Block von einer Farbe, die dunkler als Schwarz war und das Licht aufsaugte, und die Haß ausstrahlte wie eine unsichtbare rote Woge. Skar spürte ein Pulsieren wie das Schlagen eines finsteren, gigantischen Herzens, und in seinen Gedanken wurde jeder Schlag dieses unsichtbaren Herzens zu einem drängenden Flüstern: Töte! Töte! Töte! *Skar wollte die Augen schließen, aber er konnte es nicht. Der Anblick des schwarzen Kolosses im Herzen des Drachenlandes lähmte seinen Willen.*

Das Mädchen ist dort, *sagte der* Daij-Djan. Und die, die du suchst, auch. Aber du kannst sie nicht besiegen ohne mich. Allein bist du nur ein Mensch. So wie ich nur ein Schatten bin. Sie aber sind Götter.

Nein! *stöhnte Skar.* Geh! Geh endlich!

Der Daij-Djan *machte eine Geste, die fast bedauernd wirkte.* Wie du willst, Bruder. Du bist es, der befiehlt. Ich bin nur das Werkzeug. Aber ich werde da sein, wenn du mich rufst. *Und damit verschwand er, und Skar –*

wachte auf.

Es waren seine Reflexe, die ihn retteten, nicht sein Bewußtsein, das sich nur allmählich aus dem klebrigen Gespinst des Traumes löste, der kein Traum gewesen war. Er öffnete die Augen, spürte die Gefahr mehr, als er sie erkannte, und warf sich blitzschnell zur Seite und gleichzeitig zurück. Er schlug schmerzhaft mit der Schulter auf, tastete blindlings mit Händen und Füßen nach Halt und fühlte nichts als Leere unter dem rechten Arm und dem rechten Bein. Verzweifelt spannte er die Muskeln an, mobilisierte seine letzten Kraftreserven und versuchte sich herumzuwerfen, aber die hastige Bewegung ließ ihn nur noch weiter auf den Abgrund zurollen.

Schuppige Finger packten seine Hand und zerrten ihn mit einem Ruck herum und auf die Füße, der ihm den Arm aus dem Gelenk zu reißen schien. Skar schrie auf, riß seine Hand los und taumelte einen Schritt an dem Quorrl vorbei, fort von dem Abgrund, in den er um ein Haar gestürzt wäre.

Keuchend drehte er sich um, preßte die Hand auf die schmerzende Schulter und warf Titch einen gleichzeitig wütenden wie verwirrten Blick zu. Er hatte noch immer Mühe, sich zurechtzufinden. Im allerersten Moment glaubte er, noch immer zu träumen. Aber dann begriff er, daß es nicht der Titch aus seinem Traum war, dem er gegenüberstand, nicht der Erzfeind, sondern nur ein Quorrl, der kein Quorrl mehr war und der ihm jetzt nur noch ein Leben schuldete, und der Abgrund zwei Schritte vor seinen Füßen war nicht der Höllenschlund aus seiner Vision, sondern eine ganz normale Felswand, wenn auch eine von erschreckender Tiefe. Mit einem Gefühl heftiger Betroffenheit gestand er sich ein, daß er im Schlaf aufgestanden und hierhergegangen sein mußte.

Skar trat verwirrt an dem Quorrl vorbei, ließ sich auf ein Knie herabsinken und spähte vorsichtig nach unten. Die enorme Höhe der Klippe ließ ihn schwindeln. Unter ihnen breitete sich das Tal der Drachen aus, eine sonderbare, erschreckende Landschaft, die zum Teil aus Felsen, zum Teil aus Wüste und großen, schmutziggrünen Flecken wuchernden Dschungels bestand. Sein Blick ging nach Norden und suchte den Turm, und für einen kurzen Moment glaubte er ihn sogar zu sehen. Dann verschwamm der Schatten vor seinen Augen, und Skar begriff, daß sie viel zu weit von ihm entfernt waren, als daß er ihn erkennen konnte. Aber er wußte, daß er da war. Er konnte ihn spüren. Er hörte sein böses, pulsierendes Flüstern, das nun nicht mehr nur nach seinen Träumen griff, sondern auch nach seinen Gedanken.

Er stand mit einer abrupten Bewegung auf, drehte sich herum und ging an Titch vorbei. Ihr Lagerplatz war nur wenige Schritte entfernt, aber am Morgen, als sie hergekommen waren, war Skar einfach zu müde gewesen, um den Abgrund zu bemerken, auf den sie sich zubewegten. Er fragte sich, ob Titch ihn gewarnt hätte, wäre er weitergegangen.

Wortlos ließ er sich auf einen Felsen sinken, stützte die Ellbogen auf den Knien auf und verbarg das Gesicht in den Händen. Er war noch immer müde. Die Sonne hatte längst die zweite Hälfte ihrer Tagesreise in Angriff genommen, aber die Stunden, die er geschlafen hatte, hatten ihn nicht erfrischt; im Gegenteil. Auf einer geistigen Ebene fühlte er sich erschöpfter und ausgelaugter als zuvor.

Das Geräusch schwerer Schritte ließ ihn aufsehen. Titch kam langsam auf ihn zu, betrachtete ihn einen Herzschlag lang prüfend und fast mißtrauisch und hob dann in einer linkischen Geste die Hand.

»Ich war einen Moment eingeschlafen«, sagte er. Es klang wie eine Entschuldigung. »Als ich gemerkt habe, daß du fort warst, war es fast zu spät.«

Skar antwortete nicht, aber er sah den Quorrl mit neuem Interesse an. Titchs Stimme klang schleppend. Der Quorrl mußte so müde sein wie er, wenn nicht erschöpfter, denn er hatte wahrscheinlich den ganzen Tag neben Skar gesessen und gewacht, aber es war nichts von der Bitterkeit und Resignation darin, die Skar erwartet hätte. Etwas war mit Titch geschehen, während er geschlafen hatte.

»Fast zu spät ist doch ausreichend«, sagte er mit einem müden Lächeln. »Besser als wirklich zu spät, oder?« Er nahm die Hände herunter und sah sich suchend um. »Ich bin durstig. Haben wir noch Wasser?«

Titch reichte ihm eine der Flaschen, die er den toten *Errish* abgenommen hatte. Zu Skars Überraschung war sie bis an den Rand gefüllt, und ihr Inhalt war eiskalt und wohlschmeckend.

»Ich habe mich ein wenig umgesehen, während du geschlafen hast«, erklärte Titch, als er seinen fragenden Blick bemerkte. »Ganz in der Nähe ist eine Quelle. Und dort unten –« Er deutete mit einer Kopfbewegung zur Klippe zurück. »– fließt ein Fluß vorbei. Du kannst trinken, soviel du willst. Wir werden kaum verdursten.«

Durch seine Worte ermutigt, trank Skar einen weiteren, gewaltigen Schluck, ehe er die Flasche wieder zuschraubte. »Und wie sieht es mit Essen aus?«

»Wenn du Gras magst...«, sagte Titch. »Oder Moos.« Er schüttelte bedauernd den Kopf. »Es gibt kein Wild hier oben. Außerdem läßt sich mit einem Schwert schlecht Jagd auf Hasen machen. Aber dort unten im Tal finden wir sicher etwas.«

»Du begleitest mich also?«

Titch entblößte sein Raubtiergebiß zu einem Grinsen. »Eine reichlich überflüssige Frage in unserer Situation, findest du nicht?«

»Du weißt genau, was ich meine.«

Titch wurde übergangslos ernst. »Du hast es wirklich so gemeint, wie du es gesagt hast, gestern morgen, nicht?«

»Daß du gehen kannst?« Skar nickte. »Ja. Es war dumm, dich zwingen zu wollen.«

»Niemand kann mich zu irgend etwas zwingen«, antwortete Titch leise.

»Wenn es dir wichtig ist, dann entbinde ich dich von deinem Ver –« Skar registrierte erst nach ein paar Sekunden, was Titch gerade gesagt hatte. Er brach mitten im Wort ab und sah den Quorrl verblüfft an. »Wie... meinst du das?«

»Niemand hat je einen Quorrl dazu gezwungen, irgend etwas gegen seinen Willen zu tun«, antwortete Titch. »Ich habe dich nach Elay begleitet, weil ich es *wollte*, Skar, nicht wegen irgendeines dummen Versprechens.«

»Und dein Eid, zu sterben? Deine Ehre?«

»Ehre.« Titch sprach das Wort mit sonderbarer Betonung aus, deren Bedeutung Skar nicht ganz klar wurde. »Ehre. Es gibt Ehre, und es gibt Rituale, Satai. Beides ist nicht dasselbe. Damals, in der Burg, da glaubte ich wirklich, daß Menschen und Quorrl niemals zusammen existieren könnten. Ich dachte, es wäre meine Pflicht, zu sterben. Aber ich wollte es nicht wirklich.« Er ballte die Faust, und plötzlich klang seine Stimme gequält. »Ich bin ein Krieger, Skar. Man hat mich gelehrt, daß mein Leben dem Kampf dient, und mit ihm endet, so oder so. Mich und all die Männer, die mir ihr Leben anvertrauten. Ich habe zehntausend von ihnen in den Tod geführt. Und Tausende von deinen Männern.«

»Du wurdest getäuscht, genau wie wir, und –«

»Das spielt keine Rolle«, unterbrach ihn Titch. »Ich habe einen Fehler gemacht, und es ist gleich, warum. Ich bin als Krieger geboren und zum Krieger erzogen worden, und als Krieger habe ich versagt, und die Regeln sind eindeutig, in diesem Fall. Aber ich frage mich, ob sie richtig sind.«

»Keine Regel, die den Tod eines Mannes verlangt, ist richtig«, antwortete Skar.

»Aber ich bin kein Mann«, widersprach Titch in beinahe sanftem Tonfall. »Du verstehst unsere Art zu denken noch immer nicht, Satai, so wenig wie ich die eure. Ich und das Heer, das ich zu euch brachte, wir sind...« Er suchte nach Worten. »Waffen. Erinnerst du dich, wie Anschi die *Ultha* nannte? *Dinge*. Das sind wir. Krieger. Werkzeuge, die man benutzt und sorgsam pflegt, aber wegwirft, wenn sie nicht mehr gebraucht werden oder versagen. Oh, wir sind Fürsten, dort, wo wir herkommen. Wir haben alles, was unsere Brüder nicht haben: warme Feuer im Winter, gutes Essen, Wein, Frauen... Die Quorrl sind ein armes Volk, doch ihre Krieger entbehren nichts. Bis auf ihr Leben vielleicht.« Seine Stimme wurde bitter. »Damals, lange ehe sie mich zum Führer des Heeres machten und zu euch schickten, da habe ich mich manchmal danach gesehnt, mit einem einfachen Bauern oder Jäger tauschen zu können. Verrückt, nicht?«

»Nein«, antwortete Skar. »Das ist es ganz und gar nicht. Auch mir ist es oft so gegangen.«

»Aber du hast dir dein Los selbst ausgesucht«, widersprach Titch. »Niemand hat dich gezwungen, Satai zu werden. Mich hat niemand gefragt, ob ich ein Krieger sein will. Ich wurde als Krieger gezeugt, und meine Amme war das Schwert.« Er stand auf, ging zur Klippe zurück und blieb zwei Schritte vor dem Ende des Felsplateaus stehen, und nach ein paar Sekunden erhob sich auch Skar und folgte ihm.

Für eine geraume Weile standen sie einfach schweigend nebeneinander und blickten auf die verwirrend fremdartige Welt hinab, die sich zwei oder drei Meilen unter ihnen ausbreitete. *Das Tal der Drachen*... Die Worte erfüllten Skar mit einer Mischung aus Ehrfurcht und Angst. Unter ihnen lag der Schlüssel zur Macht der *Errish*, die Heimat der Bestien, die sie unbesiegbar und fast allmächtig gemacht hatten, aber auch eine Welt, die den meisten Menschen Enwors so fremd und unverständlich war, daß sie davor zurückschreckten, auch nur ihren Namen auszusprechen. Kaum ein Mensch, der nicht das schwarze Gewand der *Errish* trug, hatte dieses Tal jemals betreten. Und von denen, die es gewagt hatten, waren nur die allerwenigsten zurückgekehrt. Selbst die *Ehrwürdigen Frauen* zahlten manchmal mit dem Leben für den Versuch, die Heimat der Drachen zu betreten.

»Vielleicht wäre es besser, wenn du hier auf mich wartest«, sagte er. »Kein Quorrl hat jemals dieses Tal betreten.«

»Und kein Mensch das Land der Toten«, antwortete Titch ebenso leise. »Trotzdem willst du es tun.«

Aber ich bin kein Mensch, dachte Skar. Laut sagte er: »Das ist etwas anderes. Ich... habe keine Wahl. Ich muß es tun.«

»Warum?« Titch lachte leise. Es sollte abfällig klingen, aber Skar spürte die Unsicherheit darin. »Weil du ein Satai bist und dir einbildest, die Welt retten zu müssen?«

»Nein«, antwortete Skar. »Weil ich es war, der sie geweckt hat. Und weil ich der einzige bin, der sie vielleicht aufhalten kann.«

Titch war nicht einmal überrascht. Vielleicht hatte ihm irgend jemand die Geschichte von Vela und ihrem Versuch, die Macht über die Welt an sich zu reißen, erzählt, und die Rolle, die Skar darin gespielt hatte. Vielleicht spürte er auch einfach nur, daß Skar mehr war als ein *Satai*.

»Ich habe nicht geschlafen«, sagte Titch plötzlich, und im ersten Moment scheinbar zusammenhanglos. »Ich hatte viel Zeit, nachzudenken, Skar. Ich glaube, du hast recht. Wir können sie nicht besiegen. Du kannst es nicht, und ich kann es nicht. Nicht allein. Aber vielleicht gelingt es uns gemeinsam. Unsere Völker sind Feinde, solange unsere Erinnerung zurückreicht, aber wenn wir zusammen überleben konnten, dann können es all die anderen vielleicht auch.«

Unter allen anderen denkbaren Umständen hätten diese Worte vielleicht lächerlich, zumindest aber pathetisch in Skars Ohren geklungen. Jetzt nicht. Er verstand, was der Quorrl meinte, und er wußte, daß er recht hatte. Menschen und Quorrl waren längst zu einem Volk geworden, auch wenn sie es selbst nicht einmal ahnten. Enwor gehörte ihnen beiden. Es spielte überhaupt keine Rolle mehr, wer von ihnen zuerst hiergewesen war.

»Vertraust du mir?« fragte Titch plötzlich.

»Natürlich«, antwortete Skar. Vielleicht war der Quorrl das einzige denkende Wesen auf dieser ganzen Welt, dem er noch vertraute.

»Aber das solltest du nicht«, fuhr Titch fort; ganz leise, den Blick starr weiter nach unten gerichtet, auf das verwirrende Marmormuster aus Gelb und Braun und schmutzigem Grün, ohne es wirklich zu sehen.

»Und… warum?«

»Weil ich dich belogen habe«, murmelte Titch. »Dich und… dieses Kind, an dem dir so viel zu liegen scheint.«

»Belogen?«

»Geh nicht dorthin«, sagte Titch anstelle einer direkten Antwort. Er deutete ins Tal hinab. Skar wollte etwas sagen, aber Titch machte eine rasche Handbewegung und fuhr fort: »Es ist nicht, was du glaubst. Aber du kannst das Mädchen nicht retten. Niemand kann das jetzt noch. Sie… stirbt. So oder so. Ihr werdet beide sterben«, fügte er leiser hinzu.

Skar sah ihn fragend an. Der Quorrl drehte sich zu ihm herum, zog ganz langsam sein Schwert und hielt Skar die Klinge hin. »Sieh dich an.«

Verwirrt nahm Skar dem Quorrl die Waffe aus der Hand und drehte die blitzende Klinge so lange, bis sich sein eigenes Gesicht in ihrer Oberfläche spiegelte. Das Bild war verzerrt; die Kratzer, die die Waffe davongetragen hatte, schienen sein Antlitz in mehrere ungleiche Teile zu teilen, die nicht ganz perfekt zusammenpaßten. Aber er sah trotzdem, was der Quorrl meinte, und er erschrak. Das Gesicht, das ihm entgegengrinste, war das eines Toten. Seine Haut war bleich, fast weiß, und mit häßlichen grauen Flecken übersät, und unter seinen Augen und auf seinen Wangen lagen schwarze Schatten. Sein Haar war dünn geworden, und als er den Mund öffnete, sah er, daß sein Zahnfleisch zurückgewichen war. Er erinnerte sich, wie sehr er erschrocken war, als er Kiina angesehen hatte, vor zwei Tagen, im Lager der *Errish*. Jetzt bot er selbst einen fast noch schlimmeren Anblick.

Zögernd gab er Titch das Schwert zurück und sah ihn fragend an. »Der Staub?«

»Nein«, antwortete der Quorrl. »Oder vielleicht doch, ja. Du fühlst dich schwach. Jede Bewegung fällt dir schwer. Und du blutest.«

»Es wird doch schon besser«, sagte Skar leichthin. »Als ich Klina...«

»Es wird besser, für eine Weile, aber frißt dich von innen heraus auf. Dich und das Mädchen. In einer Woche, längstens einem Monat, seid ihr tot. Beide. Und es wird kein angenehmer Tod sein.«

Skar dachte an den Ausdruck entsetzlicher Pein, den er auf dem Gesicht der *Margoi* gelesen hatte, und schwieg. Plötzlich war ihm kalt. »Erzähle.«

»Ich habe es geahnt«, sagte Titch. »Schon als du von der alten Frau erzählt hast, die ihr unter Elay gefunden habt. Später, als ich von dem Licht hörte, wußte ich es. Aber ich wollte sichergehen. Und später...« Er zögerte, drehte mit einem Ruck den Kopf und starrte wieder in den Abgrund hinab. »Vielleicht wollte ich, daß ihr sterbt«, flüsterte er. »Ich habe geglaubt, dich zu hassen.«

Du hast nicht mehr viel Zeit, Bruder, flüsterte die Stimme des *Daij-Djan* hinter seiner Stirn. *Weniger, als du glaubst*. Skar schauderte.

»Es ist nur eine Legende«, fuhr Titch fort, als er nichts sagte. »Wir haben Tausende von Legenden, Skar. Ich habe sie alle für Märchen gehalten. Aber es... es sieht so aus, als wären die Legenden wahr, und das, was wir für Wahrheit gehalten haben, Legende.«

»Erzähl sie mir«, bat Skar. Seltsam, er hatte immer noch keine Angst. Der Gedanke an seinen eigenen Tod hatte jeden Schrecken für ihn verloren. Vielleicht hatte er seine Fähigkeit, Angst zu haben, einfach überstrapaziert.

»Was Elay vernichtet hat, ist eine Waffe der *Alten*. Es ist Sternenfeuer, Skar. Das Feuer der Sonne, vom Himmel geholt. Es verbrennt Städte und Länder, und die, die ihm entkommen, tötet es mit seinem giftigen Atem. Manchmal sofort, wie die *Errish*, manchmal erst nach Wochen. Du wirst krank und stirbst, oder du erholst dich und stirbst später. Aber du stirbst.«

Vielleicht war es gut so, dachte Skar. Etwas in ihm sehnte den

Tod herbei, auch wenn sich sein Verstand davor fürchtete; nicht vor dem großen Nichts, sondern vor der körperlichen Qual, der ein Ende wie das der *Margoi* begleiten mußte. Es tat ihm um Kiina leid.

»Und es gibt keine Rettung?«

»Das Wasser des Lebens«, antwortete Titch. »Es heißt, daß es alle Krankheiten heilt, wenn es dich nicht tötet.«

»Dann sollten wir keine Zeit mehr verlieren.«

»Der Weg ist zu weit«, antwortete Titch ruhig. »Selbst wenn wir das Mädchen nicht befreien müßten, selbst, wenn wir Pferde hätten, und selbst, wenn du ein Quorrl wärst und dich nicht verstekken müßtest, bräuchten wir Wochen, um den Heiligen Ort zu erreichen.« Er deutete nach Norden, weit über die Grenzen des Drachenlandes hinaus, dort, wo in Hunderten und Aberhunderten Meilen Entfernung das Land der Quorrl lag, aber für Skar war es, als wiese seine blutende Hand direkt auf den schwarzen Turm im Herzen des Tales, den Moloch, der Kiina verschlungen hatte und der auch auf ihn wartet. Dann wies seine Hand nach links, zu einer Stelle am Rand der Klippe, eine halbe Meile entfernt. »Dort drüben scheint es einen Abstieg zu geben. Ich war nicht sehr weit, aber der Weg sieht begehbar aus. Es gibt Spuren.«

Skar fragte sich, warum Titch ihm das alles erzählt hatte. Wenn er recht hatte, und Skar wußte, daß es so war, dann war sowieso alles sinnlos, dann war ihr Kampf verloren, selbst, wenn es ihnen gelang, Kiina aus der Gewalt der Zauberpriester zu befreien, denn sie würde kurz darauf so oder so sterben. Aber dann begriff er, daß Titch einfach nicht länger hatte schweigen *können*. Hätte er es getan, dann wäre es für Titch so gewesen, als hätte er selbst Skar umgebracht.

»Wenn es der einzige Weg ist, dann werden sie dort unten auf uns warten«, sagte Skar.

Titch starrte ihn an. Er schien zu begreifen, warum Skar so abrupt das Thema wechselte. Ein dünnes, fast menschliches Lächeln stahl sich auf seine Raubtierzüge. »Ein Grund mehr, keine Zeit mehr zu verlieren«, sagte er. »Man sollte eine *Errish* niemals warten lassen, nicht wahr?«

Sie wurden nicht erwartet. Der Abstieg hinunter ins Tal der Drachen erwies sich sogar als wesentlich leichter, als Skar befürchtet hatte, denn was auf den ersten Schritten nur ein schmaler, jäh in die Tiefe führender Pfad war, wurde nach einem Viertel der Strecke zu einer breit ausgebauten und von zahllosen Füßen glattpolierten Treppe, die in gewagten Windungen und Kehren in die Tiefe und auf den letzten zwanzig, dreißig Metern sogar durch einen Tunnel im Inneren des Berges führte, die in einer kleinen, zu einer Seite offenen Höhle endete. Auf dem Boden waren die Spuren zahlreicher Feuer, hier und da lagen achtlos liegengelassene Kleinigkeiten, die verrieten, daß dieser Weg in der Vergangenheit oft benutzt worden war, zugleich aber, daß ihn seit Monaten niemand mehr gegangen sein konnte.

Sie legten eine kurze Rast ein, und Titch ließ Skar zurück, um sich draußen ein wenig umzusehen. Skar protestierte nicht. Der Quorrl hatte längst die Führung übernommen, während Skar selbst nur noch die Richtung bestimmte, in der sie gingen, und das war auch gut so, denn Titch war zumindest körperlich in der besseren Verfassung.

Titch blieb nicht sehr lange, aber er sah besorgt aus, als er zurückkam. Skar stand auf und ging ihm ein paar Schritte entgegen, verließ die Höhle aber noch nicht. »Was hast du?« fragte er. »Hast du jemanden gesehen?«

Der Quorrl schüttelte den Kopf. »Nein. Aber die Gegend gefällt mir nicht.« Er machte eine vage Geste zum Höhleneingang. »Es ist heiß, und der Sand ist so fein wie Puder. Man wird unsere Spuren meilenweit sehen.«

»Sie wissen sowieso, daß wir kommen«, sagte Skar müde.

»Sie wissen, daß *du* kommst«, verbesserte ihn Titch. *»Deinen Quorrl-Freund werden wir töten«,* zitierte er Anschis Worte. »Wir haben nicht viele Vorteile, aber einer davon ist, daß sie nichts von mir wissen. Wir sollten ihn nicht verschenken.«

»Und was schlägst du vor?«

»Wir trennen uns«, sagte Titch. Er hob rasch die Hand, als Skar protestieren wollte. »Nur für eine Weile. Bis zum Waldrand sind es drei oder vier Meilen, nicht mehr. Ich werde die gleiche Strecke hier am Fuße der Wand entlanggehen, aber nach Westen, nicht nach Norden. Dann mache ich kehrt und folge dir. Komm.« Er wandte sich um und trat an den Ausgang der Höhle.

Als Skar neben ihn trat, spürte er, was Titch gemeint hatte. Selbst der sanfte Wind, der ihnen entgegenschlug, war warm und roch, als wäre er über eine Ebene aus glühendem Eisen gestrichen. Kaum hundert Meter vor ihnen schlängelte sich das blausilberne Band eines Flusses dahin, aber seine Ufer waren kahl, als wäre der Boden unfähig, Leben hervorzubringen. Der Wald dahinter lag vielleicht zwei oder drei Meilen entfernt, ganz wie Titch gesagt hatte, aber er war hinter einer Mauer aus hitzeflirrender Luft verborgen, in der Sand wie feiner grauer Staub tanzte.

»Du wartest dort auf mich«, sagte Titch. »Siehst du den riesigen Baum mit der gespaltenen Spitze?«

Skar sah nicht einmal einen Baum, aber er wußte, daß er sich auf Titchs scharfe Augen verlassen konnte. Er würde ihn sehen, wenn er näher kam. Er nickte.

»Du wartest dort auf mich. Ich bin da, sobald es dunkel wird. Nachts können wir marschieren, ohne aus der Luft entdeckt zu werden.«

Etwas an diesem Vorschlag gefiel Skar nicht, aber er war viel zu erschöpft, um zu widersprechen. Außerdem erschienen ihm Titchs Worte nur logisch. Von den Rücken ihrer Daktylen aus würden die *Errish* vielleicht ihre Spuren entdecken, aber niemals erkennen, daß sie sich um die Spuren *zweier* Männer handelte.

Titch löste die Flasche von seinem Gürtel und hielt sie Skar hin. »Trink«, sagte er. »Der Weg ist weit.«

Skar trank einen winzigen Schluck, aber Titch schüttelte den Kopf, als er ihm die Flasche zurückgeben wollte. »Trink sie leer«, befahl er. »Ich fülle sie wieder auf. Im Fluß ist genug Wasser.« Er achtete mißtrauisch darauf, daß Skar auch den letzten Rest aus der Feldflasche trank, hängte sie an seinen Gürtel zurück und machte eine auffordernde, ungeduldige Handbewegung. »Worauf wartest du?«

Das Tal der Drachen war die Hölle. Die Luft waberte vor Hitze, und der Boden bestand aus pulverfeinem Staub, nicht aus Sand, in den er bei jedem Schritt bis weit über die Knöchel einsank, was das Gehen zu einer Qual machte. Die Wüste war so trocken, als hätte es nie einen zweiwöchigen Dauerregen gegeben, der auf das Land heruntergeprasselt war, und jeder Schritt kostete Skar ein wenig mehr Kraft als der vorherige. Er brauchte zwanzig Minuten, um den Fluß zu erreichen, obwohl er nur wenige hundert Meter von der Felswand entfernt war, und den Rest des Tages bis zum Wald, denn die Luft, die vor Hitze flimmerte, machte es unmöglich, Entfernungen zu schätzen, und die Strecke dorthin betrug nicht zwei, sondern mindestens fünf Meilen. Obwohl er auch am Fluß noch einmal anhielt und so viel trank, bis sein Magen zu platzen schien, bekam er bereits nach einer halben Stunde wieder Durst, der im Laufe des Nachmittages quälend und schließlich fast unerträglich wurde.

Einmal – es war vielleicht eine halbe Stunde vor Sonnenuntergang – meinte er, einen dreieckigen schwarzen Schatten am Himmel wahrzunehmen, warf sich flach auf den Boden und grub sich ein, so gut er konnte. Als er wieder aufstand und weiterwankte, war der Sand unter seine Kleider gekrochen und scheuerte unerträglich auf seiner Haut. Er wußte nicht mehr, wie er das Kunststück fertig brachte, den Waldrand zu erreichen. Als Titch eine Stunde später ankam, fand er ihn halb bewußtlos am Stamm des Baumes lehnen, den sie als Treffpunkt ausgemacht hatten. Skar erinnerte sich nicht einmal, ihn überhaupt gesehen zu haben.

Titch gab ihm zu trinken. Wasser, das so kalt und frisch war, daß es aus einer Quelle unmittelbar in ihrer Nähe stammen mußte, aber Skar hatte nicht einmal die Kraft, ihn danach zu fragen. Er wollte nur schlafen. Aber Titch war unerbittlich. Er gab ihm eine Viertelstunde, neue Kräfte zu schöpfen, dann marschierten sie weiter.

Sie sahen noch zweimal Daktylen in dieser Nacht – einmal als verschwommenen Schatten, der in rasender Geschwindigkeit über den Himmel jagte, das zweite Mal so dicht über dem Wald, daß Skar meinte, den Luftzug ihrer Schwingen zu spüren.

Gegen Morgen versagten Skars Kräfte endgültig. Er stolperte über eine Wurzel und fiel, wie zahllose Male zuvor, aber diesmal blieb er liegen, und auch Titch schien einzusehen, daß es keinen Sinn mehr hatte, weiterzugehen: er hob Skar kurzerhand auf, trug ihn noch eine kurze Strecke durch den Wald und legte ihn im Schutz eines gewaltigen, abgestorbenen Baumes nieder. Skar schlief ein, ehe sich Titchs Hände von ihm lösten –

und träumte.

Wieder war etwas in diesem Traum anders. Der Daij-Djan *ließ ihn in Ruhe, und er sah sich auch nicht mit Titch kämpfen, aber das Flüstern war wieder da, nur, daß es jetzt kein Flüstern mehr war, sondern eine machtvolle, befehlende Stimme von fast unwiderstehlicher Kraft, die nicht in ihm war, sondern aus allen Richtungen zugleich auf ihn einzustürmen schien, bis er glaubte, den Verstand verlieren zu müssen. Und diesmal wußte er, wo sie herkam: aus dem schwarzen Turm im Herzen des Tales.*

Mit dieser Erkenntnis wachte er auf, schweißgebadet und zitternd vor Haß, der ziellos war, und deshalb vielleicht um so schlimmer. Er fuhr mit einem Ruck in die Höhe und öffnete die Hände, um etwas zu packen, ganz gleich was, etwas zu zerreißen, zu... zu *töten*. Es war noch dunkel, und er war umgeben von Schatten und der angenehmen Kühle der Nacht. Das Lager neben ihm war leer, aber in dem feuchten Moos erkannte er deutlich die Umrisse einer massigen, mehr als mannshohen Gestalt, und das kreischende Ding in ihm erschuf den passenden Körper dazu: groß, muskulös und von graugrünen Schuppen bedeckt, ein Quorrl.

Der alte Feind, flüsterten seine Gedanken. *Vernichte ihn. Töte ihn! Jetzt!*

Skar stöhnte. Verzweifelt versuchte er den Wahnsinn niederzuringen, der seine Gedanken zu verschlingen drohte, aber es gelang ihm nicht. Er stand auf. Taumelnd, nicht vor Schwäche oder Müdigkeit, sondern vor Zorn, der kein Ventil fand.

Er hörte ein Geräusch in den Büschen hinter sich: das Knacken von Zweigen, die vor einem schweren Körper zurückwichen, fuhr herum und wich einen halben Schritt zurück, zitternd, keuchend vor Anstrengung und Zorn, er... *roch* den Quorrl, sah seine Silhouette zwischen den Büschen auftauchen –

und griff an.

Etwas in ihm schrie verzweifelt auf, aber er war unfähig, den Zorn zu besiegen, und vielleicht war es gut so, denn wäre er nur ein ganz kleines bißchen mehr bei klarem Verstand gewesen, dann hätte er vielleicht seine Waffe gezogen und Titch warnungslos getötet. So griff er den Quorrl mit bloßen Händen an, wie ein Tier, das in die Enge getrieben ist und blindlings um sich schlägt.

Titch wurde vollkommen überrascht. Er versuchte, Skars Arme beiseite zu schlagen, aber er war viel zu langsam. Mit der absoluten Kraft, die nur Zorn oder Todesangst verleihen, packte Skar den Quorrl, riß ihn in die Höhe und schleuderte ihn gegen einen Baum. Titch brüllte vor Überraschung und Schmerz, ging zu Boden und schrie ein zweites Mal auf, als Skars Faust mit fürchterlicher Wucht seine Brust traf. Er versuchte sich zu wehren, aber Skar fiel wie ein Tobsüchtiger über ihn her, deckte ihn mit Schlägen und Tritten ein, die nur aus dem einen Grund nicht tödlich waren, weil er viel zu sehr raste, um gezielt zuzuschlagen. Aber er spürte, daß er den Quorrl verletzte. Sein eigenes Blut lief von seinen Händen, aber auch das Titchs.

Dann bekam der Quorrl seinen Arm zu fassen. Skar bäumte sich auf, versuchte sich loszureißen und schlug mit der freien Hand wie besessen auf Titchs Gesicht ein, aber der Quorrl ließ nicht los. Skars Hiebe ließen seine Lippen und die dünnen Schuppen unter seinen Augen aufplatzen, aber Titch reagierte gar nicht darauf, sondern stemmte sich mit einer kraftvollen Bewegung in die Höhe und versuchte, auch Skars anderen Arm zu packen.

Skar wich seiner Hand aus, trat nach Titchs Knie und verlor das Gleichgewicht, als der Quorrl eine blitzschnelle halbe Drehung vollführte. Dann war Titch hinter ihm, verdrehte ihm den Arm und legte die freie Hand von hinten um Skars Hals. Skar bäumte sich auf, trat und wand sich im Griff des riesigen Quorrl und tastete nach seinem Gesicht und seinen Augen, aber Titch stand wie ein Fels. Sein Griff war wie Stahl. Langsam, aber unbarmherzig, schnürte er ihm den Atem ab.

Skars Lungen brannten wie Feuer, und vor seinen Augen begannen feurige Kreise zu flimmern. Der Arm, den Titch ihm auf den Rücken drehte, schmerzte unerträglich. Aber er hörte erst auf zu toben, als er das Bewußtsein zu verlieren begann.

Titchs Griff lockerte sich, aber nur so weit, daß Skar wieder atmen konnte. Er taumelte, rang keuchend nach Luft und brach ganz langsam in die Knie. Titch folgte der Bewegung, stützte ihn, als er zusammenbrach, hielt ihn aber auch gleichzeitig fest, selbst, als Skar längst aufgehört hatte, sich zu bewegen.

»Was ist los mit dir?« schrie er.

Skar antwortete nicht, aber Titch schien zu spüren, daß es vorbei war. Zögernd ließ er Skars Hand los, drehte ihn auf den Rükken und trat rasch einen Schritt zurück, um nicht von einem neuerlichen Angriff überrascht zu werden.

»Was soll das?« fragte er mißtrauisch, und viel mehr verwirrt als zornig: »Bist du verrückt geworden?«

»Vielleicht«, stöhnte Skar. Das Sprechen fiel ihm schwer. Titchs unbarmherziger Griff hatte etwas in seinem Hals verletzt. Er schmeckte Blut. »Vielleicht bin ich das wirklich«, wiederholte er. »Oder ich werde es. Großer Gott, Titch – was geschieht mit uns?«

»Du hast es doch selbst gesagt«, grollte Titch. »Du wirst verrückt – und ich bin es offenbar schon, mich immer noch mit dir abzugeben.« Er legte den Kopf auf die Seite und sah Skar mißtrauisch und sehr lange an.

»Du hast wieder geträumt?«

Skar nickte. Er versuchte aufzustehen, aber seine Kräfte versagten. Er fühlte sich schwächer denn je. Der Schlaf hatte ihn erschöpft, statt seine Kräfte zu regenerieren; er sank stöhnend zurück, blieb sekundenlang mit geschlossenen Augen liegen und versuchte es noch einmal. Titch sah ihm schweigend zu, machte aber keine Anstalten, ihm zu helfen. Ganz im Gegenteil – als Skar endlich auf eigenen Füßen stand, wich er einen Schritt zurück.

»Ist es... vorbei?«

Skar lauschte in sich hinein. Es war nicht vorbei, weil es nie vorbei sein würde, solange dieses fürchterliche Flüstern in seinen Gedanken nicht aufhörte, aber für den Moment hatte er die rote Haßkreatur besiegt. Er nickte, und Titch schien zu spüren, daß es die Wahrheit war, denn er atmete hörbar auf. Skar konnte sehen, wie die Spannung aus ihm wich.

»Gut«, sagte er. »Wenn du wieder klar genug bei Verstand bist, mir zuzuhören, können wir vielleicht weitergehen.« Die Stimme des Quorrl zitterte. Skar sah ihn aufmerksamer als bisher an und erschrak. Titchs Gesicht war voller Blut, und längst nicht alles davon stammte von Skar. Und die Art, in der er den rechten Arm hielt, verriet, daß er verwundet war.

»Ich habe dich verletzt«, sagte er. »Das... tut mir leid. Laß mich sehen.«

Titch schlug seine Hand beiseite, als Skar nach seinem Arm greifen wollte. »Das ist nichts«, sagte er. »Ein Kratzer. Du kannst mich nicht ernsthaft verletzen, weißt du? Aber du warst überraschend gut – für einen Menschen«, fügte er hinzu.

Skar schwieg betroffen. Er *hatte* Titch verletzt, das wußte er. Er konnte es sehen, und er hatte gespürt, wie irgend etwas unter seinen Fäusten zerbrochen war, und das waren nicht nur die harten Panzerschuppen des Quorrl gewesen.

»Wir werden es nicht schaffen, Titch«, flüsterte er. »Wir haben keine Chance. Es... es wird schlimmer, mit jedem Mal, wenn ich schlafe. Das nächste Mal bringe ich dich vielleicht um.«

Titch lachte unecht. »Der Mensch, der einen Quorrl mit bloßen Händen umbringt, muß erst noch geboren werden«, sagte er leichthin. Skar wollte protestieren, aber Titch schnitt ihm mit einer herrischen Geste das Wort ab. »Ich habe mich ein wenig umgesehen, während du geschlafen hast. Interessiert dich, was ich gefunden habe?« Er wartete Skars Antwort erst gar nicht ab, sondern drehte sich halb herum und deutete in die Richtung, aus der er gekommen war, ohne Skar dabei jedoch auch nur eine Sekunde aus den Augen zu lassen.

»Dort hinten sind Spuren, und sie sind nicht älter als eine Stunde. Zwei, vielleicht drei.«

»Daktylen?«

»Nein«, antwortete Titch. »Aber auch keine Reiter.« Er machte eine hilflose Handbewegung. »Ich habe Spuren wie diese noch nie gesehen, aber ich denke, es sind Drachenspuren. Und die von Menschen. Wir sollten uns darum kümmern.«

Skar zögerte, aber nur einen Moment. Titch *wollte* nicht mit ihm über das sprechen, was geschehen war, und er konnte den Quorrl sogar verstehen. *Reden* nutzte keinem von ihnen. Und es machte die Gefahr nicht kleiner. Wortlos bückte er sich nach seinem Mantel, warf ihn über und trat mit einer auffordernden Geste neben den Quorrl. Die Stille fiel ihm auf, als sie in den Busch eindrangen. Sie hatten – schon aus Furcht vor Raubtieren – ihr Lager fast unmittelbar am Rande des kleinen Waldflecken aufgeschlagen, nur durch ein paar Büsche geschützt, aber Skar wußte, daß der Dschungel nicht sehr groß war – ein Stück von zwei, allerhöchstens drei Meilen Länge und der doppelten Breite, von der sie auf ihrem Marsch durch die Nacht allerdings schon das allergrößte Stück hinter sich gebracht hatten. Titch und er waren nicht besonders leise, was allein daran lag, daß sie sich mehr als nur einmal ihren Weg durch das verfilzte Unterholz hacken mußten. Trotzdem hätte es Geräusche geben müssen: der Dschungel quoll schier über vor Leben, und wo so viele Pflanzen Nahrung und Lebensraum fanden, *mußte* es einfach auch Tiere geben. Aber sie sahen und hörten nichts; nicht den mindesten Laut.

Skar sprach den Quorrl darauf an. Titch zuckte nur mit den Schultern, aber nach einem weiteren Dutzend Schritte blieb er plötzlich stehen und deutete mit der Schwertspitze auf einen Punkt dicht neben sich. Skar beugte sich neugierig vor.

Was Titch ihm zeigte, war ein Spinnennetz. Es war unversehrt, mußte aber schon mehrere Tage alt sein, denn die feinen klebrigen Fäden waren voller Staub und Schmutz. Die Spinne selbst – ein gewaltiges Tier, mit einem Körper so groß wie Skars Daumennagel und fast fingerlangen, haarigen Beinen, hing tot in ihrem Nest im Zentrum des Netzes.

»Und?« Skar warf Titch einen fragenden Blick zu.

Der Quorrl lächelte humorlos und deutete abermals mit seinem Schwert. Diesmal mußte Skar genauer hinsehen, um zu erkennen, was Titch ihm zeigen wollte. Aber als er es sah, erschrak er zutiefst.

Unweit des Spinnennetzes lag ein graugrünes Knäuel auf dem Boden, halb bedeckt von Erdreich und Blättern; ein bizarres Etwas, das Skar im allerersten Moment wie eine absurde Eidechsenkreatur mit zwei Köpfen und mindestens sechs Beinen vorkam. Bis er erkannte, daß es *zwei* Tiere waren: eine kleine, hellgrüne Eidechse mit schlanken Gliedern und einem fast intelligent anmutenden Gesicht, und eine etwas größere, schuppige Kreatur, die nur aus Krallen und gezackten Panzerplatten zu bestehen schien. Die Tiere hatten sich gegenseitig umgebracht. Selbst im Tode waren ihre Zähne und Krallen noch in den Körper des anderen geschlagen.

»Wenn du dich genauer umsiehst, wirst du noch mehr finden«, sagte Titch düster. »Überall. Du bist nicht der einzige, der schlechte Träume hat.«

»Du meinst, es... wirkt auch auf *Tiere*?«

Titch hob zur Antwort nur die Schultern, aber Skar mußte plötzlich daran denken, was Kiina ihm gesagt hatte: *Sie haben uns die Drachen genommen.* Und da war die riesige Gottesanbeterin gewesen, die sie in den Bergen angegriffen hatte.

»Ich weiß es nicht«, knurrte Titch nach einer Weile. »Aber ich habe mich gründlich umgesehen, in den letzten Stunden. Wenn du mich fragst, dann lebt hier nichts mehr. Dieses ganze verdammte Tal ist ein Grab. Und noch etwas.« Er zögerte, und als er weitersprach, tat er es in einer Art, als wäre er nicht ganz sicher, ob es richtig war, Skar seine Beobachtung mitzuteilen. »Ich bin... auf einen der Bäume gestiegen, um mich umzusehen.«

»Und?« fragte Skar. »Was hast du entdeckt?«

»Nichts«, sagte Titch. »Aber das ist es ja gerade, was mich beunruhigt. Wenn dies hier das Tal der Drachen ist, dann frage ich mich: wo sind die Drachen?« Er ging weiter, ehe Skar noch etwas sagen konnte, und er tat es ein bißchen zu schnell und energisch, um Skar weiter glauben zu machen, daß ihn dieser Gedanke völlig unbeeindruckt ließ.

Es waren drei, wie Titch vermutet hatte, aber es waren keine Drachen, sondern Tyrr, jene häßlichen, aufrecht auf den Hinterläufen gehenden Echsenwesen, die Anschi im Kampf gegen Titchs Männer eingesetzt und Skar später im Lager der *Errish* wiedergesehen hatte. Aber etwas war an diesen Tieren anders als an denen, die die *Errish* benutzten: sie waren aufgezäumt und sorgsam gepflegt, und auf ihren Rücken waren sonderbar asymmetrische Sättel festgeschnallt, die es einem Menschen erlauben mußten, in einer absurden Huckepack-Haltung auf den känguruhähnlichen Ungetümen zu reiten. Zwei der drei Reiter saßen an einem kleinen Feuer unweit der zusammengebundenen Laufechsen; von dem dritten war keine Spur zu sehen. Wahrscheinlich stand er irgendwo Wache. Skar hoffte, daß er nicht seinerseits in einem Versteck hockte und *sie* beobachtete, während sie überlegten, wie sie seine Kameraden überwältigen sollten.

Titch gab ihm ein Zeichen, sich ein Stück weit in den Wald zurückzuziehen, damit sie reden konnten. Skar nickte, robbte rückwärts durch den staubfeinen Sand und richtete sich vorsichtig auf, als er den Wald erreichte, ging aber noch ein gutes Stück in den Busch hinein, ehe er stehenblieb und auf den Quorrl wartete, der etwas langsamer und weniger elegant nachkam, aber genauso lautlos wie er.

»Sind sie das?« flüsterte Titch.

»Die Zauberpriester?« Skar war sich nicht sicher. Die beiden Gestalten, die sie beobachtet hatten, trugen die gleichen, klobigen Anzüge mit den übergroßen Helmen wie die, die vor zwei Tagen mit Anschi geredet hatten. Aber etwas an ihnen war... anders. Skar konnte das Gefühl nicht in Worte kleiden, aber es war zu deutlich, um es zu ignorieren.

»Vielleicht«, sagte er ausweichend.

»Wir werden es herausfinden«, knurrte Titch. »Spätestens, wenn wir sie überwältigt haben.«

»Du willst sie angreifen?«

»Du nicht?« Titch lachte leise. »Wo ist dein Mut geblieben, Satai? Es sind nur drei.«

»Drei Zauberer«, gab Skar zu bedenken.

Titch machte eine wegwerfende Handbewegung. »Zauberer? Aus deinem Mund mutet dieses Wort seltsam an, findest du nicht? Ich erinnere mich an lange Gespräche, in denen du mir immer wieder erklärt hast, daß du nicht an Zauberei glaubst.«

»Das tue ich auch jetzt noch nicht«, widersprach Skar gereizt. »Nenne es, wie du willst, aber diese Männer verfügen über Kräfte, denen wir nicht gewachsen sind.«

Titch fegte seine Worte mit einer zornigen Bewegung davon. »Was glaubst du, wozu sie hier sind?« schnappte er. »Bestimmt nicht, um spazieren zu reiten, weil ihnen die Landschaft so gefällt. Sie suchen dich. Und sie sind schuld am Tod meiner Männer. Sie werden dafür bezahlen. Außerdem brauchen wir ihre Reittiere. Ich tue es auch allein, wenn du Angst hast.«

Skar sah den Quorrl einen Herzschlag lang durchdringend an und begriff, daß jedes weitere Wort sinnlos war. Natürlich hatte er keine Angst. Was ihn vor dem Gedanken an einen Überfall auf die drei Zauberpriester zurückschrecken ließ, das war die Furcht vor sich selbst, die Angst, das Ding in sich nicht mehr bezwingen zu können, wenn er die Waffe zog und kämpfte. Aber Titch hatte recht. Das Tal der Drachen maß an die zweihundert Meilen, und wenn der flüsternde Turm sich auch nur annähernd in seinem Zentrum befand, dann bedeutete das einen Marsch von fünf, möglicherweise sieben Tagen. Selbst wenn er noch so lange zu leben hatte, würden seine Kräfte einfach nicht ausreichen.

»Sei vorsichtig«, sagte er. »Denk an die grünen Feuer.«

Titch lachte humorlos. »Ich denke an nichts anderes«, sagte er grimmig. »Wie gehen wir vor?«

Skar überlegte einen Moment. Das Lager der Zauberpriester befand sich gute dreißig, vierzig Schritte weit in der Wüste; selbst in der Nacht zu weit, als daß sie eine realistische Chance gehabt hätten, sich anzuschleichen. Wenn schon nicht die Reiter, würden die Tyrr ihre Annäherung bemerken und sie verraten, sollten ihre Sinne auch nur halb so scharf sein wie die ihrer großen Verwandten. Aber vielleicht war es auch gar nicht nötig, sich anzuschleichen.

Er erklärte Titch kurz seinen Plan. Der Quorrl schwieg dazu, aber als Skar fertig war, wandte er sich wortlos um und verschwand im Unterholz.

Skar schlich zurück zum Waldrand. Sein Blick suchte das kleine Feuer, vor dem sich die Gestalten der beiden Zauberpriester als schwarze Schatten abhoben. Wenn er genau hinhörte, konnte er ihre Stimmen hören, die sich in einer Sprache unterhielten, die er nicht verstand. Er war nicht einmal sicher, ob es die Stimmen von Menschen waren.

Er sah nach oben. Der Himmel war wolkenlos und erstaunlich klar, begann sich aber im Osten bereits grau zu färben. Ihnen blieb nicht mehr sehr viel Zeit. Und wo war der dritte Reiter? Wenn es ihnen nicht gelang, sie alle drei zur gleichen Zeit zu überwältigen, waren sie verloren. Gegen das unheimliche grüne Feuer halfen weder Titchs ungeheuerliche Körperkräfte noch seine Schnelligkeit oder die Schärfe seiner Klinge.

Skar zählte in Gedanken langsam bis hundert, dann zog er sein Schwert, trat mit einem bewußt schleppenden Schritt aus dem Wald hervor und zerbrach einen Zweig in der Hand. Das helle Knacken drang wie ein Peitschenhieb durch die Stille der Nacht.

Die riesigen Köpfe der beiden Männer am Feuer ruckten herum. Skar hörte einen halb erschrockenen, halb überraschten Ausruf, zögerte eine Winzigkeit länger, als nötig gewesen wäre, und warf sich mit einem mächtigen Satz ins Unterholz. Hinter ihm gellten Schreie auf, das zornige Fauchen eines Tyrr, das dumpfe Geräusch schwerer hastiger Schritte auf dem weichen Wüstenboden, und plötzlich erstrahlte der Wald hinter ihm in einem unheimlichen, kalten grünen Licht, das Blätter und Buschwerk wie unter innerem Feuer aufglühen ließ.

Skar warf sich mit einer verzweifelten Bewegung zur Seite, rollte hinter einen umgestürzten Baumstamm und blieb mit angehaltenem Atem liegen. Das grüne Licht flammte ein zweites Mal auf, keine Lichtnadel wie die Scannerschüsse der *Errish*, sondern ein breitgefächerter, flirrender Strahl, der durch den Wald schnitt, seine Deckung um kaum eine Handbreit verfehlte und über die Baumkrone über ihm glitt. Sekunden später hörte

Skar ein leises Prasseln und Wispern, und dann ging ein wahrer Regen betäubter Kleintiere und Insekten auf ihn nieder.

Die Schritte kamen näher. Skar sah einen Schatten, preßte sich tiefer gegen den Boden und kroch rücklings in die Deckung eines Busches, der so dicht und voller Dornen war, daß er sich Schultern und Rücken zerkratzte, trotz des Mantels. Die Schritte brachen ab, erklangen wieder und brachen erneut ab, als der Fremde mit einem weit ausgreifenden Schritt über den gestürzten Baum hinwegtrat, hinter dem Skar gelegen hatte.

Skar hob vorsichtig den Kopf und blinzelte zu der Gestalt hinauf. Mit ihrem riesigen Helm wirkte sie mißgestaltet, wie ein verkrüppelter Schatten. In ihrer rechten Hand lag ein sonderbar geformtes Etwas, eine Waffe, ähnlich den Scanner der *Errish*, aber größer, plumper und mit einem grünleuchtenden Kristall an ihrem vorderen Ende. Der riesige Schädel der Gestalt drehte sich langsam hin und her –

und dann verharrte ihr Blick direkt auf Skar.

Er begriff fast zu spät, daß es kein Zufall war. Er lag völlig sicher im Schatten des Busches, der schwarz wie die Nacht war, aber das nutzte nichts, denn *der Fremde konnte im Dunkeln sehen!*

Skar reagierte, ohne zu denken. Mit aller Gewalt stieß er sich ab, rollte rücksichtslos durch das dornige Geäst und sprang auf die Füße, und im gleichen Augenblick stieß die Waffe des Zauberpriesters eine Lohe giftgrünen Lichts aus, die den Busch einhüllte und alles Leben darin betäubte. Skar sprang zur Seite und herum, aber der grüne Leuchtfinger folgte ihm unbarmherzig, folgte ihm wie eine Sense aus Licht, die alles Leben niedermähte und ein winziges bißchen schneller war als er.

Skar sprang. Mit einem verzweifelten Satz federte er in die Höhe, flog in einem ungeschickten halben Salto über den grünen Lichtblitz hinweg und verlor das Gleichgewicht, als er seinen Sturz abzufangen versuchte. Der Mann in der schwarzen Rüstung stieß ein verblüfftes Keuchen aus und wirbelte herum, aber er war um eine Winzigkeit zu langsam: Skars Schwert blitzte auf, beschrieb einen glitzernden Halbkreis und prellte ihm die Waffe aus den Fingern.

Der Mann schrie auf, taumelte zurück und umklammerte seine verstauchte Hand, aber er war keineswegs außer Gefecht gesetzt. Als Skar auf ihn zusprang, drehte er sich blitzschnell zur Seite, wich seinem nachgesetzten Hieb aus und trat nach Skars Knie. Eine Sekunde später prallten sie zusammen und stürzten aneinandergeklammert zu Boden.

Skar begriff im gleichen Augenblick, daß er einen Fehler gemacht hatte. Der Fremde war ihm an Körperkraft hoffnungslos unterlegen; aber seine Rüstung machte ihn fast unverwundbar. Sie bestand nicht aus Leder, wie Skar bisher angenommen hatte, sondern aus fingerbreiten, eng ineinanderliegenden Ringen aus mattem schwarzem Metall, von dem Skars Finger haltlos abglitten. Er rang den anderen zu Boden und hielt ihn fast mühelos nieder, aber sehr viel mehr als ihn *festhalten* konnte er nicht. Hätte er zugeschlagen, hätte er sich an der stahlharten Panzerung allerhöchstens die Hand gebrochen.

Schritte näherten sich, und das Geräusch eines schweren Körpers, der rücksichtslos durch das Unterholz brach. Skars Gedanken überschlugen sich. Er konnte nicht hierbleiben, aber eine Flucht war ebenso sinnlos. Die Männer mußten einfach nur in den Wald hineinschießen, um ihn zu erwischen; die Reichweite des grünen Lichtes war beträchtlich.

Als der zweite Zauberpriester näher kam, sprang er auf die Füße und riß seinen Gefangenen einfach mit sich. Er wirbelte herum, hielt den Mann wie einen lebenden Schutzschild vor sich und rammte ihm die Spitze seines Schwertes in die Seite. Ein dumpfes, erschrockenes Stöhnen drang unter dem gewaltigen Helm des Zauberpriesters hervor, und sein Widerstand erlosch. Er mußte die Waffe kennen, mit der Skar ihn bedrohte: die Klinge des *Tschekal* bestand aus Sternenstahl, einem Metall, das Eisen so mühelos schnitt wie weiches Holz. Skar bezweifelte insgeheim, daß seine Kraft ausreichen würde, die Klinge durch den schwarzen Metallpanzer zu stoßen; aber das wollte er ja auch gar nicht.

Der zweite Zauberpriester blieb stehen, als er sah, daß Skar seinen Kameraden mit dem Schwert bedrohte. Die Waffe in seiner Hand bewegte sich nach oben, und der grüne Kristall an ihrem

Ende schien Skar anzustarren wie ein kleines, böses Auge. Aber er schoß nicht.

Statt dessen kam er einen weiteren Schritt näher und blieb hastig wieder stehen, als Skar eine drohende Bewegung mit dem Schwert machte.

»Keinen Schritt mehr«, sagte er. »Oder ich töte deinen Kameraden. Du kannst mich niederschießen, aber vorher stoße ich ihm das Schwert in den Leib.«

Der andere zögerte. Die Augen unter dem schwarzen Riesenhelm starrten Skar fast ausdruckslos an. »Du bist der Satai«, sagte er schließlich. »Skar.«

Skars Blick wanderte zwischen dem glühenden grünen Auge der Waffe und denen des Zauberpriesters hin und her. Aus irgendeinem Grunde zögerte der Mann, ihn einfach mitsamt seinem Kameraden niederzuschießen. Vielleicht war das grüne Feuer nicht ganz so harmlos, wie er bisher angenommen hatte. Daß Titch und seine Quorrl es unverletzt überstanden hatten, bedeutete nicht unbedingt, daß auch *er* es überlebte. Ein Quorrl war fünfmal so widerstandsfähig wie ein Mensch.

»Und wenn?« fragte er nach einer Weile. Er mußte Zeit gewinnen.

»Wenn, dann wirst du Brol nicht töten«, sagte der Mann mit dem Riesenhelm ruhig. »Du bist kein Mörder. Wir kennen dich.«

»Da wäre ich nicht so sicher«, sagte Skar. »Ich habe keine große Wahl, weißt du?«

Der andere zuckte mit den Achseln, schüttelte bedächtig den Kopf und senkte seine Waffe. Seine Finger bewegten sich; Skar hörte ein deutliches ›Klick‹, und das grüne Feuer verglomm.

»Wir sind nicht deine Feinde«, fuhr der Zauberpriester fort. »Es besteht kein Grund für dich, Brol noch länger festzuhalten. Wir sind nicht hier, um mit dir zu kämpfen.«

Skar lachte bitter. Sein Griff lockerte sich nicht um einen Deut. »Ich weiß«, antwortete er höhnisch. »Ihr seid nur zufällig hier, wie?«

»Keineswegs«, antwortete der Zauberpriester. »Wir suchen dich schon seit zwei Tagen. Und nicht nur wir. Aber nicht, um dich zu töten oder irgend etwas anderes Unsinniges zu tun. Wir wollen dir helfen.«

»Helfen?« Skar schnaubte. »So wie Yul und dieses Miststück Anschi?«

»Wie Yul«, bestätigte der Fremde. »Anschi ist ein dummes Kind. Sie hat einen Fehler gemacht, aber sie wußte es nicht besser. Es war auch unser Fehler; wir hätten kein Kind mit einer Aufgabe betrauen sollen, die eines Erwachsenen bedarf. Es war dumm von ihr, die Quorrl zu töten, und völlig überflüssig. Sie wird bestraft werden.« Er schwieg einen Moment, dann ging er ganz behutsam in die Hocke, legte seine Waffe vor sich auf den Boden, richtete sich wieder auf und breitete die Hände aus.

»Du hast nichts vor uns zu befürchten«, fuhr er fort. »Wir sind hier, um dir zu helfen. Du bist krank, Skar.«

»So?«

»Und du weißt es ganz genau. Du wirst jeden Tag schwächer. Du bist ebenso krank wie Kiina.«

»Wo ist sie?« schnappte Skar. »Was habt ihr mit ihr gemacht?«

»Nichts«, antwortete der andere mit einem leisen, fast ehrlich klingenden Lachen. »Oder doch dasselbe, was wir mit dir tun werden. Wir haben sie geheilt. Ihr Zustand bessert sich bereits. Aber du wirst sterben, wenn du nicht mit uns kommst.«

»Ich fürchte, das wird auch geschehen, *wenn* ich es tue«, sagte Skar. Aber seine Stimme klang nicht mehr ganz so überzeugt wie bisher. Sein Arm, der das Schwert hielt, begann zu schmerzen, aber er versuchte nicht, das Zittern zu unterdrücken. Er wußte, daß der andere ein scharfer Beobachter war, der die kleinen Zeichen von Unsicherheit und Schwäche sorgsam registrieren würde.

»Skar, bitte«, fuhr der Zauberpriester fort. »Ich weiß, daß du Brol und mich besiegen kannst. Wir kennen deinen Ruf, und wir kennen dich, besser vielleicht als du selbst. Ich werde nicht mit dir kämpfen.« Er bückte sich, hob seine Waffe wieder auf und schob sie mit einer achtlosen Geste in eine lederne Hülle, die an seinem Gürtel hing.

»Ich werde jetzt gehen und bei den Tieren auf dich warten. Du kannst Brol hierlassen und fliehen, wenn du willst. Es gibt noch mehr von uns, aber ich bin nicht einmal sicher, ob wir dich einfangen könnten. Lauf weg, wenn du willst. Aber dann stirbst du, und zwar bald und sehr qualvoll. Oder du kannst mit uns kommen und leben.«

»Als euer *Sklave*, ja«, sagte Skar verächtlich. Er bemühte sich, in seine Stimme genau jenen Ton von Trotz zu legen, den der andere erwartete. »So wie Kiina.«

»Wir haben ihr für kurze Zeit ihren Willen geraubt, das ist wahr«, gestand der Zauberpriester ruhig. »Aber das geschah nur zu ihrem eigenen Schutz.« Er zuckte mit den Achseln, sah Skar noch einmal lange und fragend an und drehte sich um. Skar wartete, bis er zwei, drei Schritte gemacht hatte, dann rief er ihn zurück: »Priester.«

Der Mann drehte sich herum. »Ich bin kein Priester. Mein Name ist Ian. Hast du es dir überlegt?«

»Was... habt ihr mit Titch gemacht?« fragte Skar stockend.

»Der Quorrl, den Anschi zu uns bringen sollte?« Ian schüttelte bedauernd den Kopf. »Es tut mir leid. Sie hat ihn getötet, nachdem sie gesehen hat, was du mit ihren Schwestern getan hast. Er war dein Freund, nicht wahr?«

Skar mußte sich beherrschen, um nicht erleichtert aufzuatmen. Ians Worte bedeuteten nichts weniger, als daß die Zauberpriester nichts von Titch wußten. Sie hielten ihn für tot, und ihn, Skar, für allein.

»Das war er«, sagte er leise. »Anschi...«

»Wird bestraft werden«, unterbrach ihn Ian. »Du kannst es selbst tun, wenn du willst. Aber auch dazu mußt du am Leben bleiben.« Er machte eine fragende Handbewegung.

Skar zögerte noch zwei, drei Herzschläge. Dann senkte er ganz langsam das Schwert, ließ Brol los und taumelte mit einem nicht einmal mehr geschauspielerten, erschöpften Keuchen gegen einen Baum.

Brol wankte ein paar Schritte von ihm fort, preßte die Hand gegen die Seite und trat neben seinen Kameraden. Die bizarren Rüstungen machten sie gleich; Skar vermochte die beiden nicht mehr zu unterscheiden.

»Ich... kann nicht mehr«, flüsterte er. »Ich gebe auf. Bringt mich um, wenn ihr wollt.« Er ließ das Schwert fallen, schloß die Augen und wartete mit angehaltenem Atem, daß irgend etwas geschah. Aber die beiden schweigenden Riesen rührten sich nicht.

Skar fragte sich, ob sie vielleicht die Wahrheit sagten. Vielleicht war alles ganz anders; vielleicht hatte Yul ihn doch nicht belogen, und vielleicht war *er* es, der einem fürchterlichen Irrtum unterlag. Er wußte nicht mehr, wer sein Freund und wer sein Feind war, wer recht hatte und wer log.

Ich kann es dir sagen, wisperte eine Stimme in seinen Gedanken. *Folge mir, und ich zeige dir die Wahrheit, Bruder. Aber sie wird dir nicht gefallen*. Ein Schatten begann sich hinter den beiden Zauberpriestern zu bilden, wo vorher nichts gewesen war. Dürre, insektenhafte Klauen blitzten wie tödliche Schneiden im Mondlicht.

»Nein«, flüsterte er. »Geh! Verschwinde... endlich!«

Die beiden Zauberpriester tauschten einen verwunderten Blick, und Skar fügte etwas lauter hinzu: »Ich komme mit euch. Ihr... habt gewonnen.«

Der *Daij-Djan* verschwand, und Ian trat auf Skar zu und half ihm fast behutsam, sich aufzurichten. Dann bückte er sich nach Skars Schwert und hielt ihm die Waffe hin. »Nimm es«, sagte er, als Skar zögerte, nach der Waffe zu greifen. »Du wirst es noch brauchen.«

Mit perfekt gespielter Verwirrung nahm Skar die Klinge an sich, schob sie in den Gürtel zurück und folgte Ian. Seine Schritte waren schleppend, er hielt den Kopf gesenkt und die Schultern weit nach vorne gebeugt, wie ein Mann, der sich nur noch mit letzter Kraft auf den Beinen hielt.

Der graue Streifen am Horizont war breiter geworden, als sie den Wald verließen; die Nacht ging endgültig zu Ende. Aber wie oft in der Dämmerung war die Sicht jetzt beinahe schlechter als in der Nacht. Skar erblickte nur verschwommene Schemen, wo er wenige Minuten zuvor das Lager der Zauberpriester gesehen hatte. Aber immerhin erkannte er, daß auch der dritte Reiter zurückgekommen war. Sein Schatten hob sich deutlich vor dem verglimmenden Feuer ab. Er stand ganz ruhig da und blickte ihnen entgegen.

Einer seiner beiden gespenstischen Begleiter hob die Hand, als sie sich dem Lager näherten, und rief dem dritten Zauberpriester ein paar Worte in jener sonderbaren, gutturalen Sprache zu, die Skar vorhin schon gehört hatte. Der andere antwortete nicht, aber er entspannte sich sichtlich. Skars Hand glitt wie zufällig in die Nähe des Schwertes, berührte es aber noch nicht.

Mit klopfendem Herzen betrachtete er die drei gewaltigen Echsenwesen, während sie sich dem Lagerplatz näherten. Die Tiere starrten ihm aus ihren kleinen, böse funkelnden Augen tückisch entgegen, und vielleicht war es gerade der Umstand, daß *diese* Tyrr gesattelt und aufgezäumt waren, der sie in Skars Augen noch wilder und furchteinflößender aussehen ließ als vor drei Tagen in Yuls Lager. In ihrem Blick flammte ein Haß, der nicht auf das Flüstern in ihren Gedanken zurückzuführen, sondern Teil ihrer Natur war. Allein die Vorstellung, eines dieser Geschöpfe *reiten* zu sollen, ließ Skar schaudern.

»Du mußt müde sein«, sagte Ian. Jedenfalls vermutete Skar, daß es Ian war, denn die beiden vermummten Riesen waren in ihrer schwarzen Rüstung absolut ununterscheidbar. Er deutete einladend auf das heruntergebrannte Feuer. »Ruh dich aus, wenn du willst. Wir haben noch eine Stunde Zeit, bis es richtig hell wird. Vorher können wir sowieso nicht weiter. Es ist zu gefährlich, nachts zu reiten.«

Skar nickte müde und setzte sich. Das Feuer, obgleich schon fast nur noch aus einem Gluthaufen bestehend, strahlte eine behagliche Wärme aus, und als er sich vorbeugte und die Hände über die Glut hielt, wurde seine Müdigkeit fast übermächtig. Er wankte, drohte für einen kurzen Augenblick einzuschlafen und schrak abrupt wieder hoch, als er das Gleichgewicht zu verlieren begann.

»Willst du reden?« fragte Ian.

Skar sah müde aus, schüttelte den Kopf und versuchte gleichzeitig zu nicken. »Später«, sagte er matt. Sein Blick glitt über die schwarze Larve, die da war, wo Ians Gesicht sein sollte, tastete weiter und schien sich ziellos in der Wüste zu verlieren. In Wahrheit suchte er nach irgendeinem Zeichen von Titch, irgendeinem Hinweis, daß er da war oder sich näherte.

Er fand es nach Sekunden. Nicht weit hinter dem dritten Zauberpriester bewegte sich der Sand. Kleine, zitternde Wellen huschten über seine Oberfläche, wie über Wasser, unter dem sich ein Schwimmer näherte, nur langsamer und sehr viel machtvoller. Er wußte nicht, ob der dunkle Umriß, den er darunter wahrzunehmen glaubte, wirklich da war, oder nur eingebildet. Aber Titch war da. Seine Hand glitt ein weiteres Stück auf das Schwert zu, berührte seinen Griff.

»Wer seid ihr?« fragte er. »Wer seid ihr wirklich?«

»Nicht deine Feinde«, antwortete Ian ausweichend. »Und nicht die, für die du uns hältst. Du wirst alles erfahren, sobald wir in der Festung sind. Und alles verstehen. Es wäre zu viel, jetzt, und zu verwirrend. Aber du...«

Hinter dem dritten Zauberpriester explodierte der Sand. Eine gewaltige, lautlose Fontäne schoß in die Höhe, als wäre dicht unter dem Boden plötzlich ein Geysir aufgebrochen, als sich Titch mit einem Ruck aufrichtete und auf seinen Gegner warf. Ian fuhr erschrocken herum und erstarrte für eine Sekunde, während Brol mit fast übermenschlicher Schnelligkeit reagierte: er wirbelte auf der Stelle herum, trat nach Skar und zog gleichzeitig die Waffe aus dem Gürtel.

Skar ließ sich einfach nach hinten kippen; gleichzeitig rammte er beide Füße ins Feuer. Ein Funkenregen und kleine, weißglühende Glutbrocken überschütteten Brol. Zwar vermochten sie seine Rüstung nicht zu durchdringen, aber sie lenkten den Zauberpriester für den Bruchteil eines Atemzuges ab, und diese winzige Zeitspanne genügte.

Skars Schwert fuhr mit einem reißenden Laut aus der Scheide, beschrieb einen blitzschnellen, engen Dreiviertelkreis und traf Brols Waffenarm. Die Klinge aus Sternenstahl glitt fast ohne spürbaren Widerstand durch das schwarze Metall und trennte Brols Arm dicht unterhalb des Ellbogengelenks ab.

Brol kreischte. Blauweiße Funken und Rauch und ein Schwall von Blut schossen aus dem Stumpf seiner bizarren Rüstung. Er taumelte, umklammerte seinen verstümmelten Arm und kippte mit einer grotesken Bewegung zur Seite. Ein zweiter Funkenschauer stob auf, als er direkt ins Feuer fiel und sich schreiend auf dem Boden zu wälzen begann.

Und endlich erwachte auch Ian aus seiner Erstarrung. Mit einem entsetzten Keuchen fuhr er herum, starrte auf seinen sterbenden Kameraden herab und hob die Hand zum Gürtel, aber in einer Bewegung, die auch lächerlich langsam gewesen wäre, wäre Skar nicht Skar gewesen. Skars Schwert traf seine Hand mit der flachen Seite, aber aller Gewalt, deren er fähig war, und brach sie. Ian keuchte, krümmte sich vor Schmerz und fiel auf die Knie, als Skar ihm die Breitseite des *Tschekal* mit aller Kraft in den Nacken schlug. Wimmernd fiel er nach vorne, versuchte wieder in die Höhe zu kommen und stürzte ein zweites Mal, als Skar sich auf ihn warf und ihm die Knie in den Rücken rammte.

Die eiserne Rüstung nahm dem Angriff die schlimmste Kraft, aber allein die pure Wucht von Skars Anprall reichte aus, Ian regelrecht gegen den Boden zu nageln. Skar hob das Schwert, um noch einmal zuzuschlagen, ließ die Waffe aber dann wieder sinken und griff statt dessen nach Ians Armen. Mit einem kräftigen Ruck verdrehte er sie, hielt seine Handgelenke für einen Moment nur mit einer Faust und zerrte mit der anderen den Gürtel herunter, um Ian damit zu fesseln. Der Zauberpriester wehrte sich nicht, obwohl Skar seine Arme so sehr verdrehte, daß er vor Schmerz aufstöhnte.

Schweratmend richtete Skar sich auf und sah über die Schulter zu Titch zurück, fest davon überzeugt, daß auch der Quorrl mittlerweile seinen Gegner zu Boden geworfen oder getötet hatte. Aber sonderbarerweise war das nicht der Fall.

Titch hatte den Zauberpriester niedergerungen, aber der Mann in der schwarzen Rüstung schien ihm an Kraft und Entschlossenheit ebenbürtig zu sein, denn es war Titch nicht möglich, seinen Widerstand zu brechen. Ganz im Gegenteil: Skar beobachtete mit einem Gefühl wachsender Fassungslosigkeit, wie Titchs Arme langsam, aber unerbittlich zurückgebogen wurden und sich der Gestürzte Stück für Stück wieder in die Höhe arbeitete!

Der Quorrl änderte seine Taktik. Knurrend vor Zorn und Wut sprang er auf die Füße, wartete, bis sein Gegner halb aufgestanden war und schlug ihm die ineinanderverschränkten Fäuste in den Nacken, ein Hieb, der einen Menschen auf der Stelle getötet, wenn nicht enthauptet hätte. Auch der Zauberpriester fiel, aber das Unglaubliche geschah: er blieb nur eine Sekunde liegen, dann stemmte er die Hände in den Boden und richtete sich, benommen, aber keineswegs kampfunfähig, wieder auf. Titch wich mit einem überraschten Keuchen und ein paar Schritte von ihm zurück und zog sein Schwert. Die Hand des Zauberpriesters glitt zum Gürtel und schmiegte sich um die klobige Waffe, die darin steckte. Titch sah die Bewegung, riß das Schwert in die Höhe und griff mit einem gellenden Schrei abermals an, aber Skar sah, daß er zu langsam war. Die furchtbare Strahlenwaffe ruckte hoch und richtete sich auf den angreifenden Quorrl.

Skar stieß sich mit aller Gewalt ab. Er war zu weit entfernt und in einer zu schlechten Position, um den Priester wirklich zu Boden reißen zu können, aber seine weit ausgebreiteten Arme schlossen sich um dessen Beine und zerrten mit der ganzen Wucht des Sturzes daran.

Es war, als versuche er einen Baum auszureißen. Der Mann wankte, aber er dachte nicht daran, zu fallen, sondern schüttelte Skar mit einer fast beiläufigen Bewegung ab, die ihn meterweit davonrollen und halb betäubt liegenbleiben ließ. Seine Waffe spie einen grünen Lichtblitz aus, der Titch nur um eine knappe Handbreit verfehlte.

Skar schleuderte sein Schwert.

Die Waffe traf den linken Arm des Riesen und riß seine Rüstung und das Fleisch darunter von der Handwurzel bis zur Schulter auf. Der Priester brüllte vor Schmerz, aber er stürzte noch immer nicht, sondern taumelte nur und legte sofort wieder auf Titch an.

Aber in diesem Moment war der Quorrl bereits heran.

Er versuchte nicht einmal, sein Schwert zu benutzen, sondern senkte im letzten Moment das Haupt und rammte dem Schwarzgekleideten Kopf und Schultern in den Leib.

Und diesmal stürzte der Gigant. Die Waffe flog aus seiner Hand und verschwand in der Dunkelheit, während Titch sich auf ihn warf und seine gewaltigen Fäuste immer und immer wieder auf seinen Helm und die Brust herunterprasseln ließ, mit Schlägen, die Eisen zerbrochen hätten, dem schwarzen Schuppenpanzer des Zauberpriesters jedoch nichts anzuhaben vermochten. Das Blut, das über den Helm des Riesen lief, stammte aus Titchs aufgeplatzten Fäusten.

Skar stand auf, trat einen Schritt auf die Kämpfenden zu und zögerte. Sich zwischen die beiden tobenden Giganten zu werfen, wäre glatter Selbstmord. Ein einziger, achtloser Hieb Titchs oder des Zauberpriesters reichte völlig aus, ihn zu töten oder zumindest schwer zu verletzen. Aber er konnte auch nicht tatenlos zusehen, wie Titch niedergerungen wurde, und die Kräfte des Quorrl begannen bereits zu erlahmen. Die furchtbare Wunde, die Skar seinem Gegner zugefügt hatte, schien ihn nicht im geringsten zu beeinträchtigen.

Er hob sein Schwert auf, zögerte. Er wollte den Zauberpriester nicht töten, aber er würde es tun müssen, wenn er keine andere Möglichkeit fand, Titch zu helfen – und zwar in den nächsten Sekunden!

Skar fuhr herum, war mit einem Satz bei Ian und drehte ihn auf den Rücken. Seine Hand zerrte die Waffe aus dem Gürtel des Priesters. »Wie benutzt man sie?« herrschte er Ian an. »Sprich, oder...« Er hob drohend das Schwert, aber Ian reagierte nicht, sondern starrte ihn nur trotzig durch die dünnen Sehschlitze seines Helmes an.

Skar schleuderte die Waffe mit einem Fluch davon, drehte sich herum und sah sich wild um.

Kaum zwei Schritte neben ihm glühte ein böses, grünes Auge im Sand. Brols Waffe, die er bereits gezogen und aktiviert hatte. Es kostete Skar alle Überwindung, sich nach dem abgeschlagenen Arm des Zauberpriesters zu bücken und die Waffe aus seinen verkrampften Fingern zu lösen, aber er tat es, sprang auf und lief wieder zu Titch zurück.

Er kam keine Sekunde zu spät. Titchs Kräfte begannen mehr und mehr zu erlahmen. Er hielt seinen Gegner noch am Boden, aber es war nur noch eine Frage von Augenblicken, bis sich das Blatt vollkommen wenden mußte. Der Zauberpriester hatte Titchs linken Arm gepackt und bog ihn zur Seite, und seine andere Hand schnürte dem Quorrl unbarmherzig den Atem ab.

»Titch!« brüllte Skar. »Zurück!« Gleichzeitig richtete er die Waffe auf die beiden ineinandergekrallten Feinde, drückte aber noch nicht ab.

Titch schien zu begreifen, was er vorhatte, denn er versuchte sich von seinem Gegner zu lösen, aber plötzlich war es der Zauberpriester, der *ihn* festhielt. Skar sah, wie sich Titchs gewaltige Muskeln bis zum Zerreißen anspannten, aber es gelang ihm nicht, den unbarmherzigen Griff des anderen zu sprengen, der ihn festhielt und ihm gleichzeitig den Atem abschnürte.

»Titch!!« schrie Skar mit überschnappender Stimme. »Verschwinde!«

Der Quorrl bäumte sich auf. Sein Gesicht hatte sich vor Atemnot dunkel verfärbt, und seine Bewegungen wurden bereits schwächer. Aber noch war er nicht besiegt. Mit einer verzweifelten Kraftanstrengung gelang es ihm, die Hand des Zauberpriesters von seinem Hals zu fegen und halbwegs auf die Füße zu kommen, aber der andere ließ Titchs Arm nicht los, so daß der Quorrl ihn halbwegs mit in die Höhe zerrte.

Und Skar drückte ab.

Eine Flut giftgrünen Lichts hüllte den Schwarzgekleideten ein. Für den Bruchteil einer Sekunde glühte sein Körper, aber auch Titchs linker Arm, wie unter einem kalten inneren Feuer auf, dann kippte er lautlos zur Seite und riß Titch dabei mit sich.

Skar ließ die Waffe fallen, taumelte ein paar Schritte zurück, brach in die Knie und übergab sich vor Schwäche.

Es dauerte zehn Minuten, bis Skar wieder so weit bei Kräften war, sich auf Hände und Knie hochzustemmen und nach Titch herumzudrehen. Der Quorrl hockte nach vorne gebeugt und verkrümmt vor seinem bewußtlosen Gegner. Sein linker Arm hing schlaff herab und war gelähmt, und Titchs Gesicht war eine Maske aus Qual. Er stöhnte leise. Als er auf die Füße zu kommen versuchte, versagten seine Kräfte. Er stürzte, schlug schwer auf dem

Boden auf und blieb einen Moment reglos liegen. Skar wollte zu ihm gehen und ihm helfen, aber die wenigen Schritte bis zu dem Quorrl erschienen ihm endlos; Meilen, die er nicht mehr schaffen würde, in seinem Zustand. Und er wußte auch, daß der Quorrl seine Hilfe nicht annehmen würde.

So stemmte er sich mit letzter Kraft in die Höhe, taumelte zu Ian hinüber und ließ sich erschöpft neben dem Zauberpriester auf die Knie sinken. Ian starrte ihn an, mit einem Blick, in dem sich Verachtung und widerwillige Bewunderung ein stummes Duell lieferten, aber ohne eine Spur von Angst, wie Skar sehr wohl registrierte.

»So«, sagte Skar müde. »Jetzt können wir uns unterhalten, Ian.«

Der Zauberpriester lachte böse. »Worüber, du Narr? Über deinen Tod?«

Skar seufzte. Er hatte nicht einmal mehr die Kraft, Zorn zu empfinden. »Hör auf, Ian«, bat er. »Du bist nicht in der Lage, mir zu drohen. Und ich bin zu müde, um Spielchen zu spielen.«

»Warum sollte ich dir drohen?« fragte Ian kalt. »Du bist wahnsinnig, Skar. Ich brauche dir nicht zu drohen. Sieh dich doch an! Du hast kaum noch die Kraft, dich auf den Beinen zu halten. Morgen, spätestens in zwei Tagen, wirst du nicht einmal mehr kriechen können. Ich brauche dir nicht zu *drohen*. Du stirbst so oder so.«

»Aber auf jeden Fall nach dir«, bemerkte Skar ruhig. »Und wesentlich angenehmer, wenn du mir nicht ein paar Fragen beantwortest.«

Ian lachte erneut, aber in seinem Blick glomm ein ganz schwacher Funke von Unsicherheit auf. »Was willst du?« fragte er. »Mich foltern?«

»Wenn es sein muß.«

»Ich glaube dir nicht«, behauptete Ian. »Du bist ein Satai.«

»Das war ich vielleicht einmal«, antwortete Skar. »Ich weiß nicht, was ich heute bin. Aber was immer es ist – ihr habt mich dazu gemacht.«

»Du kannst nicht aus deiner Haut«, beharrte Ian.

Skar sah ein, daß er so nicht weiterkam. Schwäche machte sich wie Zentnerlasten in seinen Gliedern breit, und hinter seiner Stirn begannen sich die Gedanken zu verwirren. Er konnte es sich einfach nicht leisten, noch länger mit Ian zu diskutieren.

»Vielleicht hast du sogar recht«, sagte er matt. »Aber zu deinem Pech bin ich nicht allein, weißt du?« Er richtete sich auf, drehte sich mühsam zu Titch herum und hob die Hand.

»Titch.«

In Ians Augen blitzte es überrascht auf, als er den Namen des Quorrl hörte. Er versuchte sich zu bewegen, aber Skar stieß ihn grob zurück und rief noch einmal nach Titch. Der Quorrl hob mühsam den Kopf, stemmte sich mit der verletzten Hand hoch und kam taumelnd auf ihn zu.

»Bist du in Ordnung?« fragte Skar besorgt.

Titch lachte böse. »Nein«, grollte er. »Aber ich kann mich bewegen. Es tut sehr weh.«

»Wie unangenehm«, sagte Ian hämisch.

Titch versetzte ihm einen Tritt, der den Zauberpriester trotz seiner Metallpanzerung vor Schmerz aufstöhnen ließ.

»Reichen deine Kräfte noch, unserem Feind ein paar Fragen zu stellen?« fragte Skar. »Er ist ein bißchen verstockt.«

Titch ließ sich auf der anderen Seite Ians auf die Knie sinken, hob die verwundete rechte Hand und spreizte die Finger. Seine Krallen blitzten auf wie messerscharfe tödliche Dolche. Ein böses Grinsen verzerrte seine Züge noch mehr, als es der Schmerz getan hatte. »Dazu langt es immer«, versprach er grimmig. »Ich freue mich schon lange darauf, mich mit einem von ihnen zu unterhalten.«

»Das tut ihr nicht«, sagte Ian. Seine Stimme zitterte. »Skar, du kannst dieses Ungeheuer nicht auf mich loslassen.«

»Ich fürchte«, antwortete Titch an Skars Stelle, »daß er mich kaum zurückhalten kann. Ungeheuer haben die Eigenschaft, nicht immer zu tun, was man von ihnen will, weißt du?«

Ian versuchte sich zu bewegen, aber wieder stieß Skar ihn derb zurück. Er warf Titch einen mahnenden Blick zu, den Bogen nicht zu überspannen, aber der Quorrl reagierte nicht darauf. Skar war nicht einmal mehr sicher, ob Titch die Bestie nun wirklich nur *spielte* oder ob er es für diesen Moment vielleicht war.

»Warte«, sagte er hastig. »Ich bin sicher, er wird reden.« Er beugte sich über Ian, machte sich einen Moment an seinem Helm zu schaffen und zuckte enttäuscht mit den Schultern, als es ihm nicht gelang, ihn zu lösen.

»Ich könnte ihn abreißen«, schlug Titch vor. »Aber ich weiß nicht, ob sein Kopf dabei auf den Schultern bleibt.«

»Unter dem Kinn«, sagte Ian hastig. »Ein kleiner Hebel. Leg ihn um.«

Skar suchte an der bezeichneten Stelle, fand den Hebel und hörte ein leises Klicken, als er darauf drückte. Ians Helm bewegte sich mit einem zischenden Geräusch einen Finger breit nach oben. Skar griff zu, zog ihn ganz ab und registrierte überrascht, wie schwer der klobige Helm war. Selbst ihm hätte es beträchtliche Mühe bereitet, stunden- wenn nicht tagelang mit diesem Ding auf den Schultern herumzulaufen.

Dabei war Ian kein kräftiger Mann, wie er erkannte, als er in sein Gesicht sah. Und er war wesentlich jünger, als er angenommen hatte. Seine Züge wiesen eine gewisse Ähnlichkeit mit denen Drasks und seines unheimlichen Doppelgängers auf: schmal, zerfurcht und hakennasig und von einem Haarschopf aus dünnem, fast weißem Haar gekrönt. Aber er war allerhöchstens dreißig Jahre alt. Seine Haut war blaß und wirkte fast krank, und die ohnehin dünnen Lippen waren zu einem schmalen, trotzigen Strich zusammengepreßt.

Und irgendwie wirkte er... zufrieden, dachte Skar alarmiert. In seinen Augen rangen Furcht und Zorn miteinander, aber da war auch noch etwas, ein mühsam zurückgehaltener Triumph, den Skar sich nicht erklären konnte, der ihn aber aufs höchste beunruhigte. Ian hatte Angst, aber er sah ganz und gar nicht aus wie ein Mann, der *geschlagen* war.

»So«, sagte Titch drohend. »Und jetzt sprich.«

Ian schnaubte verächtlich. »Worüber? Über euren *Sieg*?« Er betonte das Wort auf eine Art, die es wie bösen Spott klingen ließ. Titch schlug ihn. Nicht sehr fest und nur einmal, aber der Hieb reichte, Ians Unterlippe aufplatzen zu lassen und ihm ein neuerliches, qualvolles Stöhnen abzuringen.

»Titch«, sagte Skar mahnend. »Nicht. Wir erfahren nichts von ihm, wenn du ihn totschlägst.«

»Es ist noch einer da«, grollte Titch. Zornig packte er Ian, schüttelte ihn ein paarmal und warf ihn wuchtig wieder zu Boden.

Der Zauberpriester stöhnte. »Schlag mich ruhig, du Tier«, murmelte er. »Aber du änderst nichts damit. Ihr habt keine Chance. Wenn die Krankheit euch nicht umbringt, dann tun es die Drachen oder dieses Tal. Wir müssen gar nichts mehr tun.«

Titch ballte mit einem zornigen Knurren die Faust, schlug aber nicht zu, als Skar ihm einen warnenden Blick zuwarf.

Ein helles, singendes Geräusch ließ Skar mitten in der Bewegung erstarren. Alarmiert sah er auf, blickte Titch an, dann den bewußtlosen Zauberpriester und schließlich Brols Leichnam, ehe er begriff, woher das Geräusch kam: aus dem Inneren von Ians Helm.

»Was zum Teufel bedeutet das?« knurrte Titch.

Ians aufgeplatzte Lippe verzerrte sich zu einem dünnen Grinsen. »Warum wartest du nicht einen Augenblick?« fragte er. »Dann wirst du es sehen.«

Titch versetzte dem Zauberpriester einen weiteren Hieb, der ihn für Sekunden das Bewußtsein verlieren ließ, während sich Skar verwirrt über den riesigen Helm beugte. Das singende Geräusch hielt an und wurde ein wenig lauter, schien jetzt irgendwie *ungeduldiger, drängender* zu klingen, und als Skar den Helm hochhob und herumdrehte, erlebte er eine Überraschung: Trotz seiner enormen Größe war sein Inneres gerade ausreichend, Ians Kopf aufzunehmen; der Rest des sonderbaren Gebildes wurde von einer verwirrenden Ansammlung metallener Gerätschaften und unverständlicher Dinge eingenommen. Ein kleines, hellgrünes Licht flackerte Skar wie ein blinzelndes Auge entgegen. Und plötzlich hörte er eine Stimme: »Ian? Ian, melde dich! Was ist los bei euch? Brol! Ennart!«

»Zauberei!« entfuhr es Titch. Seine Augen wurden groß. »Das ist –«

»Das ist eine verdammte Falle, keine Zauberei!« keuchte Skar. »Sie wissen, daß wir hier sind! *Weg hier!*«

Die beiden letzten Worte hatte er geschrien.

Titch und er sprangen gleichzeitig auf die Füße und fuhren herum, aber es war zu spät.

Als wäre die flüsternde Stimme aus Ians Helm ein Signal gewesen, erwachte die Nacht zum Leben. Ein Paar gigantischer, schwarzer Flügel verdunkelte den Himmel, und eine Sekunde später stieß eine Daktyle auf sie herab und griff kreischend an.

Skar schlug einen Haken, während Titch in die entgegengesetzte Richtung auszuweichen versuchte, aber die Überraschung war total. Die riesigen Schwingen der Daktyle streiften den Quorrl und ließen ihn stürzen und meterweit davonrollen, und der pure Luftzug des gewaltigen Flügelpaares reichte aus, auch Skar taumeln zu lassen. Er fiel, raffte sich wieder auf und lief zu Titch zurück, um ihm auf die Füße zu helfen.

Eine zweite Daktyle erschien aus der Nacht, eine dritte, vierte, und plötzlich war der Himmel voller schlagender Flügel und schwarzer, tobender Schatten. Skar hieb mit seinem Schwert nach einer der Flugechsen, aber die Daktyle wich ihm mit einer fast spielerischen Bewegung aus. Er verlor durch die Wucht seines eigenen Hiebes abermals die Balance, stürzte nach vorne und rollte blitzschnell zur Seite, als gräßliche Klauen den Boden dort aufrissen, wo er gelegen hatte. Wieder schlug er zu. Die Spitze seines *Tschekal* fuhr mit einem reißenden Laut durch Horn und Fleisch, und aus dem aggressiven Schreien der Daktyle wurde ein gequältes Kreischen. Mit unbeholfenen Flügelschlägen flatterte die Bestie davon.

Aber es war nur eine Sekunde, die Skar gewonnen hatte. Über ihnen kreisten mindestens ein Dutzend Daktylen, Anschis gesamte verbliebene Armee, die herangekommen waren, während Ian sich mit ihnen unterhielt. Plötzlich verstand er den bösen Triumph in den Augen des Zauberpriesters. Ian hatte gewußt, daß er nur ein paar Minuten herauszuschinden brauchte. Was für Narren waren sie doch gewesen!

Skar sprang auf, lief ein paar Schritte und sah ein grünes Funkeln am Boden. Ein Teil seines Verstandes sagte ihm, daß es sinnlos war, daß er aufgeben und wenigstens sein Leben retten sollte, aber der Zorn war stärker, war wieder da, wütender und unbezwingbarer denn je. Mit einem Hechtsprung warf er sich vor, packte die Waffe mit beiden Händen und rollte herum.

Ian kreischte vor Schrecken, als er sah, was Skar tat. »*Paßt auf! Er hat einen Schläfer!*«

Zwei, drei der flatternden Riesenschatten hoben sich erschrokken davon. Skar sprang hoch, richtete die Waffe in die Luft und drückte ab, fast ohne zu zielen.

Grünes Licht hüllte eine der Daktylen ein. Die Reiterin auf ihrem Rücken bäumte sich auf und fiel aus dem Sattel, ein Sturz von hundert oder mehr Fuß, der sie umbringen mußte, Sekundenbruchteile, bevor ihr Reittier wie ein Stein in die Tiefe fiel. Skar drückte noch einmal ab. Diesmal streifte das grüne Leuchten nur die Schwinge eines der Echsenvögel, aber schon diese sanfte Berührung reichte, das Tier aus dem Gleichgewicht zu bringen. Mit einem schmerzerfüllten Kreischen stob es davon und sank mit hilflos flatternden Schwingen zu Boden.

Ein blauweißer Blitz zerriß die Nacht, und kaum eine Armeslänge vor Skar verwandelte sich der Boden in hochspritzende Glut. Skar taumelte zurück und riß schützend die Hände vor das Gesicht. Der Scannerschuß hatte ihn geblendet; vor seinen Augen waren nur noch rote und weiße Blitze. Trotzdem hob er die Waffe und schoß blindlings in die Luft.

»Skar!« Er erkannte Anschis Stimme, und seine Wut wuchs ins Unermeßliche. »Der nächste Schuß trifft! Wirf die Waffe weg und gib endlich auf!«

»Nein!« brüllte Skar. »Kommt her! Kommt her und bringt mich um! Ihr kriegt mich nicht!« Er blinzelte. In die weißen und roten Linien vor seinen Augen begannen sich flatternde Schatten zu mischen. Er zielte hastig, drückte ab und ahnte mehr, daß er danebengeschossen hatte, als er es sah. »Kommt her!« schrie er noch einmal. »Tötet mich oder verschwindet, aber lebendig bekommt ihr mich nicht!«

Und plötzlich wurde es still. Das Rauschen der Riesenschwingen wurde leiser und hörte nach Augenblicken ganz auf, als die Daktylen eine nach der anderen zu Boden sanken und ihre Reiterinnen abstiegen. Mehr als ein Dutzend Scanner richteten sich drohend auf Skar, und die Waffe in seiner Hand kam ihm mit einem Male lächerlich vor, noch nutzloser als das Schwert. Trotzdem richtete er sie drohend auf die vorderste *Errish*. Die junge Frau blieb tatsächlich stehen, aber Skar wußte, daß er verloren hatte. Er hatte überhaupt keine Angst. Er dachte nur wieder an Kiina und spürte das gleiche, tiefe Bedauern wie beim ersten Mal. Es spielte keine Rolle mehr, wenn er starb. Er hatte sein Leben gelebt – zweimal sogar – und den Tod wahrscheinlich hundertfach verdient. Aber das Kiinas hatte gerade erst begonnen.

»Gib auf, Satai. Zwing uns nicht, dich zu verletzen.«

Im ersten Moment dachte er, es wäre Ians Stimme. Aber dann fiel ihm auf, daß sie aus der falschen Richtung kam. Vorsichtig drehte er sich herum.

Auf der anderen Seite des Lagerfeuers hatte sich eine gewaltige Gestalt erhoben. Die Glut spiegelte sich wie flüssiges Blut in seinem riesigen Helm und vermischte sich mit dem wirklichen Blut, das aus seinem verwundeten Arm tropfte. Es war unmöglich, dachte Skar fast betäubt. Er hatte gesehen, wie das grüne Feuer Titch und seine Quorrl für Stunden außer Gefecht setzte – aber der Zauberpriester stand nach wenigen Minuten wieder aufrecht und sichtlich unbeschadet da. Skar glaubte, den bohrenden Blick seiner Augen durch das schwarze Metall des Helmes hindurch zu spüren.

Drohend richtete er den *Schläfer* auf die riesige Gestalt. »Bleib, wo du bist«, sagte er.

Der Zauberpriester (war er das wirklich? Skar war nicht mehr sicher) lachte leise. »Diese Waffe kann mich nicht verletzen«, sagte er. »Gib auf.«

Skar reagierte nicht. Fünf, dann zehn Sekunden lang starrten sie sich einfach nur wortlos an, ehe die Gestalt in der schwarzen Rüstung die Hände an den Helm hob, vorsichtig, mit einer bewußt langsamen, überdeutlichen Bewegung, um Skar nicht zu einem Angriff zu provozieren. Der schwarze Helm löste sich und glitt in die Höhe.

Skar sog überrascht die Luft ein, als er das Gesicht sah, daß darunter zum Vorschein kam.

Es waren nicht die Züge eines Zauberpriesters. Es war überhaupt kein Mensch.

Im ersten Moment glaubte Skar, einem Quorrl gegenüberzustehen, aber schon beim zweiten Hinsehen begriff er, daß auch dieser Eindruck täuschte. Das Wesen in der schwarzen Rüstung war riesig – gut einen Fuß größer als Titch und ungleich muskulöser, und es glich tatsächlich ein wenig einem Quorrl, gleichzeitig aber auch einem Menschen und dann wieder keinem von beiden. Sein Gesicht trug eindeutig reptilienhafte Züge, aber anders als bei Titch und seinen Brüdern war es ungleich feiner geschnitten, elegant und fast edel, wo bei einem Quorrl Wildheit und Kraft vorherrschten. Die Schuppen, die seine Haut bedeckten, blitzten in hellgoldenem Farbton. Das Wesen sah aus wie eine Statue, von einem begnadeten Künstler erschaffen, um dem Wort *Kraft* Ausdruck zu verleihen, und von einem ebenso begnadeten Magier zum Leben erweckt. Skar war fassunglos. Etwas an dieser gigantischen, goldglänzenden Kreatur erschlug ihn schier, und es war nicht nur sein Äußeres.

»Titch«, sagte der Goldene fast sanft.

Vielleicht ahnte Skar sogar im letzten Moment, was geschehen würde, aber er war unfähig, zu reagieren. Der Anblick der riesigen schimmernden Kreatur lähmte ihn. Er hörte Titchs Schritte, spürte den Luftzug, als der Quorrl den Arm hob, und dann schlug Titchs Hand mit fürchterlicher Gewalt in seinen Nacken und schleuderte ihn zu Boden.

Skar verlor das Bewußtsein, aber im allerletzten Augenblick, ehe seine Gedanken erloschen, sah er noch, wie Titch neben ihm auf die Knie sank und demütig das Haupt vor dem goldenen Riesen senkte. Und er hörte das Wort, das der Quorrl flüsterte:

»HERR!«

ENDE DES ACHTEN TEILS